A troca

A troca

Beth O'Leary

Tradução de Ana Rodrigues

intrínseca

Copyright © 2020 Beth O'Leary Ltd

TÍTULO ORIGINAL
The Switch

PREPARAÇÃO
Stella Carneiro

REVISÃO
Agatha Machado
Carolina Vaz

DIAGRAMAÇÃO
Ilustrarte Design e Produção Editorial

CIP-BRASIL. CATALOGAÇÃO NA PUBLICAÇÃO
SINDICATO NACIONAL DOS EDITORES DE LIVROS, RJ

O38t

O'Leary, Beth
    A troca / Beth O'leary ; tradução Ana Rodrigues. - 1. ed. - Rio de Janeiro : Intrínseca, 2020.
    352 p. ; 23 cm.

    Tradução de: The switch
    ISBN: 978-65-5560-007-0
    ISBN: 978-85-510-0594-1 [ci]

    1. Ficção inglesa. I. Rodrigues, Ana. II. Título.

20-65111   CDD: 869.3
                   CDU: 82-3(410.1)

Leandra Felix da Cruz Candido - Bibliotecária - CRB-7/6135

[2020]
Todos os direitos desta edição reservados à
EDITORA INTRÍNSECA LTDA.
Rua Marquês de São Vicente, 99, 3º andar
22451-041 – Gávea
Rio de Janeiro – RJ
Tel./Fax: (21) 3206-7400
www.intrinseca.com.br

Para Helena e Jeannine,
minhas avós corajosas, brilhantes e inspiradoras.

1

Leena

— Acho que devíamos trocar a ordem — digo a Bee, me levantando um pouco para poder falar com ela por cima da tela do meu computador. — Estou surtando. Você começa e eu termino, assim, quando chegar a minha vez, já vou estar menos, você sabe... — Agito as mãos para tentar passar uma ideia do meu estado mental.

— Com as mãos menos empolgadas? — retruca Bee, inclinando a cabeça para o lado.

— É sério. Por favor.

— Leena. Minha querida amiga. Luz que me guia. Minha chata favorita. Você é muito melhor do que eu para começar apresentações, e não vou trocar a ordem das coisas agora, dez minutos antes do update para os acionistas do nosso principal cliente, assim como não trocamos a ordem na última apresentação para o conselho, ou na apresentação antes dessa, ou na anterior, porque seria loucura e, para ser bem sincera, não faço ideia do que está nos slides de abertura.

Afundo na minha cadeira.

— Tudo bem. Ok. — Eu me levanto de novo. — Só que dessa vez estou *realmente* sentindo...

— Hummm — diz Bee. — Claro. Pior do que nunca. Tremendo, as palmas das mãos suadas, tudo junto. Só que, assim que você entrar lá, vai ser incrível e cativante como sempre e ninguém vai perceber nada.

— Mas e se eu...

— Não vai.

— Bee, acho mesmo...

— Sei que acha.

— Mas dessa vez...

— Faltam só oito minutos, Leena. Tente aquele negócio de respirar.

— Que negócio de respirar?

Bee faz uma pausa.

— Você sabe. Respirar?

— Ah, só respirar normalmente? Achei que você estava falando de alguma técnica de meditação.

Ela dá uma risadinha debochada. Então faz outra pausa.

— Você já lidou centenas de vezes com cenários piores do que esse, Leena — diz.

Estremeço, a xícara de café entre as mãos. O medo está alojado em um espaço oco na base da minha costela, tão real que parece algo físico — como uma pedra, um nó, alguma coisa que daria para cortar com uma faca.

— Eu sei — respondo. — Sei que já lidei.

— Só precisa recuperar sua autoconfiança — continua Bee. — E a única maneira de fazer isso é entrando no ringue. Certo? Pelo amor de Deus! Você é Leena Cotton, a consultora sênior mais jovem no mercado, a revelação de 2020 da Selmount Consulting. E... — ela abaixa a voz — em breve... um dia... codiretora do nosso próprio negócio. Não é?

É. Só que não me *sinto* como essa Leena Cotton.

Bee está me observando agora, as sobrancelhas bem delineadas quase juntas de preocupação. Fecho os olhos e tento afastar o medo, e funciona por alguns instantes: tenho um vislumbre da pessoa que eu era um ano e meio atrás, a pessoa que faria uma apresentação como essa em um piscar de olhos, sem se abalar.

— Vocês estão prontas, Bee, Leena? — pergunta o assistente do CEO, enquanto atravessa o andar onde ficam os escritórios da Upgo.

Eu me levanto e sinto a cabeça girar, então uma onda de náusea me atinge. Agarro a beirada da mesa. Merda. *Isso* é novidade.

— Você está bem? — pergunta Bee em um sussurro.

Engulo com dificuldade e espalmo as mãos na mesa até meus pulsos começarem a doer. Por um momento, acho que não vou conseguir — não vai dar, Deus, estou tão *cansada* —, mas então, por fim, a determinação fala mais alto.

— Com certeza — digo. — Vamos acabar logo com isso.

Meia hora se passou. Não chega a ser um período especialmente longo. Não dá para ver um episódio inteiro de *Buffy* nesse tempo, ou... ou assar uma batata grande. Mas *dá* para destruir totalmente a própria carreira.

Tive tanto medo de que alguma coisa assim acontecesse. Já faz um ano que venho vacilando no trabalho, errando por falta de atenção, por descuido, o tipo de coisa que eu simplesmente *não faço*. É como se desde a morte de Carla eu tivesse mudado a mão com que escrevo e, de repente, passasse a fazer tudo com a mão esquerda, não com a direita. Mas tenho me esforçado tanto, me obrigando a seguir em frente, que achei sinceramente que estava conseguindo.

Obviamente não era o caso.

Achei de verdade que ia morrer naquela reunião. Já tive um ataque de pânico antes, na faculdade, mas não foi tão forte quanto esse. Nunca me senti tão sem controle de mim mesma. Foi como se o medo tivesse rédea solta: agora ele não era mais um nó apertado, passou a ter tentáculos, que apertavam com força os meus pulsos e tornozelos e cravavam as garras em meu pescoço. O coração começou a bater muito rápido — e mais rápido, e mais rápido —, até eu ter a sensação de que ele já não fazia mais parte do meu corpo, como um passarinho se debatendo desesperadamente, preso no peito.

Ter errado *um* dos números de faturamento teria sido perdoável. Mas depois que isso aconteceu, a náusea voltou com força total e errei mais um número, e outro, então a minha respiração começou a sair muito ofegante, e meu cérebro se encheu de... não, não foi uma névoa, foi mais como uma luz forte, muito forte. Forte demais para que eu conseguisse ver qualquer coisa além dela.

Por isso, quando Bee se adiantou e disse *permita que eu...*
Ou quando outra pessoa falou *ah, por favor, isso é vergonhoso...*
E quando, por fim, o CEO da Upgo Finance disse *acho que já vimos o bastante aqui, não acham...*

Eu já não aguentava mais. Estava com o corpo dobrado, arquejando, certa de estar prestes a morrer.

— Está tudo bem — dizia Bee agora, as mãos segurando as minhas com força. Havíamos nos enfiado em uma das cabines fechadas de telefone, no canto dos escritórios da Upgo. Bee tinha me levado para lá, eu ainda hiperventilando, o suor encharcando a blusa. — Estou com você. Você está bem.

Cada respiração saía em um arquejo entrecortado.

— Acabei de fazer a Selmount perder a conta da Upgo, não é? — consegui falar.

— A Rebecca está em uma ligação com o CEO de lá agora. Tenho certeza de que vai ficar tudo bem. Vamos, apenas respire.

— Leena? — alguém me chama. — Leena, você está bem?

Mantive os olhos fechados. Talvez, se eu permanecer assim, essa acabe não sendo a voz da assistente da minha chefe.

— Leena? É a Ceci, assistente da Rebecca.

Droga. Como ela *conseguiu* chegar aqui tão rápido? Os escritórios da Upgo ficam a pelo menos vinte minutos de metrô da sede da Selmount.

— Ah, Leena, que confusão! — exclama Ceci. Ela se junta a nós na cabine e fica esfregando o meu ombro em círculos irritantes. — Tadinha. Isso mesmo, chore, desabafe.

Na verdade, não estou chorando. Solto o ar lentamente e olho para Ceci, que está usando um vestido de grife e tem um sorriso particularmente alegre no rosto, e lembro a mim mesma, pela centésima vez, como é importante apoiar outras mulheres no mercado de trabalho. Acredito do fundo do coração nisso. É um princípio que me norteia, e é como planejo chegar ao topo da minha carreira.

Mas, sabe como é, mulheres continuam sendo pessoas. E algumas pessoas são simplesmente abomináveis.

— O que podemos fazer por você, Ceci? — pergunta Bee, entre dentes.

— A Rebecca me mandou aqui para checar como você estava — responde Ceci, se dirigindo a mim. — Sabe, depois do seu... — Ela agita os dedos. — Da sua *vaciladinha*. — O iPhone dela vibra. — Ah! Chegou um e-mail dela.

Bee e eu esperamos, os ombros tensos. Ceci lê o e-mail com uma lentidão desumana.

— E então? — pergunta Bee.

— Hum? — diz Ceci.

— Rebecca. O que ela falou? Ela... eu fiz a gente perder a conta? — forço a pergunta.

Ceci inclina a cabeça, os olhos ainda fixos no celular. Esperamos. Posso sentir a onda de pânico também esperando, pronta para me arrastar para o fundo.

— A Rebecca conseguiu dar um jeito na situação... Ela não é maravilhosa? Vão manter a Selmount nesse projeto e foram *muito* compreensivos — diz Ceci por fim, com um sorrisinho. — Ela quer ver você agora, portanto é melhor correr de volta para o escritório, não acha?

— Onde? — pergunto, preocupada. — Onde a Rebecca quer que eu me encontre com ela?

— Hum? Ah, na Sala 5c, no RH.

É claro. Onde mais ela poderia me demitir?

Rebecca e eu estamos sentadas uma na frente da outra. Judy, do RH, está do lado dela. Não vejo como um bom sinal o fato de Judy estar sentada do lado de Rebecca e não do meu.

Rebecca afasta o cabelo do rosto e me olha com uma expressão que é uma mistura de pena e solidariedade, o que só posso encarar como um péssimo sinal. Essa é Rebecca, a rainha do rigor, mestra em acabar com as pessoas no meio de reuniões. Ela uma vez me disse que esperar o impossível é o único caminho verdadeiro para os melhores resultados.

Para resumir, se ela está sendo legal comigo, quer dizer que desistiu.

— Leena — começa Rebecca. — Você está bem?

— Sim, claro, estou ótima — digo. — Por favor, Rebecca, me deixe explicar. O que aconteceu na reunião foi... — Paro no meio da frase, porque Rebecca está agitando a mão, o cenho franzido.

— Escuta, Leena, sei que cumpre muito bem seu papel, e Deus sabe que amo você por isso. — Ela olha de relance para Judy. — Quer dizer, a Selmount valoriza a sua atitude... determinada, proativa. Mas vamos falar francamente. Você está um caco.

Judy tosse baixinho.

— Por isso, nos perguntamos se você não estaria tendo um ligeiro esgotamento — continua Rebecca sem delongas. — Checamos seu registro... Você sabe quando foi a última vez que tirou alguns dias de férias?

— Isso é... uma pegadinha?

— Sim, é, Leena, porque ao longo do último ano você não tirou *nenhum dia de férias*. — Rebecca encara Judy com severidade. — O que, a propósito, não deveria nem ser possível.

— Eu já disse — retruca Judy, entre dentes — que não sei como ela fez isso!

Eu sei como fiz. O Departamento de Recursos Humanos é só fachada na hora de garantir que os funcionários tirem os dias de férias a que têm direito anualmente. O que fazem na verdade é apenas mandar um e-mail duas vezes ao ano avisando quantos dias o empregado tem restantes, com algumas frases encorajadoras sobre "bem-estar", "a nossa abordagem holística" e "ficar off-line para maximizar o próprio potencial".

— É sério, Rebecca, estou ótima. Lamento demais que o meu... que eu tenha perturbado a reunião dessa manhã, mas se você me deixar...

Mais cenhos franzidos e acenos com a mão.

— Leena, sinto muito. Sei que tem sido uma época muito difícil para você. Esse projeto é absurdamente estressante, e há algum tempo tenho a sensação de que não fizemos o certo ao alocá-la nele. Sei que costumo ser debochada ao falar esse tipo de coisa, mas realmente me importo com o seu bem-estar. Por isso, conversei com os sócios, e estamos tirando você do projeto Upgo.

Estremeço subitamente, um tremor absurdo, dos pés à cabeça, meu corpo me lembrando de que ainda não estou no controle de mim mesma. Abro a boca para argumentar, mas Rebecca é mais rápida.

— E decidimos não alocá-la em nenhum outro projeto pelos próximos dois meses — continua ela. — Encare como um período sabático. Dois meses de férias. Você não tem permissão para voltar ao escritório da Selmount até estar descansada e relaxada, até não ter mais a aparência de alguém que passou um ano em uma zona de guerra. Entendido?

— Realmente não é necessário — digo. — Rebecca, por favor. Me dê uma chance de provar que eu...

— Isso é um puta presente, Leena — retruca ela, irritada. — Licença remunerada! Por dois meses!

— Não quero. Quero trabalhar.

— É mesmo? Porque sua cara está dizendo que você quer *dormir*. Acha que eu não sei que você trabalhou até as duas da manhã todos os dias dessa semana?

— Sinto muito. Sei que deveria ter respeitado o horário de trabalho regular... foram só umas...

— Não estou criticando você pela forma como gerencia seu horário de trabalho, estou perguntando *quando você descansa*, mulher.

Judy solta uma sequência de tossidas baixas diante disso. Rebecca lança outro olhar irritado para ela.

— Uma semana — apelo, desesperada. — Vou tirar uma semana de folga, descansar um pouco, e então quando eu voltar...

— Dois. Meses. Fora. Daqui. É isso. Não está aberto a negociação, Leena. Você precisa disso. Não me faça colocar o RH em cima de você para provar. — Isso é dito com um movimento significativo de cabeça na direção de Judy, que levanta o queixo como se alguém tivesse batido palmas de repente diante do rosto dela, ou talvez dado um peteleco em sua testa.

Posso sentir a minha respiração voltando a acelerar. Sim, tenho tido alguns problemas, mas não posso ficar dois meses fora. Não posso. A Selmount dá muita importância à reputação — se eu sair do jogo por oito semanas inteiras, depois daquela reunião com a Upgo, vou virar motivo de escárnio.

— Nada vai mudar em oito semanas — diz Rebecca. — Certo? Vamos estar aqui quando você voltar. E você ainda vai ser Leena Cotton, a sênior mais jovem, a funcionária que mais trabalha, a mais esperta. — Ela me encara fixamente. — Todo mundo precisa de uma folga de vez em quando. Até você.

Saio da reunião me sentindo fisicamente mal. Achei que iam me demitir — já tinha preparado todo o discurso sobre demissão sem justa causa. Mas... um período sabático?

— E então? — diz Bee, aparecendo tão de repente na minha frente que quase a atropelo. — Estava por perto — explica. — O que a Rebecca falou?

— Ela disse que eu... tenho que tirar férias.

Bee parece confusa por um momento.

— Vamos sair mais cedo para o almoço.

Enquanto driblamos turistas e executivos ao longo da Commercial Street, meu celular toca. Olho para a tela do aparelho na minha mão, tropeço e quase esbarro em um homem com um cigarro eletrônico pendurado na boca como um cachimbo.

Bee olha de relance para a tela do celular por cima do meu ombro.

— Você não precisa atender agora. Pode deixar tocar.

Meus dedos pairam sobre o ícone verde na tela. Esbarro com o ombro em um homem de terno que está passando, ele estala a língua, irritado, enquanto saio cambaleando pela calçada, e Bee precisa me amparar.

— O que você me aconselharia a fazer se eu estivesse no seu lugar nesse momento? — arrisca Bee.

Atendo à ligação. Bee suspira e empurra a porta do Watson's Café, nosso refúgio nas raras e especiais ocasiões em que saímos do escritório da Selmount para comer.

— Oi, mãe — cumprimento.

— Leena, oi!

Estremeço. Ela está toda animada e com um tom falsamente casual, como se tivesse ensaiado as palavras antes de fazer a ligação.

— Queria falar com você sobre hipnoterapia — diz.

Eu me sento diante de Bee.

— O quê?

— Hipnoterapia — repete a minha mãe, com um pouco menos de confiança dessa vez. — Já ouviu falar? Tem uma pessoa que faz isso aqui em Leeds, e acho que poderia ser muito bom para nós duas, Leena. Talvez pudéssemos fazer juntas, na próxima vez que vier me visitar. O que acha?

— Não preciso de hipnoterapia, mãe.

— Não se trata de hipnotizar as pessoas como o Derren Brown, aquele ilusionista, faz, nem nada assim, é...

— Não preciso de hipnoterapia, mãe. — A minha voz sai irritada, e posso ouvir a tristeza da minha mãe no silêncio que se segue. Fecho os olhos e acalmo a respiração. — Fique à vontade se quiser tentar, mas eu estou bem.

— Só acho... que talvez, talvez, fosse bom para nós fazer alguma coisa juntas, não precisa ser terapia, mas...

Percebo que ela abandonou a "hipnose". Coloco o cabelo para trás, sinto a rigidez já familiar do spray fixador entre os dedos e evito o olhar de Bee do outro lado da mesa.

— Acho que deveríamos tentar conversar, talvez em algum lugar onde... não fosse possível falar coisas que machucam. Apenas um diálogo positivo — completa mamãe.

Por trás da conversa, percebo a influência do mais recente livro de autoajuda que minha mãe andou lendo. Está no uso cuidadoso da voz passiva, no tom comedido, no *diálogo positivo* e *coisas que machucam*. Mas, por mais que aquilo mexa comigo, por mais que me deixe com vontade de dizer *Sim, mãe, o que puder ajudar você a se sentir melhor*, lembro-me da escolha que ela ajudou Carla a fazer. Como deixou a minha irmã escolher interromper o tratamento e... desistir.

Acho que nem mesmo o tipo de hipnoterapia de Derren Brown seria capaz de me ajudar a lidar com isso.

— Vou pensar — digo. — Tchau, mãe.

— Tchau, Leena.

Bee fica só me olhando do outro lado da mesa, dando tempo para que eu me recomponha.

— E então? — diz, por fim.

Bee passou todo o último ano trabalhando comigo no projeto da Upgo, me viu todos os dias desde a morte de Carla e sabe tanto sobre meu relacionamento com minha mãe quanto meu namorado, se não mais — só consigo ver Ethan nos fins de semana e em algumas poucas noites no meio da semana, quando nós dois conseguimos sair do trabalho a tempo, enquanto Bee e eu passamos cerca de dezesseis horas por dia juntas.

Esfrego os olhos com força e minhas mãos saem manchadas de rímel. Devo estar um horror.

— Você estava certa. Eu não deveria ter atendido. Lidei da pior maneira possível.

— Pois me pareceu que você lidou muito bem com tudo — diz Bee.

— Por favor, vamos falar sobre outro assunto. Qualquer coisa que não seja a minha família. Ou o trabalho. Ou qualquer coisa tão desastrosa quanto. Me conte sobre o encontro de ontem à noite.

— Se quer um assunto não desastroso, vai precisar escolher outra opção — declara Bee, recostando-se na cadeira.

— Ah, não! Foi ruim? — pergunto.

Pisco para conter as lágrimas, mas Bee gentilmente continua a falar, fingindo não perceber.

— Sim. Terrível. Soube que era um erro assim que ele se inclinou para me dar um beijo na bochecha e eu só consegui sentir o cheiro de mofo da toalha úmida que ele deve ter usado para secar o rosto.

Deu certo — é nojento o bastante para me trazer de volta para o presente.

— Eca — digo.

— E ele também tinha uma remela enorme no canto do olho. Como uma meleca no olho.

— Ah, Bee... — Fico tentando encontrar a forma certa de dizer para ela parar de desistir tão rápido das pessoas, mas meus poderes de convencimento parecem ter me abandonado, e, de qualquer forma, o lance da toalha é mesmo nojento.

— Estou prestes a desistir e encarar uma eternidade como mãe solo — diz Bee, tentando chamar a atenção do garçom. — Cheguei à conclusão de que ter encontros é realmente pior do que a solidão. Quando a gente está sozinha pelo menos não fica alimentando esperanças, não é?

— Sem esperança?

— Isso. Sem esperança. É uma maravilha. Sabemos exatamente onde estamos... sozinhos como nascemos, e como morreremos, e coisa e tal... Enquanto ter encontros, nossa, ter encontros *enche* a gente de esperança. Toda vez que você acha que encontrou um homem bom, gentil... — Ela estala os dedos. — Logo aparecem os problemas com a mãe, os egos frágeis e os fetiches estranhos com queijo.

O garçom finalmente olha em nossa direção.

— O de sempre? — pergunta ele do outro lado do café.

— Isso! Com calda extra nas panquecas dela! — grita Bee de volta, apontando para mim.

— Fetiches com *queijo*? — pergunto.

— Digamos que talvez eu tenha visto algumas fotos que fizeram com que eu não chegue nem perto de brie.

— Brie? — digo, horrorizada. — Mas... ah, nossa, brie é tão delicioso! Como alguém poderia corromper um brie?

Bee dá um tapinha carinhoso na minha mão.

— Imagino que você nunca vai precisar descobrir, amiga. Na verdade, sim, se eu deveria estar animando você, por que não estamos conversando sobre a *sua* vida amorosa perfeita? Com certeza já estamos na contagem regressiva para que Ethan faça o pedido. — Ela repara na minha expressão. — Não? Também não quer falar sobre isso?

— Eu só... — Abano a mão e sinto as lágrimas chegando de novo. — Estou em uma grande onda de horror. Ai, meu Deus. Ai, meu Deus. Ai, meu Deus.

— A que crise na vida se referem tantos "ai, meu Deus", só para eu saber? — pergunta Bee.

— Trabalho. — Pressiono os dedos contra os olhos até doer. — Não consigo acreditar que não vão me alocar em nenhum projeto por dois meses inteiros. É como uma... como uma minidemissão.

— Na verdade — corrige Bee, e seu tom me faz afastar as mãos do rosto e abrir os olhos —, são férias de dois meses.

— Sim, mas...

— Leena, amo você e sei que tem um monte de merda acontecendo na sua vida nesse momento, mas, por favor, tente ver isso como uma coisa boa. Porque vai ser muito difícil continuar amando você se estiver determinada a passar as próximas oito semanas reclamando por ter recebido dois meses de licença remunerada.

— Ah, eu...

— Você poderia ir para Bali! Ou explorar a Floresta Amazônica! Ou velejar ao redor do mundo! — Ela ergue as sobrancelhas. — Sabe o que eu daria para ter esse tipo de liberdade?

Engulo em seco.

— Sim. Você está certa. Desculpa, Bee.

— Não tem problema. Sei que para você a situação é mais do que um tempo longe do trabalho. Mas pense um pouco naqueles que, como eu, passam as férias em museus de dinossauros cheios de crianças de nove anos, ok?

Inspiro e expiro lentamente, tentando assimilar aquilo.

— Obrigada — digo, vendo o garçom se aproximar da mesa. — Eu precisava escutar isso.

Bee sorri para mim, então baixa os olhos para o prato à sua frente.

— Sabe — diz ela, em um tom casual —, você *poderia* usar esse tempo de folga para voltar a pegar no nosso plano de negócio.

Isso me deixa desconfortável. Já faz dois anos que Bee e eu planejamos montar a nossa própria consultoria — estávamos quase prontas quando Carla ficou doente. Agora as coisas meio que... empacaram um pouco.

— Sim! — digo, o mais animada que consigo. — Com certeza.

Bee levanta uma das sobrancelhas. Afundo na cadeira.

— Desculpa de verdade, Bee. Eu quero, realmente quero fazer isso, só que parece... impossível agora. Como vamos colocar o nosso próprio negócio para funcionar quando eu mal consigo me manter no emprego na Selmount?

Ela mastiga um pedaço de panqueca, parecendo pensativa.

— Certo — diz. — A sua confiança recebeu um golpe e tanto nos últimos tempos, eu entendo. Posso esperar. Mas, mesmo que você não use esse tempo de folga para trabalhar no nosso plano de negócio, devia usar para trabalhar em *você*. A minha Leena Cotton não fala "se manter no emprego" como se isso fosse o melhor que ela conseguisse, e com certeza não usa a palavra "impossível". E quero a minha Leena Cotton de volta. Portanto — ela aponta o garfo para mim —, você tem dois meses para trazê-la de volta.

— Como eu vou fazer isso?

Bee dá de ombros.

— Essa parte do "se descobrir" não é exatamente meu forte. Estou apenas montando a estratégia aqui... Você fica responsável pelos resultados.

Aquilo consegue me arrancar uma risada.

— Obrigada, Bee — digo de repente, e estendo a mão para apertar a dela. — Você é incrível. De verdade. É fenomenal.

— Hum, bem... Diga isso aos homens solteiros de Londres, amiga — retruca ela, dando mais um tapinha carinhoso na minha mão e voltando a pegar o garfo.

2

Eileen

Já se passaram quatro gloriosos meses desde que meu marido se mandou com nossa professora de dança, e, até este exato momento, não senti falta dele nem uma vez.

Observo o pote de vidro em cima do aparador com os olhos semicerrados. Meu pulso ainda dói depois de ter passado quinze minutos tentando abrir a tampa, mas me recuso a desistir. Algumas mulheres moram sozinhas a vida toda e *elas* comem coisas que vêm em potes de vidro.

Encaro o pote e tento me incentivar. Sou uma mulher de setenta e nove anos. Já dei à luz. Já me acorrentei a uma escavadora para salvar uma floresta. Já confrontei Betsy sobre as novas regras de estacionamento na Lower Lane.

Sou capaz de abrir esse maldito vidro de molho de macarrão.

Dec me observa do parapeito da janela, enquanto procuro em uma gaveta da cozinha algum instrumento que seja capaz de fazer o trabalho que meus dedos cada vez mais inúteis não são.

— Você acha que sou uma velha maluca, não acha? — pergunto ao gato.

Dec balança o rabo com um sussurro. É um sussurro sardônico. *Todos os humanos são malucos*, diz aquele sussurrar. *Você deveria seguir meu exemplo. Faço com que meus potes sejam abertos para mim.*

— Ora, agradeça que sua refeição dessa noite vai sair de um saquinho — digo a ele, agitando uma colher de espaguete em sua direção.

Eu nem gosto de gatos. Foi ideia de Wade pegar os gatinhos no ano passado, mas ele perdeu interesse em Ant e Dec quando descobriu a Srta. Dançarina e decidiu que Hamleigh era pequena demais para ele e que só velhos tinham gatos. *Você pode ficar com os dois*, disse ele, com um ar muito magnânimo. *Eles combinam mais com o seu estilo de vida.*

Babaca presunçoso. Ele é ainda mais velho do que eu — vai fazer oitenta e um em setembro. E quanto ao meu estilo de vida... Ora. Espere só para ver, Wade Cotton. Espere só para ver, maldito.

— As coisas vão mudar por aqui, Declan — digo ao gato, fechando os dedos ao redor da faca de pão no fundo da gaveta.

Dec pisca lentamente, sem parecer nada impressionado, então arregala os olhos e dispara para fora da janela enquanto ergo a faca com as duas mãos e cravo na tampa do pote de vidro. Deixo escapar um *ahá!* baixinho quando acerto. São necessários alguns golpes, como um assassino amador em uma história da Agatha Christie, mas, dessa vez, quando giro a tampa, ela abre com facilidade. Cantarolo para mim mesma enquanto viro triunfante o conteúdo do vidro na panela.

Pronto. Depois de aquecer o molho e cozinhar a massa, volto a me sentar diante da mesa de jantar com meu chá e examino a minha lista.

Basil Wallingham

Prós:
- Mora aqui na mesma rua... não é muito longe para ir a pé
- Tem dentes
- Ainda tem energia para espantar esquilos dos comedores de passarinhos

Contras:
- Incrivelmente entediante
- Está sempre usando tweed
- É quase fascista

Sr. Rogers

Prós:
- Tem só 67 anos
- Não é careca (muito impressionante)
- Dança como o Pasha daquele programa de TV (mais impressionante ainda)
- É educado com todo mundo, até mesmo com Basil (o que é ainda mais impressionante)

Contras:
- É um homem extremamente religioso. Muito beato. Possivelmente sem graça na cama?
- Só vem a Hamleigh uma vez por mês
- Não mostra qualquer sinal de interesse em ninguém que não Jesus

Dr. Piotr Nowak

Prós:
- Polonês. Que empolgante!
- Médico. Útil no caso de alguma enfermidade
- Bom de papo e excelente jogando Scrabble

Contras:
- Bem mais novo do que eu (59 anos)
- Quase com certeza ainda apaixonado pela ex-esposa
- Se parece um pouco com Wade (o que não é culpa dele, mas é desagradável)

Mastigo lentamente e levanto a caneta do papel. Venho ignorando a ideia o dia todo, mas... realmente deveria listar *todos* os cavalheiros sem compromisso que tenham a idade certa. Afinal, coloquei Basil na lista, não é?

Arnold Macintyre

Prós:
- Mora na casa ao lado
- Tem idade apropriada (72 anos)

Contras:
- É um ser humano insuportável
- Envenenou meu coelho (verdade que isso ainda não foi provado, mas sei que foi ele)
- Derrubou minha árvore cheia de ninhos de passarinhos
- Acaba com toda a alegria do mundo
- Deve lanchar gatinhos no café da manhã
- Provavelmente descende de ogros
- Me odeia quase tanto quanto eu o odeio

Risco *provavelmente descende de ogros* depois de um instante, porque é injusto envolver os pais dele nisso — por tudo o que eu sei, eles talvez tenham sido boas pessoas. Mas mantenho a parte dos gatinhos.

Pronto. Uma lista completa. Inclino a cabeça, mas a relação parece tão desoladora desse ângulo quanto vista de frente. Tenho que encarar a verdade: as opções são muito escassas aqui em Hamleigh-in-Harksdale, com uma população de cento e sessenta e oito pessoas. Se quero encontrar o amor nesse ponto da vida, preciso ampliar meus horizontes. Até Tauntingham, por exemplo. Há pelo menos duzentas pessoas em Tauntingham, e fica a apenas meia hora de ônibus.

O telefone toca. Consigo chegar à sala de estar bem a tempo de atender.
— Alô?
— Vó? É a Leena.
Sorrio animada.
— Espere, deixe eu me sentar.
Eu me acomodo na minha poltrona favorita, a verde estampada com rosas. Esse telefonema é a melhor parte de qualquer um dos meus dias.

Mesmo quando são conversas de absoluta tristeza, quando falamos apenas sobre a morte de Carla — ou sobre qualquer outra coisa que não isso, porque o assunto é doloroso demais —, mesmo então, os telefonemas de Leena me dão força para seguir em frente.

— Como você está, querida? — pergunto a Leena.

— Estou bem, e você?

Estreito os olhos.

— Você não está bem.

— Eu sei. Respondi no automático, desculpe. Como quando alguém espirra e a gente diz "saúde". — Eu a escuto engolir em seco. — Vó, eu tive um... um ataque de pânico no trabalho. Eles me obrigaram a tirar dois meses sabáticos.

— Ah, Leena! — Levo a mão ao coração. — Mas tirar uma folga não é ruim — me apresso a dizer. — Um descanso de tudo vai lhe fazer bem.

— Estão me jogando para escanteio. Tenho vacilado demais, vó.

— Ora, isso é compreensível, levando-se em conta...

— Não — interrompe ela, a voz embargada —, não é. Nossa, eu... eu prometi para a Carla, disse a ela que não ia deixar que a perda dela me afetasse no trabalho, e ela sempre disse... disse que sentia tanto orgulho, mas agora eu...

Ela está chorando. Minhas mãos apertam meu cardigã, como Ant ou Dec fazem com as patas quando estão sentados no meu colo. Mesmo quando criança, Leena raramente chorava. Diferentemente de Carla. Quando Carla estava chateada, jogava os braços para cima, a própria imagem do desespero, como uma atriz melodramática em uma peça — era difícil não rir. Mas Leena só franzia a testa, abaixava a cabeça e nos mirava com uma expressão de reprovação nos olhos de cílios longos e escuros.

— Ah, meu bem. A Carla iria querer que você tirasse férias — digo a ela.

— Sei que eu deveria estar pensando nisso como sendo férias, mas não consigo. É só que... odeio ter falhado. — A frase sai abafada, como se ela estivesse com o rosto enfiado nas mãos.

Tiro os óculos e esfrego o nariz.

— Você não *falhou*, querida. Você está estressada, é isso. Por que não vem passar o fim de semana aqui? Tudo fica melhor com uma boa xícara de chocolate quente. Vamos conseguir conversar direito e você vai poder descansar um pouco disso tudo aqui em Hamleigh...

Há um longo silêncio.

— Faz tanto tempo que você não vem me visitar... — digo, hesitante.

— Eu sei. Sinto muito mesmo, vó.

— Ah, não tem problema. Você veio quando o Wade foi embora, sempre serei grata por isso. E tenho muita sorte de ter uma neta que me liga com tanta frequência.

— Mas eu sei que conversar ao telefone não é a mesma coisa. E não é que eu... Sabe que eu adoraria ver você.

Nenhuma menção à mãe dela. Antes da morte de Carla, Leena visitava Marian pelo menos uma vez por mês. Quando isso vai passar, esse desentendimento tão triste entre elas? Tenho sempre muito cuidado de não tocar nesse assunto do relacionamento das duas... Realmente não quero interferir, não cabe a mim. Mas...

— A sua mãe ligou para você?

Outro longo silêncio.

— Ligou.

— Sobre... — Com que mesmo ela tinha cismado? — Hiperterapia?

— Hipnoterapia.

— Ah, isso.

Leena não diz nada. Como é *dura* a nossa Leena. Como as duas vão conseguir superar isso algum dia quando ambas são tão absurdamente teimosas?

— Tudo bem. Não vou me meter — digo, diante do silêncio.

— Sinto muito, vó. Sei que é difícil para você.

— Não, não, não se preocupe comigo. Mas você vai pensar na possibilidade de vir até aqui no fim de semana? É difícil ajudar com você estando tão longe, querida.

Escuto Leena fungando.

— Sabe de uma coisa, vó? Eu vou. Já estava mesmo querendo ir e... e vou adorar ver você.

— Oba! — comemoro, sorrindo. — Vai ser incrível. Vou preparar seus pratos favoritos para o chá e colocar você a par de todas as fofocas da cidade. O Roland está fazendo dieta, você sabe. E a Betsy tentou pintar o cabelo, mas deu errado e tive que levá-la de carro para o cabeleireiro com um pano de prato na cabeça.

Leena abafa uma risadinha.

— Obrigada, vó — diz ela, depois de um momento. — Você sempre sabe como fazer com que eu me sinta melhor.

— É isso que as Eileens fazem — digo. — Cuidam umas das outras.

Eu costumava dizer isso quando ela era criança — o nome verdadeiro de Leena também é Eileen. Marian a batizou em minha homenagem quando todos achamos que eu morreria depois de uma pneumonia forte no início dos anos 1990. Quando enfim percebemos que eu não estava às portas da morte, tudo ficou muito confuso, e assim Leena se tornou Leena.

— Amo você, vó — diz ela.

— Também amo você, meu bem.

Depois que Leena desliga o telefone, percebo que não contei a ela sobre o meu novo projeto, e lamento. Prometi a mim mesma que contaria na próxima vez que ela telefonasse. Não que eu esteja com vergonha por estar procurando pelo amor. Mas pessoas jovens costumam achar engraçado que os velhos queiram se apaixonar. Não é de maldade, elas só não pensam sobre o assunto, como quando rimos das crianças agindo como adultos, ou como quando maridos tentam ir ao mercado.

Volto para a sala de jantar e, quando chego lá, olho a minha lista deprimente de bons partidos em Hamleigh. Tudo parece tão insignificante agora... Só consigo pensar em Carla. Tento pensar em outras coisas — os paletós de tweed de Basil, a ex-esposa de Piotr —, mas não adianta, então me sento e me permito lembrar.

Eu me lembro de Carla ainda menina, com os cachos desarrumados e os joelhos ralados, segurando a mão da irmã. Lembro-me dela, já uma moça, usando uma camiseta surrada do Greenpeace, magra demais, mas sorrindo, cheia de energia. Então, me lembro de Carla deitada na sala de

Marian. Emaciada, abatida e lutando contra o câncer com todas as forças que lhe restavam.

Eu não deveria pensar nela dessa forma, como se parecesse fraca — ela ainda era Carla, ainda cheia de energia para a batalha. Mesmo na última visita de Leena, poucos dias antes de morrer, Carla não aceitou qualquer fraqueza por parte da irmã mais velha.

Ela estava em um leito de hospital especial, instalado na sala de Marian uma noite por um grupo gentil da equipe do Sistema Nacional de Saúde, que arrumou tudo com uma eficiência impressionante e terminou antes que eu tivesse tempo de sequer preparar uma xícara de chá para eles. Marian e eu estávamos paradas à porta. Leena estava ao lado da cama, na poltrona que tínhamos colocado ali e nunca mais tirado. A arrumação da sala agora já não era mais ao redor da televisão, mas ao redor da cama, com as barras cor de creme de cada lado do colchão e aquele controle remoto cinza, sempre perdido embaixo das cobertas, para ajustar a altura da cama e erguer Carla quando ela queria se sentar.

— Você é incrível — disse Leena à irmã, os olhos brilhando de lágrimas. — Acho você... acho você incrível, muito corajosa, e...

Carla estendeu a mão, mais rápida do que imaginei que poderia, àquela altura, e cutucou o braço da irmã.

— Pare já com isso. Você jamais diria esse tipo de coisa se eu não estivesse morrendo. — Mesmo rouca e fraca, era possível ouvir o humor na voz dela. — Está muito mais legal comigo agora. É esquisito. Sinto saudade de você brigando comigo por desperdiçar a minha vida.

Leena fez uma careta.

— Eu não...

— Leena, não tem problema, estou brincando.

Leena se agitou na poltrona, desconfortável, e Carla levantou os olhos para o teto, como se dissesse, *Ah, pelo amor de Deus*. Àquela altura, eu já tinha me acostumado ao rosto dela sem sobrancelhas, mas lembro como pareceu estranho a princípio — mais estranho, de certa forma, do que a perda dos longos cachos castanhos.

— Tudo bem, tudo bem. Vou falar sério — disse Carla.

Ela olhou de relance para mim e para Marian, então pegou a mão da irmã, seus dedos pálidos demais contra a pele bronzeada de Leena.

— Certo? Estou no modo séria agora. — Carla fechou os olhos por um momento. — Tenho algumas coisas para dizer a você, sabe. Coisas sérias. — Ela abriu os olhos então e os fixou em Leena. — Você se lembra daquele verão em que fomos acampar juntas, quando você já estava na universidade, mas tinha vindo passar um tempo em casa, e me disse que achava que a consultoria de negócios era a forma de mudar o mundo e eu ri? Então conversamos sobre capitalismo?

— Lembro — disse Leena.

— Eu não deveria ter rido. — Carla engoliu e a dor ficou visível em suas feições, uma tensão ao redor dos olhos, um tremor nos lábios secos. — Eu deveria ter ouvido e dito que estava muito orgulhosa de você. Leena, de certa forma você está moldando o mundo... está fazendo dele um lugar melhor, e o mundo precisa de pessoas assim. Quero que você tire de cena todos os homens velhos e chatos e quero que seja a protagonista. Monte o seu negócio. Ajude as pessoas. E me prometa que não vai deixar que minha partida seja um obstáculo.

Leena estava chorando a essa altura, os ombros curvados e tremendo. Carla balançou a cabeça.

— Leena, pode parar? Nossa, isso é que dá falar sério! Vou ter que cutucar você de novo?

— Não — respondeu Leena em meio às lágrimas. — Não, por favor, não. Na verdade, doeu.

— Muito bem. Saiba apenas que sempre que deixar uma oportunidade escapar, sempre que duvidar de sua capacidade, sempre que pensar em desistir de *qualquer coisa* que queira... vou estar cutucando você do além.

E essa era Carla Cotton.

Era intensa, boba e sabia que não conseguiríamos nos virar sem ela.

3

Leena

Acordo às 6h22, vinte e dois minutos depois do meu alarme habitual, e me sento rapidamente na cama, com um arquejo. Acho que a razão do susto é o silêncio estranho, a ausência do alarme animado e horroroso do celular. Demoro algum tempo para me lembrar de que não estou atrasada — não preciso me levantar e ir para o escritório. Na verdade, nem posso voltar lá.

Deixo a cabeça cair de novo no travesseiro, enquanto o horror e a vergonha voltam com força total. Dormi muito mal, presa em um loop infinito de lembranças daquela reunião, sempre semiacordada, até que, quando finalmente adormeci, sonhei com Carla, com uma das últimas noites que passamos na casa de mamãe, o corpo frágil da minha irmã aconchegado contra o meu como o de uma criança. Ela me cutucou depois de algum tempo. *Pare de molhar o travesseiro todo*, disse, mas então me beijou no rosto e me mandou preparar um chocolate quente noturno, e conversamos por algum tempo, dando risadinhas no escuro como se fôssemos novamente crianças.

Eu já não sonhava com Carla havia alguns meses. Agora, desperta, depois de reviver aquele sonho, sinto tanta saudade da minha irmã que choro um pouco, a garganta apertada, *ai, meu Deus*, me lembrando da dor terrível naqueles primeiros meses, da sensação de estar levando socos no estômago — sinto tudo aquilo de novo por uma fração de segundo e me pergunto como consegui sobreviver àquela época.

Isso é ruim. Preciso me mexer. Uma corrida. É, uma corrida vai me ajudar a me recompor. Visto a calça de ginástica chique da Lululemon que Ethan me deu de aniversário e uma camiseta velha, então saio de casa. Corro pelas ruas de Shoreditch até os tijolos escuros e os grafites darem lugar aos armazéns reformados de Clerkenwell, aos bares e restaurantes ainda fechados na Upper Street, pelas árvores de Islington, até estar pingando de suor e só conseguir pensar no próximo centímetro de calçada à minha frente. O próximo passo, o próximo passo, o próximo passo.

Quando volto, Martha está na cozinha, tentando encaixar seu corpo muito grávido em cima de uma das banquetas art déco absurdas que escolhi para o apartamento. O cabelo castanho-escuro dela está preso em marias-chiquinhas — Martha sempre parece jovem... Ela tem esse tipo de rosto, mas as marias-chiquinhas fazem com que pareça não ter idade legal para estar gestando um filho.

Ofereço o braço para ela se apoiar enquanto sobe na banqueta, mas Martha dispensa a ajuda.

— É muito gentil da sua parte — diz —, mas você está suada demais para tocar em outras pessoas, meu amor.

Seco o rosto com a barra da camiseta e vou até a pia para pegar um copo de água.

— Precisamos de cadeiras decentes — comento com ela por cima do ombro.

— Não precisamos, não! Essas banquetas são *perfeitas* — diz Martha, contorcendo o corpo para trás para tentar encaixar o traseiro no assento.

Reviro os olhos.

Martha é uma designer de interiores de alto nível. O trabalho dela é brilhante, exaustivo e inconstante; os clientes são tão exigentes que parecem um pesadelo, sempre ligando para ela nos horários mais aleatórios, só para surtarem sobre tecidos para cortinas. Mas, por outro lado, ela consegue descontos em mobílias de grife, e vem contribuindo para a decoração do nosso apartamento com uma variedade de peças estilosas que ou não servem para nada — como o vaso em forma de W no peitoril da janela, as luminárias de ferro fundido que quase não permitem que a lâmpada emita luz —, ou que definitivamente não cumprem a função pretendida: as banquetas de café da manhã em que é quase impossível se sentar, a mesinha com a superfície convexa.

Ainda assim, tudo isso parece deixar Martha feliz, e é tão raro eu estar por aqui que nada disso me incomoda muito. Jamais deveria ter deixado Martha me convencer a alugar este apartamento com ela, mas a ideia de morar em uma antiga estamparia havia sido atraente demais para resistir quando eu era recém-chegada a Londres. Agora é só um espaço muito caro em que posso cair dura na cama, e nem me dou conta de que o que estamos fazendo é, ao que parece, "viver em uma comunidade de artistas". Quando Martha for embora, eu realmente preciso conversar com Fitz sobre nós dois nos mudarmos para algum lugar mais prático. Tirando a velhinha esquisita dos gatos, vizinha de porta, todo mundo que mora neste prédio parece ter uma barba hipster ou uma start-up; realmente não sei se Shoreditch é o lugar certo para nós.

— Você conseguiu falar com a Yaz ontem à noite? — pergunto, e me sirvo de outro copo de água.

Yaz é a namorada de Martha, que no momento está em turnê por seis meses com uma peça pelos Estados Unidos. O relacionamento de Yaz e Martha me provoca altos níveis de estresse indireto. Tudo parece envolver uma logística incrivelmente complexa. Sempre há fusos horários diferentes e trocas transatlânticas de documentos importantes, além de tomadas de decisões de vida cruciais por ligações de WhatsApp, com problemas de conexão. Essa situação em que as duas vivem no momento é um excelente exemplo do estilo delas: Yaz vai voltar daqui a oito semanas para tomar posse de uma casa (que ainda precisa ser comprada) e se mudar com a namorada grávida antes da chegada do bebê — que está programada para alguns dias depois da mudança. Só de pensar em tudo isso já começo a suar frio.

— Sim, a Yaz está bem — diz Martha, enquanto passa a mão distraidamente na barriga. — Não para de falar de Tchekhov e de jogos de beisebol. Você sabe, bem no estilo Yaz de ser. — O sorriso fica mais largo e ela dá um longo bocejo. — Mas ela está emagrecendo demais. Precisa de uma boa refeição.

Disfarço um sorriso. Martha pode não ser mãe ainda, mas, desde que a conheci, sempre tratou todos ao seu redor de forma maternal. Alimentar as pessoas é um dos seus ataques de bondade preferidos. Martha também insiste em trazer amigos da aula de Pilates para tomar chá, na esperança descarada de que possam fazer de Fitz, nosso outro colega de apartamento, um homem comprometido.

Falando de Fitz — checo a hora no relógio inteligente. Ele já está no quarto emprego só este ano, realmente seria bom que chegasse na hora hoje.

— O Fitz já levantou? — pergunto.

Como se seguindo a deixa, ele entra na cozinha, o colarinho levantado para colocar a gravata. Como sempre, a barba de Fitz parece ter sido aparada com uma régua — moro com ele há três anos e ainda não estou nem perto de entender como ele consegue isso. Fitz sempre parece tão enganosamente *composto*... A vida dele está em um permanente estado de desordem, mas suas meias nunca deixam de estar passadas à perfeição. (Em defesa de Fitz, suas meias estão *sempre* à mostra — ele usa calças alguns centímetros mais curtas do que o padrão — e são muito mais interessantes do que as meias das pessoas comuns. Ele tem um par com estampa do Bob Esponja, outro com respingos lembrando uma pintura de Van Gogh, e seu par favorito são as "meias políticas", que tem os dizeres "O Brexit é babaquice" ao redor do tornozelo.)

— Levantei. A pergunta é: por que *você* está de pé, mulher de férias? — ironiza Fitz, enquanto termina de dar o nó na gravata fina.

— Ah, Leena — diz Martha. — Desculpe, esqueci totalmente que você não ia trabalhar essa manhã. — Ela me encara com carinho. — Como está se sentindo?

— Péssima — confesso. — E também com raiva de mim mesma por estar me sentindo péssima, porque quem se sente péssima por ter recebido férias remuneradas de dois meses? Mas não paro de me lembrar daquela reunião. Então, tudo o que tenho vontade de fazer é me encolher em posição fetal.

— A posição fetal não é tão estática quanto as pessoas pensam — observa Martha. Ela faz uma careta e esfrega a lateral da barriga. — Mas, sim, isso é totalmente natural, meu bem. Você precisa descansar... é isso que o seu corpo está lhe dizendo. E precisa se perdoar. Só cometeu um errinho de nada.

— A Leena nunca cometeu um erro antes — diz Fitz, indo na direção do liquidificador. — Dê tempo para ela se acostumar com a ideia.

Fecho a cara.

— Já cometi erros, sim.

— Ah, por favor, Senhorita Perfeitinha. Diga um — pede Fitz, lançando um olhar desafiador por cima do ombro.

Martha repara na minha expressão irritada e estende a mão para apertar o meu braço com carinho, mas logo se lembra de como estou suada e opta por dar um tapinha simpático no meu ombro.

— Tem planos para o fim de semana? — pergunta ela.

— Na verdade, vou para Hamleigh — digo, e checo o celular.

Estou esperando uma mensagem de Ethan. Ele teve que trabalhar até tarde na noite passada, mas espero que esteja livre essa noite. Preciso de um dos abraços dele, um daqueles abraços realmente longos e maravilhosos, em que enfio o rosto em seu pescoço e ele envolve todo o meu corpo.

— Jura? — diz Fitz, fazendo agora a própria careta. — Ir para o norte ver a sua mãe... é *isso* que você quer fazer agora?

— Fitz! — repreende Martha. — Acho uma ótima ideia, Leena. Ver a sua avó vai fazer você se sentir muito melhor, e você não precisa nem ver a sua mãe se achar que não está pronta. Ethan vai?

— Provavelmente não... Ele está com aquele projeto em Swindon. O prazo de entrega é na próxima quinta-feira. Ethan está praticamente morando no escritório.

Fitz liga o liquidificador bem nesse momento. Ele não precisa dizer nada: sei que acha que Ethan e eu não priorizamos um ao outro. É verdade que não nos vemos tanto quanto gostaríamos — é verdade que trabalhamos para a mesma empresa, mas estamos sempre alocados em projetos diferentes, em geral em zonas industriais bem distantes uma da outra. Mas esse é um dos motivos pelos quais Ethan é tão incrível. Ele entende como o trabalho é importante. Quando Carla morreu e eu estava me esforçando absurdamente para manter a cabeça acima d'água, era Ethan que me mantinha concentrada no trabalho, foi ele que me fez lembrar o que eu amava no meu emprego e que me estimulou a seguir em frente, de forma que me afogar não foi uma opção.

Só que agora não tenho nenhum trabalho para me fazer seguir em frente, e isso vai se repetir pelas próximas oito semanas. Um enorme espaço de dois meses diante de mim, vazio. Quando penso em todas essas horas de quietude, imobilidade e tempo para pensar, meu estômago parece afundar. Preciso de um propósito, de um projeto, de *alguma coisa*. Se eu parar de me mover, essas águas vão se fechar acima da minha cabeça, e a simples ideia me faz estremecer de pânico.

Checo a hora no celular. Ethan está uma hora e meia atrasado — provavelmente foi emboscado por algum sócio quando estava saindo do trabalho. Fiquei a tarde toda limpando o apartamento e terminei a tempo de me preparar para a chegada dele, mas agora já se passaram mais duas horas — em que fiquei empurrando a mobília de um lado para o outro, espanando pernas de cadeiras e fazendo o tipo de faxina excessiva que seria capaz de me tornar personagem em um documentário sobre maníacos por limpeza.

Quando finalmente escuto a chave de Ethan na porta, saio de debaixo do sofá e tento limpar o meu moletom enorme, reservado para faxinas — é um moletom da *Buffy*, com uma foto grande do rosto dela na frente, exibindo uma daquelas expressões desafiadoras típicas. (A maior parte das minhas roupas além dos terninhos são casacos gigantes, bem nerds. Posso ter andado sem muito tempo para me permitir assistir a programas mais atuais na televisão, mas ainda posso exibir minhas lealdades — e, sinceramente, esse é o único tipo de moda em que acho que vale a pena gastar dinheiro.)

Ethan solta um arquejo dramático quando entra na sala e dá uma volta para ver toda a transformação. Ficou incrível *mesmo*. Mantemos a casa sempre arrumada, mas agora está brilhando.

— Eu deveria ter adivinhado que você não conseguiria passar nem um dia sem algum tipo de atividade frenética — diz Ethan, e se inclina para me beijar. Ele cheira a colônia cara e cítrica e seu nariz está frio da chuva gelada de março. — A casa ficou maravilhosa. Quer dar um jeito na minha agora?

Dou um soco brincalhão no braço dele, que ri e afasta o cabelo escuro da testa com um movimento de cabeça que é a sua marca registrada. Ethan se abaixa e me beija de novo, e sinto uma onda de inveja ao ver como ele está cheio de energia por ter chegado do trabalho. Sinto falta dessa sensação.

— Desculpe, estou atrasado — fala ele, indo para a cozinha. — O Li me puxou para repassar os números de Pesquisa e Desenvolvimento para a avaliação da Webster, e você sabe como ele é, totalmente sem noção. Como você está, meu anjo? — pergunta por sobre o ombro.

Meu estômago fica embrulhado. *Como você está, meu anjo?*, era o que Ethan costumava me dizer toda noite ao telefone, quando Carla estava morrendo. Ele também dizia isso na porta da minha casa, aparecendo bem quando eu precisava dele, com uma garrafa de vinho e um abraço; e disse isso enquanto eu abria caminho para chegar até a frente no funeral de Carla, segurando a mão dele com tanta força que deve ter machucado. Eu não teria conseguido passar por tudo aquilo sem Ethan. Não sei como é possível demonstrar o tanto de gratidão que sentimos pela pessoa que nos guiou durante o momento mais sombrio da nossa vida.

— Estou... bem — digo.

Ethan volta sem sapato, as meias parecendo um pouco incongruentes com o terno conservador.

— Acho que é bom — declara ele —, esse tempo de folga.

— Acha mesmo? — pergunto, e afundo no sofá.

Ethan se senta ao meu lado e puxa as minhas pernas para cima das dele.

— Com certeza. E você não precisa ficar afastada totalmente... É sempre muito bem-vinda para dar palpite nos meus projetos, sabe disso. E posso deixar a Rebecca saber, discretamente, que você está me ajudando, assim ela vai perceber que você não está perdendo o jeito enquanto está fora.

Ajeito um pouco o corpo.

— Sério?

— É claro. — Ele me beija. — Você sabe que pode contar comigo.

Eu me viro para poder olhar direito para ele: a boca elegante e expressiva, o cabelo escuro e sedoso, a fileira de sardas no alto das maçãs do rosto. Ethan é tão lindo... e está aqui agora, quando mais preciso dele. Tenho uma sorte inacreditável de ter encontrado esse homem.

Ele se inclina para o lado e pega a bolsa do notebook, que estava largada perto do sofá.

— Quer dar uma repassada nos slides de amanhã comigo? Para a avaliação da Webster?

Hesito, mas ele já está abrindo o notebook e pousando em cima das minhas pernas, então me recosto e escuto enquanto Ethan começa a falar. E percebo que ele está certo... está ajudando. Sentada aqui, com Ethan, ouvindo a voz baixa e suave dele falar sobre rendimentos e projeções, quase sinto que voltei a ser eu mesma novamente.

4

Eileen

As coisas estão um pouco corridas na sexta-feira à tarde — Dec deixou as vísceras de um rato no capacho. Tenho certeza de que é uma gentileza no código de comportamento felino, mas foi desagradável limpar tudo aquilo da sola dos meus sapatos favoritos. Chego ao centro comunitário da cidade ainda um pouco ofegante, mas bem a tempo da reunião da Patrulha do Bairro.

Os Patrulheiros do Bairro de Hamleigh são uma associação não oficial, mas fantástica. A criminalidade é uma grande preocupação dos moradores de Hamleigh-in-Harksdale, apesar de, nos últimos cinco anos, o único crime pelas redondezas de que me lembro ter sido o roubo do aparador de grama de Basil — que, descobriu-se depois, tinha sido pego "emprestado" por Betsy, que jura ter pedido antes ao dono. Não importa em que lado se acredite no caso, dificilmente se poderia dizer que há uma epidemia de atividade ilegal na região, e uma reunião semanal de duas horas definitivamente constitui certo exagero.

Por sorte, agora estou à frente dos Patrulheiros do Bairro, com Betsy como Assistente de Patrulheira (todos concordaram que Betsy não poderia ser a Patrulheira Líder, levando-se em consideração seu histórico criminal já mencionado). Nós tornamos as reuniões muito mais interessantes. Já que não somos *tecnicamente* Patrulheiros do Bairro oficiais aos olhos do governo, apenas pessoas que gostam de observar a vizinhança, não há necessidade de nos prendermos a regras ou regulamentos. Assim, paramos de fingir que falávamos de crimes e nos concentramos apenas nas fofocas e nos escândalos da cidade e em ficar reclamando sobre cidadezinhas rivais. Na sequência, acrescentamos uma grande quantidade de biscoitos gratuitos, providenciamos almofadas para os assentos e criamos uma placa que diz "Exclusivo para membros" para colocar na porta do centro comunitário quando estamos em reunião — isso teve o efeito de deixar todos os que não são membros dos Patrulheiros do Bairro com inveja, enquanto os membros se mostram presunçosos por fazerem parte "do clube".

Betsy começa a reunião batendo o malhete, um martelinho de juiz, na mesinha de centro do salão. (Só Deus sabe onde Betsy conseguiu esse malhete, mas ela aproveita qualquer oportunidade que tenha para fazer uso dele. Outro dia, quando Basil estava sendo particularmente beligerante no bingo, ela bateu com o martelinho na cabeça dele. O que fez com que Basil calasse a boca. Mas o Dr. Piotr puxou Betsy para o lado mais tarde para explicar que, considerando o recente AVC de Basil, ferimentos na cabeça deveriam ser evitados.)

— Qual é o nosso primeiro tópico? — pergunta Betsy.

Entrego a pauta a ela.

Reunião dos Patrulheiros do Bairro de 20 de março

1. Boas-vindas
2. Chá e biscoitos
3. Dr. Piotr: estacionamento do lado de fora do consultório
4. Roland: ainda estamos boicotando o Julie's? Moção para que se volte a frequentá-lo — não há outros lugares decentes para se comprar sanduíches de bacon
5. Betsy: esclarecimento sobre se as culottes realmente estão "de volta"
6. Biscoitos e chá
7. Eileen: noite de filmes clássicos — moção para banir todos os filmes com Jack Nicholson, não aguento mais nenhum, deve haver outro cavalheiro de mais idade capaz de atuar

8. Basil: atualização sobre a Guerra Contra os Esquilos
9. Algum crime?
10. Biscoitos e chá
11. Outros assuntos

Basil prepara os chás, o que significa que a bebida sai terrivelmente fraca e metade de nós ainda fica com os saquinhos de chá dentro das xícaras, porque ele é míope demais para perceber quais recolheu. Mas Betsy trouxe uma boa variedade de biscoitos. Mordisco um de gengibre enquanto Piotr discursa de forma enérgica sobre "aqueles de nós que estacionam as scooters para idosos ocupando duas vagas" (ele está se referindo a Roland) e sobre "consequências para outros pacientes" (agora está se referindo a Basil, que sempre reclama a respeito).

Eu me lembro da lista em cima da minha mesa de jantar e me distraio tentando me imaginar fazendo amor com o Dr. Piotr — isso tem como consequência um pedaço de biscoito de gengibre descendo pelo caminho errado na minha garganta, o que leva a um breve momento de pânico na reunião, enquanto todos dão tapas nas minhas costas. Betsy está se preparando para fazer a manobra de Heimlich quando recupero a voz e informo a todos que estou bem. E que, caso chegue um momento em que eu esteja me engasgando de verdade, prefiro que seja Piotr a fazer qualquer manobra. Trocamos um olhar bem-humorado por cima da cabeça de Betsy quando digo isso. Eu me pergunto, então, com um lampejo de esperança, se aquele olhar pode ser considerado um ligeiro flerte, embora já faça algum tempo que algo semelhante tenha acontecido comigo e eu não saiba exatamente como detectar.

Betsy fica irritada com o meu comentário, como era de se prever, mas logo se distrai com o debate sobre se as culottes voltaram ou não à moda. O assunto surgiu na pauta porque, na última semana, Kathleen disse a Betsy que são a última moda, e Betsy comprou seis delas em um canal de compras. (Kathleen, aos trinta e cinco anos, contribui para abaixar consideravelmente a média de idade dos Patrulheiros do Bairro. Ela tem três filhos com menos de seis anos e está tão desesperada para sair de casa que se inscreve em todas as atividades que acontecem na cidade.) Betsy teve uma crise de confiança sobre suas novas compras e precisa que seja feito um plebiscito. Essa é a sua forma preferida de garantir que ninguém possa julgá-la por fazer algo — se for decidido democraticamente, é culpa de todos.

Os Patrulheiros do Bairro decidem que as culottes realmente voltaram à moda, embora eu suspeite que Basil acredite que elas são alguma espécie de legume francês... e ele foi o voto decisivo.

Depois de duas rodadas de biscoitos, defendo meu argumento em relação ao banimento de filmes com Jack Nicholson, mas sou voto vencido: surpreendentemente, Penelope é uma fã ardorosa de Nicholson. A seguir, Basil tagarela sobre esquilos por algum tempo, o que é sempre um momento da reunião adequado para tirar um cochilo se for preciso, então é hora de mais biscoitos e do item mais importante da pauta: "Algum crime?" Também conhecido como "fofoca mais recente".

— Eileen, a Betsy disse que você vendeu seu carro... — comenta Penelope, lançando um olhar sagaz para mim do lado oposto do círculo.

Penelope tem a constituição de um passarinho, parece tão frágil que fico sempre nervosa com a possibilidade de alguma parte do corpo dela se quebrar, mas a mulher é forte. Vi quando atirou em um gato com uma pistola d'água outro dia, porque o bicho estava atrás do ninho de chapim-azul dela — ela acertou o coitadinho bem no olho.

— Acho muito sábio de sua parte abrir mão de dirigir, Eileen — diz Betsy.

— Ainda dirijo — retruco, e me sento com a coluna mais ereta. — Uso o carro da Marian quando preciso.

— Ah, você *ainda* dirige? — pergunta Betsy. — Nossa. Que coragem, depois daquele acidente na Sniddle Road!

Betsy é uma alma bondosa e uma amiga muito querida, mas também é ótima em ser rude usando um tom de voz que não permite objeções. Quanto ao meu "acidente" na Sniddle Road, mal vale a pena mencionar. Admito que não foi a minha melhor tentativa de estacionar, mas quem teria imaginado que o 4x4 daquele homem amassaria com tanta facilidade? O carro mais parecia um tanque.

— Você desistiu do seu último projeto, então? — pergunta Basil, limpando migalhas de biscoito do bigode. — Não estava transportando cachorros perdidos naquele seu carro?

— Eu estava ajudando aquelas pessoas gentis do centro de resgate de cães Daredale — digo, com dignidade. — Mas eles agora têm o próprio meio de transporte.

— Tenho certeza de que muito em breve você já vai ter arrumado outro projeto! — comenta Basil com uma risada.

Estreito os olhos em resposta.

— Desistiu também de conseguir um patrocinador para nós, para o Primeiro de Maio? — continua ele. — Nenhum negócio importante se dispôs a emprestar seu nome à festinha de um vilarejo?

Cerro os dentes. A verdade é que estou, *sim*, tendo dificuldade para encontrar um patrocinador para a Festa do Primeiro de Maio. Achei que poderíamos destinar qualquer renda extra que angariássemos para ajudar a instituição de combate ao câncer que fez tanto por Carla, em vez de apenas cobrir os custos, como em geral fazemos. Mas hoje em dia é difícil até conseguir que alguém fale com você nas grandes empresas de Leeds, e os negócios locais com que entrei em contato estão todos cortando custos, sem dinheiro sobrando para investir.

— Imagine só! — diz Basil com uma gargalhada.

— Não vou pedir desculpas por querer fazer a diferença nesse mundo, Basil — falo, em um tom frio.

— Está certíssima, certíssima — retruca Basil. — E devo dizer que é muito corajoso da sua parte continuar tentando, mesmo com tantos obstáculos.

Felizmente a conversa toma outro rumo. Penelope se vira para Piotr, para falar sobre a mais recente indisposição de Roland, e aproveito a oportunidade para conversar em particular com Betsy.

— Voltou a falar com a sua filha, querida? — pergunto em voz baixa.

— Sobre uma visita?

Betsy franze os lábios.

— Tentei — diz ela. — Não deu certo.

O problema é o marido de Betsy. A filha dela se recusa a ficar no mesmo cômodo que ele. Eu compreendo — Cliff é um homem horrível, não entendo como Betsy o aguenta há tantos anos. Nem Wade conseguia suportar o homem. Mas excluir Betsy do convívio com a família só torna tudo pior. Ainda assim, não cabe a mim interferir, então apenas aperto a mão dela com carinho.

— Ela virá quando estiver pronta — digo.

— Ora, é melhor não demorar demais — retruca Betsy. — Tenho *oitenta* anos!

Sorrio ao ouvir isso. Betsy tem oitenta e cinco anos. Mesmo quando está tentando usar a idade avançada a seu favor, não consegue evitar mentir.

— ... os ônibus de Knargill agora estão limitados a um por dia — Basil está dizendo a Roland, do meu outro lado. — Não consigo deixar de achar que isso é parte do problema.

As reclamações favoritas de Basil são, nesta ordem: esquilos, linhas de transporte, condições climáticas e o estado do país. Não se deve deixar que ele comece a discursar sobre nenhum desses temas, mas evito particularmente o último, já que é muito difícil gostar de Basil depois que ele começa a falar sobre imigração.

— E lá estava ela — continua Basil —, afogada na sopa de batata e alho-poró! Uma visão terrível, imagino. A pobre jovem que a encontrou tinha passado por lá só para ver se a mulher queria novos vidros duplos para as janelas, encontrou a porta destrancada e lá estava ela... morta há uma semana sem que ninguém soubesse!

— O que aconteceu, Basil? — pergunto. — Está contando histórias de terror de novo?

— Uma senhora em Knargill — diz Basil, tomando o chá com um jeito complacente. — Se afogou na própria tigela de sopa.

— Que horror! — exclama Betsy.

— Havia um monte de moscas e larvas quando a encontraram? — pergunta Penelope, interessada.

— Penelope! — repreende todo mundo em coro, e na mesma hora nos voltamos todos para Basil, para ouvir a resposta.

— É provável — responde ele, assentindo com uma expressão sábia. — Muito provável. A pobre senhora tinha apenas setenta e nove anos. O marido tinha morrido há um ano. Não havia uma alma sequer no mundo para tomar conta dela. Os vizinhos disseram que ela passava meses sem falar com ninguém além dos pássaros.

Eu me sinto estranha de repente, um pouco zonza talvez, e quando vou pegar outro biscoito de gengibre percebo que as minhas mãos estão mais trêmulas do que o normal.

Acho que me abala um pouco saber que essa pobre senhora tem a mesma idade que eu. Mas qualquer semelhança termina aí, digo a mim mesma com firmeza. Para início de conversa, nunca escolheria sopa de batata com alho-poró — não tem gosto nenhum.

Engulo com dificuldade. O incidente de ontem com o pote de vidro foi um lembrete desagradável de como é fácil não ser capaz de lidar com alguma situação. E isso pode levar rapidamente a consequências drásticas quando se está sozinha.

— Deveríamos fazer mais por pessoas nessa situação — digo de repente. — Com os horários dos ônibus mais espaçados e o Transporte para Idosos dos Dales com problemas de financiamento, é difícil para senhoras como essa se locomoverem, mesmo se quiserem.

Todos parecem bastante surpresos. Em geral, se os habitantes de Knargill são mencionados em uma reunião dos Patrulheiros do Bairro, o comentário logo é seguido por uma gargalhada maldosa de Betsy e depois pela declaração "bem feito para eles por morarem em Knargill".

— Ora, sim, suponho que sim — diz Penelope, meio rabugenta, quebrando o silêncio.

— Vamos acrescentar esse tópico à próxima pauta — digo.

Faço uma anotação no papel que tenho na mão.

Há uma pausa ligeiramente constrangedora.

— Sabe, lá em Firs Blandon estão falando em organizar uma Festa do Primeiro de Maio para competir com a nossa — diz Basil, me fitando com uma expressão astuta, como se testasse as minhas lealdades.

— Não estão, não! — rebato, e estalo a língua, aborrecida.

Basil deveria saber que eu jamais tomaria partido de Firs Blandon. Uma ou duas décadas atrás, quando Hamleigh ficou sem energia elétrica depois de uma grande tempestade, todos os outros vilarejos ao redor ofereceram dinheiro e quartos vagos para ajudar os que não tinham como ficar sem os aquecedores em casa. Nem uma única alma em Firs Blandon ergueu um dedo sequer.

— Bem — digo com determinação —, uma Festa do Primeiro de Maio em Firs Blandon jamais será tão boa quanto a nossa.

— É claro que não! — declara Betsy, e todos relaxam agora que estamos de volta a um terreno familiar. — Alguém quer mais biscoitos?

O resto da reunião transcorre normalmente, mas aquela sensação desagradável, peculiar, me incomoda o dia todo. Fico feliz por Leena estar chegando amanhã. Estou cansada e é muito mais fácil ser independente quando há outra pessoa por perto.

5

Leena

Hamleigh-in-Harksdale é tão fofa quanto se pode imaginar. A cidadezinha fica acomodada entre duas colinas no sul do Parque Nacional de Yorkshire Dales — dá para ver o topo dos telhados e das chaminés tortas entre penhascos castanhos ao longo da estrada do vale.

Eu não cresci em Hamleigh — minha mãe só se mudou para lá quando Carla ficou doente. Há duas versões da cidade na minha mente: metade das minhas lembranças tem uma nostalgia doce de infância, em tons de sépia; e a outra metade é dolorosa, sombria, carregada de perda. Sinto um frio no estômago. Tento me lembrar de como eu me sentia aqui quando era criança, da alegria de dobrar essa curva na estrada e ver os telhados de Hamleigh à frente.

Mesmo quando éramos adolescentes, sempre brigando uma com a outra, Carla e eu dávamos uma trégua durante o tempo que durava a visita à casa do vovô e da vovó. Reclamávamos das festas que estávamos perdendo quando saíamos de Leeds, com a nossa mãe ao volante, mas, assim que chegávamos a Hamleigh, nos lembrávamos de quem éramos aqui. Não demorava para sidra contrabandeada e beijos em garotos quase saídos do colégio nos parecer coisas ligeiramente absurdas, como se fizessem parte da vida de outra pessoa. Passávamos o dia todo ao ar livre, juntas, colhendo amoras em vasilhas velhas com as tampas rachadas, sem nos importar com os arranhões nas pernas recém-depiladas até estarmos de volta em casa, exibindo-as por baixo das saias do uniforme, sempre enroladas na cintura para ficarem mais curtas.

Observo as cores do Dales se estendendo pela janela encardida do ônibus: vermelhos, castanhos, verdes, o cinza arenoso das paredes de pedra. Os carneiros levantam os olhos sonolentos quando passamos. Está chuviscando e já quase consigo sentir o cheiro, o modo como a chuva torna o aroma da terra mais intenso, como se ela tivesse acabado de acordar. O ar é mais puro aqui.

Não no ônibus, é claro. O ar no ônibus cheira a sono de horas e ao sanduíche de frango com molho indiano de alguém. Mas sei que, assim que eu descer, a primeira inspiração será maravilhosa.

Hamleigh em si é formada por apenas três ruas: Lower Lane, Middling Lane e Peewit Street, que na verdade deveria se chamar Upper Lane, mas não se chama. Essa é uma cidade excêntrica, só para você ficar ciente. As casas são em sua maior parte chalés sólidos de calcário, com telhados tortos de ardósia, mas no extremo da Middling Lane há um novo conjunto habitacional — que se destaca implacavelmente no canto da cidade, casas de tijolos laranja e molduras de janela pretas. A minha avó detesta a novidade. Sempre que lembro a ela que a Inglaterra está precisando desesperadamente de imóveis acessíveis, ela diz "só porque tolinhos como você se dispõem a gastar uma grana para morar em apartamentos do tamanho de caixas de sapato em Londres", o que tenho que admitir que é um bom argumento, economicamente falando. Só desejava ser mesmo um desses tolinhos que optam por isso, em vez de escolher gastar dezenas de milhares de libras alugando o estilo de vida de estúdios de artistas.

Sigo direto da parada do ônibus para a casa da minha avó. E me pego desviando o olhar quando passo caminhando pela entrada da rua da minha mãe, como fazemos ao vislumbrar um acidente de trânsito em uma rodovia, terrivelmente conscientes de sermos atraídos pela cena pelo canto dos olhos.

A casa da minha avó é a mais linda da cidade: Clearwater Cottage, número 5, na Middling Lane. Um telhado de ardósia antigo e instável, a glicínia subindo pela parede da frente, uma porta vermelho-rubi... É uma casa de contos de fadas. O nó de ansiedade até então alojado nas minhas costelas se afrouxa quando sigo pelo caminho que atravessa o jardim.

Levanto a aldrava para bater.

— Leena? — ouço a voz da minha avó.

Franzo o cenho. Olho para a direita, para a esquerda, então para cima.

— Vó! — digo com um gritinho agudo.

Minha avó está encarapitada no meio da macieira que fica à esquerda da porta da frente. Está quase na altura das janelas do segundo andar da casa, com cada pé apoiado em galhos diferentes, usando calças de brim e uma blusa marrom, ambas se camuflando com perfeição às cores da árvore. Se não fosse pelo cabelo branco, eu não a teria notado.

— O que você está fazendo aí em cima, pelo amor de Deus?

— Podando! — grita.

Ela acena com um artefato grande e afiado para mim. Estremeço. Aquilo não me tranquiliza em nada.

— Você está muito... no alto! — digo, tentando ser delicada.

Não quero dizer que ela está velha demais para isso, mas só consigo pensar em um episódio daquela série médica, *24 Horas na Emergência*, em que uma senhora idosa cai de uma cadeira e quebra seis ossos. Essa árvore é bem mais alta do que uma cadeira.

Minha avó começa a descer rapidamente. É sério. *Rapidamente.*

— Devagar! Não precisa se apressar por minha causa! — grito, e cravo as unhas nas palmas das mãos.

— Pronto! — Ela dá um último salto para chegar ao chão e limpa as mãos nas coxas. — Se quer que algo seja bem-feito, faça você mesma. Estou esperando pelo homem que poda as árvores há meses.

Eu a examino dos pés à cabeça. Parece incólume. Na verdade, parece bem, só um pouco cansada — está com o rosto corado, e os olhos castanhos cintilam por trás dos óculos de armação verde. Estendo a mão para tirar uma folha do seu cabelo e o ajeito no penteado solto e ondulado que ela usa na altura do queixo. Ela segura a minha mão e aperta.

— Oi, meu bem — diz, o rosto se iluminando em um sorriso. — Chocolate quente?

* * *

Vovó faz chocolate quente do jeito certo: no fogão, com creme e chocolate de verdade. É o mais puro exagero servido em uma xícara. Carla costumava dizer que quem tomasse mais de um não teria espaço para qualquer outra refeição pelo resto do dia, e é a minha coisa favorita na vida.

Procuro ajudar e guardo os pratos que estão no secador ao lado da pia, enquanto vovó mexe o chocolate. Há meses não venho aqui — a última vez foi quando meu avô Wade foi embora, no fim do ano passado —, mas tudo ainda me parece exatamente do mesmo jeito. A madeira alaranjada dos rodapés e dos móveis da cozinha, os tapetes estampados desbotados, as fotos meio tortas de família emolduradas nas paredes.

Nem parece que meu avô não está mais aqui — ou, melhor, nem parece que ele já morou aqui. Acho que ele não levou nada, a não ser suas roupas. Clearwater Cottage sempre pareceu ser a casa da minha avó, não dele. O meu avô só ficava em uma poltrona no canto da sala, ouvindo programas de rádio e ignorando todo mundo. Foi um choque quando ele fugiu com a professora de dança de salão — não porque eu achasse que ele amasse a vovó, mas porque nunca imaginei que ele fosse do tipo que fugiria com quem quer que fosse. O meu avô é o tipo de pessoa que gosta de ter alguma coisa de que reclamar, mas que nunca *faz* realmente nada em relação a isso. Só posso deduzir que a professora de dança foi quem mais se esforçou no processo de sedução.

— Estou tão feliz por você estar aqui, querida! — diz a minha avó, olhando para mim por cima do ombro, enquanto mexe o chocolate quente na panelinha especial para isso.

— Sinto muito. Eu deveria ter vindo antes. — Brinco com os ímãs na geladeira.

— Não culpo você por ficar em Londres — retruca ela. — Eu teria feito o mesmo na sua idade, se pudesse.

Levanto os olhos para ela. Vovó não costuma falar do passado — sempre diz que prefere olhar para a frente, não para trás. Sei que ela estava prestes a começar em um emprego antes de conhecer meu avô, quando estava na casa dos vinte anos. Então eles se casaram e se instalaram aqui, e foi isso. É assim que a minha avó sempre diz: *e foi isso*.

Embora me ocorra agora que não *precisava* ter sido apenas isso.

— Você ainda pode ir para Londres — digo a ela. — Poderia até se mudar para lá, se quisesse, agora que o vovô não está mais aqui para impedir.

Vovó serve o chocolate quente nas xícaras.

— Ah, pare de bobagem — diz ela. — Não posso simplesmente ir embora para Londres, sua mãe precisa de mim.

Faço uma careta.

— Ela sobreviveria, vó. Não é tão frágil quanto você pensa.

Minha avó me lança um olhar que parece dizer *Como tem tanta certeza?*

Dou as costas e vejo o diário de projetos dela aberto em cima da mesa. Minha avó carrega esse diário de projetos para todos os lados — ela trata o caderno como eu trato meu celular, fica sempre horrorizada se percebe que ele não está na bolsa, mesmo que tenha saído apenas para comprar leite no mercado.

— O que tem na sua lista de coisas a fazer? — pergunto, mas logo franzo a testa. — *Tem dentes?* — leio, chocada. — *Possivelmente sem graça na cama?* O que é isso?

Vovó arranca o diário da minha mão.

— Não é nada!

— Você está ruborizando? — Acho que nunca tinha visto a minha avó vermelha.

Ela leva as mãos rapidamente ao rosto.

— Não fale absurdos — diz. — Paramos de ruborizar nos anos 1960.

Eu rio e tiro as mãos dela do rosto.

— Nada disso, você definitivamente está vermelha — informo a ela. — Vai me contar o que está acontecendo? É algum tipo de projeto novo? Seus projetos não costumam ser *tão* estranhos assim.

Ela crispa os lábios, o batom se acumulando nos vincos.

— Ah, nossa, desculpa, vó. — Eu a levo até a mesa para que se sente. — É alguma coisa importante e estou sendo uma babaca?

— Não, não — responde, nem um pouco convincente.

Tento pegar o diário da sua mão, e, depois de um momento, com relutância, ela deixa.

Dou uma lida rápida na lista. Agora fica óbvio do que se trata. Sinto um aperto no coração e me sinto meio melancólica só de ler, porque, por mais que seja fofo, por mais que seja *muito* a minha avó, essa lista também é meio triste.

Ela me olha com desconfiança, os ombros tensos, e me repreendo pela minha insensibilidade.

— Ora — digo —, isso não vai servir de jeito nenhum. — Volto a olhar para a lista. — Basil é aquele cara de bigode que tem aquele adesivo de "Inglaterra acima de tudo" no para-choque, não é?

— É — confirma vovó, ainda parecendo desconfiada.

— Você gosta dele?

— Bem, eu... — Ela faz uma pausa. — Na verdade, não — confessa. — Ele é meio preconceituoso.

Pego uma caneta e risco Basil da lista.

— Espera! — diz a minha avó. — Talvez eu pudesse... passar a gostar dele...

O tom dela me faz estremecer. Parece tão esgotada... Como se Basil fosse o melhor que pudesse esperar conseguir. Minha avó não está sendo ela mesma — Eileen Cotton jamais se contentaria com um homem como Basil. Bem, é verdade que ela se contentou com o vovô Wade, mas sempre senti que vovó sabia que aquilo tinha sido um erro e que foi, na verdade, uma espécie de lealdade obstinada que fez com continuasse com ele — o relacionamento dos dois era mais uma parceria com a qual tinham se conformado do que um casamento. Quando ele a deixou, vovó pareceu ver isso não tanto como uma traição, mas como uma deselegância da parte dele.

— Regra número um de namoros — digo à minha avó, no tom de voz que costumo usar quando Bee está fraquejando e considerando sair novamente com um dos caras horríveis que conheceu na semana anterior. — Você não pode mudar um homem. Mesmo se ele tiver todos os dentes. Próximo: Sr. Rogers. Ele não é o pai da vigária?

— Um homem encantador — diz a minha avó em um tom esperançoso. Fico feliz ao ver que os ombros dela já estão menos tensos.

Checo os prós e contras listados. Não consigo conter outra risadinha chocada quando leio os comentários sobre o Sr. Rogers — então vejo a expressão de vovó e volto a me repreender.

— Está certo. Claramente você está procurando por alguém com mais... presença física do que o sr. Roger está disposto a oferecer.

— Ah, meu Deus, que coisa para se conversar com a própria neta... — diz a minha avó.

— E uma vez por mês não é nem de longe suficiente. Vai levar séculos para conseguir conhecê-lo melhor se só encontrar o sujeito a cada quatro semanas. — Risco o Sr. Rogers da lista. — Próximo: ah, eu me lembro do Dr. Piotr! Mas você não seguiu a regra número dois de namoros, vó: nunca vá atrás de um homem emocionalmente indisponível. Se o Dr. Piotr ainda ama a ex-esposa, você só vai conseguir um coração partido.

Ela coça o queixo.

— Ah, um homem sempre pode...

Levanto um dedo.

— Espero sinceramente que não esteja prestes a dizer "mudar".

— Hum... — diz ela, enquanto me vê riscar Piotr da lista.

— E, finalmente... — leio. — Ah, vó, não, não, não. O Arnold da casa ao lado? O padrasto do Jackson Greenwood?

— Ex-padrasto agora — conta ela, com a sobrancelha fina levantada na expressão travessa típica de quando está fofocando.

— O homem mais rabugento do mundo? — continuo, determinada, sem me deixar distrair. — Você merece alguém *muito* melhor.

— Tive que ser justa e listar todos — explica vovó enquanto risco o nome de Arnold. — Ele é o único homem solteiro acima dos setenta em Hamleigh.

Nós duas encaramos a lista de nomes riscados.

— Bem — comento —, uma folha em branco é sempre um começo promissor.

Os ombros dela se curvam de novo e pego suas mãos.

— Vó, fico *muito* contente por você estar procurando alguém — digo. — Seu casamento com o vovô não foi feliz e você merece encontrar alguém incrível. Farei absolutamente tudo que puder para ajudar.

— Isso é muito gentil da sua parte, mas não há muito que você *possa* fazer. A verdade é que não conheço nenhum homem interessante. — Vovó tira um lenço da manga e assoa o nariz. — Pensei em talvez... em ir a Tauntingham e ver se tem alguém por lá...

Tenho visões de vovó percorrendo as ruas da sonolenta Tauntingham com seu diário de projetos na mão, fazendo anotações enquanto caça um cavalheiro mais velho.

— Não sei se esse seria o método mais eficiente — respondo com cautela. — Já pensou em sites de namoro?

Ela faz uma careta.

— Eu não saberia nem por onde começar.

Eu me levanto. Há tempos não me sentia tão bem.

— Vou pegar o meu computador — digo, já me encaminhando para a porta.

Faço uma pesquisa rápida de meia hora antes de começar a preencher o perfil de vovó no site de relacionamentos. Ao que parece, os segredos para um perfil bem-sucedido são sinceridade, especificidade, bom humor e (mais importante do que todo o resto que eu listei) uma boa foto de perfil. Mas, assim que está tudo pronto, percebo que temos um problema.

Não há uma única pessoa da idade dela registrada no site que esteja a menos de uma hora daqui. Não só vovó não conhece nenhum cavalheiro interessante nesta área... não há nenhum. Bee vive reclamando da ausência de homens decentes em Londres, mas ela não faz ideia da sorte que tem. Quando há oito milhões de pessoas na cidade em que se mora, *alguém* com certeza vai estar solteiro.

Eu me viro lentamente na cadeira e olho para a minha avó.

Quando penso nela, sempre a vejo com uma incrível força de caráter, fazendo o mundo se inclinar à sua vontade. Não consigo imaginar que haja uma senhora mais jovial do que ela por aí. Sua energia inesgotável não mostrou qualquer sinal de arrefecimento quando ela entrou na casa dos setenta anos — a minha avó realmente é extraordinária para a idade.

Mas ela não se parece com essa avó nesse momento.

O ano que passou foi terrível para ela. A morte de uma das netas, o apoio que precisou dar à minha mãe durante o processo da perda da filha, então a traição e o abandono do meu avô... De repente me dou conta de que vejo a minha avó como uma mulher invencível, mas isso é absurdo — *ninguém* passaria por tudo o que ela passou sem sequelas. Olho para ela, sentada ali, cogitando a possibilidade de sair com Basil, o preconceituoso. As coisas não estão bem aqui em Clearwater Cottage.

O que eu já teria percebido se viesse visitá-la de vez em quando.

Volto a atenção para o computador. Sempre que me lembro de que não posso retornar ao trabalho na segunda-feira, me sinto arrasada, inútil, assustada. Preciso de alguma coisa para *fazer*, para *ajudar*, para me fazer parar de pensar em todas as maneiras pelas quais meti os pés pelas mãos.

Mudo a área de busca do site de relacionamentos e, de repente: alô, quatrocentos homens com idades entre setenta e oitenta e cinco anos procurando por amor.

— Tive uma ideia — digo à minha avó. — Só me escute, ok? Há *centenas* de homens disponíveis em Londres.

Ela gira a xícara vazia entre as mãos.

— Já falei, Leena... sua mãe precisa de mim aqui nesse momento. Não posso ir para Londres.

— Mamãe vai ficar bem.

— Ah, vai, é? — diz ela.

— Você precisa de uma folga, vó. *Merece* uma folga. É sério. Conte para mim: por que você queria ir para Londres quando era mais nova?

— Eu queria mudar o mundo — diz ela com um sorrisinho. — Acho que eu imaginava Londres como o lugar onde... onde as coisas importantes acontecem. E eu queria uma aventura. Queria... — Ela abre os braços de forma grandiosa. — ... entrar em um táxi com um estranho charmoso e deixar que ele me levasse para casa. Atravessar a London Bridge cheia de determinação, sentindo o vento no cabelo. Acho que eu queria ser importante.

— Vó! Você é importante! Hamleigh não se manteria de pé sem a senhora, para início de conversa. Quantas vezes já salvou o comércio da cidade até agora? Cinco?

Ela sorri.

— Não estou dizendo que nunca fiz nada de útil. Eu fiz a sua mãe, que fez você e a Carla, e isso é o suficiente para mim.

Aperto a mão dela.

— Que trabalho foi esse? Aquele que você desistiu pelo vovô?

Vovó baixa os olhos para a mesa.

— Era para uma instituição beneficente. Eles montavam centros comunitários para jovens em áreas carentes. Suponho que meu trabalho seria só datilografar e servir café. Mas parecia um começo. Eu também já tinha escolhido um apartamento, não muito distante de onde você mora agora, embora aquela área fosse bem diferente na época.

— Você ia morar em Shoreditch? — pergunto, fascinada. — Isso é tão...

Não consigo imaginar como teria sido a vida da vovó se ela tivesse aceitado aquele emprego. É uma ideia tão estranha.

— Difícil de acreditar? — pergunta ela, irônica.

— Não! É muito *incrível*, vó. Você precisa ir para Londres e ficar comigo! Podemos viver uma aventura em Shoreditch, exatamente como você queria.

— Não vou deixar sua mãe. Não agora — insiste a minha avó com firmeza. — E tenho muitas coisas para fazer aqui no momento. Não posso ir embora. E é isso, Leena.

E lá vai ela de novo, com essa história de *é isso*. Estou me sentindo com o mesmo tipo de energia que tinha no trabalho, e não me sinto assim há séculos. *Sei* que isso é a coisa certa para vovó... é exatamente do que ela precisa.

De repente me lembro do que Bee disse, sobre eu me encontrar, sobre voltar a ser eu mesma. Estava me escondendo em Londres, mergulhada no trabalho. Evitando minha mãe. Evitando tudo, para ser honesta. Mas agora tenho dois meses para mim, para me recuperar. E como não consigo nem *olhar* para a casa onde Carla faleceu...

Tenho a sensação de que este talvez seja o lugar para começar.

— Vó... E se nós trocássemos? — pergunto. — E se eu viesse para cá e tomasse conta de todos os seus projetos, e você ficasse no meu apartamento em Londres, enquanto estou aqui?

Vovó levanta os olhos para mim, surpresa.

— Trocar?

— Trocar de lugar. Você vai realizar seu sonho! Tentar encontrar um homem interessante e disponível em Londres, viver a sua aventura... lembrar a si mesma de quem era antes de se casar com o vovô Wade. E eu fico aqui. Para experimentar um pouco da vida do interior, tentar... organizar a minha cabeça em relação a tudo o que aconteceu, e vou tomar conta dos seus projetos, e... ajudar mamãe se ela precisar. Farei o que você faria por ela, entende, qualquer compra, o que for.

Eu me sinto um pouco zonza de repente. Seria uma boa ideia? É algo bem arriscado, até para os meus padrões.

A expressão de vovó agora é pensativa.

— Você ficaria aqui? E estaria à disposição de Marian quando ela precisasse?

Posso ver o que está se passando na cabeça dela. Vovó nunca fala a respeito, mas sei que está desesperada para que eu e minha mãe voltemos a nos falar desde a morte de Carla. Na verdade, acho que minha mãe está lidando muito melhor com a situação do que vovó pensa — ela certamente não precisa de babá —, mas, se minha avó precisa acreditar que farei tudo o que ela faz pela minha mãe, então...

— Sim, claro, com certeza. — Viro a tela do computador para ela. — Olha só, vó. Quatrocentos homens só esperando para conhecer você em Londres.

Ela volta a colocar os óculos.

— Nossa — diz, olhando para as imagens na tela. Então, volta a tirar os óculos e baixa o olhar para a mesa. — Mas também tenho outras responsabilidades aqui. Os Patrulheiros do Bairro, Ant e Dec, tenho que levar as pessoas ao bingo... Eu não poderia pedir que você tomasse conta disso tudo.

Disfarço um sorriso diante da imensa lista de responsabilidades da minha avó.

— Você não está pedindo. Estou me oferecendo — digo a ela.

Há um longo silêncio.

— Parece uma ideia meio maluca — comenta vovó, por fim.

— Eu sei. E é mesmo meio maluca. Mas também acho que é brilhante. — Sorrio. — Não aceitarei um não como resposta, e você sabe que sempre que falo isso é para valer.

Ela parece achar divertido.

— Isso é verdade. — Vovó solta o ar lentamente. — Meu Deus. Você acha que consigo dar conta de viver em Londres?

— Ah, por favor. A pergunta, vó, é se Londres consegue dar conta de *você*.

6

Eileen

Leena foi para Londres no dia seguinte, arrumou as coisas e depois voltou para Hamleigh. Ela não deve ter ficado mais de uma hora na capital. Não pude deixar de me perguntar se minha neta teve medo de que, se ficasse mais tempo, talvez acabasse recuperando o bom senso e mudando de ideia.

Porque essa troca é uma ideia maluca, é claro. Insana.

Mas também é genial, e é o tipo de ideia que *eu* teria tido em outra época, antes de ficar tão acostumada com a minha cadeira favorita nas reuniões dos Patrulheiros do Bairro, com a minha poltrona verde na sala e com o conforto de ver as mesmas pessoas dia após dia. Antes que Wade esmagasse todas as ideias insanas e geniais que moravam em mim.

Quanto mais Leena fala sobre passear pelo Hyde Park e visitar os cafés preferidos dela em Shoreditch, mais empolgada eu fico. E saber que ela vai estar aqui, em Hamleigh, com a mãe — nossa, eu iria muito mais longe do que Londres se isso significasse que as duas finalmente passariam algum tempo juntas.

Aliso uma nova página no meu diário de projetos e me recosto na cadeira. A chave para tudo isso será garantir que Leena se mantenha ocupada enquanto estiver aqui. A chefe dela pode achar que minha neta precisa diminuir o ritmo por algum tempo, mas a última vez que Leena fez alguma coisa lentamente foi em 1995 (ela foi *muito* lenta em aprender a andar de bicicleta), e, se não arranjar nada para fazer, corre o risco de surtar. Por isso, estou deixando uma lista de alguns dos meus projetos. Leena pode tomar conta deles na minha ausência.

Projetos

1) Passear com o cachorro de Jackson Greenwood às quartas-feiras, às sete da manhã.
2) Levar o pessoal para o bingo na segunda de Páscoa, às cinco da tarde. Mais detalhes na p. 2.
3) Comparecer às reuniões dos Patrulheiros do Bairro às sextas-feiras, às cinco da tarde. (Tomar anotações do que for debatido, caso contrário na semana seguinte ninguém vai se lembrar do que foi conversado. Além disso, levar biscoitos extras se for a vez de Basil levar os dele — ele sempre leva sacos de biscoitos integrais quebrados e fora da validade, comprados na loja de uma libra, e esses são ruins para molhar no chá.)
4) Ajudar a planejar a Festa do Primeiro de Maio. (Sou presidente do comitê de planejamento, mas é melhor falar com Betsy sobre você passar a fazer parte, ela gosta de controlar esse tipo de coisa.)
5) Fazer a limpeza de primavera no jardim. (Por favor, comece com o galpão. Ele está perdido por baixo da hera, em algum lugar.)

Pronto. Tem *bastante* coisa a ser feita.

Checo o relógio na sala de jantar: são seis da manhã e hoje parto para Londres. Não adianta ficar esperando aqui, pensando a respeito, segundo Leena. É melhor se jogar logo.

Por baixo da minha animação, estou uma pilha de nervos. Já senti bastante tensão no último ano, mas há muito tempo que não sinto essa empolgação de não saber o que está por vir.

Engulo em seco, as mãos agitadas no colo. Espero que Marian compreenda que passar algum tempo sozinha com Leena é a coisa certa para as duas. E se ela tiver outro de seus momentos difíceis, sei que Leena vai ser capaz de ajudar. Preciso confiar que sim.

— Já arrumou tudo? — pergunta Leena, aparecendo na porta, de pijama.

Ela parecia tão exausta quando chegou no sábado: a pele, que costuma ser bronzeada e saudável, estava pálida e oleosa, e ela perdeu peso. Mas hoje as olheiras já parecem estar menos proeminentes, e, pela primeira vez, ela está de cabelo solto, o que a deixa com uma aparência mais relaxada. Leena tem um cabelo castanho lindo, mas está sempre prendendo-o para trás e enchendo de cremes. O frizz de que ela reclama capta a luz agora, formando uma espécie de halo que emoldura seu rosto e destaca o nariz pequeno e as sobrancelhas escuras e expressivas — a única coisa boa que o pai lhe deixou.

Sei que sou suspeita para falar, mas acho minha neta bela a ponto de tirar o fôlego.

— Sim, está tudo arrumado — digo, a voz um pouco embargada.

Leena atravessa a sala de jantar na minha direção e me envolve com um braço.

— Essa é a minha lista de coisas a fazer? — pergunta, parecendo achar graça no que lê no papel à minha frente. — Vó, aqui tem... quantas páginas *tem* aqui?

— São só informações extras — explico.

— Isso é um diagrama detalhado do controle remoto da televisão?

— Sim. Ele é complicado.

— E... vó, essas são todas as suas senhas? E esse é o seu PIN?

— No caso de você precisar usar dinheiro do meu cartão de crédito reservado para emergências. Ele fica guardado na minha cômoda. Posso anotar isso também, se quiser.

— Não, não, acho que já tenho informação suficiente dos seus dados pessoais — fala Leena. Ela pega o celular no bolso do pijama e checa a tela. — Obrigada, vó.

— Mais uma coisa — digo. — Preciso disso.

— Como? — pergunta ela, e acompanha a direção para onde estou apontando. — Do meu celular? Você precisa dele emprestado?

— Quero ficar com ele durante esses dois meses. Pode ficar com o meu. E também vou ficar com aquele seu computadorzinho bonito. Você pode usar o meu. Essa troca não vai ser apenas para o meu benefício, entende. Precisa deixar a sua vida em Londres para trás, e isso significa se livrar desses aparelhos em que você está sempre grudada.

Leena fica me olhando atônita.

— Entregar meu notebook e meu celular para você por *dois* meses? Mas... eu não posso...

— Não pode? Não pode viver sem eles?

— *Posso* — apressa-se a dizer. — Só não vejo... estou totalmente disposta a tirar um tempo, descansar, mas não quero me isolar do mundo, vó.

— Com quem você quer falar de verdade? É só mandar uma mensagem para essas pessoas e dizer a elas que está com um número de celular diferente por dois meses! Vamos, podemos fazer isso agora, escolher as pessoas a quem você deseja avisar da mudança.

— Mas... e quanto aos... e-mails? O trabalho...

— É um celular, Leena, não uma parte do corpo — digo. — Vamos. Passe para mim.

Puxo o celular da mão de Leena. Ela segura com mais força. Então, talvez se dando conta do absurdo da situação, solta. Mas não tira os olhos do aparelho enquanto pego o meu na gaveta da cômoda e ligo.

— Isso parece saído do período Neolítico — comenta Leena.

— Ele faz chamadas e manda mensagens — retruco. — Você só precisa disso.

Checo novamente o relógio enquanto o celular está ligando. Faltam só três horas para o meu trem sair. O que devo vestir? Deveria ter levado mais a sério o tópico de se culottes estão "na moda". Gosto muito de uma que Betsy me emprestou, mas não quero parecer décadas atrasada no quesito roupas.

— Alguém está batendo na porta? — pergunta Leena, parecendo perplexa.

Ficamos sentadas por um momento, os dois celulares diante de nós, em cima da mesa. Ouvimos uma batida insistente vindo de algum lugar, mas não é da porta da frente.

Bufo.

— Deve ser o Arnold. Ele sempre bate na janela da cozinha.

Leena franze o nariz.

— Por quê?

— Não sei — digo, impaciente, e me levanto. — Há um portão na sebe entre o meu jardim e o dele, e o Arnold parece achar que isso lhe dá o direito de atravessá-lo sempre que sentir vontade.

— Que babaca — comenta Leena, em um tom ameno, enquanto nos dirigimos para a cozinha.

— *Shhh!*

— Ué, não é o Arnold que está ficando surdo?

— Não, esse é o Roland, o marido da Penelope.

— Ah. Bem. Nesse caso... que babaca — repete Leena, em um sussurro, me fazendo dar uma risadinha abafada.

Quando entramos na cozinha, o rosto de Arnold está colado à janela enorme da cozinha. O vidro está embaçado pelo hálito dele, mas ainda consigo ver seu nariz adunco, o cabelo desarrumado esvoaçando e os óculos com lentes fundo de garrafa. Estreito os olhos.

— Sim, Arnold? — digo, claramente me recusando a abrir a janela.

Toda conversa é uma briga no que se refere a Arnold. É preciso fincar os pés em cada assunto, mesmo nos mais insignificantes, que realmente não fazem diferença para você.

— Aqueles gatos! — grita ele.

— Sou perfeitamente capaz de escutar você em seu volume de voz normal, obrigada — digo, com o máximo de frieza possível. — Você sabe muito bem que os vidros desta casa não são duplos. — Ele também sempre me torra a paciência por causa disso.

— Aqueles seus gatos comeram todos os meus amores-perfeitos!

— Que bobagem — retruco. — Gatos não comem amores-perfeitos.

— Os seus comem! — insiste Arnold, furioso. — Você vai abrir essa janela, ou me convidar para entrar, para que possamos conversar direito, como adultos civilizados?

— É claro — digo, com um sorriso educado. — Dê a volta até a porta da frente e bata, e veremos se estou em casa. Como adultos civilizados.

Vejo pelo canto do olho que Leena me encara ligeiramente boquiaberta.

— Estou vendo que você está em casa — fala Arnold, as sobrancelhas erguidas em uma expressão furiosa que significa que estou sendo eficiente em irritá-lo. — Me deixe entrar pela porta lateral, certo?

Mantenho meu sorriso educado no rosto.

— Está emperrada.

— Eu vi você entrar e sair por ela essa manhã mesmo, para tirar o lixo!

Levanto as sobrancelhas.

— Você está me *vigiando* agora, Arnold?

Ele assume uma expressão arrogante.

— Não, é claro que não. Eu só... é que o chão fica escorregadio quando chove. Você realmente devia instalar uma barra de apoio perto dessa porta.

É a minha vez de ficar furiosa. Barras de apoio são para velhinhas com problemas de locomoção. Quando eu chegar a esse estágio, espero ser capaz de aceitar com dignidade os horrores de cadeiras elevatórias e apoios para ficar em pé, mas, considerando que no momento ainda sou capaz de atravessar vinte vezes a piscina de Daredale e que consigo correr para pegar um ônibus, não gosto da sugestão de que estou frágil a ponto de precisar de uma barra de apoio.

E foi exatamente por isso que Arnold deu a sugestão. Velho cretino.

— Bem — diz Leena, em um tom animado —, essa conversa está sendo muito construtiva até aqui, mas temos muito que fazer essa manhã, por isso talvez pudéssemos acelerar as coisas. O senhor realmente *viu* os gatos comendo os amores-perfeitos?

Arnold considera a possibilidade de mentir. É um péssimo mentiroso — não consegue contar uma única mentira sem uma longa pausa antes.

— Não — admite ele, por fim. — Mas os dois estão sempre fazendo isso, comendo as minhas flores justamente quando estão brotando.

Leena assente com uma expressão educada.

— Bem, Arnold, assim que você tiver alguma prova do que está insinuando, nos avise. Vou estar aqui, tomando conta da casa para Eileen pelos próximos dois meses, portanto é comigo que você vai falar.

Ele pisca algumas vezes, confuso. Reprimo meu sorriso. Leena está usando seu tom profissional, e soa deliciosamente intimidadora.

— Certo? — diz ela.

— Só fique de olho naqueles gatos — resmunga Arnold por fim, pisando firme em direção ao portão entre os nossos jardins.

— Você precisa trocar aquele portão por uma cerca grande — comenta Leena, revirando os olhos enquanto observa Arnold se afastar. — Você foi *hilária*, vó... Nunca tinha visto esse seu jeito diabólico antes.

Abro a boca para protestar, mas me pego sorrindo.

— Vai tirar Londres de letra — garante Leena, e aperta a minha mão. — Agora, vamos encontrar a roupa perfeita para a sua estreia como uma dama londrina, certo?

Estou parada no hall de entrada da casa da minha filha, abraçando-a com força. Posso ver a sala de estar por cima de seu ombro — a cama de Carla se foi, mas as cadeiras ainda estão arrumadas em círculo ao redor do espaço que ela ocupava. A sala nunca voltou à antiga arrumação.

— Vou ficar muito bem, não se preocupe — diz Marian com firmeza quando nos afastamos. — É uma ideia maravilhosa. Você merece demais essa folga, mãe.

Mas ela está à beira das lágrimas de novo. Já faz muito tempo que não vejo esses olhos castanhos desanuviados. E há olheiras embaixo deles agora, como pequenos hematomas. Ela sempre foi tão linda, a minha Marian — os rapazes mexiam com ela na rua, as moças copiavam seu penteado, os pais olhavam para mim e para Wade e se perguntavam como ela havia saído de nós. Marian tem o mesmo tom bronzeado de pele de Leena, e seu cabelo ondulado tem mechas cor de mel, a inveja de qualquer cabeleireiro. Mas há novas linhas em seu rosto, marcando os cantos da boca, e a calça justa de ioga que ela está usando evidencia como está magra. Não quero deixá-la por dois meses. Por que estou sequer considerando a possibilidade?

— Não, nem pense nisso — diz Marian, balançando o dedo na minha direção. — Estou bem. Vou ficar bem. E Leena vai estar aqui! — Ela me encara com um sorriso irônico, e vejo um lampejo da Marian de antes ali, travessa e impulsiva. — Devo dizer, mãe, achei que nem você seria capaz de persuadir a Leena a ficar em um raio de menos de dois quilômetros da terrível mãe dela por dois meses inteiros.

— Ela *não* acha que você é uma mãe terrível. E a ideia foi dela!

— Ah, jura?

— Foi mesmo! — protesto. — Mas acho de verdade que vai ser bom para vocês duas.

Marian sorri, um sorriso mais fraco agora.

— É uma oportunidade incrível, mãe. Tenho certeza de que, quando você voltar, a Leena e eu já vamos ter nos acertado de novo e vai estar tudo melhor.

Marian — sempre otimista, mesmo no auge do luto. Aperto os braços dela e beijo seu rosto. Essa é a coisa certa a fazer. Estamos encalhadas, nós da família Cotton. Se queremos chegar a algum lugar, precisamos dar uma sacudida nas coisas.

Para minha surpresa, a maior parte dos membros dos Patrulheiros do Bairro está esperando na plataforma quando chegamos à estação de Daredale — o Dr. Piotr levou todos até lá na minivan da escola, que Deus o abençoe. A viagem de Hamleigh até a estação é longa, e fico comovida. Quando uma Betsy chorosa coloca um papel com o número do telefone da casa dela nas minhas mãos — "para o caso de você não ter ele anotado em lugar nenhum" —, me pego me perguntando por que diabo estou indo embora de Hamleigh-in-Harksdale. Então, olho para o Dr. Piotr, e para Basil, com seu broche da bandeira britânica na lapela do paletó de tweed, e para Leena, parada sozinha, magra e com a expressão cansada. Minha determinação retorna.

Esse é o certo a ser feito para a minha família. Além do mais, vou completar oitenta anos este ano. Se vou ter uma aventura, tem que ser agora.

Leena me ajuda a entrar no trem, coloca minhas malas no bagageiro e consegue com que vários passageiros prometam me ajudar a tirá-las dali quando chegarmos a Londres. Nos abraçamos e ela sai do trem bem na hora.

Aceno da janela para os meus amigos e fico olhando Yorkshire passar. Conforme atravessamos o interior em direção a Londres, sinto uma súbita injeção de ânimo, um novo tipo de esperança, de empolgação, como um cão de corrida que acabou de disparar pelo portão.

7

Leena

Minha mãe mora em uma casa geminada na Lower Lane, com uma porta cinza e uma aldrava de metal. Fico parada por um momento no degrau que leva à porta, então pego a chave deixada por vovó — a minha ficou em Londres. Sem dúvida um lapso freudiano.

É estranho entrar assim na casa da minha mãe, mas é mais estranho ainda bater na porta. Um ano e meio atrás, eu teria entrado direto, sem nem pensar.

Fico parada à porta, tentando acalmar a respiração. O hall de entrada está igualzinho, o que traz uma sensação horrível: o ligeiro odor de produtos de limpeza, a mesa de canto antiga, de madeira, o carpete fofo que dá a sensação de estarmos andando em cima de um sofá. Mamãe sempre gostou de casas — ela é agente imobiliária —, mas me ocorre agora que esse lugar na verdade parece um pouco antiquado: ela nunca mudou a decoração do proprietário anterior, e o tom de creme amarelado das paredes não se parece em nada com o papel de parede de cores ousadas da casa em que cresci.

Essa casa foi comprada por conveniência — foi comprada para Carla, não para minha mãe.

É péssimo voltar aqui. Sinto o mesmo embrulho no estômago que sentimos quando vemos um ex-namorado em uma festa, uma sensação de vidas passadas colidindo de um jeito desagradável no presente.

E lá está, no extremo do hall de entrada: a porta da sala de estar. Engulo em seco. Não consigo olhar naquela direção. Em vez disso, me concentro na enorme foto de Carla emoldurada em cima da mesa que fica na base da escada. Foi colocada ali quando Carla faleceu, e eu a detesto — ela faz com que vir até aqui seja como chegar ao velório da minha irmã. Carla não se parece com ela mesma nessa foto: está toda arrumada para o baile de formatura, o cabelo preso para trás com duas mechas caídas na frente, como a Keira Knightley em *Simplesmente Amor*. Ela tinha tirado o piercing do nariz e a foto foi feita antes que colocasse o piercing da sobrancelha... e ela parece estranha sem eles. Carla sempre disse que seu rosto não parecia certo sem alguma coisa espetada aqui e ali. *Seria como você sair de casa sem cinco camadas de spray de cabelo*, dizia ela, implicando comigo e puxando meu rabo de cavalo.

Mamãe aparece no alto da escada. Está usando jeans e um pulôver, e tem um ar meio frenético enquanto desce os degraus, como se eu tivesse chegado enquanto ela estivesse no meio do preparo de uma refeição com vários pratos, ou quando ela estivesse prestes a sair para encontrar alguém importante.

— Leena, oi — diz, parando na base da escada.

Ela está muito mais magra, os ossos dos joelhos e cotovelos proeminentes. Engulo em seco e desvio o olhar.

— Oi, mãe.

Não saio de perto da porta. Ela se aproxima cautelosamente de mim, como se eu pudesse sair correndo. Vejo as duas versões da minha mãe de uma só vez, como camadas de um desenho em papel vegetal. Há essa mãe frenética e frágil, à beira de um colapso. É a mulher que ajudou minha irmã a morrer e que não me ouvia quando eu dizia que tínhamos escolha, opções, remédios experimentais e tratamentos em clínicas particulares. E a outra é a mãe que me criou, um furacão de cabelo com mechas cor de mel e grandes planos. Essa é impulsiva, genial e irrefreável, e sempre, sempre me apoiou.

Fico assustada ao perceber quanta raiva eu sinto só de olhar para ela. Odeio essa sensação, o jeito que se derrama pelas minhas entranhas como tinta na água, e me dou conta de como essa ideia foi estúpida, me forçar a voltar para cá por oito semanas inteiras. Quero parar de sentir raiva — quero perdoar minha mãe —, mas então olho para ela e me lembro, e as emoções simplesmente *surgem*.

Fitz estava certo: essa é a última coisa de que preciso depois do ataque de pânico da semana passada.

— Para ser honesta, não sei como vamos fazer isso — diz mamãe. Ela dá um sorriso contrito. — Mas estou muito feliz por você estar aqui. Já é um começo.

— Sim. Só queria passar por aqui para dizer, você sabe, para reiterar o que a vovó falou, que vou ajudar você no que precisar. Se tiver que resolver alguma coisa na rua, o que for.

Mamãe me olha com uma expressão meio estranha.

— Sua avó falou que eu precisava de ajuda para resolver coisas na rua?

Na verdade, vovó não chegou a ser muito específica em relação ao que envolvia ajudar a minha mãe, embora sempre parecesse considerar uma tarefa de extrema importância.

— Só disse para eu estar à disposição para o que você precisar — respondo, desconfortável.

Aquele nó apertado de ansiedade está novamente entre as minhas costelas.

Mamãe inclina a cabeça.

— Não vai entrar?

Ainda não sei. Achei que conseguiria, mas, agora que estou aqui, já não tenho certeza. Busco uma distração, alguma coisa para dizer, e meu olhar pousa no quadro favorito de mamãe, na parede, um templo indonésio com uma iogue flexível no primeiro plano fazendo a posição da árvore. Acho que ela trocou a moldura — é interessante que tenha mudado apenas isso e mais nada. Ela costumava apontar para aquela imagem quando tinha um dia ruim no trabalho, ou quando estava irritada comigo e com Carla, e dizer: *Muito bem, meninas. Por dez respirações, estou indo para lá.* Ela fechava os olhos e se imaginava no cenário do quadro, então, quando voltava a abri-los, dizia: *Aqui estou eu. Muito melhor.*

Meu olhar se desvia para a superfície da mesa. Está toda coberta de... pedrinhas? Cristais?

— O que são todas essas pedras? — pergunto, e aponto.

Ela se distrai na mesma hora.

— Ah, são os meus cristais! Eles têm sido maravilhosos. Comprei pela internet. Essa é uma obsidiana floco de neve, ajuda com o luto, limpa a gente. E essa aqui é uma água-marinha, para coragem, e...

— Mãe, você... — interrompo o resto da frase.

Não vou dizer a ela que aquilo é pura bobagem, mas, nossa!, como é frustrante ouvir mamãe falando essas coisas. Ela começa assim, toda esfuziante, confiante de que a pedra vai consertar tudo. Então, quando a obsidiana — por incrível que pareça — não leva embora por mágica a dor da perda da filha, ela desmorona de novo. Vovó acredita que isso não é algo preocupante, mas eu acho cruel ficar dando esperança a ela repetidas vezes. Não há elixir para isso. Só o que se pode fazer é continuar seguindo em frente, mesmo quando dói demais.

— Comprei essa para você, na verdade — diz a minha mãe, e pega uma pedra na parte de trás do monte. — Pedra da lua. Aprimora a intuição e traz à tona emoções enterradas. É uma pedra para novos começos.

— Não sei se alguém vai querer que minhas emoções venham à tona nesse momento.

A intenção era que soasse como uma piada, mas não parece ser esse o resultado.

— Quando elas surgem, você tem a sensação de que vão destruir você — diz mamãe. — Mas não vão. Em todas as minhas crises, as emoções ajudaram, da maneira delas. Acredito mesmo nisso.

Olho para ela, surpresa.

— Que crises?

Mamãe franze ligeiramente a testa e desvia o olhar.

— Desculpe — diz, e dá um passo na minha direção. — Imaginei que sua avó tinha comentado alguma coisa com você. Deixe pra lá, então. Vai levar a pedra da lua, Leena?

— Não quero uma pedra da lua. Que crises?

— Tome — insiste a minha mãe, então estende a pedra. — Pegue.

— Não quero a pedra. Nem sei o que fazer com isso.

— Coloque perto da sua cama.

— Não vou pegar.

— Pegue, por favor. Pare de ser tão cabeça-dura!

Ela enfia a pedra na minha mão, eu recuo e a pedra cai no capacho com um *tum* baixo e anticlimático. Ficamos paradas ali por algum tempo, olhando para aquela pedrinha idiota entre nossos pés.

A minha mãe pigarreia, se abaixa e pega a pedra.

— Vamos começar de novo — diz em um tom mais gentil. — Entre. Vamos tomar uma xícara de chá.

Ela gesticula na direção da sala de estar e me retraio.

— Não, preciso ir. A vovó me deixou uma lista enorme de coisas para fazer, e... preciso começar a colocar em dia.

Há um longo silêncio.

— Bem, posso pelo menos dar um abraço de despedida em você? — pergunta mamãe, por fim.

Hesito por um momento, então abro os braços. Ela parece frágil, as omoplatas pontudas demais. O abraço não sai direito — não é um abraço de verdade, é uma mistura de braços, uma formalidade.

Quando saio, me pego respirando várias vezes, como se tivesse segurando o fôlego lá dentro. Volto para a casa da vovó andando rápido, e mais rápido, então começo a correr, passo direto pela porta da casa e sigo pela rua principal. Por fim, sinto aquela raiva densa como tinta se aplacar, e a desolação, a pena, também se acalmam.

Só quando volto para casa é que percebo que mamãe colocou a pedra da lua no bolso do meu casaco sem que eu notasse. É preciso reconhecer que, quando ela decide fazer alguma coisa, quando se convence de que é a resposta, não desiste. Puxei isso dela.

Imagino que seja parte do problema.

* * *

Normalmente, quando me sinto assim, vou trabalhar. A melhor opção seria algo envolvendo muitos dados: números são melhores para clarear a cabeça do que palavras. É a precisão deles, como uma caneta de ponta fina em comparação com carvão.

Na falta de algum trabalho para ser feito, peguei a lista da minha avó como uma solução. Estou tentando a jardinagem.

Até agora, não me tornei fã.

É tão... interminável. Encho dois sacos com hera, então me dou conta de que ela também dá a volta até o outro lado do galpão, e sobe pelas árvores, e seus galhos verde-escuros detestáveis correm por baixo do galpão, e agora descobri que, na verdade, há mais hera do que galpão, ou seja, se eu remover tudo, o que vai sobrar?

Esfrego o ombro e levanto os olhos para as colinas atrás do antigo muro de pedra no extremo do jardim. As nuvens têm um tom muito ameaçador de cinza. Uma desculpa excelente para parar de enfrentar a enormidade dessa tarefa.

Volto para casa. É estranho estar em Clearwater Cottage sem minha avó, fazer chá em suas xícaras de porcelana decoradas, andar por aqui como se fosse o meu lugar. Mas Ethan vai me visitar nos fins de semana, e isso vai evitar que eu me sinta muito sozinha. Na verdade, acho que essa viagem vai ser perfeita para nós depois de um ano tão difícil — fins de semana juntos, aconchegados junto ao fogo, conversando sobre bobagens, sem menção nenhuma à Selmount...

Eca, Selmount. Palavra proibida. Qualquer pensamento sobre a Selmount tem que ser deixado do lado de fora da porta de Clearwater Cottage, não podem entrar. Como vampiros. E como Arnold, de acordo com as anotações de vovó.

Escuto uma batida — definitivamente na porta da frente dessa vez, não na janela da cozinha. Checo o que estou vestindo. O meu moletom favorito da *Buffy* está coberto de terra e de pedaços de... o que quer que isso seja, folhas mortas, essas coisas. Não estou em estado de receber visitas, para ser honesta. Considero a possibilidade de fingir que não estou, mas aqui é Hamleigh — seja quem for provavelmente já soube por

Arnold que eu estava lá fora, no jardim. Limpo minimamente o cabelo de seja o que for que está preso nele e vou até a porta.

A pessoa do outro lado é o tipo de senhora que acaba se revelando um extraterrestre em um episódio de *Doctor Who*. É quase um estereótipo *exagerado* de uma senhorinha. Cabelo grisalho, quase branco, penteado ondulado feito em um salão, um lencinho elegante no pescoço, óculos presos em uma corrente, uma bolsinha de mão. Lembro que ela estava entre os vários senhores e senhoras que foram se despedir de vovó na estação de Daredale e tenho certeza de que a vi na casa dos meus avós quando eu era pequena. Betsy, talvez?

— Olá, meu bem — diz a senhora. — Como está se virando sem Eileen?

Eu a encaro, perplexa.

— Ah, hum — murmuro —, faz só um dia, então... estou bem. Obrigada.

— Você está cuidando de todos os projetos dela, não é?

— Sim, sim. Acho que consigo dar conta de tudo. Se a vovó pode fazer, tenho certeza de que consigo também.

Betsy me encara muito séria.

— Não há ninguém como a Eileen.

— Não, é claro que não. Só estava querendo dizer que... Ah!

De algum modo, sem chegar a me empurrar para o lado, Betsy já está no hall de entrada, encaminhando-se com um passo determinado para a sala. Fico só olhando por um momento, antes de me lembrar dos meus bons modos.

— Aceita uma xícara de chá? — pergunto, enquanto fecho a porta.

— Puro, com dois cubos de açúcar! — diz Betsy, acomodando-se em uma cadeira.

Balanço a cabeça enquanto sigo para a cozinha. Fico pensando no caso de um dos meus vizinhos em Londres se convidar desse jeito para o meu apartamento. Provavelmente eu chamaria a polícia.

Quando Betsy e eu já estamos sentadas com nossos chás, o silêncio se instala. Ela olha para mim em expectativa, mas não tenho a menor ideia do que falar. É fácil conversar com vovó, ela é a *vovó*, mas na verdade não tenho muita experiência em bater papo com pessoas mais velhas, de modo geral. A única outra pessoa idosa que conheço é o vovô Wade, e ele é um babaca, por isso na maior parte do tempo eu o ignorava.

Tento imaginar que essa é uma reunião com um novo cliente e recorro ao talento para conversa fiada que costumo evocar nesses momentos de extrema necessidade, mas Betsy é mais rápida.

— Então, Leena, querida, como você *está*? — pergunta ela, e dá um gole no chá.

— Ah, muito bem, obrigada — respondo.

— Não, *sério* — insiste ela, cravando os olhos muito azuis em mim, atenta e preocupada.

Eu me ajeito na cadeira.

— Estou bem, *sério*.

— Já faz... Deus, mais de um ano, não é, que você perdeu a Carla?

Detesto essa expressão, *perdeu a Carla*. Como se não tivéssemos cuidado dela direito e deixado que partisse. Não temos boas expressões para falar sobre a morte... são todas pequenas demais.

— Sim. Um ano e dois meses.

— Que menina querida, ela era.

Baixo os olhos para o chá. Duvido que Betsy realmente gostasse de Carla — a minha irmã era atrevida e impetuosa demais para ser aprovada por Betsy. Trinco os dentes, surpresa ao sentir o calor ao redor dos meus olhos, sinal de que as lágrimas estão prestes a surgir.

— E a sua mãe... Está sendo muito difícil para ela, não é?

Como a conversa se tornou tão pessoal tão rapidamente? Tomo mais alguns goles de chá — está quente demais e queima minha língua.

— Cada um lida com o luto de uma forma. — Acho essa frase muito útil para conversas desse tipo. Costuma evitar qualquer novo comentário.

— Sim, mas ela realmente... desmoronou, não é? Me pergunto se está *superando* de verdade.

Encaro Betsy. Isso é tão pessoal que chega a ser grosseiro, acredito.

— Há algo que possamos fazer? — oferece Betsy, pousando a xícara. — Você vai nos deixar ajudar?

— O que você seria capaz de fazer? — A pergunta sai agressiva demais, com uma ênfase no *você* que eu não pretendi colocar, e vejo Betsy recuar, ofendida. — Quer dizer... Não vejo...

— Entendo perfeitamente — diz ela, seca. — Estou certa de que eu não seria de qualquer utilidade.

— Não, quer dizer...

Paro de falar e o celular dela toca, o som cortando o silêncio. Betsy demora uma eternidade para atender, tateando na capa de couro.

— Alô?

Uma voz irritante escapa do celular, agitada, indistinta, mas certamente muito alta.

— Tem queijo e presunto na geladeira, se você quiser um sanduíche — diz Betsy.

A voz irritante metralha de novo.

— Ora, basta passar maionese em um dos lados e... sim. Tenho certeza de que você... tudo bem, Cliff, querido, já estou indo para casa. Sim. Com certeza. Chegarei aí o mais rápido que conseguir.

Estremeço. Esse sujeito realmente convocou Betsy de volta para casa para preparar um sanduíche para ele? Isso é absurdo demais — se Ethan tentasse fazer uma coisa dessas, eu... eu provavelmente cairia na gargalhada, na verdade, porque seria tão bizarro que não poderia levar a sério. Mas é possível que seja diferente para a geração de Betsy — acho que, cinquenta anos atrás, não seria estranho para uma mulher preparar todas as refeições do marido.

Betsy volta a guardar o celular na bolsa, então tenta se levantar, só que rápido demais e acaba não conseguindo. Ela cai de volta na cadeira, como uma dessas bonecas com peso na base.

— Fique — digo, consciente de que disse todas as coisas erradas. — Tenho certeza de que seu marido pode esperar, se você quiser um...

— Meu marido *não pode* esperar — retruca Betsy, irritada. — Tenho que ir.

Eu me adianto para ajudá-la a se levantar.

— Não, não, estou bem. — Já de pé, ela me encara com outro olhar muito sério. — Espero que compreenda a sua empreitada aqui em Hamleigh, Leena.

Não consigo evitar... torço os lábios. Betsy franze mais a testa.

— Tenho certeza de que parece tudo muito fácil para você, mas a Eileen faz muito por aqui, e precisamos que você esteja à altura. Imagino que vá assumir as responsabilidades dela no Comitê de Planejamento da Festa do Primeiro de Maio, certo?

— Com certeza — digo, conseguindo manter uma expressão séria dessa vez.

— Ótimo. Bem. Passarei a sua lista de tarefas no tempo devido. Tchau, Leena.

Então, com o que só consigo descrever como um saracoteio, ela se encaminha para a porta.

8

Eileen

É um milagre que eu ainda esteja viva, sinceramente. Até agora, desde que cheguei a Londres, já tive cinco breves encontros com a morte.

1) Quase fui esmagada pelo que descobri ser um "pedibus": um veículo estranho movido por vários jovens animados, pedalando e bebendo cerveja ao mesmo tempo. Tive que sair correndo para evitar ser atropelada por eles. Estou um pouco preocupada com qual será a situação dos meus joelhos amanhã, mas pelo menos eles ainda estão juntos do resto do meu corpo.
2) Fiquei parada à esquerda em uma escada rolante (aprendi que não se deve fazer isso).
3) Comi um "stir fry" preparado pelo Fitz (um péssimo cozinheiro. Terrível. Vou tentar ensinar uma ou duas coisinhas a ele enquanto estiver aqui).
4) Troquei de trem na estação Monument (o mapa *diz* que é a mesma estação que a Bank, mas tenho minhas dúvidas. A caminhada de um trem para o seguinte pareceu levar séculos. Minhas pernas já estavam tremendo depois da corrida por causa do pedibus e tive que fazer uma pausa para me sentar, perto de um artista itinerante tocando ukulele. Ele foi muito compreensivo e me deixou sentar em seu amplificador).

5) Conheci a gata da vizinha de porta, uma gata malhada com metade de uma orelha faltando. Ela desceu a escada correndo atrás de mim, sibilando, mas acabou batendo de frente no corrimão. Pequenas vitórias.

Odeio admitir, mas estou exausta e mais do que um pouco abalada. Em Londres é tudo muito rápido, e todos são muito infelizes. Um homem no metrô me xingou por eu estar andando devagar; e, quando parei para pegar um mapa na Oxford Street, uma senhora esbarrou em mim e nem pediu desculpas. Então, quando voltei para o prédio de Leena, encontrei com os vizinhos do andar de baixo, um casal jovem com pinta de artista, usando sandália com meia. Tentei puxar uma conversa e vi a mulher revirar os olhos para o marido.

Estou me sentindo muito deslocada aqui. Durante todo o dia, só vi três pessoas que pareciam ter mais de setenta anos, e uma delas se revelou ser um artista de rua usando uma fantasia de Einstein.

Devo dizer que passou pela minha mente que seria um pouco mais fácil se eu não estivesse sozinha — se Wade estivesse comigo, por exemplo —, mas Wade jamais iria à Oxford Street. Não sinto falta dele, mas às vezes sinto falta do conceito de um marido, alguém em quem eu pudesse me apoiar para descer do ônibus, que poderia segurar o meu guarda-chuva enquanto eu pagava pelo chá.

Mas preciso me manter otimista. A minha aventura está apenas começando, e era de se esperar que fosse difícil a princípio. Só preciso me manter ocupada. Amanhã à noite, Bee, amiga de Leena, vai passar no apartamento para me ajudar com os meus "encontros on-line". Leena diz que Bee é uma verdadeira especialista. Quem sabe, talvez até quinta-feira eu já tenha conseguido marcar um encontro.

O leite na geladeira de Leena começou a azedar... Derramo tudo na pia com um suspiro e pego a bolsa para sair mais uma vez. Agora, sem a distração dos vizinhos grosseiros de sandália com meia, dou uma boa olhada quando chego no pé da escada. Há uma grande área aberta entre a escada e a porta do prédio, três sofás em ângulos estranhos, um deles com uma mancha escura suspeita e os outros dois com manchas claras suspeitas. O carpete está gasto, mas há duas belas janelas, grandes, que deixam a luz do sol entrar. Imagino que tenha sido projetada como um espaço de convivência, e é uma pena que ninguém tenha feito nada com ela.

Quando volto das compras, a gata malhada feroz pula do sofá com a mancha escura e esfrega a cabeça nas minhas pernas. Ela não está andando direito. Espero que não tenha sofrido nenhum dano cerebral depois do incidente com o corrimão. Vi rapidamente a dona da gata esta manhã, saindo do prédio com o carrinho de compras. É uma senhora encurvada, um pouco calva. Hesito, e vejo a gata bambolear até a escada.

Se fosse Ant ou Dec, eu iria querer que alguém me avisasse. As coisas talvez sejam diferentes por aqui, mas um bom vizinho é um bom vizinho, não importa onde se esteja.

Subo a escada e bato na porta da dona da gata, pousando a bolsa de compras entre os meus pés.

— Sim? — pergunta uma voz.
— Oi! — digo. — Sou a avó de Leena.
— Quem?
— A avó de Leena.
— Avó de quem?
— De Leena, que mora ao lado — digo com paciência.

Talvez ela já esteja com alguns parafusos soltos. Isso está começando a acontecer com Penelope — é muito triste, embora ela tenha esquecido que não suporta Roland. Está sendo quase como uma segunda lua de mel para os dois.

— É qual deles? — pergunta a mulher. A voz sai áspera, como se ela precisasse pigarrear. — A lésbica, a elegância em pessoa ou a outra?

Fico confusa por um momento. Martha com certeza é a lésbica — ela me contou sobre a namorada depois que cometi a gafe de perguntar quem era o pai do bebê. E, por mais que eu adore minha neta, se ela não estiver de terninho, parece estar sempre usando alguma coisa com a foto de uma estrela da TV estampada. Não exatamente alguém que seja "a elegância em pessoa". O que me deixa...

— A outra? — chuto.

— A mulher com aquele monte de cabelo sem vida esticado para trás? Baixa, correndo para toda parte, sempre de testa franzida?

— O cabelo da Leena é lindo! — retruco, irritada, então mordo a língua. — Mas... sim. Essa mesma.

— Ah. Sim. Obrigada, mas não estou interessada — diz a senhora, e a escuto se afastando da porta.

— No quê? — pergunto, sem entender.

— Em seja lá o que você queira — responde ela.

Franzo a testa.

— Não quero nada. — Começo a entender por que Arnold fica tão irritado quando não deixo ele entrar na minha casa. Esse não é um jeito agradável de se ter uma conversa. — Vim para falar sobre sua gata.

— Ah.

Ela soa mais desconfiada do que nunca, mas escuto barulhos perto da porta, que acaba sendo aberta alguns poucos centímetros. Dois olhos grandes e castanhos piscam para mim pela fresta.

— Sinto dizer que ela teve um acidente com o corrimão — digo em um tom lastimoso. — Para ser mais específica, ela deu de cabeça nele.

Os olhos na fresta se estreitam.

— Você chutou a gata, não foi? — pergunta a mulher.

— O quê? Não! Eu jamais chutaria um gato! — digo, indignada. — Tenho dois gatos, sabe. Dois gatos pretos, Ant e Dec.

Ela arregala os olhos e em seguida abre a porta mais alguns centímetros.

— Adoro gatos pretos — diz a mulher.

Sorrio.

— Muito bem, então, tenho certeza de que vamos ser ótimas amigas — digo, e enfio a mão pela fresta para apertar a dela. — Meu nome é Eileen.

Ela demora tanto tempo para apertar a minha mão esticada que quase desisto, mas então, por fim, seus dedos se fecham ao redor dos meus.

— Letitia — diz ela. — Você não gostaria... acho que não... — Ela pigarreia. — Não gostaria de entrar? Só para me contar sobre a gata? — apressa-se a acrescentar.

— Adoraria — digo, e entro.

A casa de Letitia é tão peculiar quanto a dona, mas de forma alguma o que eu estava imaginando. Letitia tem uma aparência meio... meio de sem-teto, mas dentro do apartamento a história é completamente diferente. O lugar é *cheio* de antiguidades e curiosidades. Moedas antigas arrumadas em padrões espirais em cima de mesas de carvalho; penas douradas, cintilantes, ou azul-pavão presas por pregadores em um varal; tigelas delicadas de porcelana guardadas cuidadosamente em armários com pés finos e puxadores de ferro fundido. É simplesmente extraordinário. Uma mistura de loja de antiguidades com um museu muito apertado — e, talvez, com um quarto de criança.

Estou tomando a terceira xícara de chá desde que entrei pela porta e sorrio para Letitia, que está do outro lado da coleção de vasos e potes que ocupa a maior parte da mesa de jantar. E me sinto melhor do que em qualquer outro momento do dia. Que mulher *fascinante* para eu encontrar morando na porta ao lado! Fico muito surpresa por Leena nunca a ter mencionado — embora, ao que parece, as duas não tenham se cruzado muito. Acho difícil acreditar nisso, já que há só uma parede muito fina dividindo a vida delas, mas, pelo que pude perceber, Letitia não fala com nenhum dos vizinhos. Ou melhor, nenhum dos vizinhos fala com Letitia.

— Ninguém? — pergunto. — Nem uma única pessoa veio se apresentar quando se mudou para o prédio?

Letitia faz que não com a cabeça, sacudindo os brincos longos. Eles esticam os lóbulos das orelhas dela para baixo e fazem com que ela pareça meio mística.

— Ninguém fala comigo — diz, sem nenhum rancor aparente. — Acho que você é a primeira que troca uma palavra comigo desde... — Letitia faz uma pausa. — Desde a última sexta-feira, quando recebi uma entrega do mercado.

— Ah, querida. E quanto àquele espaço de convivência lá embaixo? Já tentou passar um tempo ali? Dessa forma as pessoas a cumprimentariam ao passar.

— Eu tentei, uma vez — diz Letitia. — Mas alguém reclamou. Disseram que é ruim para a imagem do prédio. Então agora fico sentada aqui em cima mesmo, onde não incomodo ninguém.

— Que horror! Não se sente solitária? — pergunto, mas logo penso melhor. — Desculpe, é uma pergunta pessoal demais.

— Eu me sinto sozinha, sim — confessa Letitia depois de alguns instantes. — Mas tenho a Solstice. A gata. Que, a propósito, sempre andou de um jeito engraçado — acrescenta.

Nós realmente *começamos* falando da gata, mas então mudamos para outros assuntos, e três horas já se passaram desde então.

— Nossa. Sinto muito mesmo por Leena nunca ter vindo aqui.

Letitia dá de ombros. Reparo nas manchas na túnica dela e estremeço ligeiramente.

— Ela quase nunca está em casa, pelo que já pude perceber, e, quando está, aquele namorado está junto. O de cabelo brilhoso. Não gosto dele. Acho que é... — Letitia acena com uma das mãos, fazendo um filtro de sonhos girar acima da cabeça dela, que por sua vez balança um sininho roxo e prata. — Acho que ele é *escorregadio*.

Ah, eu *realmente* gosto de Letitia.

Ela checa a minha xícara. Estamos tomando chá feito com folhas soltas e há várias delas, pretas, no fundo da xícara.

— Gostaria que eu lesse a sua sorte nelas? — pergunta.

— Você lê folhas de chá?

— Já fui cartomante — diz Letitia. — Teve um tempo em que eu costumava me sentar em Trafalgar Square e ler a mão das pessoas.

Letitia deve ser a mulher mais interessante que já conheci. E pensar que fica enfurnada aqui, dia após dia, sem nem uma alma aparecendo para conversar com ela!

Eu me pergunto quantas pessoas fascinantes estão esquecidas em apartamentinhos assim por toda a cidade...

— Que incrível! Leia, por favor — digo, já empurrando a xícara na direção dela.

Letitia empurra a xícara de volta para mim.

— Levante a mão esquerda e gire a xícara pelo menos três vezes.

Faço o que ela diz, e observo as folhas girando no restinho de chá que sobrou no fundo da xícara.

— Assim?

— Isso, assim mesmo.

Ela pega a xícara e derrama com cuidado o chá que sobrou no pires, deixando apenas as folhas no fundo. Então, vira a xícara para a frente e para trás bem devagar, respirando profundamente, concentrada, e percebo que estou prendendo a respiração. Não sei se acredito mesmo que se possa ler o futuro de alguém no fundo de uma xícara, mas... o que eu sei? Por um instante me pergunto o que Wade diria — ele faria *muito* pouco-caso disso —, mas logo afasto o pensamento. Que se dane o que aquele velho babaca iria pensar.

— Hummm — diz Letitia.

— E então? — pergunto, esperançosa.

Letitia cerra os lábios, faz mais um *hummm*, então levanta os olhos com uma expressão meio contrita.

— Você não está... vendo nada? — digo, tentando espiar dentro da xícara.

— Ah, estou vendo alguma coisa — retruca Letitia, esfregando o queixo. — Está muito... claro.

Ela empurra a xícara de volta na minha direção, de modo que a asa aponte para ela.

Abaixo os olhos para as folhas de chá. Os ombros de Letitia começam a tremer antes que eu enxergue o que ela vê... quando *eu* começo a rir, ela já está às gargalhadas, com lágrimas escorrendo pelos olhos, a túnica manchada sacudindo a cada risada.

As folhas de chá parecem formar o desenho de... genitais. Genitais masculinos. Não poderia ser mais óbvio nem se eu tivesse tentado arrumá-las de propósito daquele jeito.

— E o que *isso* significa, hein? — pergunto, quando finalmente consigo recuperar o fôlego.

— Acho que significa que há boas coisas prestes a lhe acontecer — diz ela, secando os olhos. — Ou isso está me dizendo que ler folhas de chá é do cacete.

Levo a mão à boca diante da linguagem que ela usa, então caio na gargalhada de novo. Não me sinto tão bem assim desde... nossa... Nem lembro há quanto tempo.

— Você vai voltar? — pergunta Letitia.

Estendo a mão para ela por cima da mesa, desviando dos vasos.

— Quantas vezes você quiser. — Indico a xícara de chá com um aceno de cabeça. — Imagino que você queira ficar por perto para descobrir o que vai sair dessa sua previsãozinha, certo?

— Não há nada de "inha" nisso aqui — diz Letitia, o que faz com que nós duas caiamos na gargalhada de novo.

9

Leena

São 6h22 e estou acordada. Esse parece ser o meu novo padrão. Dou um pulo no banheiro, então tento voltar a dormir, mas deixo a porta do quarto aberta e Ant, o gato, leva cerca de vinte segundos para entrar e se sentar na minha cara.

Afasto-o com um grunhido e me levanto. Ah, era Dec, não Ant. Batizar os gatos indistinguíveis de Ant e Dec, como a dupla de apresentadores de TV, é o tipo de piada de longo prazo que vovó adora, embora eu desconfie que, se questionada, ela vai fingir inocência e insistir que foi ideia do vovô Wade.

No andar de baixo, depois de alimentar Ant/Dec — que miou sem parar por todo o caminho escada abaixo, mal parando para respirar entre cada miado suplicante —, checo, sonolenta, a variedade de chás atrás da chaleira elétrica, todos guardados em antigas latas de biscoito cuidadosamente etiquetadas. Nossa, como sinto falta da cafeteira de Fitz... Existe uma vontade específica que nem chá nem mesmo café instantâneo conseguem atender.

Hoje é quarta-feira, o que significa que terei que levar o cachorro de Jackson Greenwood para passear — fiquei acordada até tarde na noite passada, assando petiscos caseiros para cachorro feitos com o que consegui encontrar na geladeira da vovó. Pesquisei um pouco sobre passear com cachorros, e, ao que parece, recompensas alimentícias são uma parte crucial do processo. Quando descobri isso, as lojas — ou melhor, a loja, no singular, já estava fechada. Tive então que me virar e inventar alguma coisa. Nesse momento há alguns cubos esponjosos de carne moída misturada com ovo e cereal matinal esmagado guardados em uma bolsa térmica em cima da bancada. Parecem nojentos.

Enquanto a água ferve, olho para os petiscos caninos e, por um breve instante, me pergunto que diabo estou fazendo da minha vida. Então — porque esses pensamentos raramente levam a alguma coisa que preste e está um pouco tarde para mudar de ideia —, preparo uma xícara de chá.

Vou até o hall de entrada com o meu chá e vejo uma carta em cima do capacho. Está endereçada a *Leena Cotton* em uma letra grande e vacilante. Dentro, há uma lista escrita à mão, com o título:

Responsabilidades do Comitê de Planejamento da Festa do Primeiro de Maio, a serem passadas para Leena Cotton enquanto Eileen Cotton, copresidente de longa data do Comitê, está de licença.

De licença! Quase engasgo com o chá.

1) Glitter
2) Lanternas
3) Arranjar alguém para podar as árvores
4) Barracas de comida
5) Conseguir patrocinador
6) Guirlandas
7) Banheiros químicos
8) Placas
9) Estacionamento
10) Desfile de fantasias

Estou oficialmente interessada. Esse parece um projeto muito divertido — nunca produzi um evento antes, e, a julgar pela lista, vovó precisa lidar com muita logística: estacionamento, placas, barracas de comida. E... glitter. Seja qual o motivo... Terei que perguntar a Betsy.

Sinto aquele frio no estômago, a centelha de empolgação que costumava aparecer sempre que eu estava prestes a começar um novo projeto no trabalho, e, de repente, me lembro do meu plano de negócios lindo, com cores indicativas, para a *B&L Boutique Consulting*. Os arquivos estão no Dropbox, posso abri-los mais tarde no computador da vovó. A empolgação aumenta e termino o chá de um gole, examinando a lista mais uma vez.

Conseguir patrocinador está riscado. Eu me lembro de a vovó mencionar que tinha esperança de conseguir patrocínio para a Festa do Primeiro de Maio, assim o lucro dos ingressos poderia ser doado para a instituição de caridade dedicada ao combate ao câncer que nos apoiou tanto quando Carla estava doente. Será que ela desistiu disso? Com a testa franzida, pego uma caneta na mesa do hall e faço um asterisco naquele item da lista de Betsy.

Depois de mais uma xícara de chá, saio. Estou bastante curiosa para rever Jackson Greenwood. Sempre que eu visitava os meus avós quando era criança, via Jackson, já que ele morava com Arnold — era um garoto quieto, emburrado, sempre andando pelo jardim com o velho cachorro nos calcanhares. Jackson era o tipo de garoto considerado por todos uma "criança-problema", mas que na verdade nunca tinha feito nada errado, especificamente. Ele era apenas rabugento.

Parece que Jackson agora é professor na escola primária local. É tão... improvável. Professores de primário, pelo menos para mim, são sorridentes e alegres e dizem coisas como *Ótima tentativa!*, sendo que Jackson costumava estar sempre carrancudo.

Hoje, Jackson mora em um dos conjuntos residenciais recém-construídos no canto de Hamleigh. Conforme me aproximo, fico impressionada com o modo como os prédios parecem estranhamente bidimensionais contra o fundo sombreado do Dales, como uma imagem gerada por computador de como o bloco de apartamentos devia parecer quando estivesse pronto. Os jardins do condomínio são cinza e uniformes sob a luz dos postes da rua, basicamente gramado e cascalho, mas o jardim da frente de Jackson é uma confusão luxuriante de plantas. Ele transformou o espaço em uma horta. Só Deus sabe o que os vizinhos de porta acham disso — os jardins deles estão muito mais em consonância com os do condomínio, apenas com alecrim em vasos de cerâmica e pequenas vinhas subindo por treliças perto das portas.

Minha batida na porta é recebida por um latido alto e empolgado, que cessa de forma muito abrupta. Faço uma careta. Desconfio que alguém acaba de ser repreendido.

Quando Jackson abre a porta, não tenho tempo de olhar para ele, porque uma enorme massa de pelos negros — com a coleira solta entre as patas — me atinge direto na barriga e me faz cair para trás.

— *Ai!* — Bati com o cóccix e meu pulso recebeu todo o impacto da queda, mas o meu principal problema no momento é o cachorro lambendo meu rosto, cheio de entusiasmo. — Oi para você... poderia... Jesus...

Ele está sentado em cima de mim com o meu colar entre os dentes. Ah, e agora começou a brincar de cabo de guerra com o colar, que maravilha, isso é...

— Droga, desculpe. — Uma mão grande puxa o cachorro pela guia. — Hank. Senta!

Hank é arrancado de cima de mim e aterrissa sentado. Infelizmente, o cachorro leva o meu colar com ele, pendurado entre os dentes, o pingente balançando na corrente quebrada. Sigo o olhar de adoração de Hank na direção do dono.

É estranho ver Jackson. Ele definitivamente é o garoto que eu conheci, mas é como se antes estivesse sempre com a cara franzida e agora alguém a tivesse desanuviado — a tensão no maxilar cedeu, os ombros tensos relaxaram e o menino se transformou em um homem muito alto, de ombros largos, olhos suaves e uma massa desarrumada de cabelo castanho. Há algo que parece uma mancha de café na frente da camiseta dele e um rasgo grande no joelho esquerdo do jeans. No braço que agora segura a coleira de Hank há uma marca branca na pele, no lugar onde deveria estar o relógio — seus braços estão ligeiramente bronzeados, o que é um feito e tanto na primavera inglesa.

Eu arriscaria dizer que a expressão dele fica entre a perplexidade e a timidez, mas Jackson tem um desses rostos indecifráveis que ou significam que a pessoa é muito profunda e misteriosa, ou que não tem muito a dizer, por isso não sei ao certo.

— Você não é Eileen Cotton — diz ele. O sotaque de Yorkshire é mais forte do que quando ele era mais jovem... ou talvez eu esteja longe há muito tempo.

— Na verdade, eu meio que sou. Sou a Leena. Lembra de mim?

Ele me encara confuso. Depois de um tempo arregala os olhos.

— Leena Cotton?

— Isso!

— Ah. — Depois de alguns segundos muito longos, Jackson desvia o olhar para o horizonte e pigarreia. — Humm — diz. — Você está... diferente. Quer dizer, com uma aparência diferente.

— Você também! Está tão mais... — Fico vermelha. Para onde estou indo com essa frase? A primeira palavra que surge na minha mente é *másculo*, e isso não é algo que eu pretenda dizer em voz alta. — Ouvi dizer que é professor da escola primária agora, certo? — me apresso a completar.

— Isso, isso mesmo. — Ele passa a mão pelo cabelo, que agora está meio arrepiado.

— Bem! — digo, me voltando para Hank, que soltou o meu colar e agora se empenha na tarefa provavelmente frustrante de tentar pegá-lo de novo, mesmo não tendo polegares opositores. — Imagino que esse seja o cachorro!

Estou muito exclamativa. Por que estou exclamando tanto?

— Isso — confirma Jackson, pigarreando de novo. — Esse é o Hank.

Fico na expectativa.

— Que ótimo — digo, por fim. — Bem. Devo levar o Hank para passear, então?

Jackson faz uma pausa, com uma das mãos ainda na cabeça.

— Hã?

— O cachorro. Devo levar o Hank para passear?

Jackson baixa os olhos para o cão. Hank o encara de volta, o rabo agora balançando e jogando o meu colar para trás e para a frente no degrau da porta.

— Onde está a Eileen? — pergunta Jackson depois de uma pausa longa, com uma expressão confusa.

— Ah, ela não comentou? A minha avó foi passar dois meses em Londres. Estou tomando conta da casa para ela e cuidando de todos os seus projetos... as pequenas coisas que ela costuma fazer na cidade, sabe como é.

— É um par de galochas e tanto para tentar calçar — comenta Jackson, usando um ditado local para me lembrar que tenho uma tarefa e tanto pela frente.

Ele coça a nuca enquanto fala. É um gesto que outro cara talvez usasse como uma desculpa para exibir os bíceps, mas que, no caso dele, parece genuinamente espontâneo. Na verdade, há uma espécie de sensualidade desleixada em Jackson, reforçada por um par de olhos muito azuis e aquele nariz clássico de jogador de rúgbi, torto para um lado, por ter sido quebrado.

— Tenho certeza de que vou conseguir dar conta! — digo.

— Você já passeou com um cachorro antes?

— Não, mas não se preocupe, vim muito bem preparada.

Não há necessidade de dizer a ele que pesquisei extensivamente sobre como passear com cachorros, sobre labradores e que estudei a rota exata do caminho que vovó me instruiu a tomar.

— Ele tem só oito meses — avisa Jackson, passando a mão pelo cabelo mais uma vez. — Ainda é bem travesso. Na verdade, eu só pedi a Eileen que caminhasse com o Hank às quartas-feiras porque ela lida muito bem com ele, e isso me permite sair cedo e planejar a aula antes de os alunos chegarem.

Estendo a mão para pegar o meu colar de volta, Hank deixa escapar um latido baixo e na mesma hora tenta abocanhar minha mão. Dou um gritinho involuntário, puxo a mão e solto um palavrão. Isso é exatamente o que *não* se deve fazer, eu *sabia* disso. Eu deveria ter estendido as costas da mão primeiro.

— Hank! Isso não é educado. Senta.

Hank se senta, a imagem da vergonha e da desolação, a cabeça baixa. Não estou convencida de que haja remorso genuíno ali. Aqueles olhos de cachorro envergonhado ainda estão fixos no colar.

É a minha vez de pigarrear.

— Então, só preciso trazê-lo de volta em uma hora?

— Obrigado. Se você tem certeza. Estarei na escola. Tome — diz Jackson, e me estende uma chave. — Basta deixar o Hank no solário e trancar a porta depois.

Fico encarando a chave na minha mão. Sei que não somos exatamente estranhos, mas não conversava com Jackson havia dez anos, então fico um pouco surpresa por ele estar disposto a me dar acesso permanente à casa dele. Mas não tenho muito tempo para pensar, porque logo Hank está olhando para a chave como se fosse um petisco e pulando em cima de mim para investigar.

Jackson faz Hank sentar de novo.

— Malandrinho. Nunca vi um cachorro tão difícil de treinar — diz ele em tom de lamento, balançando a cabeça, mas ao mesmo tempo acariciando Hank atrás das orelhas.

Ah, que ótimo. Um cachorro malandrinho.

— Tem certeza de que está a fim de fazer isso? — pergunta Jackson, talvez reparando na minha expressão.

Ele parece um pouco em dúvida.

Depois do incidente da quase mordida, estou *sim* um pouco menos animada com a perspectiva de levar esse cachorro para passear, mas se Jackson acha que não sou capaz, obviamente terei que fazer, é isso, pronto.

— Vamos ficar bem, não vamos, Hank?

O cachorro pula na minha direção, extasiado. Dou um gritinho e tropeço. Estou começando a achar que o Google não me preparou *inteiramente* para isso.

— Vamos lá, então! — digo, com o máximo de confiança que consigo reunir. — Tchau!

— Até logo! — grita Jackson enquanto eu e Hank saímos em disparada. — Se tiver algum problema, é só...

Acho que Jackson ainda está falando, mas não escuto nada além desse ponto porque Hank está *muito* empenhado em ir passear. Nossa, parece que não vou precisar de impulso algum para essa caminhada, Hank está me arrastando... Ah, droga, ele está na rua, está... Tudo bem, de volta para... O que ele está comendo? Onde pegou isso?

O passeio pela cidade em direção ao campo são os dez minutos mais longos da minha vida. Também passamos por *literalmente todo mundo* em Hamleigh-in-Harksdale — parece que todos escolheram exatamente esse momento para estar fora de casa e me ver sendo puxada pela calçada por um labrador extremamente empolgado.

Um senhor tenta emparelhar comigo em sua scooter elétrica para idosos por toda a extensão da Middling Lane. Mal é possível vê-lo por causa de uma enorme capa à prova d'água para protegê-lo da chuva. Através do plástico, ele grita na minha direção:

— Você precisa manter o Hank junto aos calcanhares!

— Sim! — grito de volta. — Obrigada!

— É isso que a Eileen faz! — grita de novo o homem, agora ao meu lado.

— É bom saber! — respondo animada, enquanto Hank tenta deslocar o meu ombro. — Junto, Hank — arrisco, em uma voz alegre, do tipo que se usa para falar tanto com cachorros quanto com bebês.

Hank não se dá o trabalho nem de se virar para me olhar.

— Meu nome é Roland! — grita o homem na scooter. — Você deve ser a Leena.

— Isso mesmo. Junto, Hank! Junto!

Hank para de repente para cheirar alguma coisa interessante e na mesma hora caio por cima dele. O labrador lambe meu rosto enquanto estou caída no chão. Nesse meio-tempo, Roland aproveita a oportunidade para me ultrapassar com uma expressão triunfal, o que considero profundamente irritante, porque, mesmo eu não tendo entrado nesta corrida, claramente acabei de perder.

Quando por fim atravessamos a cidade e estamos longe de olhares bisbilhoteiros, puxo Hank até que ele pare e me apoio em uma árvore. Caramba, isso é mais um treino de marcha do que uma caminhada. Como é possível que vovó fosse capaz de manejar essa fera?

Olho ao redor do campo — eu me lembro desse lugar. Parece diferente no clima cinzento, mas Carla e eu vínhamos fazer piquenique aqui quando éramos crianças — ela ficou presa no alto dessa árvore uma vez, caiu em prantos e não parou de chorar mesmo quando consegui ajudá-la a descer um passo de cada vez.

Hank me traz de volta ao presente com um puxão na coleira. Ele está puxando com tanto desespero que as patas da frente chegam a sair do chão. Tenho certeza de que na internet dizia para não deixar o cachorro puxar a guia — devo fazer com que volte para mim, não é mesmo?

Pego um dos meus petiscos caseiros e chamo Hank pelo nome — ele dispara na minha direção, abocanha o petisco e logo volta a puxar a guia. Isso acontece mais três vezes. Os petiscos caseiros viraram uma pasta na bolsa térmica... consigo sentir os resíduos de carne e ovo sob as unhas.

Derrotada, me levanto de novo e ando a passos rápidos ao redor do perímetro do campo. De vez em quando solto um "junto" otimista ou puxo Hank de volta para o meu lado, mas na maior parte do tempo, para ser honesta, sou *eu* que estou sendo levada para passear por esse cachorro.

Ironicamente, dado o comentário de Jackson de "um par de galochas e tanto" para calçar, na verdade estou usando as galochas de vovó no momento — eu mesma não tenho um par, e nós duas calçamos o mesmo número. As galochas estão machucando o meu calcanhar desde que saí de Clearwater Cottage, e agora também há uma pedra enorme presa embaixo do dedão. Faço uma tentativa infrutífera de parar Hank, então me abaixo para tirar a galocha.

Com certeza estou segurando a guia. É claro que estou. Não se solta a guia de um cachorro como Hank. Só que, de algum modo, na confusão de levantar uma das pernas, de uma de minhas galochas cair no chão e de tentar não apoiar o pé calçado só com meias na lama, parece que acabo soltando.

Hank dispara como uma bala. Ele está correndo a toda velocidade, as patas dianteiras e traseiras quase se cruzando no meio, com o único objetivo de ir além do campo onde estamos.

— Merda! Merda!

Já saí em disparada atrás dele, mas correr assim, calçada com apenas uma galocha, é um desafio e tanto — mais ou menos como fazer sozinha uma corrida em três pernas — e demoro apenas poucos passos para tropeçar e cair de novo. Hank se afasta cada vez mais de mim. Eu me esforço para ficar de pé, em pânico e ofegante. Ai, meu Deus, ai, meu Deus, perdi ele de vista agora... ele... ele... onde ele *está*?

Volto correndo para onde deixei a galocha, calço rapidamente e saio correndo. Nunca corri tão rápido em toda a minha vida. Depois de alguns minutos em disparada e sem rumo, meu instinto de gestão de crise é ativado e percebo que seria melhor se eu corresse com *um pouco mais* de método, e assim passo a correr em zigue-zague pelo campo, a respiração ofegante. Em determinado momento, começo a chorar, o que não torna mais fácil correr em alta velocidade, e depois de quase uma hora acabo me deixando cair embaixo de uma árvore, soluçando.

Perdi o cachorro de Jackson. Não deveria ser complicado assumir as tarefas da vovó, deveria ser relaxante, alguma coisa que *eu não pudesse ferrar*. Mas está sendo um horror. Só Deus sabe o que pode acontecer com Hank solto por aí. E se ele chegar à estrada principal. E se... e se alguma coisa comer ele? Alguma coisa nos vales de Yorkshire come cachorrinhos? Ai, meu Deus, por que diabo estou chorando tanto?

Eu me levanto novamente depois de alguns instantes, porque ficar sentada, parada, é ainda pior do que correr. Grito o nome dele sem parar, mas está ventando tanto que mal escuto minha própria voz. Uma semana atrás, eu estava em uma sala de reunião, apresentando um plano de dezesseis itens para garantir o envolvimento das partes interessadas na promoção de uma iniciativa de mudança corporativa. Agora, estou chorando em um campo aberto, gritando o nome *Hank* sem parar ao vento, com os pés machucados e o cabelo — que sem dúvida parece um ninho de rato nesse momento — batendo toda hora no meu rosto. Não consigo deixar de pensar que estou lidando terrivelmente mal com tudo isso. Costumo ser boa em emergências, não é? Tenho certeza de que Rebecca colocou isso na minha última avaliação.

Eu me agarro a esse pensamento. Respiro o mais pausadamente possível. Não há nada mais a fazer: tenho que voltar para Hamleigh. Não tenho o número do celular de Jackson (que erro *enorme* — o que eu estava pensando?), e ele precisa saber o que aconteceu.

Eu me sinto enjoada. Jackson vai me odiar. Não tem como. *Eu* me odeio nesse momento. Ah, pobre Hank, perdido pelo campo — ele provavelmente não sabe o que fazer, agora que já deve ter se dado conta de que não me encontra mais. Estou *mesmo* soluçando, está difícil respirar. Preciso me controlar. Pelo amor de Deus. *Pelo amor de Deus, qual é meu problema?*

Achei que atravessar Hamleigh na ida já tinha sido ruim, mas voltar assim é cem vezes pior. Olhos silenciosos me observam das janelas e portas. Uma criança aponta para mim do outro lado da rua e grita:

— É o Monstro do Pântano, mãe!

Roland se aproxima novamente com a sua scooter, então me olha mais atentamente ao emparelhar comigo.

— Cadê o Hank? — pergunta ele.

— Eu o perdi — digo, ainda chorando.

Ele arqueja.

— Santo Deus!

Cerro os dentes e volto a caminhar.

— Precisamos organizar um grupo de busca! — diz Roland. — Precisamos organizar imediatamente uma reunião do comitê da cidade! Vou falar com a Betsy.

Ai, meu Deus, Betsy não.

— Preciso falar com o Jackson — digo, secando o rosto com a manga. — Por favor, deixe que eu fale com ele antes de você se encontrar com a Betsy.

Mas Roland está ocupado fazendo uma manobra muito lenta e não parece me ouvir.

— Deixe que eu fale com o Jackson primeiro! — grito.

— Não se preocupe, Leena, vamos encontrar o Hank! — diz Roland por sobre o ombro, e volta a se afastar.

Eu xingo e continuo em frente. Estou tentando pensar no que exatamente devo dizer a Jackson, mas a verdade é que não há nenhuma maneira adequada de contar a uma pessoa que você perdeu o cachorro dela, e ficar ensaiando mentalmente a conversa sem parar só serve para me deixar mais e mais enjoada. Quando chego diante da porta dele, estou no mesmo estado de tensão em que me encontrava pouco antes da importante apresentação no trabalho, o que, baseada em acontecimentos recentes, provavelmente quer dizer que estou prestes a ter um ataque de pânico.

Toco a campainha e, tarde demais, me lembro da chave no meu bolso. Ah, meu Deus, Jackson provavelmente já saiu para o trabalho — vou ter que ir até a escola para contar que perdi o cachorro dele? Essa não é uma conversa que quero ter diante de uma turma cheia de criancinhas.

Mas, para minha surpresa, Jackson abre a porta.

Tenho uma forte sensação de déjà-vu. Ouço o barulho de patas arranhando o piso, caio para trás, sinto o cachorro lambendo meu rosto, o dono dele pairando acima de nós...

— *Hank!* — digo em uma voz muito aguda, enterro o rosto nos pelos dele e abraço o cachorro o mais apertado que consigo, levando-se em consideração que ele está se movendo como um cavalo selvagem. — Hank! Ai, meu Deus, eu achei...

Sinto o olhar de Jackson fixo em mim. Levanto os olhos.

Ele parece muito grande. Jackson já era grande antes, mas agora realmente... *se desenvolveu* em todo o seu potencial. Não parece mais um gigante amigável, mas um homem que seria capaz de acabar com uma briga de bar com uma única palavra baixa e cuidadosa.

— Lamento tanto, tanto, Jackson — digo, enquanto o cachorro sobe em cima de mim, as patas depositando novas camadas de lama no meu jeans já imundo. — Por favor, acredite em mim. Eu não deixei o Hank escapar de propósito, ele simplesmente fugiu. Desculpe. Achei que estava preparada, mas... desculpe. Você está atrasado para a escola agora?

— Liguei para lá quando a vigária telefonou para dizer que tinha visto o Hank descer a Peewit Street em disparada. O diretor está cobrindo a minha aula.

Enterro o rosto no pelo de Hank.

— Você está bem? — pergunta Jackson.

— Se *eu* estou bem? — pergunto, a voz abafada.

— Você parece... um pouco... hum...

— Uma bosta?

Jackson arregala ligeiramente os olhos.

— Não era isso que eu ia dizer.

Levanto a cabeça e vejo que a expressão de Jackson se suavizou e que ele está apoiado na porta.

— Estou ótima — digo, secando o rosto. — Mas sinto mesmo muitíssimo... Deveria ter sido mais cuidadosa.

— Escute, não aconteceu nada — afirma Jackson. — Tem certeza de que você está bem?

Hank começa um exame completo das minhas galochas, fungando alto, a cauda batendo em mim nesse meio-tempo.

— Não precisa ser gentil — digo, afastando o rabo do cachorro. — Pode ficar furioso comigo. Eu mereço.

Jackson parece confuso.

— Eu estava com raiva, mas então... Você pediu desculpa, não foi?

— Bem, sim, mas...

Jackson fica me olhando enquanto eu me levanto e faço uma tentativa débil de limpar a sujeira do jeans.

— Eu te desculpo, se é isso que quer ouvir — diz ele. — O Hank é um monstrinho mesmo, não devia ter deixado ele infernizar você.

— Vou compensar você por isso — digo, tentando me recompor.

— Não precisa.

— Não — retruco com determinação. — Vou, sim. Me fale alguma coisa em que eu possa ajudar e eu farei. Limpar as salas de aula na escola? Ou precisa de ajuda com a parte administrativa? Sou realmente boa com essas questões.

— Você está procurando por alguma espécie de... punição? — pergunta ele, inclinando a cabeça com uma expressão perplexa no rosto.

— Eu estraguei tudo — respondo, frustrada agora. — Estou só tentando consertar a situação.

— Está consertada. — Jackson faz uma pausa. — Mas, se realmente quer um trabalho para fazer, uma das salas de aula precisa de uma demão de tinta. Não seria ruim ter uma ajuda com isso.

— Fechado — digo. — Só falar a hora e estarei lá.

— Combinado, eu aviso. — Ele se agacha ao lado de Hank, faz carinho nas orelhas do cachorro e levanta os olhos para mim. — Não tem problema, Leena. Está tudo bem. Ele está sob controle novamente, está vendo?

Hank pode estar novamente sob controle, mas acho que *eu* não estou. O que aconteceu comigo naquele campo, chorando daquele jeito, gritando para o vento, correndo em círculos? Bee tem razão: as coisas não estão como deveriam. Essa simplesmente não sou eu.

10

Eileen

Quando Bee entra valsando no apartamento, fico sem palavras. Ela é simplesmente a pessoa mais glamorosa que eu já vi na vida. O rosto é de tirar o fôlego, embora — ou talvez por causa disso — seja assimétrico, com um olho mais alto do que o outro e um dos cantos da boca mais curvado. A pele dela é morena, e o cabelo, extraordinariamente liso e brilhante, como uma água escura escapando por cima de um dique. Por um momento, tento imaginar como deve ser a vida para alguém tão jovem e tão linda. Ela deve conseguir qualquer coisa.

Depois de meia hora com Bee, estou surpresa ao descobrir que aparentemente esse não é nem um pouco o caso.

— Não consigo encontrar um homem nessa cidade esquecida por Deus — diz Bee, voltando a encher nossas taças de vinho. — São todos uma merda... desculpe o linguajar. A Leena sempre me diz que há homens bons por aí, que tenho que beijar alguns sapos antes, mas já venho beijando anfíbios há quase um ano e estou *perdendo. As. Forças.* — Essa última parte é enfatizada por longos goles no vinho. — Desculpe... não quero desanimar você. Talvez o mercado de homens acima dos setenta anos seja melhor.

— Duvido — comento, sentindo um aperto no coração.

Isso é loucura. Eu me sinto constrangida até de conversar sobre a minha vida amorosa com alguém como Bee... Se ela não consegue encontrar um homem, como eu vou conseguir? Não fui capaz de segurar nem meu marido.

Bee percebe minha expressão e pousa a taça.

— Ah, não ligue para o que eu digo. Só estou cansada e enjoada de encontros horrorosos. Mas você! Você tem todo um *mundo* de diversão à sua frente. Vamos dar uma olhada no seu perfil no site de relacionamentos, certo?

— Ah, não, não se incomode com isso — digo sem muito ânimo, me lembrando de todas as coisas embaraçosas que Leena escreveu lá. *Ama ficar ao ar livre! Jovem de coração! Em busca de amor!*

Bee ignora os meus protestos e abre o notebook.

— A Leena me deu seu login — avisa ela, já digitando. — Olha! Alguns cavalheiros já deixaram mensagens para você!

— Já? — Eu me inclino para a frente e endireito os óculos no nariz. — Nossa, isso é... ai, meu Deus.

Bee fecha o notebook depressa.

— Meu Deus — diz, os olhos arregalados. — Bem. Esse é um momento memorável para você. Seu primeiro nude.

— Meu primeiro o quê?

Ela faz uma careta.

— Uau, isso é pior do que contar para a minha filha de onde vêm os bebês. Hummm.

Eu começo a rir.

— Está tudo certo — digo a ela. — Tenho setenta e nove anos. Posso parecer uma senhorinha inocente para você, mas isso significa que tive cinquenta anos a mais de convivência com os horrores que o mundo tem a oferecer, e, seja o que for isso, não se compara à verruga que meu ex-marido tinha na bunda.

Bee tem uma crise de riso. Não tenho tempo para pensar que essa é a primeira vez que digo *ex*-marido em voz alta, porque logo ela volta a abrir o notebook e há uma imagem muito grande de um pênis na tela.

Inclino a cabeça.

— Nossa — digo de novo.

— Parece bem animado para um homem de oitenta anos — comenta Bee, também inclinando a cabeça, mas para o lado oposto ao meu.

— E ele pretende o que mandando essa foto?

— Excelente pergunta. Acredito que pretenda fazer com que você deseje transar com ele.

— Sério? — pergunto, fascinada. — E isso já funcionou?

— É um grande mistério. É de se imaginar que não, mas então por que eles continuam a mandar essas fotos? Até os ratos conseguem aprender que técnicas ineficazes de acasalamento devem ser abandonadas, certo?

— Talvez ele seja que nem aqueles exibicionistas nos parques — digo, estreitando os olhos para a tela. — Não tem a ver com o fato de *você* gostar... Eles só querem mostrar o bilau.

Bee cai na gargalhada de novo.

— Bilau! — repete, secando os olhos. — Ah, a Leena estava certa, você é uma preciosidade. Muito bem. Podemos bloquear esse cavalheiro em particular, para que ele não se comunique mais com você?

— Sim, por favor — digo, e me lembro das folhas de chá de Letitia ontem. — Eu diria que, por enquanto, já basta de bilaus.

— E esse cara? — pergunta Bee.

Olho para a tela com certa preocupação, mas dessa vez vejo um rosto sorridente me encarando de volta. É um senhor muito bonito, na verdade, com o cabelo grisalho penteado para trás, um semblante imponente e ótimos dentes. A foto parece ter sido tirada por um profissional.

— Ele é de verdade? — pergunto.

Todos já ouvimos histórias dessas pessoas na internet que parecem uma coisa e no fim são senhoras esquisitas do Texas.

— Boa pergunta, ainda mais com uma foto assim. — Ela digita por algum tempo. — Muito bem, fiz uma busca por imagem e o único outro lugar em que essa foto é usada é aqui. Mesmo nome, as informações batem... Acho que ele é ator! — Bee me mostra o site de um teatro; a foto aparece ao lado da descrição de Tod Malone, que aparentemente faz o papel de Sir Toby Belch em *Noite de reis*, no St. John's Theatre. — Humm, ele parece interessante. Vamos responder à mensagem dele?

— O que ele disse? — pergunto, já espiando por cima do ombro de Bee.

— *Oi, Eileen! Parece que você está em uma aventura empolgante em Londres... Estou ansioso para ouvir como isso aconteceu...* — lê Bee.

— Posso?

Bee empurra o notebook na minha direção e começo a digitar.

"A minha neta queria descansar um pouco no campo, e eu queria sentir o gostinho da animação da cidade grande", escrevo. *"Assim, trocamos de vida..."*

— Uau, *gostei* disso — diz Bee, aprovando. — Essas reticências! Muito misteriosas.

Sorrio.

— Ora, obrigada.

Bee clica para enviar a mensagem.

— Agora esperamos — diz ela, e pega novamente a taça de vinho.

— Por que não damos uma olhada no seu perfil do site nesse meio-tempo?

— No meu? Ai, meu Deus, não, você não vai querer ver.

— Eu mostrei o meu! — argumento, e dou um gole no vinho.

Não bebo vinho há muito tempo, mas a bebida parece ser parte da vida no apartamento de Leena. Há uma pilha de garrafas embaixo da televisão, e sempre pelo menos uma de vinho branco na geladeira.

— Na verdade, eu uso um aplicativo, não um site como esse — explica Bee, e indica o notebook com a cabeça. — Ou seja, está no meu celular.

— Consigo olhar em um celular — digo com paciência.

Bee me encara com uma expressão contrita.

— Claro, desculpa. — Ela morde o lábio, então, depois de um instante, puxa o celular que está do outro lado da bancada e digita uma série de números. — Aqui. — E desce a tela, passando por fotos dela mesma. Há uma breve descrição embaixo: *Mãe e profissional dedicada. Pouco tempo, pouca paciência, muita cafeína.*

Ah, Deus. Se eu achei Bee intimidadora e glamorosa pessoalmente, isso não é nada se comparado à impressão que ela passa aqui. Todas as fotos parecem saídas de revistas de moda...

— Ah, sim, eu fiz alguns trabalhos como modelo no ano passado, nas horas vagas — conta ela, lentamente.

E sua descrição não poderia ser menos convidativa.

Ela me mostra como passar os perfis para a esquerda e para a direita, e também a página em que pode mandar mensagens para vários homens diferentes.

— São tantos! — Eu me aproximo mais. — Por que você não respondeu a eles? Esse aqui é muito bonito.

— Ah, esse cara é um desses CEOs muito bem-sucedidos — explica ela, descartando a possibilidade. — Não é o meu tipo.

Franzo a testa.

— Por que não?

— Não gosto de sair com caras que ganham mais do que eu — diz ela, e dá de ombros. — É uma das minhas regras.

— E quais são as outras regras? — pergunto, pensando a respeito.

Ela conta nos dedos:

— Tem que ser atlético, não pode trabalhar com consultoria ou finanças, precisa dançar bem, ser muito gostoso, não pode ter um sobrenome esquisito, deve gostar de gatos, não pode ser rico ou ter pais ricos, não pode ter hobbies bobos de homem, tipo carros ou jogar dardos, não pode ser machista, e quero dizer *de verdade*, não só quando convém, precisa ter a mente aberta a respeito da Jaime, minha filha...

— Ah! Quero saber mais sobre a sua filha — peço, me deixando distrair mesmo contra a vontade.

— Jaime — diz Bee, e mexe com tamanha rapidez no celular que não consigo acompanhar. — Ela está com o pai hoje.

Agora Bee está passando pelas fotos e acaba parando na de uma garota de cabelo castanho-escuro bem curto, que sorri para a câmera por trás de óculos de armação grossa.

— Aqui ela — mostra Bee, orgulhosa.

— Que menina encantadora!

Meu coração se aperta, não tanto pela menina — embora ela seja mesmo um amor —, mas pela expressão no rosto de Bee. A mulher *derreteu*.

Ela ama a filha mais do que qualquer coisa, é possível perceber isso em questão de segundos.

— Ela vai ser campeã mundial de tênis — gaba-se Bee. — Já está no topo da categoria da idade dela no clube.

— Nossa.

— A Jaime também gosta de dinossauros e de ler sobre cérebros — acrescenta Bee. — E é vegana. O que é muito irritante.

— Ah, sim — digo, solidária —, minha amiga Kathleen também tem isso.

— Tem o quê?

— Veganismo.

Bee ri. Ela tem uma risada muito charmosa. Depois de ouvi-la rir e de ver a expressão em seu rosto quando olhou para a foto de Jaime, sinto que a conheço muito melhor e que também gosto muito mais dela. Acho que esse é o problema com relacionamentos pela internet. As pessoas não conseguem ouvir a risada ou ver o modo como seu olhar fica bobo ao falar sobre alguém que ama.

Fico observando Bee enquanto ela passa por mais fotos da filha e penso comigo mesma: posso não saber nada sobre encontros on-line, mas acho que posso ser melhor em encontrar um homem para Bee do que a própria Bee.

Pego meu diário de projetos — comprei um novo na Smith's ontem, já que Leena está com o meu em Hamleigh.

Dar uma melhorada no espaço de convivência está no topo da minha lista. Falei sobre isso com Martha hoje de manhã. Ela ficou muito empolgada e começou a me mostrar esquemas de cores quando já se preparava para sair. Sei que as coisas são diferentes por aqui, mas não consigo evitar pensar que *algum* senso de comunidade faria bem a este prédio.

Abaixo dessa anotação, escrevo com cuidado: *Encontrar um homem para Bee*.

— Ah, seu ator de cabelos grisalhos respondeu! — anuncia Bee, e vira o notebook para mim.

Todoffstage diz: Oi, Eileen. Agora estou mais intrigado do que nunca. Que ideia interessante! O que a sua neta está achando da vida no campo? E como você está se saindo em Londres? Foi um choque muito grande?

Sorrio e começo a digitar.

EileenCotton79 diz: Minha neta está me dando muito poucas notícias, o que significa que ou está indo tudo muito bem, ou ela colocou fogo na casa! E estou um pouco assoberbada com Londres. É difícil saber por onde começar!

— Ah, Sra. Cotton — comenta Bee. — *Isso sim* foi brilhante.

Todoffstage diz: Ora, eu moro em Londres há sessenta e cinco anos... Então, se quiser os conselhos de um veterano, eu poderia lhe mostrar alguns lugares que vale a pena conhecer. Começando por um café, talvez?

Estendo a mão para o teclado, mas Bee a afasta.
— Faça-o esperar! — diz.
Reviro os olhos.
— Esse tipo de bobagem é para os jovens — informo a ela.

EileenCotton79 diz: Eu adoraria. Que tal na sexta-feira?

11

Leena

Na sexta-feira à tarde, na tranquilidade da casa, com Ant e Dec se entrelaçando entre os meus pés, eu me sento diante do computador da minha avó e entro na minha conta do Dropbox. Está tudo ali. *B&L Boutique Consulting. Estratégia de precificação. Pesquisa de mercado. Operações e logística.* Não mexo em nada ainda, só releio, me ambientando. Acabo tão envolvida que perco a noção do tempo. Tenho que ir à reunião da Patrulha do Bairro às cinco — pego a bicicleta que encontrei no galpão cheio de hera e parto em tamanha velocidade que quase saio voando quando viro na Lower Lane.

Só quando estou entrando pela porta do salão comunitário é que me dou conta de que não sei exatamente *o que* é a Patrulha do Bairro. Estamos... combatendo o crime? Trata-se de uma sociedade de combate ao crime?

Olho ao redor, para o grupo heterogêneo reunido no centro do salão, e concluo que ou essas pessoas são super-heróis com os melhores disfarces que já existiram, ou provavelmente essa não tem como ser uma sociedade de combate ao crime. Aqui está Roland, o excessivamente entusiasmado organizador de grupos de busca; Betsy, usando um lenço rosa-choque, batom combinando e culottes; e o Dr. Piotr, muito mais corpulento do que eu me lembrava da minha infância, mas sem dúvida o mesmo homem que deu pontos no meu joelho quando eu tinha nove anos e que, uma vez, extraiu uma ervilha do ouvido de Carla.

Vejo ainda uma mulher minúscula como um passarinho, que parece ter sido feita de palitos de fósforo; um homem estrábico de bigode, que reconheço como sendo Basil, o preconceituoso; e uma mulher jovem, de expressão atormentada, com o que acho ser vômito de bebê na manga.

— Ah, droga — diz a mulher, acompanhando meu olhar até seu braço. — Eu sinceramente pretendia limpar isso.

— Leena — digo, e estendo a mão para ela.

— Kathleen — me diz ela.

O cabelo de Kathleen tem mechas que precisam ser retocadas, e há resquícios de pasta de dente em seu queixo — é como se em todo o seu corpo estivesse escrito "mãe exausta". Não consigo deixar de me perguntar por que Kathleen se dá o trabalho de vir a essa reunião em vez de, sei lá, tirar um cochilo?

— Sou Penelope — diz a senhora que parece um passarinho.

Ela estende a mão como deve fazer a realeza — as costas da mão primeiro, como se eu devesse beijá-la. Sem saber o que fazer, aperto a mão dela.

Betsy para quando me vê. Seu sorriso chega tarde demais para ser sincero.

— Olá, Leena. Eu não tinha certeza se você viria.

— É claro que eu viria! — retruco. — Trouxe a placa para a porta.

— Tem espaço para mais um? — pergunta uma voz da porta.

— Ah, que prazer! — se empolga Betsy. — Jackson, eu não sabia que você conseguiria vir hoje!

Levanto os olhos e me sinto corar. Jackson está usando uma camiseta de rúgbi e um boné velho e surrado. Eu estava um desastre da última vez que ele me viu — toda vez que lembro de mim mesma parada diante da porta dele, suada e humilhada, tenho vontade de voltar rastejando para Londres. Tento encontrar os olhos dele, mas Jackson está ocupado: todas as senhoras gravitaram na direção dele, que agora tem uma em cada braço, como Hugh Hefner, o fundador da revista Playboy, só que com as idades das pessoas envolvidas invertidas. Basil está enfiando uma xícara de chá na mão de Jackson. Percebo com certo desconforto que ninguém me ofereceu uma ainda. Isso não é bom sinal, certo?

— Muito bem, agora que a Leena finalmente chegou, vamos começar? — pergunta Betsy. Resisto à vontade de lembrar a ela que não fui eu a última a chegar, e sim Jackson, mas estão todos ocupados demais passando os biscoitos uns para os outros para reparar nisso. — Sentem-se, por favor!

É difícil não me encolher de preocupação quando todos os idosos da sala se posicionam diante das cadeiras e então — começando bem devagar e logo pegando velocidade — flexionam os joelhos o melhor que conseguem, até aterrissarem em algum ponto do assento com um baque.

— Jackson costuma se sentar aí — avisa Roland, quando estou me inclinando para me sentar.

— Ah. — Olho ao redor, ainda abaixada. — Jackson, você se importa se... Jackson faz um gesto afável com a mão grande.

— É claro que não, sente-se.

— Não — repreende Roland, a voz firme, bem no momento em que o meu traseiro toca o assento. — Não, não, esse é o lugar do *Jackson*.

Jackson ri.

— Roland, está tudo bem.

— Mas esse é o lugar de que você mais gosta! — protesta Roland.

— A Leena pode ficar com ele.

— Que homem atencioso — comenta Penelope com Betsy.

— Humm. E ele está sendo *muito* gentil sobre o incidente com o cachorro, não é? — retruca Betsy, entrelaçando as mãos no colo.

Cerro os dentes e endireito o corpo.

— Tenho uma ideia. Que tal *todos* nós trocarmos de lugar para ver como isso muda a nossa perspectiva? — sugiro. — Vocês vão ficar impressionados ao ver como faz diferença.

Todos me olham perplexos, menos Jackson, que me encara com a expressão de um homem se esforçando muito para não rir.

— Eu sempre sento aqui — declara Basil com firmeza. — Não quero mudar a minha perspectiva, muito obrigado. Gosto dela exatamente daqui.

— Ah, mas...

— Tem ideia de como foi difícil me acomodar nesta cadeira, mocinha?

— Mas posso ajudar você a...

— Além do mais, essa fica perto do banheiro — diz Basil.

— Isso mesmo — confirma Penelope —, e quando Basil precisa tirar água do joelho, ele *precisa tirar água do joelho*, querida, não há opção.

— Certo. Tudo bem — digo.

Eles parecem satisfeitos. Acabaram com minha tentativa de um exercício básico de gestão de mudança — e com uma conversa sobre controle da bexiga.

— É melhor você ficar com esse lugar, Jackson — digo, e me mudo para uma cadeira diferente.

É melhor escolher as minhas batalhas aqui, e essa não parece valer a pena.

— Eu realmente não me importo — reforça ele, o tom brando.

— Não, não — insisto, mais irritada do que deveria. — Aproveite a sua cadeira favorita. Estou perfeitamente bem aqui.

À medida que a reunião se desenrola, fico me perguntando sobre o que exatamente vamos discutir, o que não é uma sensação incomum — eu diria que oitenta por cento das reuniões de clientes a que vou se desenrolam dessa forma —, mas isso torna difícil me envolver com a conversa.

O que mais me confunde é a total falta de menção a crimes. Até então falamos sobre: sanduíches de bacon (Roland descobriu que os do Mabel, no número 5 da Peewit Street, são excelentes, por isso ele voltou a boicotar o Julie's, que deduzo ser um café em Knargill), esquilos (Basil é totalmente contra eles) e se batatas engordam (na verdade, acho que é com os sanduíches de bacon que eles deveriam estar preocupados). Então, todos passam a reclamar de Firs Blandon, uma cidadezinha da região que, ao que parece, provocou o caos ao afastar a cerca de um fazendeiro sessenta centímetros para a esquerda, para refletir o que eles acreditam ser o limite entre paróquias civis. A essa altura eu já me perdi e estou basicamente concentrada em comer biscoitos.

Baixo os olhos para a pauta. Só há mais um item a ser discutido antes de chegarmos a "algum crime?", o que, presumo, finalmente abordará crimes de verdade.

— Ah, sim, e havia aquele último projetinho da Eileen, não é? — diz Betsy. — Você vai assumi-lo, certo, Leena?

— O quê? — pergunto, na metade do que deve ser o meu centésimo biscoito.

— "Ajudar os idosos que ficam isolados em Knargill, providenciando transporte para eles" — lê Betsy em voz alta. — Não sei bem como ela planeja fazer isso, mas... — Betsy pisca para mim, na expectativa.

Penso a respeito. Parece ser bastante simples.

— Quantos de vocês têm carro? — pergunto. — Além de Jackson, Piotr e Kathleen, claro, que não têm muito tempo livre... mas o resto de vocês está aposentado, certo? Conseguem encaixar, vamos dizer, uma saída para passear com esses idosos a cada dois dias?

Todos adotam expressões muito alarmadas — a não ser por Jackson, que parece estar achando tudo cada vez mais divertido.

— Onde vocês acham que seria um bom lugar para levá-los para um passeio ocasional? Leeds é longe demais — digo, e volto a olhar para Betsy —, mas talvez Daredale?

Há um longo momento de silêncio. Por fim, o Dr. Piotr se apieda de mim.

— Ah, Leena, a maior parte do nosso grupo não... embora muitos *tenham* carro — isso é dito com um leve ar de resignação —, não deve dirigir até Daredale.

— Isso não quer dizer que *não possamos* — diz Betsy. — Ainda tenho carteira de motorista, você sabe.

— E o Dr. Piotr não pode me impedir de dirigir até eu estar oficialmente fraca da cabeça — diz Penelope, com um ar satisfeito.

— Ah. Certo — digo. — Bem, venho pensando em arrumar um carro para mim por um tempo, de qualquer modo, já que o carro da minha avó está...

— Fora de combate? — sugere Betsy.

— Irrecuperavelmente acabado? — diz Basil ao mesmo tempo.

— Algum de vocês poderia me emprestar um carro enquanto estou aqui?

Silêncio.

— Penelope! — digo, animada. Ela me parece a melhor opção. Os homens não vão se dispor, e com certeza não terei qualquer apoio de Betsy. — Posso pegar seu carro emprestado de vez em quando?

— Ah, mas eu... Bem, eu ainda... — Penelope faz uma pausa e então continua de má vontade: — Bem, acho que sim.

— Fantástico, obrigada, Penelope!

Espero até ela desviar os olhos para dar uma piscadinha para o Dr. Piotr. Ele levanta o polegar para mim em resposta.

Então agora tenho o Dr. Piotr do meu lado, pelo menos. E um carro.

— É isso, então! — diz Betsy, batendo palmas uma vez. — Próximo tópico... Primeiro de Maio! Sei que essa não é uma reunião oficial do comitê, mas como todo o comitê está presente e há algumas questões urgentes que não podem esperar até a próxima reunião, talvez possamos abordar uma ou duas delas aqui?

Todos assentem. Tenho quase certeza de que o Comitê de Planejamento da Festa do Primeiro de Maio é composto por exatamente as mesmas pessoas da Patrulha do Bairro, assim, eu *poderia* argumentar que duas reuniões separadas não são inteiramente necessárias. Mas, pensando bem, é melhor ficar quieta.

— O tema! Presumo que estamos todos satisfeitos com a sugestão de Jackson? *Tropical?*

— Tropical? — repito, antes que consiga me deter.

Betsy se vira na cadeira e me olha, irritada.

— Sim, Leena. Tropical. É perfeito para uma festa em uma primavera ensolarada. Não acha?

— Ora, eu...

Olho o restante do círculo, então me viro para Jackson, que ergue um pouco as sobrancelhas, como se dissesse, *Ah, sim, vá em frente.*

— Só não tenho certeza se isso valoriza os nossos pontos fortes. As pessoas vão se sentir atraídas por uma feira singular, para a qual possam trazer os filhos. "Tropical" parece um pouco... uma saída à noite em Clapham.

Vários rostos sem expressão me encaram.

— Sugira um tema alternativo, Leena — indica Betsy, o tom gélido.

Volto a olhar de relance para Jackson. Ele está recostado na cadeira, os braços cruzados, e há algo tão arrogante naquela postura que meu plano de me conter e ganhar a confiança do grupo antes de propor qualquer mudança vai para o espaço.

— Que tal "Medieval"? — digo, pensando em *Game of Thrones*, que já revi inteira desde que cheguei a Hamleigh. Ethan sempre riu de mim por colecionar as minhas séries favoritas em DVD, mas quem está rindo agora que estou na terra da internet rápida não tão rápida assim? — Poderíamos servir hidromel e ter "bardos" contando histórias para as crianças, e o Rei e a Rainha da Primavera poderiam usar trajes lindos, com mangas esvoaçantes e guirlandas de flores, como o Rei Arthur e a Rainha Guinevere. — Não tenho certeza absoluta se o Rei Arthur foi medieval, mas essa não é hora para ser meticulosa. — E poderíamos ter falcoaria e torneios com lanças, a música poderia ser toda com harpas e alaúdes. Estou imaginando guirlandas de flores penduradas entre os postes de luz, barracas transbordando de frutas frescas e doces apetitosos, fogueiras, leitão assado...

— Humm. Bem. Vamos votar, então? — sugere Betsy. — O plano da Leena de nos arrastar de volta à Idade Média, ou a ideia do Jackson que todos nós já aprovamos amplamente na semana passada?

Deixo escapar uma risadinha incrédula.

— Essa pergunta está um pouco tendenciosa, Betsy.

— Levante a mão quem escolhe a ideia da Leena — diz Betsy, o tom determinado.

Todos se entreolham. Ninguém levanta a mão.

— Agora levante a mão quem vota pela ideia do Jackson — volta a falar Betsy, com um sorriso.

Todos levantam as mãos.

— Bem, boa tentativa, Leena — lança Betsy, com um sorriso.

— Me dê umas duas semanas — digo. — Vou organizar uma apresentação, trazer ideias concretas, montar alguma coisa para mostrar a vocês.

Vamos fazer essa votação direito, na próxima reunião oficial da Festa do Primeiro de Maio. Aliás, questões do Primeiro de Maio *podem* ser resolvidas em uma reunião da Patrulha do Bairro?

O sorriso de Betsy vacila.

— É um bom argumento — diz Roland. — Não seria adequado.

— Não seria adequado — repito. — Com certeza, Roland.

— Muito bem, então. Daqui a duas semanas — diz Betsy.

Olho de relance para Jackson. Isso obviamente não é uma competição, mas com certeza acabei de marcar um ponto e gostaria muito que ele tivesse percebido isso. Jackson devolve o olhar, ainda recostado, com as pernas abertas, como aqueles homens que se espalham e ocupam o banco inteiro no metrô, parecendo tão despreocupado e bem-humorado quanto durante toda a reunião.

— Isso é tudo, pessoal — diz Betsy. — E, Leena, lembre-se de que deve trazer os biscoitos na próxima vez.

— Com certeza. Sem problema.

— E essa é a sua cadeira — comenta Roland, assentindo para mim, prestativo. — Lembre-se disso também.

— Obrigada, Roland. Vou lembrar.

— Ah, e Leena? — Betsy, mais uma vez. — Acho que você se esqueceu de colocar o lixo da Eileen para fora ontem.

Solto o ar lentamente pelo nariz.

Eles só estão tentando ajudar. Provavelmente.

— Obrigada, Betsy — digo. — Bom saber.

Há um arrastar geral de cadeiras e o movimento de pés conforme todos se levantam e se encaminham para a porta. Ao meu lado, Kathleen acorda com um sobressalto.

— Merda — Ela se esforça para checar a hora. — Até onde chegamos? Falamos sobre a guerra contra os esquilos? — Então, repara na minha expressão mal-humorada. — Meu Deus! Os esquilos venceram?

12

Eileen

Isso simplesmente não vai funcionar. Vou ligar para Leena e dizer a ela que foi loucura da nossa parte achar que poderíamos trocar de vida desse jeito, e então vou voltar para casa. Podemos tomar um chocolate quente e rir dessa história, de volta onde devemos estar — e quem devemos ser.

Estou totalmente determinada a fazer isso até Fitz entrar na sala.

— Santo guacamole! — diz ele, com uma parada brusca. — Eileen! Você está deslumbrante!

— Eu não vou — comunico a ele com firmeza e me inclino para começar a desamarrar os sapatos. — Isso é uma bobagem.

— Ei, ei, ei! — Fitz tira os meus chinelos de debaixo da mesinha de centro antes que eu possa calçá-los. — Você não vai desperdiçar esse penteado matador passando a tarde em casa — diz ele, apontando para o meu cabelo. — Você está parecendo uma estrela de cinema, Sra. Cotton, e *tem* que encontrar esse cara, esse tal de Tod!

Contei a Fitz sobre o encontro na noite passada. Ou melhor, nessa manhã — eu estava me levantando para começar o dia e ele estava chegando de uma noitada. Fitz parecia não estar muito no controle de seu ser — eram cinco e meia da manhã, afinal —, por isso presumi que ele não se lembraria da conversa. Mas, infelizmente, a memória dele é melhor do que eu imaginei.

Eu me agito no sofá, com minha melhor saia plissada marcando os quadris. Sinto uma pontada de dor nas costas.

— Estou velha demais para isso — digo a ele. — Não consigo lidar com esse... — indico o estômago com a mão.

Fitz dá um sorriso travesso

— Frio na barriga? — completa.

— Ah, que besteira — rebato, mas não consigo encontrar uma alternativa melhor.

Ele se acomoda ao meu lado no sofá.

— Olha só, não conheço você muito bem, Eileen, mas conheço a Leena, e tenho a impressão de que muitas qualidades dela vêm de você. E a Leena *odeia* fracassar.

— Isso não é fracassar! — protesto.

— Você está certa — concorda Fitz —, é preciso tentar para fracassar. E a senhora não está nem tentando.

Eu me enrijeço.

— Sei o que você está fazendo — digo a ele.

— Está funcionando?

— É claro que está, droga. Agora me passe esses sapatos, por favor.

Quase perco a coragem de novo quando já estou a caminho do café. Chego a abrir a boca para dizer ao taxista para dar meia-volta. Mas quando estamos seguindo pelo trânsito, uma mulher passa ao meu lado de bicicleta, com cachos pretos aparecendo embaixo do capacete, e penso em Carla. Ela adoraria ver a velha avó saindo para um encontro. E aposto que me diria que seria uma vergonha se eu deixasse um belo ator do West End escapar.

Fico preocupada de acabar não achando Tod no café, mas no fim não é difícil vê-lo. Ele se destaca do modo como as pessoas ricas se destacam em todo lugar: as roupas um pouco perfeitas demais e um brilho particular na pele, como se ele estivesse usando maquiagem.

Ah, ele *está* usando maquiagem. Ora, eu nunca — acho que ele deve ter acabado de sair do teatro, mas ainda assim... O que Wade *diria*?

— Eileen? — chama ele.

Percebo que estou encarando e me sinto corar. Essa é a segunda vez que fico corada essa semana. Preciso me controlar.

— Sim — digo, e estico a mão para apertar a dele.

Tod se levanta para puxar a cadeira para mim. Ele se move com muita agilidade para um homem da sua idade, e consigo sentir o cheiro da colônia que está usando quando passa por mim. É um aroma que mistura lenha queimada com laranja, e diria que provavelmente é tão cara quanto o casaco de lã escura que ele veste.

— Você é exatamente tão linda quanto na foto — diz Tod, enquanto volta a se sentar diante de mim com um sorriso.

Os dentes dele são de um branco ofuscante.

— Ora, sei que isso não é verdade, porque foi a minha neta que escolheu aquela foto, que foi tirada há pelo menos dez anos — retruco.

Eu me encolho por dentro ao ver como pareço formal, mas Tod só ri.

— Você não envelheceu nem um pouco — me garante ele. — Café?

— Ah, eu vou... — Faço menção de pegar a minha bolsa, mas ele me impede com a testa franzida.

— Eu estou oferecendo. Por favor, eu insisto. Um *flat white*?

— Um... Desculpe, o quê?

— Quer um *flat white*?

— Não tenho a menor ideia do que você está falando — digo a ele.

Tod dá uma gargalhada.

— Ah, acho que você vai ser muito boa para mim, Eileen Cotton.

Sinceramente não entendo o que ele acha tão engraçado, mas sorrio de qualquer modo, porque Tod é muito bonito quando ri. E no resto do tempo também. A princípio, a maquiagem é um pouco desconcertante — a pele dele parece um tanto estranha, toda de uma cor só desse jeito. Mas acho que estou me acostumando.

— Um *flat white* é um tipo de preparo de café — explica Tod, e acena para o garçom com um gesto experiente. — Confie em mim, você vai adorar.

— Vou experimentar, então — concordo, e Tod pede os cafés.

Ele é muito menos intimidante do que eu esperava, e me sinto relaxar enquanto Tod brinca com o garçom, afastando o cabelo da testa enquanto fala.

— Muito bem — diz ele, voltando a atenção para mim e abrindo um sorriso extremamente charmoso. — No que me diz respeito, somos velhos demais para rodeios. Vou colocar as cartas na mesa.

— Ah, certo — digo. — Ora, isso é bom?

— Não estou atrás de um relacionamento sério — diz ele — Fui casado uma vez, com uma mulher incrível, e foram os anos mais felizes da minha vida... Não tenho interesse em tentar replicá-los, porque isso não é possível.

— Ah — digo, um tanto comovida, apesar do tom pouco cuidadoso. — Ora, na verdade, isso é muito romântico.

Tod ri de novo.

— O que estou procurando, Eileen, é um pouco de diversão.

— Um pouco de diversão? — Estreito ligeiramente os olhos. — Para pôr realmente as cartas na mesa... — Tamborilo na mesa entre nós. — Poderia ser um pouco mais específico?

Ele estende a mão para pegar a minha do outro lado da mesa.

— Posso? — pergunta baixinho.

— Sim — digo, embora não esteja muito certa de com que estou concordando.

Ele vira a minha mão para cima e pressiona o polegar com muita gentileza na pele macia entre o meu pulso e a palma da mão, e começa a acariciar aquele ponto, em movimentos circulares lentos e lânguidos.

Minha respiração acelera.

— Sendo mais específico — volta a falar Tod —, eu gostaria que apreciássemos um bom café, comida boa e bons vinhos, e então gostaria que fôssemos para a cama.

— Para... a cama — repito, sentindo a boca seca. — Nós dois.

Ele inclina a cabeça.

— Uma relação casual, na verdade. Sem exclusividade. Puramente sensual. Só pelo período de sua estada em Londres. Então, nos despediríamos sem arrependimentos. — Ele solta lentamente a minha mão. — O que acha, Eileen?

— Eu... acho... — Pigarreio e esfrego com a outra mão o ponto que ele acariciou, onde a pele parece vibrar. Sinto que meu corpo inteiro está vibrando, na verdade. Estou surpresa por não me ouvirem estalando feito um radiador aquecendo. — Isso parece divertido — completo, e mordo o lábio para conter um sorriso.

— O encontro foi muito bom — conto a Leena, em minha voz mais firme de "fim do assunto". Eu me acomodo no sofá com uma almofada nas costas. — Como foi sua primeira reunião da Patrulha do Bairro?
— Ah, tudo bem, tudo bem — diz Leena. — Por favor, você tem que me falar mais sobre esse homem misterioso!
— Uma dama não comenta essas coisas — retruco. — E a Marian? Como ela está?
— Vó! Você dormiu com ele?
— Como assim?! Não! Isso lá é pergunta para fazer para a própria avó? — digo, ofendida.
— Ora, quando as pessoas dizem "uma dama não comenta essas coisas", costuma ser exatamente a isso que estão se referindo — responde Leena, em um tom de quem estava se divertindo. — Você *realmente* não vai me contar nada sobre esse Tod?
— Não, acho que não vou — decido.
Contei tudo para Fitz, mas fiz com que jurasse segredo, e ele disse que não comentaria com Leena. Só não quero discutir meu "relacionamento casual" com minha neta.
— Bom — diz Leena, mal-humorada —, acho que fui *eu* que disse para você fazer algo por si mesma. — Ela faz uma pausa. — Vó... Posso te fazer uma pergunta?
— É claro.
— Aconteceu alguma coisa com a mamãe? Alguma coisa que você não me contou?
— Como assim? — questiono com cautela.
— Ela mencionou "crises".
Fecho os olhos.
— Ah.
— O que aconteceu?

— Ela só teve algumas... oscilações.

— Oscilações do tipo ficar chorosa no ônibus? Ou oscilações que precisam de um médico?

— A segunda opção, meu bem.

— Como você não me contou isso?

— Eu disse várias vezes que ela estava tendo dificuldades, Leena.

— Sim, mas achei que você queria dizer... achei que ela estava... não me dei conta de que a minha mãe estava tendo *colapsos*.

— Achei que a própria Marian contaria a você, se quisesse. Não quis interferir.

— E quando você me deixou aqui para tomar conta da mamãe, não achou que valeria a pena mencionar que ela talvez tivesse uma dessas "crises" a qualquer momento? O que aconteceu? Preciso checar como ela está com mais frequência? Qual é o nível de gravidade de que estamos falando? O que o médico disse?

Esfrego o nariz.

— O Dr. Piotr deu alguns comprimidos a ela uns meses atrás.

— Antidepressivos?

— Acho que sim.

— Ela está tomando?

— Acho que sim.

— Ok. Certo. Meu Deus, vó. Isso... Agradeço por você não querer interferir, mas... gostaria que tivesse me contado.

— Teria mudado o modo como se sente? Você teria voltado para casa antes?

Há um longo silêncio.

— Gosto de pensar que sim, mas... sei que tenho sido... um pouco estranha em relação à mamãe ultimamente. Mas quero que as coisas melhorem. A Bee diz que não estou sendo eu mesma, e ela está certa, e acho que isso se deve em parte, você sabe, a essa distância entre mim e a mamãe, a como ela me deixa furiosa... Quero consertar isso. Por mim e também por ela.

Dou um sorrisinho. E, ora, se a interferência é permitida, então...

— Ela também quer isso, meu bem. A sua mãe sente muito a sua falta.

Leena funga. Há mais um momento de silêncio, e depois:

— Tenho que ir, vó. Tem um homem ligando para mim no seu celular, para falar sobre falcoaria.

— O quê? — digo, mas ela já desligou.

Suspiro. Agora me preocupo mais do que nunca com Marian.

Estou prestes a desligar o celular de Leena quando uma mensagem aparece no topo da tela. Ceci. Tenho certeza de que me lembro de Leena mencioná-la. Não é a garota horrível e traiçoeira do trabalho?

Oi, Leena! Só queria avisar que o projeto da Upgo está indo muito bem na sua ausência, um sucesso atrás do outro, na verdade, caso você esteja preocupada! Me avise se aparecer por Londres, bjs C

Franzo a testa. Leena não precisa ser lembrada desse projeto da Upgo, e não deu o novo número de celular para essa tal Ceci, o que significa que não quer ter notícias dela enquanto estiver fora. Acho que me lembro de Leena ter descrito essa mulher como "oitenta por cento pernas e vinte por cento má intenção", e algo me diz que ela não está pensando no bem-estar da minha neta. Estalo a língua e fecho a mensagem.

Estou inquieta depois da conversa com Leena e dou uma olhada ao redor, atrás de alguma coisa para me manter ocupada. Eu me viro para olhar para Fitz, que está lavando a louça, vejo o notebook de Leena em cima da bancada e vou até lá. Talvez Tod esteja disponível para conversar.

Há uma mensagem esperando por mim no site de relacionamentos, mas é de uma pessoa nova.

OldCountryBoy diz: Olá, Eileen. Espero que não se importe de eu lhe dar um oi.

A foto de perfil de *OldCountryBoy* é dele jovem, usando uma camiseta larga, com um gorro. Na época ele certamente era bonito, mas isso não é garantia de nada agora. Embora eu não me importe muito com beleza. Afinal, Wade era muito bonito e veja no que deu.

EileenCotton79 diz: É claro! Estou neste site para conhecer pessoas.

Hesito. Então, depois de pensar por um instante, acrescento um rostinho sorridente, como Leena faz quando manda mensagem. Tem um toque de flerte, eu acho, mas por que não, certo? Afinal, Tod e eu estamos em um relacionamento "sem exclusividade". E a Eileen Cotton de vinte e poucos anos, com seus grandes planos para uma aventura em Londres... Ela *certamente* teria imaginado que haveria mais de um homem no jogo.

13

Leena

— Tem certeza de que não é melhor só comprar um bolo para eles? — pergunta Ethan.

Estou equilibrando o celular no topo do mixer antigo da minha avó, enquanto tento preparar brownies por-favor-goste-de-mim. Decidi que Roland e Penelope serão meus primeiros alvos para convencer o comitê a votar no meu tema medieval. Se um grupo se uniu contra você, a melhor tática é dividir para conquistar, e senti que Penelope é um elo mais fraco. Afastada da influência de Betsy, talvez ela possa ser ainda mais simpática. Afinal, está me deixando pegar o carro dela emprestado.

— Não! Estou atrás de uma experiência bucólica e rural aqui em Hamleigh, lembra? Assar brownies é muito bucólico e rural.

A faca desliza pelo bloco gelado de manteiga e acerta o meu polegar. Eu me esforço para não soltar um palavrão e estragar o ar geral de deusa doméstica que estou tentando evocar aqui.

— Fazer doces também é bem difícil — diz Ethan, com delicadeza —, ainda mais se você nunca fez isso antes.

— Tenho o post bem completo de um blog para me guiar ao longo do processo — explico a ele, enquanto aperto os olhos para ler a postagem que imprimi e deixei ao lado do mixer e chupo o polegar machucado. Abro o pacote de farinha e ele rasga, espalhando o pó branco pelo meu jeans como se fosse neve. — Droga.

— Meu anjo, vamos lá. Basta comprar alguns brownies, colocar em uma travessa e fazer alguma coisa interessante com o tempo que você economizou. E, ei, estou olhando para uma matriz de rastreabilidade de requisitos de sistema há horas e ainda não cheguei a lugar nenhum. Quer dar uma conferida nisso?

Bato a mão no jeans para tentar limpar a sujeira. Na verdade, *não* quero dar uma conferida naquilo — está sendo surpreendentemente agradável esquecer a Selmount enquanto estou aqui. Além disso, nem gosto de matrizes de rastreabilidade de requisitos de sistema.

— Se importa se eu não fizer isso? — pergunto, hesitante. — Desculpe, acho que preciso de um tempo.

— Nossa, recusando uma planilha! É a primeira vez que vejo isso.

— Desculpe!

— Não se preocupe. Mas agora preciso ir... Serão horas de trabalho se vou ter que fazer isso sozinho.

— Ah, certo. Desculpe. Mas você ainda vem para cá nesse fim de semana, não é?

— Sim, claro, se eu conseguir fugir. Tudo certo, meu anjo, a gente se fala!

— Boa...

Ah. Ele já desligou.

Naquela noite, Penelope atende à porta e olha para a travessa de brownies muito, muito escuros que estendo em sua direção.

— Humm. Oi? — diz ela.

— Oi! Fiz brownies!

Estou contando com a máxima "o que conta é a boa intenção", porque os brownies estão obviamente queimados.

— Escute, sou péssima com doces — confesso —, mas queria trazer alguma coisa para agradecer por me emprestar o carro.

Penelope me encara por um momento, inexpressiva.

— Roland! — grita ela, tão alto que deixo escapar um gritinho agudo de surpresa. — Desculpe — diz ela, ao reparar no meu susto. — Os ouvidos dele não são mais os mesmos. Roland! Roland! A filha da Marian está aqui, ela quer falar sobre o carro!

— Talvez eu pudesse entrar e conversar com vocês dois? — sugiro, enquanto Penelope continua a gritar por cima do ombro.

Ela tem pulmões impressionantes para uma mulher tão pequena e de aparência tão frágil.

— Humm — diz Penelope, subitamente um pouco evasiva.

— Penelope, querida! — chama uma voz conhecida de dentro da casa. — Venha dar uma olhada nesses coquetéis tropicais que o Jackson fez, são muito divertidos!

Aquela definitivamente era Betsy.

Fico boquiaberta. Jackson aparece no hall atrás de Penelope.

— Ah. Oi — diz ele.

Está segurando um coquetel no que acho que pode ser um copo alto de sundae. E tem até um guarda-chuvinha amarelo no topo.

Um guarda-chuvinha amarelo exige *planejamento*.

— Estão tendo uma reunião de apresentação da Festa do Primeiro de Maio sem mim? — pergunto, fixando meu olhar mais duro, que costumo reservar para tarados pegos em flagrante no metrô, em Jackson.

Ele recua um tantinho.

— Não — diz. — Não, não, claro que não. Estou só preparando o chá para Penelope e Roland, faço isso toda semana, e às vezes Basil e Betsy também vêm, e só... começamos a conversar sobre coquetéis.

— Vocês só começaram a conversar, não é?

— Por que não entra, Leena? — convida Penelope.

Faço isso. A casa é como uma pequena cápsula do tempo vinda direto dos anos 1960: um carpete de estampa outonal, em tons de marrom e laranja, pinturas a óleo escuras, três patos de cerâmica voando para o alto na parede do hall e passando pelo elevador acoplado à escada. É abafada e cheira a *pot-pourri* e molho de carne.

Roland, Betsy, Basil e Penelope estão sentados à mesa de jantar, todos segurando coquetéis com guarda-chuvas de várias cores e fatias de abacaxi enfeitando os copos.

— Olá — digo, no tom mais simpático que consigo. — Então. Qual é o cardápio da noite?

— Só um assado — responde Jackson, desaparecendo na cozinha.

Ah, claro, *só um assado*.

— E brownies para a sobremesa — completa ele.

Fico feliz por Jackson não poder mais ver a minha expressão, porque estou certa de que não consegui disfarçar o meu desalento ao ouvir isso. Pouso discretamente a travessa de brownies queimados que levei em cima da cômoda galesa perto da porta da sala de jantar, me perguntando se há alguma forma de escondê-los para que Jackson não os veja. Há um vaso de plantas bem grande ali. Os brownies com certeza podem se passar por terra se eu distribuí-los ao redor da base.

— Sobre o que você queria conversar, querida? — pergunta Penelope, voltando a se acomodar em seu lugar diante da mesa.

— O carro! — digo, depois de um momento tentando lembrar qual era a desculpa que eu tinha arrumado para levar aqueles brownies por-favor-goste-de-mim.

— Ah, sim. Está atendendo bem a você, não está? — pergunta Roland.

— Sim, eu só queria agradecer... tem sido fantástico — minto.

Aquele carro é uma lata-velha. Enquanto dirigia nessa última semana, descobri que o ar-condicionado muda inexplicavelmente de quente como uma sauna para tão frio que podemos ver nossa respiração condensar. E apesar de ter lido o manual on-line, não consegui descobrir o motivo. O carro definitivamente está me transformando em uma motorista mais perigosa. Já virou rotina colocar ou tirar peças de roupa enquanto estou ao volante, por exemplo.

— Vamos torcer, para o bem da Penelope, que você saiba estacionar melhor do que a Eileen — comenta Basil com uma risadinha.

Franzo a testa ao ouvir isso, mas Betsy parte para o ataque antes que eu tenha oportunidade de dizer qualquer coisa.

— Pelo menos a Eileen tem o bom senso de amarrar o cadarço dos sapatos antes de atravessar a rua, Basil — diz em um tom ácido.

Basil fecha a cara e esfrega o joelho.

— Aquele tombo não teve nada de engraçado. E *não foram* os meus cadarços, mas os buracos na Lower Lane. Eles vão acabar matando a gente, escute o que estou dizendo.

— É verdade — diz Roland. — A minha scooter quase tombou por causa deles outro dia.

— Aceita um coquetel? — pergunta Jackson, reaparecendo da cozinha com as luvas térmicas por cima do ombro e um coquetel recém-preparado na mão.

Olho para a bebida. Realmente parece excelente. E é sempre bom saber o que o rival está aprontando.

— Sim, por favor. E se, no futuro, outras dessas reuniões de apresentação acontecerem, eu gostaria de ser convidada — digo a ele, erguendo as sobrancelhas.

— Não era... — Jackson suspira. — Tudo bem. Não haverá mais degustação de coquetéis tropicais sem o seu conhecimento. Satisfeita?

— Perfeito. — Um pensamento me ocorre. — Na verdade, vou aproveitar que todos vocês estão reunidos aqui para perguntar algo que já queria saber. É sobre conseguir um patrocinador para o Primeiro de Maio... Houve algum motivo para a minha avó desistir disso?

— Ah — diz Basil —, o projeto mais recente da Eileen. Ela também não chegou a lugar algum com esse, pelo que lembro.

— E agora que a Eileen foi embora para Londres, achei que seria melhor tiramos isso das suas costas — explica Betsy, dando um gole no coquetel.

Basil balança a cabeça, incrédulo.

— A Eileen tem umas ideias estranhas, mas sem dúvida ir para Londres é a mais estranha. Sabia que ela está morando com uma lésbica? — diz ele a Betsy. — E uma lésbica *grávida*? Consegue acreditar nisso?

— Consigo — interrompo. — Essa grávida lésbica, por acaso, divide o apartamento comigo e é uma das minhas amigas mais próximas. Você tem algum problema com lésbicas, Basil?

Ele parece perplexo.

— O quê?

— Ou talvez tenha um problema com lésbicas terem filhos?

— Ah, eu...

— Ora, talvez você esteja interessado em saber que crianças criadas por um casal do mesmo sexo, em um ambiente estável, se saem tão bem quanto as que são criadas por um casal heterossexual. O que importa, Basil, é estar *presente* para o filho, amá-lo, tomar conta dele... é isso que faz de alguém um bom pai ou uma boa mãe.

Estou prestes a continuar quando Jackson se levanta abruptamente e deixa a mesa, me surpreendendo tanto que fico em silêncio.

Fico olhando-o sair da sala. Será que o ofendi? Será que Jackson é secretamente homofóbico? Isso é... decepcionante?

— O Jackson não tem o privilégio de estar presente na vida da filha — comenta Betsy baixinho, preenchendo o silêncio.

Eu me viro para ela.

— O quê?

— A filha do Jackson. Ela mora nos Estados Unidos.

— Ah, eu... não sabia. — Sinto o rosto arder. — Não quis dizer que não se pode ser um bom pai ou uma boa mãe se você não... eu vou... vou atrás dele, me desculpar...

Penelope se levanta e pousa a mão no meu braço.

— É melhor não — diz ela, com gentileza. — Eu vou.

— Vó! Como você não me contou que o Jackson tem uma filha? — pergunto enquanto caminho de volta da casa de Penelope, o rosto ainda quente de constrangimento.

— Ah, os últimos anos na família Greenwood têm sido *muito* interessantes — diz a minha avó, a voz mais baixa agora, naquele tom de "essa é uma das boas" que ela reserva para as melhores fofocas da região. — Quando a mãe do Jackson abandonou o Arnold, ela... desculpe — continua ela —, estou recebendo uma mensagem no meu celular, deixa só eu...

Ela desliga. Suspiro, espero dez segundos, e ela liga de volta.

— Desliguei na sua cara, meu bem?

— Sim, mas não tem problema... Você estava falando sobre a mãe do Jackson — relembro, dobrando na Lower Lane.

Na verdade, Basil está certo, esses buracos na rua são perigosos... Faço uma anotação mental para ligar para o conselho local para que arrumem isso.

— Ah, sim. Então, ela abandonou o velho Arnold rabugento e foi embora com o Denley, de Tauntingham. Você sabe, aquele com a casa na Espanha que ele provavelmente comprou com dinheiro sujo do negócio de carros usados do pai.

Eu rio.

— Vó, estou começando agora no mundo das fofocas de Hamleigh. Ainda não tenho condições de ampliar o meu raio para toda a área do Dales.

— Ah, você vai se inteirar de tudo rapidinho, basta tomar um café com a Betsy uma vez por semana. Ela pode colocar você a par de tudo que precisa saber.

Faço uma careta. Tenho a impressão de que Betsy não tem a menor vontade de tomar um café comigo uma vez por semana.

— Vamos, vó... e a filha do Jackson?

— A essa altura, o Jackson já estava morando com o Arnold... Nunca consegui entender isso direito, mas Jackson sempre pareceu estranhamente afetuoso com Arnold... Assim, eu soube que ele estava saindo com uma moça loira muito animada chamada Marigold, de Daredale, que gostava de pensar em si mesma como uma futura estrela de Hollywood. Eu sabia que ela era uma vigarista — diz minha avó, subitamente parecendo muito com Betsy. — A garota usava uns sapatos de salto alto horrorosos, que sempre afundavam na lama na entrada de casa, e ela ficava dando gritinhos até o Jackson resgatá-la.

— Usava salto alto, nossa — implico. — O que virá a seguir!

— Ah, não tente me fazer soar antiquada — reclama minha avó. — Para sua informação, Fitz me levou para fazer compras ontem e eu comprei diversos itens modernos. E peguei suas botas de salto alto emprestadas para tomar uns drinques depois.

Arregalo os olhos, preocupada. Teria ela o equilíbrio necessário para usar minhas botas de salto alto?

— Mas essa garota ia para tudo quanto era canto de salto alto e saias tão justas que mal conseguia se mexer. O Jackson estava sempre abrindo portas para ela, ajudando-a a entrar em carros e carregando as bolsas dela, e a garota não levantava um dedo para fazer nada por ele. Então eles terminaram, ou ao menos eu acho que terminaram, porque a Marigold parou de aparecer, *até*... reaparecer seis meses mais tarde, redonda como um bolinho.

Aquilo me faz rir.

— Um bolinho?

— Exatamente — confirma a minha avó com prazer. — Grávida! Depois disso, ele começou a passar metade do tempo em Daredale para tomar conta do bebê. Isso tudo aconteceu, hummm, três ou quatro anos atrás, talvez? Então... E essa é a verdadeira fofoca... A Marigold se mudou para Los Angeles, para sua grande chance como atriz, e levou a menininha com ela. Agora o Jackson quase não vê a filha.

Ai, meu Deus. Pobre Jackson. Pobrezinho. Eu me sinto tão mal em relação ao que disse na casa da Penelope que nem estou mais zangada com ele por causa daqueles coquetéis sorrateiros.

Bom, pelo menos não *muito* zangada.

Meu celular vibra. Esse aparelho é uma relíquia de uma época de disquetes e Game Boys, e demoro algum tempo para entender o que está acontecendo: estou recebendo outra ligação.

— Preciso ir, vó... a gente se fala, amo você.

— Ah, tchau, meu bem — diz ela.

Desligo e atendo à chamada em espera.

— Alô? — diz uma voz hesitante do outro lado da linha. — Estou falando com Leena Cotton?

— Sim, é ela.

Acabo de usar meu tom profissional. Eu me sinto um pouco estranha.

— Meu nome é Nicola Alderson — se apresenta a mulher —, e estou ligando sobre um anúncio que vi na mercearia, sobre caronas.

— Ah! — Ontem fui de carro até Knargill e deixei alguns folhetos (bem, na verdade são impressões do computador da minha avó). Não esperava um retorno tão rápido. — Oi, Nicola, obrigada por ligar.

— Você tem *certeza* de que é de graça? — pergunta Nicola. — É que parece... bom demais para ser verdade. O meu neto está sempre me alertando para ter cuidado com esses e-mails que dizem que a gente ganhou algum dinheiro, e eu diria que ofertas de caronas grátis talvez se enquadrem na mesma categoria. Sabe como é, não existe almoço grátis.

Assinto. É um questionamento justo... aliás, gostaria que a minha avó fosse tão desconfiada quanto essa senhora sobre esse tipo de coisa. Tivemos um susto alguns anos atrás, quando ela confundiu um e-mail falso com um comunicado oficial de um banco e quase transferiu as economias dela para uma misteriosa conta bancária russa.

— Com certeza. A questão é que a minha avó teve essa ideia de ajudar pessoas isoladas a se deslocarem mais, e estou no lugar dela no momento, tomando conta de todos os seus projetos... e achei que esse era o modo mais simples de ajudar. Tenho um carro, tenho tempo, então...

— Há alguma maneira de eu checar se você não vai me levar para a floresta e me devorar?

Não consigo conter uma gargalhada.

— Bom. Na verdade, eu poderia lhe perguntar a mesma coisa.

— Verdade... — murmura ela.

— Eu tenho um certificado DBS, se isso faz com que se sinta melhor — digo, me referindo ao meu atestado negativo de antecedentes criminais.

— Não tenho a menor ideia do que é isso — retruca Nicola. — Mas acho que serei capaz de julgar quando vir você. Podemos nos encontrar na igreja? Você teria que ser verdadeiramente terrível para me assassinar ali.

— Combinado. Só me diga quando.

14

Eileen

São dez horas da noite. Estou beijando um homem na porta da casa dele. Estou usando botas de salto alto. Tod deslizou a mão por debaixo do meu casaco e seu polegar está percorrendo o zíper do meu vestido de linho, como se reconhecendo o terreno para mais tarde.

Desde que conheci Tod, sinto que abri a porta para uma parte de mim da qual havia esquecido inteiramente. Ontem me peguei dando *risadinhas*. Eu não dava risadinhas nem quando era jovem.

É uma delícia. De verdade. Mas, por baixo disso tudo, há um sussurro sombrio e culpado em minha barriga. Me saí tão bem deixando qualquer pensamento sobre Wade para trás, mas, desde que Tod e eu começamos a sair, não consigo mais tirar meu ex-marido da cabeça com tanta facilidade.

Acho que é uma questão de quebrar o hábito. Afinal, não beijei nenhum homem que não fosse meu marido por cinquenta anos. Os lábios de Tod parecem tão diferentes... Até a forma da cabeça dele, o pescoço e os ombros parecem estranhos sob a palma das minhas mãos, depois de tantos anos aprendendo os contornos do corpo de Wade. Beijar Tod é como experimentar as roupas de outra pessoa. É estranho e desconcertante, sim — mas também é divertido.

Eu me afasto com relutância dos braços dele.

— Não vai subir? — pergunta Tod.

— Ainda não. — Sorrio para ele. — Esse é só nosso terceiro encontro.

Foi a minha única condição. Concordei com todos os termos de Tod para esse nosso relacionamento, mas disse que não iria para a cama com ele até termos cinco encontros. Eu queria tempo para decidir se ele era um homem bom o bastante para ir para a cama comigo. Estou totalmente disposta a me divertir um pouco, mas não planejo — como foi que Fitz falou? — "ser usada". Afinal, sexo significa alguma coisa para mim, e não quero compartilhá-lo com um homem de quem não goste tanto assim.

Mas a verdade é que parece que gosto muito de Tod. Tanto que essa minha regra parece um pouco...

Ele ergue uma das sobrancelhas.

— Reconheço uma mulher hesitante quando vejo uma — diz ele. E me dá outro longo beijo nos lábios. — Agora entre logo em um táxi antes que eu faça alguma coisa da qual nós dois vamos acabar nos arrependendo, certo? Regras são regras. — Tod pisca.

Santo Deus, aquela piscadela.

É melhor eu conseguir um táxi.

Durmo até tarde na manhã seguinte e só acordo às oito. Quando saio do quarto de Leena, vejo Martha no sofá, aos prantos.

— Ah, Martha! — Hesito na porta.

Não quero entrar e constrangê-la. Mas ela vira o rosto molhado de lágrimas para mim e acena para que eu me aproxime.

— Por favor, sente-se aqui comigo — diz, esfregando a barriga. — Chorar sozinha é um novo estágio do fundo do poço para mim. Normalmente choro no ombro da Leena. — Ela funga quando me acomodo ao seu lado. — Você parece bem, Sra. Cotton. Ah, saiu com seu gato grisalho ontem à noite?

Eu me sinto corar. Martha sorri.

— Lembre-se de não se apegar demais — alerta Martha, secando o nariz. — Embora eu só esteja dizendo isso porque a senhora mesma me pediu para lembrar. Pessoalmente, ele me parece um achado.

— Não se preocupe comigo. Qual é o problema, meu bem? — Hesito. — Se não se importa de eu perguntar.

— A Yaz e eu estamos perto de fechar a compra de uma casa — diz ela. — Não gosto do lugar, mas ela diz que não temos tempo para sermos exigentes agora, e eu disse que é uma decisão importante, que não quero me apressar, e... — Martha está chorando de novo, as lágrimas pingando do queixo. — Estou tão preocupada de não conseguir fazer isso, de não estar pronta para um bebê, e a Yaz sendo cem por cento Yaz sobre as outras coisas não está ajudando. O bebê já vai chegar, e a Yaz acha que vamos continuar vivendo como antes. Mas não vamos, certo? Tudo vai ser diferente. E assustador. E *realmente* não estamos com tudo pronto. Ai, meu Deus...

Tento me lembrar do pânico agridoce que senti quando descobri que estava grávida. Foi uma época complicada para mim e para Wade. Não estávamos casados quando Marian foi concebida. Nem mesmo noivos, na verdade. Fiz um excelente trabalho disfarçando a barriga nas fotos do casamento, então até hoje ninguém nem desconfia — nem mesmo Marian —, e prefiro manter as coisas assim. Mas eu me lembro, em meio ao caos, desses momentos que me faziam entrar em uma espiral de puro pânico, exatamente como Martha está agora.

O que mais me aborreceu foi a mudança de planos. Não haveria mais emprego em Londres, ou mudança de mundo, não haveria aventuras — ou melhor, passaria a viver a maior aventura, mas em casa. Não havia como deixar Hamleigh naquela situação. E quanto aos homens... bem, teria que me contentar com Wade para sempre. Ele teve uma atitude honesta e me pediu em casamento, pelo que fiquei grata. Quem sabe o que minha mãe e meu pai teriam feito comigo se tivesse sido diferente.

Pego a mão de Martha.

— Sabe do que você precisa, meu bem? — digo a ela. — Precisa de uma *lista*. Vamos pegar papel e caneta e organizar tudo o que precisa ser feito antes de o bebê chegar, então podemos elaborar um plano e depois um plano de emergência.

Ela sorri ao ouvir isso.

— Vejo de onde a Leena pegou a *Leenazisse* dela, Sra. Cotton.

— Pode me chamar de Eileen. — peço. — Já não me sinto muito uma senhora.

Pego o meu novo diário de projetos para começar a lista de Martha.

— Ah! Você falou com o síndico sobre o espaço de convivência? — pergunto, ao ver *Dar uma melhorada* na minha última lista de coisas a fazer.

Martha endireita o corpo e seca o rosto.

— Sim, e me esqueci de contar que ele adorou a ideia. Disse que está disposto até a colaborar financeiramente para o projeto. Só quinhentas libras, mas...

— Quinhentas libras? — pergunto com um arquejo. — Mas isso vai ser *mais do que suficiente*! — Faço uma pausa e olho para Martha. Ela parece estar sentada nesse sofá se preocupando faz algum tempo. — Você não gostaria de começar com isso? Podemos trabalhar na sua lista depois.

— Na verdade, sim. Sabe de uma coisa... Vamos nessa. Já cansei de choramingar. — Ela se levanta e esfrega os olhos. — Estava pensando que podíamos dar uma olhada na loja de antiguidades aqui da rua, ver se conseguíamos alguns móveis bonitos sem gastar muito, o que acha?

Sorrio.

— Tenho uma ideia melhor.

— Ai. Meu. Deus. — Martha leva a mão ao pescoço. — Este lugar é um tesouro! Aquilo é... aquilo é uma *Chesterfield verdadeira*? Atrás daquela outra poltrona?

Ela começa a subir por uma das muitas mesinhas de Letitia, em sua ansiedade para chegar às poltronas, e estendo a mão para ampará-la, rindo.

— Devagar, meu bem. Vamos precisar de alguém para ajudar a mover tudo isso.

— E você tem *certeza* de que podemos usar isso no espaço de convivência? — pergunta Martha a Letitia, os olhos arregalados.

Letitia dá de ombros.

— Por que não? Desde que não suma, eu não me importo de emprestar. Principalmente se... — Ela faz uma pausa, sem jeito. — Gosto da ideia de um espaço de convivência. Pode ser uma boa forma de conhecer pessoas.

Fico parada, pensando, brincando com o conteúdo de uma das tigelas cheias de quinquilharias de Letitia. Deve haver muitas pessoas como ela por aí. Não acho que outros edifícios se saiam muito melhor do que esse em reunir os moradores. Deve ser difícil viver sozinho nessa cidade, especialmente para os mais idosos.

— Você acha que o síndico nos deixaria usar o espaço para alguma coisa... um pouco... maior? — pergunto a Martha.

— Por quê? No que está pensando?

— Ainda não sei — respondo. — Mas... Letitia, por acaso você teria algumas mesas de jantar sobrando?

— Tenho algumas no depósito que fica no porão.

Martha parece prestes a desmaiar.

— Depósito! — exclama. — Tem um depósito!

— Nos leve até lá — peço a Letitia. — E precisamos arranjar alguns ajudantes pelo caminho. Sei *exatamente* quem chamar.

Descobri que os dois grosseiros de sandálias que reviraram os olhos para mim se chamam Rupert e Aurora (graças às paredes finas). Bato com determinação na porta deles, com Letitia e Martha, uma de cada lado.

Rupert atende e na mesma hora parece aturdido. Ele bate na barriga redonda em um gesto distraído e coloca o cabelo atrás das orelhas.

— Hummm, oi — diz. — Sinto muito, mas esqueci seu nome... Isla, é isso?

— Eileen — corrijo. — Eileen Cotton. Essa é Martha e essa, Letitia. E você é?

— Rupert — diz ele, e estende a mão para mim. Está suja de tinta.

Aperto a mão dele, mas só depois de um instante. Boa vontade em relação à vizinhança não quer dizer falta de amor-próprio.

— Escute, Eileen. Venho querendo mesmo falar com você, para me desculpar — diz Rupert, parecendo envergonhado. — Minha namorada às vezes fica um pouco mal-humorada quando está trabalhando em uma peça nova... Ela é escultora, e estava tendo problemas com um pedaço difícil de ferro fundido naquele dia em que encontramos com você. Ela também não tinha comido nada o dia inteiro e... foi bem grossa. Peço desculpas. E ela também.

Meu sorriso se torna um pouco menos frio.

— Bem. Todos ficamos mal-humorados quando estamos com fome — digo, elegante. — E se estiver disposto a compensar aquele mau momento, temos o trabalho certo para você. Venha.
— O quê? Agora?
Eu me viro para olhar novamente para ele.
— Está ocupado?
— Não, não — apressa-se a dizer. — Vou só me calçar. Sou todo seu.

Estamos parados em círculo no nosso futuro espaço de convivência, com uma miscelânea de mobílias por todos os lados e a luz do sol entrando pelas lindas janelas antigas.
Agora que estão todos olhando para mim em expectativa, minha confiança vacila. Volto a me sentir como meu antigo eu por um momento: lembro-me daquele círculo de rostos inexpressivos no salão comunitário sempre que dou uma ideia nova em uma reunião da Patrulha do Bairro.
Engulo em seco. Quem não arrisca não petisca e tudo o mais, lembro a mim mesma. O que Leena faria?
— Pensei que poderíamos ter um clube — digo, mexendo na alça da minha bolsa, nervosa. — Poderia haver atividades... dominó, jogos de cartas, Scrabble, esse tipo de coisa. E uma refeição quente, se conseguirmos encontrar um modo de pagar por isso. Estar aqui em Londres, na minha idade, está me fazendo perceber que a cidade pode ser solitária para as pessoas mais velhas.
Segue-se um longo silêncio.
— Provavelmente é uma péssima ideia. O Basil sempre diz que meus projetos são ambiciosos demais. Mas eu... Certa vez, quando eu era jovem, estava vindo trabalhar em Londres em algo mais ou menos desse tipo, só que para jovens. E agora acho que seria... bem, para mim seria muito especial ser capaz de criar uma comunidade aqui, só que para pessoas mais velhas. — Dou de ombros, desanimada. — Talvez não seja possível. Na verdade, nem sei por onde começar.
— Pelas tábuas do piso — diz Martha subitamente.
Todos olhamos para ela.

— Desculpe. — Ela se mexe um pouco, parecendo cheia de energia. — Tenho quase *certeza* de que por baixo desse carpete nojento há um piso de madeira, e acabei de pensar que talvez fosse o lugar certo para começar se queremos fazer esse espaço parecer mais convidativo. Então, poderíamos ter mesas de jogos de tabuleiro ali, de jogos de carta ali... talvez bridge... Meu avô adora bridge. E uma mesa longa ali, ocupando a parte de trás, para todos comerem juntos. — Martha sorri para mim. — Amei sua ideia, Eileen. É brilhante. E não é ambiciosa demais, de jeito nenhum.

— Não existe isso de ser ambicioso demais — comenta Fitz. — É o que a Leena sempre me diz quando estou tentando arrumar desculpas para não me candidatar a algum emprego. — Ele pisca para mim.

Fitz entrou no prédio bem no momento em que estávamos tentando subir do depósito de Letitia com uma grande mesa de cavaletes, e — que Deus o abençoe — soltou as bolsas que trazia, arregaçou as mangas e começou a trabalhar. E está carregando mobília desde então.

— O que acha, Letitia? — pergunto, um tanto nervosa. — Acha que alguém viria?

— Eu viria — declara ela, depois de um instante. — E acho que há outras pessoas por aí como eu, embora eu nunca tenha descoberto muito bem como encontrá-las.

Isso com certeza será o próximo desafio. Abro a bolsa e pego meu diário de projetos, a mão coçando para começar uma lista nova.

— Vou falar novamente com o síndico, e depois mando um e-mail para todos no prédio, para checar se estão de acordo — diz Martha.

Letitia fecha a cara.

— Temos que perguntar a todos no prédio? Quem quer que tenha reclamado por eu estar sentada aqui antes provavelmente não vai querer um monte de senhoras rondando por aqui em um clube, não é?

Desanimo.

— Ah...

— Alguém *reclamou* sobre você se sentar aqui? — pergunta Fitz de onde está, aparentemente tentando puxar um canto do carpete sob a orientação de Martha. — Gente, que horror!

Letitia dá de ombros.

— Ora — diz ele —, seja quem for, provavelmente já se mudou a essa altura. Tenho certeza de que Leena, Martha e eu somos os moradores mais antigos por aqui atualmente.

— Eu moro aqui há trinta anos — esclarece Letitia.

Fitz a encara boquiaberto.

— Nossa. Uau. Você venceu.

— Eu poderia organizar uma aula de artes — se oferece Rupert de repente, olhando para o canto do espaço que Martha ainda não designou para nenhum propósito. — Para o clube. A Aurora e eu poderíamos fazer isso juntos. Temos um monte de material antigo, tintas, giz, esse tipo de coisa.

Sorrio para ele, sentindo o coração leve de novo.

— Que maravilha!

— E o cara que mora no 17 é mágico. Aposto que ele poderia fazer um show de vez em quando, ou até uma oficina — sugere Rupert.

Clico no topo da caneta, o sorriso mais largo do que nunca.

— Certo. Passo um: piso. Passo dois...

Depois de um dia exaustivo e maravilhoso de planejamento, pintura e distribuição de móveis ao redor do espaço, deito na cama e caio no sono mais profundo que já tive em anos. Quando acordo, me dou conta de que não agradeci a Letitia por doar toda aquela mobília. Foi incrivelmente generoso da parte dela. Eu me sinto tomada por uma súbita urgência de retribuir a generosidade e jogo as pernas para fora da cama com tamanha vontade que preciso de um momento para me recuperar antes de levantar.

— Você quer fazer compras? — pergunta Letitia, desconfiada, quando apareço na porta dela usando os meus sapatos mais confortáveis e com minha maior bolsa de compras a tiracolo. — Para comprar o quê?

— Roupas novas para você! Como presente de agradecimento!

— Ah, não precisa gastar dinheiro comigo — diz Letitia, parecendo horrorizada.

Eu me aproximo mais dela.

— Meu ex-marido não tem ideia de todo o dinheiro que economizei ao longo dos anos, e planejo gastar esse dinheiro antes que ele se dê conta e tente colocar as mãos nas minhas economias. Vamos. Me ajude.

Isso arranca um sorriso de Letitia.

— Não ligo muito para moda — argumenta ela. — E onde iríamos fazer compras? — O sorriso se apaga e Letitia parece ligeiramente nervosa. — Não vai ser na Oxford Street ou coisa parecida, não é?

Não tenho planos de repetir a experiência de visitar a Oxford Street. Fui espetada por um guarda-chuva, um turista americano furioso gritou comigo e, não sei por quê, fui seguida por um segurança enquanto andava pela Primark.

— Não, nós vamos a brechós. Há cinco deles em um trecho de dez minutos de caminhada saindo daqui, cheios de pechinchas que as senhoras elegantes de Londres não quiseram mais.

Letitia se anima. Desconfiei que brechós fariam mais o estilo dela do que as lojas nas ruas mais movimentadas, que parecem só vender roupas para pessoas altas com seios gigantescos e cinturas minúsculas. E mesmo que essa parte de Londres tenha parecido um pouco assustadora a princípio — o que são todos aqueles grafites, estúdios de tatuagem e motoqueiros? —, agora prefiro isso ao barulho e à agitação do centro da cidade.

Desde que Fitz saiu comigo para fazer compras, aprendi tudo sobre "repaginadas". Ele me fez experimentar todo tipo de coisas absurdas — saias acima dos joelhos, sapatos que não poderiam ser usados com meias. Mas depois me dei conta de que aquilo era um truque inteligente para me tornar mais ousada. Depois que experimentei uma saia jeans curta, minha zona de conforto foi tão drasticamente ampliada que não pareceu um atrevimento tão grande comprar o vestido de linho de manga comprida que usei no meu terceiro encontro com Tod, por exemplo, e depois de forçar meus pés em sandálias de salto alto, as lindas botas de couro que Fitz me persuadiu a pegar emprestadas de Leena pareceram bastante confortáveis.

Tento a mesma tática com Letitia, só que exagero um pouco, e ela quase foge de um dos brechós quando tento convencê-la a experimentar uma blusa rosa justa. Adoto uma nova abordagem, então, e pergunto do que ela gosta, mas Letitia, teimosa, insiste que não tem qualquer interesse em moda, e que está muito satisfeita com sua túnica azul-marinho — que, por sinal, não precisa ser lavada com a frequência que as pessoas acham que deveria.

Por fim, quando já estou prestes a desistir, pego Letitia de olho em um casaco bordado em outro brechó. A ficha cai. Eu me lembro da extraordinária caverna de preciosidades que é o apartamento dela, e a examino mais de perto.

— O que você está olhando? — pergunta ela, desconfiada.

— Seus brincos — digo. — São lindos. E aqueles que vi você usando antes também eram lindos.

— Ah. — Ela parece satisfeita. — Obrigada. São dos anos 1940... Eu os encontrei em um mercado de pulgas e eu mesma os poli.

— Que achado! — Saio rapidamente com ela do brechó em que estamos e vou em direção ao bazar gigantesco onde Fitz encontrou três camisas florais para ele. — Olha só — digo, o mais casualmente possível —, eles têm uma banca vintage. Nossa, olha que *curioso* o estampado de hera dessa saia!

Se Letitia fosse um gato, suas orelhas estariam de pé. Ela se aproxima mais e passa a mão pelo tecido.

Preciso mudar o modo como Letitia vê as roupas. Ela coleciona coisas lindas, então por que não usar coisas lindas em si mesma também? Se Letitia prestasse em si mesma a metade da atenção que presta na casa... Bem, talvez ela ainda parecesse *estranha*, mas pelo menos teria orgulho da própria aparência.

— Será que eu devo... experimentar essa? — pergunta Letitia, nervosa, segurando a saia estampada.

— Por que não? — pergunto, já empurrando-a na direção do provador.

15

Leena

Ant/Dec me acorda, como se tornou rotina — na verdade, estou me tornando muito apegada à sensação de ter uma cabeça peluda no meu rosto assim que abro os olhos. É muito mais gostoso do que um alarme.

Quando o gato pula da cama, derruba da mesa de cabeceira a pedra da lua que minha mãe me deu. Pego a pedra lentamente e giro-a entre os dedos. Ela tem umas manchas azuis, uma aparência meio alienígena. Eu me pergunto quem decidiu que significava "novos começos".

Hesitante, estendo a mão para o celular. Vejo uma mensagem de boa-noite de Ethan, mandada à uma da manhã, com quatro beijos em vez dos três de sempre. Ele não pôde me visitar no fim de semana *outra vez* por causa do trabalho — já estou aqui há três semanas, e Ethan não veio me ver nem uma vez. Eu entendo, mas ainda assim é frustrante.

Rolo por meus contatos no telefone. Minha mãe acorda ainda mais cedo do que eu — ela costuma estar de pé às cinco.

Aperto para ligar. Tenho mandado uma mensagem de texto para ela quase todos os dias, só para checar se precisa de alguma coisa, mas mamãe sempre diz que não. Com certeza já devia ter ligado ou passado lá de novo a essa altura, mas...

— Alô? Leena? Está tudo bem?

O pânico na voz dela me leva imediatamente de volta ao passado. Só porque meu celular toca com muita frequência é que consegui afastar a sombra daquela situação, o terror de revirar as entranhas que eu sentia sempre que o telefone tocava na época em que Carla estava morrendo, a certeza de que daquela vez viria a pior notícia do mundo. Agora, ao escutar o medo na voz da minha mãe, as emoções fervem em meu estômago. Eu me levanto da cama e começo a andar de um lado para outro, suando, instantaneamente desesperada para encerrar a ligação antes mesmo de ter dito alguma coisa.

— Oi, desculpa, mãe, está tudo bem! — respondo depressa. — Estava só ligando para dizer oi, e... amanhã é noite de bingo, estava pensando se você quer ir. Vamos de van.

Há uma breve pausa.

— Ah, eu... sim, por que não? Se você quiser que eu vá...

Ela espera.

— Quero! — digo com empolgação exagerada, e pressiono o punho nas costelas, onde as emoções estão agitadas. — Sim, claro, vamos! Às cinco da tarde, certo? Ótimo!

Se eu desligar agora, essa sensação de pânico irá embora, mas eu ainda não disse o que realmente queria dizer.

— Leena, respire fundo — orienta minha mãe.

Fecho os olhos e acalmo a respiração. A sensação de formigamento no meu peito e no meu rosto diminui um pouco, até parecer mais com uma chuva do que com alfinetadas na pele.

Abro os olhos e respiro fundo uma última vez.

— Mãe, a vovó me contou que você foi ao médico e que ele receitou antidepressivos.

Uma longa pausa se segue.

— Sim — confirma ela.

— Eu não tinha ideia de que as coisas estavam... tão mal — confesso. — Sinto... Sinto muito.

— Está tudo certo, meu bem. — A voz dela está mais tranquila agora.

— E os remédios estão ajudando?

— Estão, sim. Embora seja difícil dizer se isso é graças aos antidepressivos ou aos cristais.

Reviro os olhos.

— Você acabou de revirar os olhos?

— Não?

Eu a escuto sorrir.

— Você tem muita certeza sobre o mundo, Leena. Mas não sou assim. Você conhece a melhor maneira de se curar, e fez isso: trabalhando duro, se afastando por algum tempo de mim e da sua avó. Não consegui descobrir como me curar. Então estou tentando um pouco de tudo. Esse é o *meu* jeito.

Giro a pedra da lua entre os dedos de novo.

— Não tenho certeza se sei a melhor maneira de me curar — digo baixinho. — Na verdade, não tenho certeza se estou muito bem.

— É por isso que você está aqui? — pergunta ela. — Em Hamleigh?

— Talvez. — Respiro fundo. — Então, nos vemos no bingo?

— Nos vemos no bingo.

Sacudo os braços depois que desligo — eles estão tensos, como se eu tivesse acabado de fazer uma viagem difícil de carro, passado um tempão segurando o volante com força. Estou muito quente. Saio para uma corrida rápida. Quando volto e preparo o café, já estou respirando normalmente, me sentindo mais no controle, mas ainda assim dou voltas na sala de jantar com a xícara entre as mãos, sem conseguir me sentar por muito tempo. Preciso de uma distração.

Escuto uma batida insistente na janela da cozinha.

Solto um gemido dentro da xícara de café. Não *essa* distração, por favor. São só sete e meia da manhã... O que Arnold pode querer agora? Talvez eu simplesmente finja estar dormindo.

— Olá? — grita Arnold. — Estou vendo as luzes acesas! Olá?

Talvez eu durma com as luzes acesas. Essa é uma casa grande e antiga, pode ser que eu ache assustador dormir com tudo apagado.

— Olá? A chaleira ainda está fumegando, você deve estar acordada. Olá?

Ora, talvez eu tenha preparado uma xícara de chá e voltado a...

— Leena? Oi? Eu vi você voltar da corrida! Oi?

Meu Deus, por que esse homem não faz parte da Patrulha do Bairro? Ele nasceu pra isso. Cerro os dentes e vou para a cozinha.

— Oi, Arnold — digo, no tom mais simpático que consigo. — Qual é o problema?

— Seu carro — retruca ele. — Está na sebe.

Eu o encaro sem entender.

— Meu... Desculpe, do que você está falando?

— Seu carro — repete Arnold com paciência. — A sebe. Ele está enfiado nela. Quer ajuda para tirar?

— Ah, Deus — solto, e me inclino para a frente, para tentar ver a entrada da casa. — Como ele foi parar na sebe? Que sebe?

— Você puxou o freio de mão? — pergunta Arnold.

— É claro! — digo, tentando me lembrar se realmente tinha puxado o freio de mão. Antes dessa semana, fazia algum tempo que eu não dirigia. Obviamente não tenho carro em Londres, porque uma pessoa só tem carro em Londres se estiver a fim de sentir o gostinho das grosserias do trânsito ou se quiser treinar balizas bem estressantes. — Ai, meu Deus, eu estraguei o carro da Penelope?

Arnold esfrega o queixo e se vira para olhar na direção da entrada da casa.

— Vamos entrar por aquele cipreste e descobrir, pode ser?

Como acabamos descobrindo, não puxei o freio de mão direito.

Arnold, que é muito mais forte do que parece, me ajudou a empurrar o Ford Ka até que eu conseguisse entrar no lado do motorista. Dou ré no carro por um trecho curto, os pneus rangendo, e recebo um duplo sinal de positivo de Arnold quando saio da sebe e chego à entrada de cascalho. Espero que vovó não se importe de a sebe no lado direito da entrada da casa agora ter um buraco no formato de um carro, nem com as duas longas faixas escuras deixadas na grama pelas rodas.

— Ela é uma boa garota — comenta Arnold, quando desço do Ford Ka e bato a porta. — Qual é o nome dela?

— O nome dela?

— Você não deu um nome a ela? — pergunta ele, limpando as mãos na calça.

O homem parece cheio de energia. Está usando uma camiseta e um cardigã de lã, em vez do suéter comido por traças de sempre, além de um gorro cobrindo o cabelo ralo. A combinação faz com que pareça dez anos mais novo. Eu o observo esfregar a janela do carro com um lenço de papel que tira do bolso.

— Não. Alguma ideia?

— O meu se chama Wilkie — conta ele.

— Por causa de Wilkie Collins?

Arnold endireita o corpo, parecendo encantado.

— Você gosta dele?

— A vovó me deu *A pedra da Lua* de presente em um Natal. Eu adorei. Ela vivia me dando livros.

Arnold parece interessado.

— Eu não sabia que a Eileen gostava de ler.

— Ah, claro que gosta. A autora favorita dela é Agatha Christie. A vovó adora histórias de detetives.

— A maior parte das pessoas enxeridas gosta — comenta Arnold, com ironia. — É uma boa confirmação.

Eu rio, surpresa. Isso foi engraçado de verdade. Quem imaginaria que Arnold seria capaz de ser engraçado?

— Vamos chamar o carro de Agatha, então, em homenagem à vovó — digo, dando uma palmadinha carinhosa no capô do Ford Ka. Então, quase em um sussurro, pergunto: — Você por acaso quer entrar para tomar café?

Arnold olha de relance para a casa da minha avó.

— Entrar?

— Sim, para tomar um café. Ou um chá, se preferir.

— A Eileen nunca me convidou para entrar.

Franzo o nariz.

— Nunca?

Isso não se parece em nada com a minha avó. Ela sempre convida *todo mundo* para visitá-la. E se a pessoa se encaixa na categoria "vizinho", provavelmente vai receber uma cópia da chave.

— Sua avó e eu não nos entendemos muito bem — explica Arnold. — Tivemos um problema muito tempo atrás e ela me detesta desde então. — Ele dá de ombros. — Não perco o sono por causa disso. Eu acho o seguinte: se você não gosta de mim, pode seguir seu caminho.

— Normalmente esse é um sentimento admirável — comento —, mas às vezes também é uma desculpa para ser rabugento e desagradável.

— Como assim?

— Já vi você de manhã cuidando das plantas da vovó.

Arnold parece constrangido.

— Ah, ora, isso é só...

— E aqui está você, me ajudando a tirar o carro de dentro da sebe.

— Bem, só achei... — Ele fecha a cara. — O que está querendo dizer?

— Nada. Só não sei se acredito nesse personagem de homem rabugento. Só isso. — Tranco o carro e sigo para o banco que fica embaixo da macieira da minha avó. Depois de um instante, Arnold me segue. — Além do mais, nunca é tarde para mudar... Veja só a vovó. O meu avô foi embora, e o que ela fez? Partiu para uma aventura em Londres e começou a marcar encontros on-line.

Arnold ergue as sobrancelhas bem alto.

— *Encontros* on-line? A sua avó?

— Sim. Acho incrível. Ela merece viver a própria história, entende, um tempo sem ter que tomar conta de todos nós.

Arnold parece um pouco perturbado com a ideia.

— Encontros on-line — repete depois de algum tempo. — Interessante... Aquela mulher é mesmo uma força da natureza, é preciso reconhecer. — Ele me lança um olhar. — Parece ser um traço de família.

Solto uma risada pelo nariz.

— Não sei de onde tirou essa ideia. Desde que cheguei aqui só fiz besteira. Na verdade, vou corrigir: no último *ano inteiro* só fiz besteira.

Arnold estreita os olhos para mim.

— Pelo que eu soube, enquanto lidava com a morte da sua irmã, você manteve um emprego exigente em Londres, apoiou seu parceiro, colocou a Betsy no lugar dela e fez com que a Penelope parasse de dirigir.

Aquilo me espanta, e fico quieta. Todos aqui falam tão abertamente sobre a morte de Carla, como se tivesse acontecido com todos nós... Achei que isso me incomodaria, mas, de algum modo, é melhor assim.

— Não tive a intenção de colocar a Betsy no lugar dela — comento. — É isso que as pessoas estão dizendo?

Arnold dá uma risadinha.

— Ah, qualquer um pode ver que você a irritou. Mas não se preocupe, ela precisa ser colocada na linha de vez em quando. Se procurar "bisbilhoteira" no dicionário, vai encontrar o nome dela.

Na verdade, acho que há alguma coisa por trás do comportamento de Betsy. O autoritarismo dela tem um quê de defensivo, como se ela quisesse chegar primeiro e dizer às outras pessoas como viver antes que alguém faça o mesmo com ela.

— Qual é a história com o Cliff, o marido dela? — pergunto.

Arnold baixa os olhos para o chão e arrasta um dos pés.

— Humm — diz ele. — Sujeitinho asqueroso, aquele ali. Não acho que seja um homem bom para mulher nenhuma.

— Como assim? — Franzo a testa, lembrando-me de como Betsy tinha se levantando rápido para voltar para casa a pedido de Cliff, no dia em que estava tomando chá comigo em Clearwater Cottage. — Ele... maltrata a Betsy?

— Não tenho como saber disso — apressa-se a dizer. — O casamento das pessoas é problema delas.

— Claro, mas... Só até certo ponto, né? No caso da Betsy, você já viu alguma coisa que o preocupou?

— Não devo... — Arnold me olha de lado. — Não é assunto meu.

— Não é fofoca — digo. — Só quero me certificar de que está tudo bem com ela.

Arnold esfrega o queixo.

— Há coisas estranhas ali. O Cliff é muito rigoroso com o modo como as coisas devem ser feitas. E fica bravo se a Betsy erra. Hoje em dia ele não sai muito... E ela fica à disposição para o que ele precisa, pelo que percebo, mas se você passar pela casa deles no momento errado e as janelas estiverem abertas, vai ouvir o jeito como ele fala com ela, e não é... — Arnold balança a cabeça. — Não é como se deve falar com uma mulher, é só o que digo. E isso desgastou a Betsy. Ela não é mais como antes. Mas todos fazemos o que podemos por ela. Qualquer um na cidade a abrigaria se ela precisasse.

Será que ela sabe disso?, eu me pergunto. Será que alguém já disse isso a Betsy em voz alta, ou estão todos fazendo o que minha avó faz — permanecendo em silêncio, sem interferir? Faço uma anotação mental para me esforçar mais no relacionamento com Betsy. Não sou exatamente alguém em quem ela confiaria, mas talvez pudesse passar a ser.

De repente, Arnold leva a mão à testa.

— Puxa vida. Eu queria perguntar uma coisa a você e já ia esquecendo. Na verdade, foi por isso que passei na sua casa, antes de mais nada. Você não está ocupada agora de manhã, está? Nós precisamos de um favor.

— Ah, é? — digo com cautela, me perguntando quem seriam "nós".

— Você sabe que dia é hoje?

— Hã... — Para ser bem honesta, perdi um pouco a noção do tempo. — Domingo?

— É Domingo de Páscoa — lembra Arnold, e se levanta do banco. — E precisamos de um coelho da Páscoa.

— Jackson. Eu deveria ter imaginado que você estava por trás disso.

Jackson parece perplexo. Os ombros de seu pulôver estão molhados de chuva e ele carrega uma cesta cheia de ovos de chocolate embalados em papel cintilante. Estamos no salão comunitário, que foi decorado com bandeirolas e grandes placas indicando que esse é o ponto de partida para a caça anual aos ovos de Páscoa de Hamleigh-in-Harksdale, que terá início em exatamente meia hora.

— Por trás desse... evento gratuito para crianças? — pergunta ele.

— Sim — digo, estreitando os olhos. — Sim, exatamente.

Ele me encara com uma expressão inocente, mas não me deixo enganar. Tenho cem por cento de certeza de que Jackson está tentando me provocar. Fiz progressos reais com o Dr. Piotr outro dia, na fila do mercado — ele praticamente prometeu que votaria no meu tema para a Festa do Primeiro de Maio. Logo em seguida, peguei Jackson olhando os jornais atrás de nós, *claramente* escutando a conversa.

Isso, com certeza, é a vingança dele.

— A Leena não está fantástica? — pergunta Arnold, atrás de mim.

Estou usando uma calça branca de tecido flanelado com um rabinho de coelho costurado na bunda — ela é de um tamanho pelo menos seis vezes maior do que o meu, e está presa por um cinto de couro que peguei emprestado de Arnold. Também estou com um colete todo estampado com coelhos (caso as coisas ainda não estivessem claras). Além de orelhas de coelho. Orelhas de coelho não deveriam ser sexy? Eu me sinto uma verdadeira palhaça.

— Cale a boca, Arnold — digo.

Um sorriso surge nos lábios de Jackson.

— Ainda melhor do que eu esperava. Combina com você.

Escuto um arquejo alto e dramático atrás de mim. Quando me viro, me vejo diante de uma garotinha absurdamente fofa. Seu cabelo loiro está preso em marias-chiquinhas tortas, há uma mancha enorme do que parece ser marcador permanente em sua bochecha e uma das pernas da calça dela está enrolada, revelando uma meia longa e listrada. A menina está com as duas mãos no rosto, como um emoji chocado, e seus olhos azuis — que parecem muito familiares — estão arregalados.

— O coelhinho da Páscoa — sussurra ela, o olhar fixo em mim. — UAU.

— Samantha, minha filha — diz Jackson, atrás de mim. — Ela *acredita de verdade* no coelhinho da Páscoa.

Isso é um aviso claro. O que ele acha que eu sou, um monstro? Posso detestar estar vestida como um coelho ridículo, mas obviamente só há um modo apropriado de reagir a essa situação.

— Ora, olá, Samantha — digo, e me agacho. — Estou *muito* feliz por ter encontrado você!

— Me encontrado? — pergunta ela, os olhos ainda mais arregalados.

— Saí da minha toca hoje de manhã e tenho procurado por todo Yorkshire Dales por alguém que pudesse me ajudar, e você parece a pessoa perfeita para isso, Samantha.

— Eu? — sussurra ela.

— Bem, vamos ver... Você gosta de ovos de chocolate?

— Gosto! — diz a menina com um pulinho.

— É boa em esconder coisas?

— Sou!

— Como o pé esquerdo do meu sapato — comenta Jackson com ironia atrás de mim, embora eu possa ouvir o sorriso em sua voz. — Que você fez um belo trabalho em esconder essa manhã.

— Um ótimo trabalho — apressa-se a dizer Samantha, os olhos fixos no meu rosto.

— E... agora, isso é muito importante, Samantha... você consegue guardar segredos? Porque, para ser ajudante do coelhinho da Páscoa, é preciso saber onde estão escondidos *todos* os ovos de chocolate. E as outras crianças vão ficar pedindo pistas a você.

— Eu não vou contar! — afirma Samantha. — Não vou!

— Muito bem, então — digo, me levantando e me virando para Jackson. — Acho que encontrei minha ajudante especial.

Jackson sorri para mim. É o primeiro sorriso aberto que o vejo dar — e ele tem covinhas, as clássicas, uma em cada lado do rosto. Jackson se abaixa e pega Samantha no colo.

— Que mocinha de sorte você é! — exclama, e enfia o rosto no pescoço da filha até ela quase engasgar de tanto rir.

Alguma coisa se agita dentro de mim ao ver Samantha nos braços de Jackson — é uma sensação indistinta, como se meu cérebro tivesse ficado tão macio quanto a calça de coelho.

— Obrigado — diz Jackson, só mexendo os lábios, sem som.

Ele se inclina, pega a cesta de ovos e entrega para Samantha. A menina apoia a cabeça no ombro do pai, com a confiança inabalada de uma criança.

— Pronta? — pergunta Jackson.

Samantha se desvencilha dos braços dele, corre na minha direção e me dá a outra mão. Quando Jackson solta a filha, seu rosto se suaviza em uma expressão de extrema vulnerabilidade, como se a amasse tanto que doesse, e é um momento tão íntimo, tão puro, que desvio os olhos — não parece certo que eu veja. Aquela sensação esquisita no meu estômago se intensifica quando os dedinhos de Samantha seguram com força a minha mão.

Jackson se abaixa, dá um beijo rápido na testa da menina e abre a porta do salão.

— É melhor vocês duas irem logo — diz ele. — Ah, e Leena?

— Sim?

— O coelhinho da Páscoa pula. Por todo lugar que passa. Balançando a cesta. Só para lembrar.

— É mesmo? — pergunto por entre os dentes cerrados.

Ele abre outro sorriso, mas, antes que eu possa dizer mais alguma coisa, uma Samantha saltitante já está me arrastando degraus abaixo, na chuva.

16

Eileen

Eu me sinto como uma daquelas mulheres de anúncios de perfume na televisão. Você sabe: mulheres envoltas em chiffon, flutuando, sorrindo em êxtase, enquanto quem cruza com elas começa a cantar de repente.

Passei a noite na cama de Tod. Ele é realmente um homem extraordinário. Eu não fazia sexo — qualquer definição de sexo — há cerca de duas décadas, e as coisas certamente mudaram um pouco agora que tenho setenta e nove anos, mas ainda é absurdamente maravilhoso. Demorei um pouco para pegar o jeito de novo, e estou bem dolorida em alguns lugares peculiares, mas, meu Deus, valeu a pena.

Tod é obviamente um cavalheiro muito experiente. Não me importo se os exageros que ele exclamou sobre minha beleza e o brilho da minha pele foram apenas isso, exageros — porque conseguiram o resultado esperado. Não me sinto tão bem há anos.

Vou encontrar Bee agora de manhã para tomar um café. Ela diz que quer saber todas as novidades sobre Tod. Acho que está com saudades da Jaime, que está passando a Páscoa com a família do pai. Mas, ainda assim, fiquei emocionada ao receber a mensagem dela.

O café onde vamos nos encontrar se chama Watson's Coffee. É bem moderno: duas das paredes são pintadas de verde, e as outras duas, de cor-de-rosa. Há chifres de veado falsos acima do balcão do café e uma coleção de velas de néon meio derretidas no centro de cada mesa de aço cinza. O efeito geral é levemente ridículo, e o lugar está muito cheio — é segunda-feira de Páscoa, feriado na Inglaterra, então é claro que ninguém está trabalhando, e por aqui, se a pessoa não está em um escritório, parece que precisa estar em um café.

Bee conseguiu uma mesa para nós. Ela sorri para mim enquanto eu me aproximo, aquele sorriso caloroso e aberto que vi pela primeira vez quando ela me mostrou as fotos da filha. Tem um efeito surpreendente, o sorriso, como um holofote caloroso indicando o caminho. O cabelo dela está preso atrás das orelhas, exibindo um impressionante colar de prata, e Bee usa um vestido turquesa lindo, que, de algum modo, é ainda mais provocante exatamente por cobrir quase todo o corpo dela.

— Bom dia! — diz. — Vou pegar um café para você... Quer algum específico?

— Um *flat white*, por favor — respondo, me sentindo muito satisfeita comigo mesma.

Bee ergue as sobrancelhas e sorri.

— Muito bom! Volto já.

Pego o celular na bolsa quando ela levanta para fazer nosso pedido. Demorei algum tempo — e precisei de várias aulas com Fitz — para me acostumar ao celular de Leena, mas agora estou começando a pegar o jeito. Já sei o bastante, por exemplo, para conseguir ver que recebi uma mensagem de Tod. E lá vem aquele frio na barriga de novo...

Querida Eileen, que noite esplêndida. Vamos repetir logo? Com carinho, seu Tod. Bjs.

— Ok, sei que é errado espiar o celular dos outros, mas preciso admitir que li essa mensagem todinha — solta Bee, sentando-se de novo e pousando uma bandeja em cima da mesa. Ela também comprou muffins para nós. — Limão ou chocolate? — pergunta.

Bee não é de forma alguma o que eu esperava. Na verdade, é muito atenciosa. Não sei bem por que presumi que não seria — talvez por ela ser tão linda, o que não é nada gentil da minha parte.

— Chocolate — arrisco, imaginando que ela prefira o de limão. Bee parece satisfeita e puxa o prato para perto dela. — E perdoo você por espiar. Estou sempre fazendo isso com outras pessoas no metrô. Essa é a única vantagem de ficarem todos tão apertados.

Bee dá uma risadinha.

— E então? Tod é *o* cara?

— Ah, não — digo com firmeza. — Nosso relacionamento é só casual. Sem exclusividade.

Bee me encara boquiaberta.

— Sério?

— Isso é tão surpreendente assim?

— Bem, eu... — Ela faz uma pausa para pensar, enquanto mastiga um pedaço do muffin. — Acho que presumi que estava procurando por alguma coisa séria. Um parceiro para a vida.

Tento dar de ombros de um jeito despreocupado, mas me encolho quando o movimento mexe com um músculo dolorido nas costas.

— Talvez. Na verdade, só estou fazendo isso pelo prazer da aventura.

Bee suspira.

— Eu gostaria de poder fazer o mesmo. Procurar pelo futuro padrasto da sua filha realmente tira toda a diversão de um primeiro encontro.

— Ainda não teve sorte?

Bee faz uma careta.

— Eu sabia que o mercado de homens acima dos setenta anos seria melhor. Talvez eu devesse procurar um cara mais velho.

— Não venha se meter na minha faixa etária, mocinha. Deixe os homens velhos para as damas mais velhas, ou nunca teremos qualquer chance.

Bee ri.

— Não, não, eles são todos seus. Mas fico me perguntando se talvez eu não esteja sendo um *pouco* seletiva demais.

Eu me ocupo com meu muffin. Na verdade, não devo interferir — Bee se conhece, sabe o que é bom para ela.

Mas já estou nessa vida há muito mais tempo. E ela tem sido muito aberta comigo. Talvez não faça mal eu ser sincera.

— Posso dizer o que penso sobre sua lista de regras? — pergunto.
— Claro — responde Bee. — Por favor, faça isso.
— Acho que parece uma receita para ficar solteira para sempre.
Bee cai na gargalhada.
— Ah, por favor — diz. — Minha lista é totalmente possível. Como sociedade, temos padrões terrivelmente baixos de homens, sabia?

Penso em Wade. Eu raramente pedia alguma coisa para ele, principalmente depois que Marian cresceu. Tudo o que eu esperava era fidelidade, embora mesmo isso tenha sido dar crédito demais a ele, no fim das contas. E o pai de Carla e de Leena, o que Marian exigiu dele? O pai das meninas passava o dia todo sentado, de calça de moletom, assistindo a esportes esquisitos em canais de TV estranhos, e mesmo assim Marian fez um esforço enorme para que ficassem juntos. Quando ele finalmente foi embora, nunca olhou para trás — via as filhas no máximo uma vez por ano, e agora ele e Leena nem têm mais contato.

Talvez Bee não esteja 100% errada, mas...

— Por mais que eu seja totalmente a favor de uma boa lista, acho que você está lidando com isso do jeito errado. Precisa parar de pensar e começar a fazer.

Termino meu café e me levanto, a cadeira fazendo barulho ao arrastar no piso. Esse lugar passa a sensação de um bunker de guerra pintado de néon. Está me deixando desconfortável.

— Começar a fazer o quê? Aonde estamos indo? — pergunta Bee, enquanto pego minha bolsa.

— Encontrar um tipo diferente de homem para você — digo em um tom épico, enquanto a levo para fora do café.

— A *biblioteca*? — Bee olha ao redor, espantada. — Eu nem sabia que havia uma biblioteca em Shoreditch.

— Você deveria se tornar membro — digo, em um tom severo. — As bibliotecas estão morrendo e isso é um absurdo.

Bee parece contrita.

— Tudo bem. — Ela checa a estante mais próxima, que por acaso é a de romances, e então se anima. — Ah, aceito esse homem — diz, apontando para um cavalheiro sem camisa na capa de um livro bem comercial.

Pego-a pelo braço e levo-a até a seção de policiais e de suspense. Ela dificilmente vai encontrar um homem se ficar parada na de romances — a única outra pessoa à vista é uma senhora de aparência ardilosa, que claramente conseguiu escapar do marido por alguns minutos e pretende aproveitar esse tempo ao máximo. Ah, sim: há um rapaz de cabelo loiro, jeans e camisa social olhando os livros de John Grisham. Ora, ele é certamente um candidato a ser considerado.

— O que acha? — pergunto em um sussurro, me colocando atrás de alguns livros de culinária e indicando o rapaz para que Bee dê uma olhada.

Ela se estica um pouco para a frente para checar.

— Aaah — diz, inclinado a cabeça, pensativa. — Sim, talvez! Ah, não, espera, aqueles sapatos... Mocassins esportivos são uma marca registrada de universitários mimados de Oxford e Cambridge — comenta ela, em um sussurro lamurioso. — Prevejo um salário de seis dígitos e um complexo de inferioridade tóxica inculcado por pais superprotetores.

— Mantenha a mente aberta — lembro a ela. — Você confia em mim, Bee?

— Ah, eu... Confio, sim.

Endireito as mangas.

— Nesse caso — digo —, lá vou eu.

— Você acredita que a mulher deve adotar o sobrenome do marido quando se casa?

— Ah, bem, na verdade acho que é uma escolha muito pessoal, então...

— E quanto a ajudar em casa? Você é bom com o aspirador de pó?

— Eu... diria que sou bastante competente... Desculpe, posso perguntar o que a senhora...

— Você diria que é romântico?

— Sim, eu me considero, se a senhora...

— E seu último relacionamento, querido. Como terminou?

O rapaz me encara ligeiramente boquiaberto. Eu o encaro de volta, na expectativa.

A gente consegue sair impune de muita coisa quando é velha.

— Ela só... parou de gostar de mim, para dizer a verdade.

— Ah, Deus, que triste — digo, e dou uma palmadinha carinhosa no braço dele.

— Desculpe, como nós... — O rapaz parece perplexo. — Estávamos conversando sobre livros do John Grisham, então a senhora começou... a fazer perguntas... e agora... essas perguntas se tornaram... extremamente pessoais...

— Estou só dando uma forcinha — digo.

— A senhora está...

— Para a minha amiga, Bee. Bee!

Ela surge de detrás de uma estante, fazendo *shh* para mim.

— Eileen! Ai, meu Deus, me *desculpe*, isso é muito constrangedor — diz ao rapaz. — Vamos, Eileen, vamos embora, já tomamos demais o tempo desse homem...

Ela lança para ele uma versão atenuada do sorriso desconcertante. O rapaz loiro arregala os olhos, e o livro em sua mão se inclina um pouco para baixo, como se ele tivesse esquecido que o estava segurando.

— Sem problema — diz. — Humm.

— Bee, esse rapaz gostaria de levar você para tomar um café naquele lugar lindo aqui na rua — digo. — Não é mesmo, meu bem?

— Na verdade — diz o loiro, começando a corar de um modo bastante atraente —, eu gostaria muito.

Quando volto para casa, Fitz se levanta do sofá, muito sério.

— Eileen, tenho uma péssima notícia.

Levo a mão ao peito.

— O que houve? O que aconteceu?

— Não, não, não é tão ruim assim! É só sobre o nosso Clube dos Grisalhos de Shoreditch.

Martha, Fitz e eu escolhemos esse nome para o nosso clube na noite passada, depois de uma boa taça de vinho. Acho fabuloso. Também decidimos sair para correr no dia seguinte, o que *não* foi uma ideia fabulosa e foi rapidamente abandonada por causa dos meus joelhos, do avançado estado de gravidez de Martha e do "mal-estar matinal geral" de Fitz, seja lá o que for isso.

— Quase todos amaram a ideia, e também já tivemos a aprovação do síndico, desde que não sejam mais de vinte e cinco pessoas e de que nada seja quebrado. Mas há uma senhora no apartamento 6 que não está satisfeita com a ideia — conta Fitz, enquanto me ajuda a tirar o casaco. — Ela disse que não concorda em permitir o acesso de tantos estranhos ao prédio.

Fecho a cara.

— Imagino então que ela controle as festas de aniversário de todo mundo usando esse mesmo critério, não é?

Fitz dá uma risadinha.

— Bom argumento. Vou mandar um e-mail para ela e explicar por que...

Faço um gesto dispensando aquilo.

— Nada dessa bobagem de e-mail. Vou lá conversar com ela.

Fitz parece surpreso e fica ali parado, segurando meu casaco.

— Ah — diz ele. — Tudo bem.

Mas a mulher não está em casa. Penso em enfiar um bilhete por debaixo da porta, mas não, isso não seria melhor do que um e-mail. Quero que essa senhora me olhe nos olhos e explique por que exatamente não quer que algumas senhoras e senhores tenham uma boa aula de arte e um almoço em um espaço que fica *ligeiramente* perto do apartamento dela.

Estou irritada. Volto bufando para o apartamento. Fitz empurra o notebook de Leena na minha direção por cima da bancada da cozinha, enquanto eu me sento.

— Isso vai animar você. Já ouvi vários bipes de mensagens novas.

O site de relacionamentos já está aberto. Entro nele com frequência, principalmente para trocar mensagens com o Old Country Boy, que na verdade se chama Howard e parece ser um amor. Outro dia eu estava relendo a nossa conversa e fiquei surpresa ao ver que já trocamos muitas mensagens.

OldCountryBoy diz: Como você está hoje, Eileen? Tem sido um dia tranquilo por aqui. Não aconteceu muita coisa, sabe.
OldCountryBoy diz: Fico relendo as nossas mensagens e pensando em você. Nos conhecemos há tão pouco tempo, mas parece que somos velhos amigos!
OldCountryBoy diz: Espero que não seja muito atrevido da minha parte dizer isso! Só acho muita sorte ter conhecido você aqui. Em um dia tranquilo como esse, é maravilhoso poder voltar à nossa conversa.

Suspiro. Howard é um pouco exagerado, que Deus o abençoe. Não estou acostumada com homens que falam tanto sobre os próprios sentimentos. E não sei bem como me sinto a respeito.

Então, penso em Letitia, encurvada sobre a mesa, entre sinos de vento, esperando pela entrega do mercado, e me pergunto se Howard talvez não seja só muito solitário. E é muito bonitinho o modo como ele valoriza o tempo que passamos conversando.

EileenCotton79 diz: Oi, Howard. Sinto muito que não esteja tendo um bom dia. Você tem vizinhos com quem conversar?
OldCountryBoy diz: Eles são todos jovens e descolados! Não devem ter interesse em conversar comigo.

Hesito. Seria ousadia demais da minha parte mencionar o Clube dos Grisalhos de Shoreditch?

Ah, dane-se. Por que não?

EileenCotton79 diz: Estou tentando organizar um clube de que talvez você goste. É para pessoas acima de setenta anos, no bairro onde moro. Estamos tendo alguns problemas para colocar a ideia em prática no momento, mas, quando estiver tudo certo e funcionando, você estaria interessado em conhecer? Sei que você é do West London, mas seria mais do que bem-vindo mesmo assim!

Há uma demora mais longa do que o normal antes de Howard responder, e começo a me sentir meio boba. Talvez *mais do que bem-vindo* tenha sido um pouco demais. Mas então, finalmente...

OldCountryBoy diz: Eu adoraria! Você vai estar lá?
EileenCotton79 diz: É claro!
OldCountryBoy diz: Então mal posso esperar para nos conhecermos pessoalmente ☺

Sorrio, mas, antes que possa responder, mais três pontinhos aparecem na tela.

OldCountryBoy diz: Talvez eu possa até ajudar de algum modo. Sou bom em criar sites para a internet — era parte do meu trabalho. Gostaria que eu criasse um para o seu clube?
EileenCotton79 diz: Que incrível! Sim, isso parece fantástico. No momento, precisamos conseguir permissão de uma pessoa no prédio, mas devemos ter isso logo.
OldCountryBoy diz: Mal posso esperar para me envolver com o projeto!

Sorrio. Um barulhinho de alerta soa e eu me sobressalto.

Um novo usuário visualizou seu perfil.

Já estou quase apertando para abrir a notificação, distraída, quando me lembro de que Bee me mostrou como posso manter a conversa aberta em outra tela. Clico.

Arnold1234. Nenhuma foto, descrição, nada. Isso é bastante incomum nesse site. O meu perfil, por exemplo, diz todo tipo de coisa a meu respeito, dos lugares para onde mais gosto de viajar nas férias até meus livros favoritos.

Estreito os olhos, desconfiada. É claro que há um monte de Arnolds no mundo. Não é um nome incomum.

Mas não posso deixar de pensar...
Aperto o botão de mensagem na tela.

EileenCotton79 diz: Oi, Arnold! Reparei que você andou visitando minha página e pensei em dizer oi.

Volto para a conversa com o Old Country Boy. Seria muito fácil me confundir aqui e mandar mensagens para o homem errado. Não que eu esteja reclamando sobre ter que fazer malabarismo com vários deles, é claro.

OldCountryBoy diz: Vou passar a noite com um bom livro, eu acho! O que você está lendo agora?
EileenCotton79 diz: Estou relendo as peças da Agatha Christie. Nunca me canso dela!

Nesse meio-tempo, em outra janela:

Arnold1234 diz: Eileen? Aqui é o Arnold Macintyre, seu vizinho.

Eu sabia! O que esse velho cretino está fazendo na minha página de relacionamentos? Clico em "meu perfil" e releio, dessa vez com os olhos de Arnold. E me encolho por dentro. De repente, tudo o que está escrito ali soa terrivelmente prepotente e muito bobo. Como eu pude dizer que era cheia de vida e que estava em busca de uma nova aventura?

EileenCotton79 diz: O que você está fazendo aqui, Arnold???

Eu me arrependo dos três pontos de interrogação assim que clico em enviar. Não combinam com a atitude altiva que costumo adotar quanto tenho que lidar com Arnold.

Arnold1234 diz: O mesmo que você.

Bufo.

EileenCotton79 diz: Ora, bom para você, mas pode ficar longe do meu perfil!

Arnold1234 diz: Desculpe, Eileen. Estava só procurando alguma ideia do que colocar no meu. Não sou muito bom nesse tipo de coisa.

Relaxo um pouco. Não tinha pensado nisso.

EileenCotton79 diz: Uma amiga da Leena me ajudou com o meu. Por que não pede ajuda ao Jackson?

Arnold1234 diz: Pedir conselhos ao Jackson? Vou terminar com alguma sirigaita chamada Petúnia, ou Narcisa, ou coisa parecida.

Solto uma risadinha.

EileenCotton79 diz: Você teria muita sorte, Arnold Macintyre!

Opa, me esqueci de Howard por um momento. Franzo a testa e volto para a conversa certa. Não quero me deixar distrair por velhos conhecidos de Hamleigh.

OldCountryBoy diz: Nunca li Agatha Christie, mas farei isso agora que você recomendou! Com que livro devo começar, Eileen?

Sorrio, já começando a digitar. Agora isso, sim, me deixou interessada.

17

Leena

Olho para o relógio, tamborilando no volante. Estou no banco do motorista da van da escola, que aparentemente minha avó pega emprestada de vez em quando para levar a trupe toda ao bingo. Ao meu lado está Nicola, minha nova — e única — cliente no meu papel como taxista voluntária para os idosos de Knargill. Ela deve ter, no mínimo, noventa e cinco anos — nunca vi ninguém com tantas rugas —, mas seu cabelo castanho tem só algumas mechas grisalhas e suas sobrancelhas são incrivelmente cheias, espetadas como as de um professor excêntrico. Até agora, ela passou a maior parte de nossas viagens fazendo julgamentos infundados sobre qualquer motorista pelo qual passamos na estrada — Nicola é muito rude e incrivelmente engraçada. Já avisei para Bee que tenho uma nova melhor amiga.

Além de ser muito velha e muito crítica, Nicola também é muito solitária. Quando nos conhecemos, ela me disse que não sabia o que significava solidão até o marido falecer quatro anos atrás. Agora, passa dias, às vezes semanas, sem nem sequer trocar um olhar com outra alma. Não há nada parecido com isso, ela diz. É uma espécie de loucura.

Há dias tento descobrir uma boa maneira de tirá-la de casa e, depois que minha mãe me pediu para irmos ao bingo, finalmente consegui. Bingo é *perfeito*. E, para ser sincera, agora que tomei a decisão de convidar minha mãe, com quem não converso decentemente há um ano e dois meses, quanto mais gente por perto, melhor.

— Por que está tão tensa? — pergunta Nicola, estreitando os olhos para mim.

— Não estou tensa.

Ela não diz nada, mas seu silêncio é significativo.

— É a minha mãe. Nós não... não estamos nos dando muito bem. E ela está atrasada.

Checo o relógio de novo. Minha mãe faz aulas de ioga em Tauntingham, e me pediu para pegá-la aqui, que é *totalmente* fora do meu caminho, mas estou me esforçando muito para não achar isso irritante.

— Se desentenderam, foi?

— Mais ou menos.

— Seja o que for, tenho certeza de que não vale a pena brigar com a sua mãe. A vida é curta demais para isso.

— Bem, ela me impediu de fazer minha irmã experimentar um tratamento contra o câncer que poderia ter salvado a vida dela. E agora minha irmã está morta.

Nicola faz uma pausa antes de soltar:

— Certo. Céus!

Nesse momento, a porta da van se abre e minha mãe entra. Percebo, me encolhendo, que a janela do lado de Nicola está toda aberta.

— *Tratamento que poderia ter salvado a vida dela?* — repete minha mãe. Sinto meu estômago se apertar ao ouvir seu tom de voz... furioso. Ela não fala nesse tom comigo desde que eu era criança. — *Que* tratamento poderia ter salvado a vida dela, Leena?

— Eu mostrei a você. — Agarro o volante com força e não olho para trás. — Mostrei a pesquisa a você, entreguei aquele folheto da clínica nos Estados Unidos...

— Ah, o *folheto*. Certo. O tratamento que os médicos da Carla a desaconselharam a fazer. O que todos disseram que não funcionaria e que apenas prolongaria a dor dela e...

— Não *todos*.

— Desculpe, todos menos o seu médico americano que queria nos cobrar dez mil libras por uma falsa esperança.

Bato no volante e me viro para encará-la. O rosto da minha mãe está vermelho de emoção — o rubor marcando a pele do colo e subindo até o rosto. Sinto uma onda de quase medo, porque estamos realmente fazendo isso, estamos realmente tendo essa conversa, está acontecendo.

— *Esperança. Uma oportunidade.* Durante toda a minha vida, você sempre disse *As mulheres Cotton não desistem*, então, quando esse lema era mais importante do que qualquer coisa no mundo, você deixou a Carla fazer exatamente isso.

Nicola pigarreia. Envergonhadas, minha mãe e eu nos voltamos boquiabertas para ela, como se tivéssemos sido interrompidas no meio de uma frase.

— Oi — diz Nicola para minha mãe. — Nicola Alderson.

Como se Nicola tivesse furado um balão de gás, nós duas murchamos.

— Ah, oi, desculpe — responde minha mãe, se recostando no assento e colocando o cinto de segurança. — Desculpe, de verdade. Que grosseria da nossa parte ficar... desculpe.

É minha vez de pigarrear. Eu me viro para a frente, e meu coração está batendo com tanta força que quase me deixa sem fôlego, como se ele estivesse subindo pela minha garganta. Agora estou atrasada para pegar o resto do grupo do bingo. Viro a chave na ignição e acelero.

... direto em cima de um pilarete na calçada.

Merda. Merda. Eu sabia que esse pilarete estava aí, disse a mim mesma para me lembrar dele quando estacionei aqui. *Quando você sair, não se esqueça do pilarete, que está quase fora do seu campo de visão.*

Pelo amor de Deus.

Desço da van e faço uma careta, cobrindo o rosto com as mãos. A parte de baixo do capô, à direita, está bem amassada.

— Quer saber? Não — diz minha mãe, saltando da van atrás de mim e fechando a porta com força. — Eu estou cansada de ter essas conversas pela metade com você. Desculpa, Nicola, mas ainda não terminamos.

— Está tudo bem — responde Nicola. — Vou fechar a janela, viu?

— Como você *ousa* agir como se eu tivesse desistido da minha filha? — desafia minha mãe, os punhos cerrados ao lado do corpo.

Ainda estou processando o capô amassado.

— Mãe, eu...

— Você não via a Carla no dia a dia. — A voz de minha mãe está cada vez mais alta. — As internações na emergência, a náusea brutal, interminável, o vômito que parecia rasgar as entranhas dela, as vezes em que a Carla estava tão fraca que não conseguia chegar ao banheiro. Ela se fazia de forte quando você visitava... mas você nunca viu sua irmã nos piores momentos dela!

Deixo escapar um pequeno arquejo. Aquilo *doeu*.

— Eu queria ter estado mais presente. — Meus olhos estão ardendo, sei que vou chorar. — Você sabe que a Carla não queria que eu largasse o trabalho, e eu... eu não podia estar aqui o tempo todo, mãe, você sabe disso.

— Mas *eu estava* aqui o tempo todo. Eu vi tudo. Eu *senti* o que ela sentia. Sou a mãe dela.

Os olhos de minha mãe se estreitam como os de um gato. É assustador. Ela volta a falar antes que eu possa responder. As palavras se derramam em uma voz arranhada e cada vez mais alta, que nem parece a voz dela.

— Foi por isso que você foi embora e nos cortou da sua vida? Para me punir porque você acha que não tentei tudo o que podia para a Carla? Então deixe eu lhe dizer uma coisa, Leena. Você não é capaz de *imaginar* quanto eu desejei que seu médico americano estivesse certo. Não é capaz de *imaginar*. Perder a Carla fez com que eu passasse a me perguntar que inferno é este que eu estou vivendo todos os minutos de todos os dias, e, se eu acreditasse que havia alguma maneira de salvar minha menina, eu teria aceitado sem nem pensar. — O rosto dela está molhado de lágrimas. — Mas aquele tratamento não teria funcionado, Leena, e você sabe disso.

— *Talvez* tivesse funcionado — digo, pressionando as mãos contra o rosto. — *Talvez*.

— E que tipo de vida a Carla teria tido? A escolha era *dela*, Leena.

— Ah, é? Bem, ela também estava errada! — grito, e deixo as mãos caírem ao lado do corpo, os punhos também cerrados. — *Odeio* o fato de ela ter parado de lutar. Odeio que você tenha parado de lutar por ela. E quem é *você* para dizer que eu *te abandonei*, afinal? Quem é você para dizer que eu me afastei? — As emoções agora estão ardendo furiosas no meu estômago, e dessa vez não as contenho. — Você se *desintegrou*, porra. Fui eu que tive que segurar as pontas, fui eu que tive que organizar o funeral e cuidar da papelada, enquanto você *desmoronava*. Então não venha me falar sobre abandono. Onde *você* estava quando eu perdi minha irmã? Onde você estava?

Minha mãe recua. Estou realmente gritando. Nunca gritei com ninguém assim na vida.

— Leena...

— Não — digo, secando o rosto com a manga e abrindo a porta do motorista. — Não. Para mim chega.

— Você não está em condições de dirigir — diz Nicola.

Com os dedos trêmulos, viro a chave na ignição. A van chacoalha e o motor liga, voltando à vida. Fico sentada ali, olhando para a rua à minha frente, me sentindo completa e absolutamente descontrolada.

Nicola abre a porta.

Olho para ela.

— O que você está fazendo? — pergunto, a voz embargada.

— De jeito nenhum vou deixar você me levar para seja onde for assim — responde ela.

Abro a porta também, porque Nicola não consegue descer da van sem ajuda. Minha mãe continua parada onde a deixei, os braços envolvendo o próprio corpo, os dedos agarrando as costelas. Por um momento, sinto vontade de correr para ela e deixar que acaricie meu cabelo do jeito que fazia quando eu era criança.

Em vez disso, me viro para ajudar Nicola a descer. Eu me sinto fisicamente exausta, como se tivesse passado horas na academia. Ficamos as três paradas ali, eu e minha mãe olhando para todos os lados, menos uma para a outra. O vento assovia ao nosso redor.

— Muito bem — diz Nicola. — Então...

Mais silêncio.

— Não? — volta a falar ela. — Ninguém vai dizer nada?

A ideia de dizer qualquer coisa parece além da minha capacidade. Fico olhando para o asfalto enquanto o cabelo deixa uma trilha úmida em meu rosto.

— Não sei nada sobre a família de vocês — diz Nicola —, mas o que eu sei é que está começando a chover forte e que vamos ficar paradas aqui como limões no meio da rua até Leena estar calma o bastante para dirigir, então, quanto mais rápido resolvermos tudo isso, melhor.

— Estou calma — digo. — Estou calma.

Nicola me olha com uma expressão cética.

— Você está tremendo feito vara verde e seu rímel escorreu até o queixo — diz.

Minha mãe então se adianta e estica a mão.

— Me dá a chave, eu dirijo.

— Você não tem seguro. — Odeio o modo como minha voz soa, trêmula e fraca.

Minha mãe se aproxima quando um ônibus faz uma curva e vem em nossa direção.

— Posso ligar para as pessoas do seguro — rebate ela.

— Não sei se estou convencida de que você vai dirigir muito melhor do que ela — argumenta Nicola, examinando minha mãe de cima a baixo.

— Ônibus — digo.

— Hum? — pergunta Nicola.

Aponto, então aceno com um braço, e logo com os dois braços. O ônibus para.

— Meu Deus — diz a motorista quando as portas se abrem. — O que aconteceu aqui? Vocês estão bem? Foi um acidente?

— Só em um sentido simbólico, querida — esclarece Nicola, já entrando no ônibus. — Você está emocionalmente estável, certo? Não está prestes a começar a chorar?

— Humm, estou bem, sim... — diz a motorista.

— Ótimo, ótimo. Entrem, então, senhoras. Vamos embora.

Minha mãe e eu acabamos sentadas uma de cada lado do corredor, as duas olhando para a frente. Eu me acalmo aos poucos, sentada no ônibus, as lágrimas diminuindo. Assoar o nariz acaba fazendo com que eu me sinta muito melhor, como se fosse um encerramento oficial de todo o choro, e, enquanto seguimos em direção a Hamleigh, aquela sensação apavorante de estar descontrolada cede, afrouxando o aperto em minhas costelas e o latejar em minha garganta.

Não tenho muita certeza do que aconteceu de fato, mas não há muito tempo para insistir nisso agora — a motorista do ônibus está se desviando da sua rota habitual para gentilmente nos deixar na cidade, mas mesmo assim estamos atrasadas.

Os frequentadores do bingo estão reunidos na esquina da Peewit Street com a Middling Lane, em frente ao mercado; a chuva começou a cair há alguns minutos e mal dá para ver metade do grupo, todos protegidos por galochas e enormes ponchos à prova d'água.

— O que vamos fazer? — pergunta Nicola, ao meu lado, quando nos aproximamos da turma do bingo. — Não temos uma van para levá-los até o salão de bingo. Devo dizer a eles que está cancelado?

— Como? — digo, secando meu rosto. — *Não está cancelado*. Só precisamos de um pouco de pensamento inovador.

— Tem certeza de que está disposta... — Minha mãe para de falar ao ver minha expressão. — Muito bem — diz ela. — Do que você precisa?

— Canetas coloridas — digo. — Cadeiras. E um lenço umedecido, para limpar o rímel do queixo.

— Vinte e sete! Dois e sete! Trinta e um! Três e um, isso é trinta e um!

Minha voz está rouca de tanto gritar depois de tanto chorar. Estou grata à impressora da minha avó — pode ter demorado meia hora de movimentos lentos e difíceis, mas ela acabou produzindo quinze fichas de bingo. Em algum momento durante esse tempo, minha mãe desapareceu (provavelmente para sempre), mas o restante dos fãs de bingo de Hamleigh está sentado em todas as cadeiras existentes na casa da minha avó e em mais três que peguei emprestadas com Arnold. Após algumas queixas iniciais, os jogadores de bingo parecem relutantemente impressionados com a organização, e depois que aqueci alguns salgadinhos que minha avó tinha no freezer e distribuí copos de sidra, o clima melhorou consideravelmente.

Rearrumamos a sala para que eu pudesse ficar de pé na frente, onde fica a televisão, e assim a turma do bingo consegue me ver. E, em teoria, me ouvir, mas essa parte não está funcionando tão bem.

— Hein? — grita Roland. — Você disse quarenta e nove?

— Trinta e um! — grita Penelope de volta.

— Vinte e um?

— Trinta e um! — grita ela.

— Talvez a Penelope deva se sentar perto do Roland, não? — sugiro. — Para que ela possa repetir para ele o que eu disser?

— Não estaríamos tendo esse problema se estivéssemos no salão de bingo — comenta Betsy, empertigada.

— No salão de bingo a sidra não é tão boa — lembra Roland, dando um gole satisfeito na garrafa.

— E esses minirrolinhos primavera estão deliciosos — diz Penelope.

Disfarço um sorriso e volto os olhos para o número aleatório gerado no celular de Kathleen. Meu celular — anteriormente conhecido como o celular da minha avó — é rudimentar demais para ter esses recursos, mas Kathleen veio em meu socorro e me emprestou o dela.

— Quarenta e nove! — grito. — Quatro, nove!

— Achei que você já tinha dito quarenta e nove! — grita Roland. — Ela já não tinha dito quarenta e nove?

— Ela disse trinta e um antes! — grita Penelope de volta para ele.

— Trinta e sete?

— Trinta e três — grita outra voz.

É Nicola. Ela está atrás de Roland. Vejo sua expressão travessa e reviro os olhos.

Não está ajudando, digo a ela, só mexendo os lábios, e ela dá de ombros, nem um pouco arrependida.

— Alguém disse trinta e três? — pergunta Roland.

— Trinta e um! — grita Penelope, animada.

— Quarenta...

— Ah, que diabo, Roland, liga a porcaria do seu aparelho de audição! — ruge Basil.

Há um instante curto e terrível de silêncio, e logo estoura uma cacofonia furiosa entre o grupo. Esfrego os olhos, que estão inchados de chorar. A campainha toca e eu me encolho por dentro. Sei quem deve ser.

Não achei que seria capaz de contar a Jackson pelo celular que a van da escola, que ele me emprestou tão gentilmente, no momento está abandonada na saída de Tauntingham com o capô amassado. Me pareceu o tipo de conversa que se deve ter ao vivo.

Eu me apresso a atender a porta, o que não é uma tarefa fácil quando preciso atravessar uma sequência de obstáculos — cadeiras e bengalas — para chegar lá.

Jackson está com um gorro cinza meio largo cobrindo parte da orelha esquerda, e a camisa que usa por baixo do casaco está tão amarrotada que parece ter sido amassada de propósito com o ferro de passar. Ele sorri para mim quando abro a porta.

— Você está bem? — pergunta.

— Humm — digo. — Quer entrar?

Ele entra obedientemente no hall, então inclina a cabeça ao ouvir a agitação na sala de estar. E me lança um olhar de curiosidade.

— Mudanças de plano com o bingo — digo. E continuo, encabulada: — Isso é... bem, é sobre isso que eu queria falar com você. Houve um pequeno acidente. Com a van. A que você me emprestou.

Jackson absorve o que estou falando.

— Qual a gravidade? — pergunta.

— Vou pagar por tudo, óbvio, se não estiver coberto pelo seguro. E, assim que o pessoal for embora, vou lá pegar a van para devolver para você, ou deixar direto na garagem, ou onde for melhor. E sei que já combinamos de eu ajudar a pintar sua sala de aula nesse fim de semana, mas se houver outra coisa que eu possa fazer para compensá-lo por... por, ao que parece, trazer o caos para sua vida sempre que possível, então...

Eu me interrompo. Ele parece achar engraçado.

— Tudo bem.

— Mesmo?

Ele tira o gorro e passa a mão pelo cabelo.

— Não exatamente *tudo* bem, mas você é mais dura consigo mesma do que eu jamais conseguiria ser, e isso meio que tira o prazer de ter a chance de reclamar.

— Ah, desculpe — começo a dizer, então rio. — Não, não desculpe. Mas obrigada. Por não estar furioso como teria o direito de estar. Foi um dia horroroso.

— E agora você está com a turma do bingo na sua sala.

— Sim. Um dia horrível que acabou tomando um rumo bem esquisito. Quer entrar e se juntar ao grupo? — convido. — Temos sidra. E minicomidinhas enroladas em massa com gosto de papelão.

— Sidra — diz Jackson. — Nada de hidromel?

— Humm?

Uma covinha aparece no rosto dele.

— Bem, eu não duvidaria de sua capacidade de usar essa oportunidade para exibir as alegrias de uma noite com tema medieval, só isso.

— Eu não desceria a esse nível! — exclamo.

— Então o que é isso? — diz ele, apontando para uma pilha de amostras de tecido em cima da mesinha lateral.

Droga.

— Ééé...

Ele pega dois quadradinhos de tecido. Eu estava mostrando para Penelope enquanto aquecia os rolinhos primavera. São lindos — parecem ter vindo diretamente de Winterfell. A amostra que está na mão de Jackson no momento é de um lindo tom dourado, com uma estampa de dragões em brasões de armas.

— Estou pensando em... redecorar a casa — digo, enquanto levo Jackson na direção da sala de estar.

— Redecorar a casa da sua avó? Com dragões?

— Você conhece a minha avó! — digo. — Ela adora mitologia!

Ele parece se divertir com aquilo, mas me devolve a amostra de tecido. Entramos juntos na sala — Jackson para à porta e observa o caos, a expressão indecifrável.

— Você acha que minha avó teria um ataque se soubesse que eu baguncei a sala dela desse jeito? — pergunto. — É isso que está pensando?

— Na verdade — diz ele, com um sorriso discreto —, estava pensando em como isso é a cara de Eileen Cotton.

Sinto como se mal tivesse acabado de me despedir do pessoal da Patrulha do Bairro depois da noite de bingo na casa da vovó e já estou vendo todos de novo, no dia seguinte, no salão comunitário. É nossa segunda reunião do Comitê de Planejamento da Festa do Primeiro de Maio. Uma reunião importante.

Preparei folhetos. Levei nozes assadas com mel, frutas cristalizadas e carnes assadas. Mapeei nosso público-alvo demograficamente para a Festa do Primeiro de Maio e expliquei em detalhes como o tema medieval é perfeito para os frequentadores.

— Quem é a favor da ideia da Leena? — pergunta Betsy.

Nenhuma mão se levanta.

— Desculpe, querida — diz Penelope. — Mas o Jackson sabe como fazer as coisas.

Jackson tem a decência de parecer um pouco envergonhado. Ele não trouxe folhetos. Nem amostras de comida. Só se levantou, quase ofensivamente sexy e charmoso, e disse algumas coisas sobre arremesso de cocos, chapéus de sol e sobre acerte-o-aro-no-abacaxi. Então, seu último golpe: *Samantha está louca para ir à festa vestida de tangerina.*

Ei, espere...

Há uma mão para o alto! Uma mão!

Arnold está parado na porta com o braço para cima.

— Eu voto na ideia da Leena — diz ele. — Desculpe, filho, mas a proposta dela inclui falcões.

Sorrio para ele. Jackson, como sempre, apenas parece achar tudo engraçado. O que é *preciso* para irritar esse homem?

— Eu não sabia que você fazia parte do Comitê de Planejamento da Festa do Primeiro de Maio, Arnold — comenta Betsy.

— Agora faço — retruca ele, tranquilo, entrando e puxando uma cadeira.

— Bem, a grande maioria ainda é a favor do tema do Jackson, como tenho certeza de que você está ciente, Leena.

— Tudo bem — digo, da maneira mais graciosa possível. — Então é isso. Tropical.

Dói, obviamente. Eu queria ganhar. Mas reunir todas essas informações foi a coisa mais divertida que já fiz em séculos e, pelo menos, consegui trazer Arnold para o meu lado — e também consegui que ele viesse à reunião do comitê. Espere até vovó saber que Arnold, o eremita da cidade, veio colaborar para o bem maior.

Agradeço silenciosamente a Arnold enquanto a reunião segue, e ele me dá um sorriso rápido. Quando Basil começa a esbravejar contra os esquilos novamente, troco de cadeira para me sentar ao lado de Arnold, ignorando o choque visível de Roland com a minha alteração no plano de assentos.

— O que o trouxe aqui? — pergunto a ele em voz baixa.

Arnold dá de ombros.

— Senti vontade de experimentar alguma coisa nova — responde ele, baixinho.

— Você está virando uma nova página na vida! — sussurro. — Está, não é?

Ele enfia a mão no bolso para pegar um livrinho em brochura: *Assassinato no Expresso do Oriente*. Betsy olha horrorizada quando Arnold se recosta na cadeira e abre o livro, apesar de Basil estar falando.

— Mas não se empolgue — diz Arnold, alheio aos olhos do resto do comitê. — Vim principalmente por causa dos biscoitos.

Tanto faz. Arnold é basicamente o Shrek: um ogro verde mal-humorado que se esqueceu de como ser legal com as pessoas. E eu planejo ser o Burro dele. Já o convidei para tomar chá comigo de novo esta semana, e ele disse que iria, então estamos definitivamente progredindo.

Se Arnold, o Rabugento, veio a uma reunião do comitê da cidade, tudo é possível. Quando a reunião termina, vejo Betsy se encaminhar lentamente para pegar o casaco, alisando o lenço de seda contra o pescoço. É verdade, nós duas começamos com o pé esquerdo. E daí? Nunca é tarde demais para mudar as coisas, foi o que eu disse a Arnold.

Vou na direção dela, o queixo erguido, e me coloco a seu lado quando ela sai do salão.

— Como vai, Betsy? — pergunto. — Você precisa aparecer lá em casa para tomar chá. Você e seu marido. Eu adoraria conhecê-lo.

Ela se vira para mim, desconfiada.

— Cliff não gosta de sair — diz, enquanto veste o casaco.

— Ah, sinto muito... Ele está com algum problema de saúde?

— Não — diz ela, desviando os olhos.

Caminho a seu lado.

— Sei que você deve estar sentindo falta de ter minha avó aqui para conversar. Espero que se... Se em algum momento precisar de ajuda ou de alguém com quem falar, saiba que pode me procurar.

Ela me olha incrédula.

— Você está se oferecendo para me ajudar?

— Sim.

— E o que *você* seria capaz de fazer? — pergunta Betsy, e demoro algum tempo para perceber que ela está repetindo o que eu disse na primeira vez em que ela apareceu na casa da minha avó.

— Sinto muito — digo com sinceridade. — Foi grosseiro da minha parte dizer isso. Não estou acostumada a receber ofertas de ajuda para valer, não quando se trata da morte da Carla. As pessoas em geral nem gostam de falar tão diretamente sobre ela. Fui pega de surpresa.

Betsy não diz nada por algum tempo. Caminhamos em silêncio pela Lower Lane.

— Sei que foi você quem fez com que o conselho tapasse esses buracos — comenta ela, por fim, indicando a calçada à frente com a cabeça.

— Ah, sim, não foi nada de mais. Deveriam ter feito isso há séculos. Só dei alguns telefonemas.

— Não passou despercebido — diz ela, o tom rígido.

E seguimos cada uma para um lado.

18

Eileen

São necessárias cinco tentativas antes de eu conseguir falar com a mulher insensível do apartamento 6. Ela quase nunca está em casa, por isso só Deus sabe por que implica com o que as pessoas fazem no prédio.

A vantagem da demora é que, quando finalmente estamos cara a cara, minha irritação já passou um pouco, e não é preciso tanto esforço para fingir ser educada.

— Olá — digo, quando ela atende a porta. — Você deve ser a Sally.

— Sim? — responde, na defensiva. Ela está de terninho e sem maquiagem, o cabelo preto preso em um rabo de cavalo torto. — Quem é você?

— Sou Eileen Cotton. Estou morando com o Fitz e a Martha, no apartamento 3.

Sally me olha de cima a baixo.

— Está? — pergunta, e tenho a forte impressão de que ela acha que eu não deveria estar.

— Vim porque soube que você fez objeções à nossa ideia de organizar um pequeno clube que se reuniria na área *inutilizada* no primeiro andar do prédio. Posso entrar para que possamos conversar a respeito?

— Sinto muito, mas não. Estou muito ocupada — diz Sally, já se preparando para fechar a porta.

— *Com licença* — digo, irritada. — Você vai *mesmo* fechar a porta na minha cara?

Ela hesita, parecendo um pouco surpresa. Com a porta semiaberta, percebo que há não apenas uma, mas três trancas ali.

Aquilo me amolece.

— Compreendo suas preocupações em relação a deixar estranhos entrarem no prédio. Sei que pode ser assustador morar nessa cidade. Mas nosso clube será para senhoras e senhores muito respeitáveis, e vamos continuar mantendo a porta da frente fechada durante as reuniões. Assim, nenhum desconhecido mal-intencionado vai conseguir entrar no prédio. Só pessoas idosas.

Sally está prestando atenção. Acho que ela talvez seja mais jovem do que imaginei a princípio — tenho dificuldade de dizer a idade das pessoas atualmente, e a rigidez dela, junto com o terninho, me confundiu.

— Escute — diz ela, em um tom sério e objetivo —, não é que eu não goste da ideia. Mas só porque uma pessoa é idosa não significa que não pode ser perigosa. E se alguém entrar, não sair junto com todos os outros no fim e ficar à espreita no prédio?

Assinto.

— Tudo bem. Que tal, então, nos certificarmos de anotar todos os nomes e fazermos uma contagem de quem entra e depois de quem sai, para que ninguém fique por aqui?

Sally inclina a cabeça.

— Isso é... Obrigada — diz, o tom rígido. — Parece sensato.

Segue-se um silêncio um pouco tenso.

— Então, você vai dar permissão para que as reuniões do clube aconteçam? — pergunto. — Só estamos esperando por você.

Seu olho parece tremer.

— Certo. Ok. Tudo bem, desde que seja feita a contagem de todos que entrarem e saírem.

— É claro. Como combinamos. — Troco um aperto de mão com ela. — Foi um prazer conhecer você, Sally.

Prazer é um pouco de exagero, mas foi necessário.

— O prazer foi meu, Eileen.

Volto para o apartamento de Leena.

— Tudo resolvido com a Sally, do apartamento 6 — digo a Fitz, a caminho do quarto.

Ele me segue com o olhar, boquiaberto.

— *Como você consegue essas coisas?* — pergunta.

Algumas noites depois, Tod e eu estamos deitados lado a lado, na cama grandiosa do quarto dele, recostados nos travesseiros. Ficar deitado abraçado se torna algo bem menos prático quando os dois envolvidos sentem dores nas costas. Mas isso não quer dizer que não seja um momento íntimo e delicioso: o braço de Tod está encostado no meu, sua pele quente depois de fazermos amor, e ele puxou as cobertas sobre o meu corpo, porque sabe como os meus pés ficam frios.

É perigosamente íntimo, na verdade. Eu com certeza poderia me acostumar com isso.

Um celular toca. Não me mexo porque sempre é o de Tod, e normalmente é alguém muito importante do outro lado da linha — um produtor ou um agente. Ele pega o celular na mesinha de cabeceira, mas a tela está apagada. Olho de relance para o meu: *Marian*.

Eu me apresso a pegar o aparelho.

— Alô?

— Mãe? — diz Marian.

E começa a chorar.

— Marian, meu bem, o que houve?

— Desculpe. Estou me esforçando muito para dar um pouco de espaço para você. Mas... eu só... eu não consigo.

— Ah, meu amor, eu sinto tanto. — Tiro os pés de debaixo das cobertas e tento pegar minhas roupas. — Você não teve...

— Não, não, não foi isso, mãe. E estou me cuidando, juro. Tenho me alimentado direito, feito ioga...

Solto o ar, aliviada. Ioga não é para mim — aquela história de ficar de pé em uma perna só e dobrar o corpo —, mas os exercícios parecem ajudar Marian imensamente. Foi a única tentativa que deu certo, não por meses, mas por anos — ela começou assim que Carla foi diagnosticada. Quando Marian para de fazer ioga, sei que as coisas estão mal.

— Isso é bom, meu amor. Aconteceu alguma coisa com a Leena, então?

— Tivemos uma briga horrível na segunda à noite, aos berros, bem no meio da rua, e durante toda a semana não consegui parar de pensar em como ela está... Leena está tão *furiosa*, mãe. Ela me odeia. Eu não estava presente quando ela precisou de mim, e agora... agora perdi a minha filha.

— Ela não odeia você, meu amor, e você não *perdeu* a Leena. Ela está magoada e zangada, e ainda não conseguiu admitir isso, mas vai chegar lá. Tive esperança de que vocês ficarem juntas fosse ajudar dessa vez, mas...

Procuro freneticamente pelas minhas roupas na pilha em que estão misturadas com as de Tod, frustrada com a minha lentidão, tentando manter o celular na orelha com uma das mãos.

— Vou voltar para casa — digo.

— Não, não, não faça isso. — A voz dela está embargada. — Estou bem. Não estou... tendo uma das minhas, você sabe, crises.

Mas quem pode saber se ela não terá uma a qualquer instante? E se Leena está gritando com a mãe no meio da rua, quem vai garantir que Marian se mantenha inteira?

— Vou voltar e pronto. Até logo, meu amor. — Desligo antes que ela possa protestar.

Quando me viro, Tod está olhando para mim com as sobrancelhas erguidas.

— Não diga nada — aviso a ele.

Tod parece surpreso.

— Não ia interferir — diz.

— Não falamos sobre família — lembro. — Combinamos isso. Limites.

— É claro. — Tod faz uma pausa e me observa com atenção enquanto eu me visto. Gostaria de ser mais rápida. — Mas...

Pego a bolsa na cadeira perto da porta.

— Eu ligo para você — digo, já fechando a porta.

Quando saio da casa de Tod, encontro um banco no parque e me sento para recuperar o fôlego. Tod mora em uma parte elegante da cidade, chamada Bloomsbury — há vários espaços verdes com gradeados de ferro pretos e carros caros com vidros escuros.

Não consigo imaginar uma versão da família Cotton em que temos brigas aos berros no meio da rua. Não é assim que fazemos as coisas. Como chegamos a esse ponto?

Eu não deveria ter deixado as duas sozinhas. Foi puro egoísmo da minha parte, essa viagem para Londres, e estou feliz por Marian ter devolvido o meu bom senso antes que ela ficasse ainda pior em Hamleigh sem mim.

Os pombos ciscam ao redor dos meus pés, enquanto reviro a bolsa atrás do meu diário. Bom, Rupert nos convidou para beber alguma coisa no apartamento dele e de Aurora hoje à noite, para comemorar a permissão que consegui para seguir em frente com o Clube dos Grisalhos de Shoreditch. Não posso faltar: Letitia só vai se eu for, e ela precisa disso. Vou embora amanhã. É isso. E ligo para Leena de manhã.

Não sei se dou conta de controlar a minha irritação se falar com ela agora.

Quando Letitia abre a porta, percebo na mesma hora como ela está nervosa. Seus ombros quase encostam nas orelhas, e o queixo está colado ao peito.

— Vamos — digo, procurando parecer animada.

Também não estou no melhor humor para o evento, mas me comprometi e, além do mais, *estou* orgulhosa do que estamos fazendo com aquele espaço, mesmo que eu não vá ver o Clube dos Grisalhos de Shoreditch ganhar vida.

— Temos mesmo que ir? — pergunta Letitia, desanimada.

— É claro que temos! — digo. — Vamos. Quanto mais rápido formos, mais rápido podemos sair.

Martha e Fitz também vão, embora eu não tenha certeza se Martha consegue descer as escadas nesse momento, com aquele barrigão. Ela já está impossibilitada de ir para o escritório, e em geral fica sentada no sofá, com os pés em cima da mesinha de centro e o notebook apoiado precariamente sobre a barriga. E ainda não se sabe quando Yaz vai voltar para casa. Crispo os lábios enquanto descemos as escadas na direção do apartamento de Rupert e Aurora. Gostaria muito de ter uma conversa séria com essa Yaz.

— Sra. Cotton! — diz Aurora, ao abrir a porta do apartamento. — Eu lhe devo um *enorme* pedido de desculpas pelo meu comportamento faminturioso quando nos conhecemos.

— Ah, oi — cumprimento, enquanto ela me puxa para um abraço.

Aurora tem um forte sotaque italiano. Talvez "faminturioso" seja um termo italiano, embora não *soe* exatamente como um.

— E você deve ser Letitia — diz Aurora, segurando o rosto de Letitia entre as mãos. — Que brincos magníficos!

Os olhos de Letitia buscam rapidamente os meus em um pânico inconfundível. Acho que o toque no rosto deve ter sido um pouco demais para ela. Pego Aurora pelo braço e dou um puxão encorajador.

— Que tal me mostrar esse seu apartamento lindo? — digo.

— É claro! Seus colegas de apartamento já estão aqui — avisa ela, indicando com um gesto o elegante sofá cinza, onde Martha está acomodada com os pés no colo de Fitz. Sinto uma pontada de ternura ao ver os dois implicando carinhosamente um com o outro. Não os conheço há muito tempo. Não deveria ter me apegado tanto... Hoje terei que contar a eles que vou embora.

— Essa é a minha escultura mais recente — está me dizendo Aurora, e dou um gritinho quando acompanho seu olhar.

É um pênis gigantesco feito de mármore, com um papagaio também de mármore empoleirado no topo. Ou... na cabeça, suponho.

Não consigo me conter. Olho para Letitia.

— Um sinal do além — sussurro para ela, que cerra os lábios e finge uma tosse para disfarçar uma risadinha.

— Maravilhoso — digo a Aurora. — Tão... sugestivo.

— Não é? — concorda ela, entusiasmada. — Se quiserem vir comigo até a cozinha, preparo umas bebidas para vocês...

— Não — diz Fitz com firmeza. — De jeito nenhum.

— O que quer dizer com "não"?

— Você não pode ir embora!

Ele aponta um palito com uma azeitona na ponta para mim. Aurora e Rupert fazem coquetéis deliciosos, embora eu tenha desconfiado um pouco das azeitonas em palitos de dente, a princípio.

— Sra. Cotton... Eileen — volta a falar Fitz. — Já fez o que tinha se proposto a fazer?

— Bem... — começo, mas ele me interrompe com um aceno.

— Não, você não fez! O Clube dos Grisalhos de Shoreditch mal começou! Você não encontrou o seu Old Country Boy apaixonado! E *com certeza* não terminou de organizar a *minha* vida — completa.

Hummm. Não tinha me dado conta de que ele havia percebido que eu estava fazendo isso.

— As Eileen Cotton são do tipo que desistem no meio? Porque as Eileen Cotton que *eu conheci* não são.

— Essa tática de novo, não — digo a ele, sorrindo. — Tenho que ir, Fitz.

— Por quê? — É Martha quem pergunta agora.

Normalmente eu não daria uma resposta sincera a uma pergunta dessas. Não se quem estivesse perguntando fosse Betsy ou Penelope. Mas então me lembro de Martha aos prantos, me contando como estava com medo da chegada do bebê, e resolvo dizer a verdade a ela.

— A Marian precisa de mim. Ela não consegue dar conta sozinha, e a Leena só está piorando tudo. — Baixo os olhos para o meu martíni. Talvez eu esteja um pouco bêbada. Isso foi *muito* indiscreto. — Ela brigou com a mãe. Gritou com a Marian na rua! Não é assim que fazemos as coisas.

— Talvez devesse ser — sugere Martha, o tom brando, girando seu coquetel sem álcool na mão.

— Sim, com certeza — concorda Fitz. — Aquelas duas precisam colocar tudo em pratos limpos. Metade do problema é a Leena guardar só para ela tudo o que aconteceu no último ano. Você já viu a sua neta falando no telefone com a mãe? Vinte segundos de conversa fiada e ela já está com uma expressão de coelho assustado, de pânico total. — Ele demonstra, com uma imitação impressionantemente boa. — Então, ela começa a ficar desesperada para sair daquela situação, como um marinheiro com um furo no barco tentando tirar a água com um balde. — Ele faz uma pausa. — Essa comparação funcionou? — pergunta a Martha.

Ela franze o nariz e assente.

— A Leena está tão brava com a Carla quanto está com a Marian — declara Fitz. — E está *mais* brava ainda consigo mesma, porque quando foi a última vez que Leena Cotton se deparou com um problema que não fosse capaz de resolver com muito esforço e, como ela fala... um *brainstorm*?

— É bom que elas estejam expressando seus sentimentos — diz Martha. — Às vezes, uma briga é catártica.

— Mas a Marian é *frágil* — insisto. — Está de luto, sofrendo. Como gritar com ela pode ajudar?

— Ela é frágil? — pergunta Martha com gentileza. — Ela sempre me pareceu ser uma mulher muito forte.

Faço que não com a cabeça.

— Você não sabe da história toda. Nesse ano que passou, a Marian teve esses... maus momentos. Crises. É horrível. Ela não me deixa entrar na casa dela. Eu bato e bato, e ela finge que não está. A última vez foi a pior... a Marian não saiu por dias. No fim, usei a minha chave reserva para entrar e ela estava sentada no tapete, ouvindo uma dessas gravações horrorosas em que um homem qualquer fala sobre como o luto é um prisma, e que a pessoa deve deixar a luz entrar, ou uma baboseira dessas. Foi como... — Eu paro ao ver a expressão de dor de Martha. — O que foi? O que eu disse?

— Não, não — diz ela, a mão na barriga. — Não é possível.

— O que não é possível? — pergunta Fitz.

— Ah, meu bem — diz Letitia. Ela não fala nada há tanto tempo que todos ficamos um pouco surpresos, e a própria Letitia parece espantada. Ela aponta para a barriga de Martha. — Isso foi uma contração?

— Não se preocupe — afirma Martha, respirando pelo nariz —, estou sentindo isso desde a hora do almoço. Não são contrações de verdade.

— Não? — pergunta Letitia, fitando-a. — Como você sabe?

— Porque a Yaz ainda não voltou — responde Martha —, e meu parto só deve acontecer daqui a três semanas.

— Certo — diz Fitz, e me olha com a sobrancelha erguida. — Só não tenho certeza se o bebê sabe da sua agenda.

— Sabe, sim — insiste Martha por entre os dentes cerrados. — É... *aaai, aii, aiii!*

Ela agarra a mão de Letitia, que por acaso é quem está mais perto. Letitia dá um gritinho.

— Ok — diz Martha, e apoia novamente a cabeça no sofá. — Tudo bem, pronto. Passou. Onde estávamos? Ah, sim, Eileen, continue... sobre as crises da Marian.

Todos a encaramos.

— O que é? — pergunta ela. — Está tudo bem. Quer dizer, só vou para o hospital se as contrações estiverem... se as contrações estiverem... — Ela se inclina para a frente de novo, o rosto contorcido. E deixa escapar um gemido alarmante, parecendo o urro de um animal. Reconheço esse som.

— Martha, meu amor... isso parece muito com uma contração de verdade — digo a ela.

— É cedo demais — Ela arqueja depois que a contração passa. — Não... não pode...

— Martha — diz Fitz, pousando as mãos nos ombros dela —, sabe quando você diz a um cliente que ele está sendo totalmente insano e que não está conseguindo ver o que está bem na frente dele? Como aquela mulher que achou que a sala dela era grande o bastante para comportar um trilho para fotos?

— Sei — ofega Martha.

— Você está que nem aquela mulher — completa Fitz.

Dez minutos mais tarde, os gemidos já se parecem gritos.

— Precisamos levá-la para o hospital — diz Fitz para Rupert e Aurora.

E tenho que ser justa: nenhum dos dois parece querer fugir da situação em que se viram envolvidos. Aurora está correndo de um lado para outro, pegando água e digitando dúvidas na busca do Google. Rupert, que trabalhou por algum tempo como paramédico quando mais novo, repete enlouquecidamente os conselhos de que se lembra sobre parto, o que não está acalmando Martha em nada, mas serve para deixar o restante de nós um pouco melhor.

— Qual era o plano da Martha para quando o bebê chegasse? — pergunto a Fitz.

— A Yaz — responde ele, fazendo uma careta. — Ela tem carro e levaria a Martha para o hospital.

— Mas a Yaz não está aqui — digo. — Qual é o plano alternativo?

Todos olham para mim, perplexos.

— Tenho uma moto... — oferece Rupert.

— Uma scooter — corrige Aurora.

Rupert fica amuado.

— Não sei se daria certo — diz Fitz, esfregando as costas de Martha, que está inclinada sobre o braço do sofá, gemendo. — Quanto tempo até o Uber chegar?

Rupert checa o celular e assovia entre os dentes.

— Vinte e cinco minutos.

— Vinte *e o quê*? — grita Martha, em uma voz que não se parece nada com a dela. — Isso é impossível! Sempre tem um Uber disponível em cinco minutos! Isso é uma lei da física! Onde está a Yaz? *Ela já devia estar aqui, droga!*

— Ela está nos Estados Unidos — lembra Letitia. — O que foi? — pergunta ao ver o meu olhar. — Não está?

— Ela não está atendendo ao telefone — me diz Fitz em voz baixa. — Vou continuar tentando.

Martha deixa escapar um som que é meio um gemido, meio um grito, e se agacha. Fitz se encolhe.

— Eu não deveria estar assistindo a isso — solta ele. — Era para eu estar lá embaixo, fumando um charuto, tomando um uísque e andando de um lado para outro, não era? Não é isso que os homens fazem nessas situações?

Dou uma palmadinha no ombro dele.

— Pode deixar que eu assumo. — Pego uma almofada do sofá para proteger os meus joelhos e me abaixo perto de Martha. — Fitz, vá bater na porta dos vizinhos. Deve haver alguém que tenha carro. Aurora, pegue algumas toalhas. É só para prevenir — digo para Martha, quando ela me olha em pânico. — E Rupert... vá lavar as mãos.

— Entre! Entre! — grita Sally, do apartamento 6.

Essa emergência foi uma experiência de entrosamento maravilhosa para o prédio. Posso finalmente dizer que conheci todos os vizinhos. Fico perplexa quando Sally toma a frente da situação, embora ela tenha sido meio que obrigada a isso: é a única no prédio com um meio de transporte próprio adequado, e, quando finalmente chegamos a ela, o som dos gritos desesperadores de Martha ecoava pelos corredores.

— Tudo o que eu sei sobre Sally é que ela é gerente de fundo de cobertura e que mora no apartamento 6, ainda assim, não estou com o menor medo de entrar na van enorme dela, bem ao estilo das usadas pelos serial killers — observa Fitz, encantado. — Isso é espírito de comunidade, Eileen? Confiar no vizinho e tal? — Martha agarra a mão dele com uma força assustadora. — Ai, Santa Mãe de Deus...

Ela está com a cabeça encostada no descanso do assento da frente, e, quando recosta de novo, percebo que deixou uma mancha de suor no tecido do banco. A coisa é séria. Esse bebê está com pressa.

— Vai! Vai! Vai! — grita Sally, embora eu não saiba para quem... já que é ela quem está ao volante. Sally sai com o carro da vaga e provoca um coro de buzinas irritadas. — Emergência! Bebê nascendo no banco de trás! — grita pela janela, acenando com o braço para um taxista furioso. — Sem tempo para delicadezas!

A definição de "delicadezas" de Sally é bem ampla e parece englobar a maior parte das regras de trânsito. Ela passa direto por todos os sinais vermelhos, esbarra no espelho lateral de alguém, sobe em três meios-fios e grita para uma pessoa que teve a ousadia de atravessar na faixa de pedestres no momento errado. Fico fascinada que uma mulher tão ansiosa em relação à segurança do próprio prédio dirija como se estivesse em um carrinho de bate-bate. Mas, por outro lado, estou encantada por ela estar se envolvendo desse jeito com a situação. Embora eu ainda tenha que descobrir por que a mulher é dona de uma van tão grande, afinal, ela vive sozinha no centro de Londres. Espero que Fitz esteja errado — seria terrível se acabássemos descobrindo que Sally é mesmo uma serial killer.

Martha me arranca dos meus devaneios com um grunhido longo, alto e agoniado.

— Estamos quase lá — digo para tranquilizá-la, embora não tenha a menor ideia de onde estamos. — Logo você vai estar no hospital.

— A Yaz — consegue dizer ela, uma veia saltando em sua testa.

Martha agarra o meu braço com aquela força primitiva e urgente que só a dor proporciona.

— Não consigo falar com ela, meu bem — diz Fiz. — Acho que a Yaz deve estar no palco. Mas vou continuar tentando.

— Ah, meu Deus, não vou conseguir fazer isso — uiva Martha. — Não vou conseguir!

— É claro que vai — digo. — Só espere até chegarmos ao hospital, tá?

19

Leena

Estou na minha quinta fornada de brownies. Descobri quatro maneiras inteiramente diferentes de fazer brownies ruins: queimá-los, deixá-los crus, esquecer de forrar o tabuleiro com papel-manteiga e esquecer de colocar farinha na receita (um erro grave).

Mas *esses* estão perfeitos. Só foi preciso dedicação. E prática. E provavelmente um estado mental um pouco mais calmo — comecei esse processo com a mente em uma bruma de saudade de Carla e de raiva da minha mãe e me perguntando que diabo estou fazendo com a minha vida, e acho que brownies talvez sejam como cavalos: eles conseguem sentir o nosso estresse.

Mas agora estou calma, tenho brownies e — finalmente, depois de tantos fins de semana perdidos — Ethan está aqui.

Ele joga a bolsa de viagem no chão, me levanta no colo e gira comigo em um abraço assim que abro a porta da frente.

— Bem-vindo ao meu antro bucólico-rural! — digo, assim que ele me coloca no chão.

— Esse cheiro é de queimado? — pergunta Ethan. Então, ao ver a minha expressão, emenda: — É delicioso! Queimado de um jeito delicioso! Torradinho? Defumado? Essas são formas incríveis de queimar coisas.

— Fiz brownies. Algumas vezes. Mas olhe!

Orgulhosa, eu o levo até a travessa de quadrados de chocolate perfeitos em cima da mesa da sala de jantar da minha avó.

Ele pega um, dá uma enorme mordida, então fecha os olhos e geme.
— Certo — diz, a boca ainda cheia. — Está bom mesmo.
— Está vendo?! Eu *sabia*.
— Sempre humilde — brinca Ethan, e puxa o pano de prato que estava jogado por cima do meu ombro. — Olhe só para você, fazendo doces! Toda rainha do lar!

Pego o pano de prato de volta e bato com ele em Ethan.
— Cala a boca.
— Por quê? Eu gosto. — Ele enfia o nariz no meu pescoço. — É sexy. Você sabe como adoro quando você faz essa coisa da dona de casa dos anos 1950.

Fico vermelha e o afasto.
— Aquilo foi uma fantasia para uma festa que tinha como tema um assassinato misterioso, e eu não estava *fazendo coisa nenhuma*, e, mesmo se estivesse, não teria sido para você!
— Não? — diz Ethan com um sorriso malicioso. — Porque eu me lembro distintamente de você fazendo alguma coisa...

Eu rio, afasto as mãos bobas dele e vou para a cozinha.
— Quer chá?

Ethan me segue.
— Quero *alguma coisa* — diz ele. — Mas não chá.
— Café?
— Tente de novo. — Ele cola o corpo no meu e passa as mãos pela minha cintura.

Eu me viro em seus braços.
— Desculpa... estou me sentindo *tão* pouco sexy no momento. Passei a maior parte do dia chorando, e foi uma semana esquisita. Estar de volta aqui está fazendo eu me...
— Transformar na sua avó? — brinca Ethan, as sobrancelhas erguidas em uma expressão provocante.

Eu me afasto.
— O quê?
— É brincadeira!

— De onde saiu isso?

— Passar o dia cozinhando, sem interesse em sexo, usando um avental de verdade... — Ele se dá conta de que não estou rindo. — Ah, Leena, estou só implicando com você! — Ele pega a minha mão e tenta me fazer rodopiar. — Vamos sair. Me leve para um bar.

— Esse não é o tipo de lugar que tem bares — digo, deixando ele me girar, desajeitada.

— Deve haver um bar em *algum lugar*. Qual é aquela cidadezinha aqui perto? Divedale?

— Daredale. Fica a mais de uma hora daqui. E, de qualquer modo, pensei que poderíamos ficar por aqui e visitar Arnold, meu vizinho, essa noite... Ele disse que faria cordeiro para nós, para o chá. — Tento sorrir. — O Arnold é um pouco rabugento, mas no fundo é um amor.

— A verdade é que eu provavelmente vou precisar trabalhar um pouco hoje, meu anjo — diz Ethan.

Ele solta minha mão, vai até a geladeira e pega uma cerveja.

— Ah. Mas...

Ethan me dá um beijo no rosto enquanto pega um abridor de garrafas na gaveta.

— Pode ficar à vontade para palpitar. Estou procurando por oportunidades de crescimento para a empresa, no projeto que mencionei na semana passada... Sei que você adora um desafio...

— Já me sinto bastante desafiada no momento, para ser sincera — digo, e fico surpresa quando Ethan liga a TV.

— O Millwalls está jogando — explica ele. — Achei que podíamos deixar rolando.

Ele não estava preocupado com oportunidades de crescimento ou com o time de futebol que ia jogar quando queria ir a um bar. Engulo a irritação e lembro a mim mesma que Ethan veio de longe para me ver, e ele está certo... Estou em um momento difícil, é como se tivesse regredido um pouco nessa coisa do luto. Entendo como pode ser frustrante.

Ainda assim... Ele não está entrando exatamente no espírito de um fim de semana no campo, não é?

Sentado no sofá, Ethan levanta os olhos, e seu rosto suaviza quando ele percebe minha expressão.

— Estou sendo meio babaca, desculpa — diz, e pega minhas mãos. — Não sou muito bom nesse negócio de vida rural, meu anjo. Preciso só de um tempinho para eu me ajustar a essa nova versão de você, ok?

— Não sou uma nova versão de mim — retruco mal-humorada, e dou a volta para me sentar ao lado dele no sofá. — E não sou a minha avó.

Ethan me puxa mais para junto dele e encosta a minha cabeça no seu peito. Esse é o meu lugar seguro. Eu costumava me sentir quase desesperada se o medo e a dor pela perda de Carla me atingiam com força quando ele não estava por perto — preciso disso, do braço dele ao meu redor, do meu ouvido escutando o coração dele bater. Essa é a única maneira segura de ficar imóvel.

Eu me deixo relaxar. Ethan beija o topo da minha cabeça.

— Vou dizer ao Arnold que provaremos o cordeiro da próxima vez — digo, quando ele me puxa mais para perto, para o lugar perfeito.

No dia seguinte, acordo cedo para correr e, quando saio do chuveiro, subo na cama, nua, e pressiono meu corpo ainda úmido contra o de Ethan. Ele acorda lentamente, com um suspiro de prazer. Sua mão alcança o meu quadril e seus lábios encontram o meu pescoço. É uma delícia, exatamente como deve ser, e a tensão esquisita da noite passada parece absurda — brincamos a respeito quando levamos o café para a cama, e Ethan fica passando os dedos pelo meu cabelo, enquanto eu me recosto contra o peito dele, como sempre fazemos em casa.

Depois disso, Ethan está bem-disposto e agradável — ele diz que vai comigo à reunião do Comitê da Festa do Primeiro de Maio, embora comece em breve, às oito da manhã (por quê, Betsy?), e deixo claro que ele não é obrigado a ir nem nada ("se você precisar trabalhar...").

Quando entramos juntos no salão comunitário da cidade, todas as cabeças se voltam para nós. Ethan fica meio impactado, murmura um "meu Deus" antes de colocar no rosto seu melhor sorriso de reunião com clientes e rodar todo o salão se apresentando.

— Oi. Sou Ethan Coleman — se apresenta para Betsy.

Ele está falando alto e devagar, como se Betsy fosse surda, e eu me encolho por dentro ao ver as sobrancelhas dela se erguerem. Ethan age da mesma forma com todas as pessoas idosas da sala — Penelope chega a se encolher um pouco, e ela deve estar acostumada com gritaria, já que mora com Roland. Droga. Eu deveria ter preparado ele melhor antes de chegarmos.

Jackson é o último a chegar, como sempre — não tarde o suficiente para estar *atrasado*, mas sempre por último, e sempre recebido por um coro de "olás" de adoração dos mais velhos na sala. Ele olha de relance para Ethan, que, ao vê-lo, se levanta de novo e estende a mão.

— Ethan Coleman.

— Jackson.

— É bom saber que tem alguém com menos de cem anos por aqui — comenta Ethan, baixando a voz e abrindo um sorriso para Jackson.

O outro homem o encara por um momento.

— São boas pessoas — diz.

— Ah, é claro! É claro. Acho só que não estava esperando tantos vovôs e vovós. Eu meio que imaginei que eram todos mineradores e fazendeiros por aqui, sabe como é, todos falando com sotaque do interior. — Ele fala as últimas palavras imitando o suposto sotaque...

Eu me encolho mais uma vez por dentro. Ethan faz uma careta quando imita o sotaque de Yorkshire, como se estivesse tentando parecer idiota — não sei nem se ele se dá conta disso, mas a cena faz Jackson estreitar ligeiramente os olhos.

— Desculpe — diz Jackson —, você é?

— Ethan Coleman — repete Ethan, então, ao ver que Jackson ainda não faz ideia de quem ele seja, endireita o corpo e acrescenta: — Namorado da Leena.

Os olhos de Jackson se voltam rapidamente para mim.

— Ah. Você apareceu para visitá-la, então.

— Eu teria vindo antes, mas não é fácil me afastar de Londres — diz Ethan. — As pessoas contam comigo, são milhões em jogo, esse tipo de coisa.

Ele diz tudo isso sem a menor ironia. Fico vermelha, então me levanto e coloco a mão em seu braço.

— Vem, Ethan, vamos sentar.

— Não me lembro do que você faz, Jackson... — diz Ethan, se desvencilhando de mim.

— Sou professor — responde Jackson. — Nada de milhões em jogo. Só futuros.

— Não sei como você consegue. Eu não seria capaz de passar o dia todo com crianças sem que meu cérebro ficasse entorpecido.

Estamos no meio do salão agora, e os membros do Comitê de Planejamento da Festa do Primeiro de Maio estão nos observando de seus assentos, concentradíssimos, como se estivessem assistindo a uma peça. Puxo o braço de Ethan. Ele se desvencilha novamente de mim e me olha com a testa franzida.

— Pode se sentar, por favor? — peço, irritada.

Ethan estreita os olhos.

— O que houve? O Jackson e eu estamos só nos conhecendo.

— Você está certa, precisamos começar — diz Jackson, e vai até seu lugar.

Só quando Jackson já está sentado é que Ethan me deixa levá-lo de volta para a cadeira em que estava. Abaixo a cabeça, o coração disparado, me sentindo profundamente constrangida.

— Muito bem! — diz Betsy, com um prazer evidente. — Nossa! Que empolgante. Vamos falar de fogueiras. Leena, você está pronta?

Respiro fundo.

— Com certeza — digo, e pego a caneta e um bloco na bolsa.

Tento me recompor. Ethan não teve má intenção, ele só costuma ficar meio machão e na defensiva quando está diante de um certo tipo de cara que faz com que se sinta ameaçado, só isso. Quando voltar ao jeito normal dele, todos vão entender. Ele pode conquistá-los depois. Está tudo bem. Não é o fim do mundo.

— Você está fazendo *atas*? — pergunta Ethan.

Meu rosto fica quente de novo.

— Sim. É o que a minha avó faz.

Ethan ri de novo, uma risada alta demais, que faz todo mundo olhar para ele.

— Qual foi a última vez que você fez uma ata, Leena Cotton?

— Já faz algum tempo — digo, mantendo a voz baixa.

Posso sentir o olhar de Jackson em nós, do outro lado do círculo. Betsy pigarreia alto.

— Desculpe! — digo. — Fogueiras. Estou pronta, Betsy.

Ignoro os olhares de Ethan e continuo com a ata. Tê-lo aqui está tornando essa reunião diferente — estou vendo a cena do ponto de vista dele, como quando alguém vê seu programa de TV favorito e de repente você percebe como a produção é ruim. Também percebo Jackson observando Ethan, imóvel e com uma expressão indecifrável.

Tento me concentrar na reunião. Betsy está explicando "para qualquer recém-chegado" (Ethan, portanto) que essa é uma festa tradicional gaélica comemorada há gerações aqui em Hamleigh. Ela está indo bem fundo na mitologia para algo que basicamente é só mais uma típica feira britânica, com as atrações de sempre, só que incluindo um mastro de maio, o poste decorado típico dessas festas tradicionais, ao redor do qual as pessoas dançam.

Surpreendentemente, muito pouco é resolvido na reunião, a não ser que vou ficar encarregada de encontrar um Rei e uma Rainha de Maio para o desfile, o que vai ser um desafio, já que as únicas pessoas que conheço em Hamleigh estão presentes no salão e não gostam muito de mim. Mas não quero dizer não para Betsy, o que significa que terei que pensar em alguma coisa.

Guardo minhas coisas e deixo a reunião assim que ela termina.

— Leena? — chama Ethan quando me encaminho para a porta, driblando Piotr, que está tentando impedir Penelope de levantar Roland da cadeira sozinha. — Leena, devagar!

— O que você *fez* lá dentro? — pergunto em um sussurro furioso quando saímos.

Está chovendo, e é o tipo de chuva densa que entra pela roupa na mesma hora.

Ethan solta um palavrão. Ele odeia molhar o cabelo.

— Deus, esse lugar — geme, olhando para o céu.

— Também chove em Londres.

— Por que você está tão irritada comigo? — pergunta Ethan, acelerando o passo para me alcançar. — Foi o que eu disse sobre o pessoal do norte? Ah, qual é, Leena, achei que o Jackson era o tipo de cara capaz de entender uma piada. E por que você se importa? Vive reclamando que todo mundo fica do lado dele e não do seu, e sobre como ele fez você se sentir péssima em relação ao cachorro...

— Na verdade, vivo dizendo como *eu* me senti péssima em relação ao cachorro. O Jackson é um cara legal e não ficou jogando isso na minha cara. Foi *você* que agiu todo... antipático e desagradável, e eu venho me esforçando tanto para causar uma boa impressão nessas pessoas, e...

— Ei! — Ethan pega o meu braço e me puxa para debaixo do abrigo de um ponto de ônibus. — Oi? Agora eu sou antipático e desagradável, é isso?

— Eu quis dizer...

— Você devia estar do meu lado, meu anjo, não é? — Ele parece magoado. — Por que se importa tanto com o que essas pessoas pensam de você?

Eu perco o ar.

— Na verdade, não sei.

O que estou fazendo? Primeiro, gritei com minha mãe, agora com Ethan. Preciso me controlar.

— Desculpa — digo, e pego as mãos dele. — Ando meio doida nesses últimos dias... semanas, talvez.

Ethan suspira, então se inclina para a frente e me dá um beijo no nariz.

— Vamos. Que tal eu levar você para casa e a colocar na banheira, hein?

Ethan tem que voltar para Londres basicamente assim que retornamos da reunião, o que provavelmente é uma boa coisa: eu já tinha combinado de passar o dia ajudando Jackson a reformar a sala de aula do primeiro ano como compensação por ter perdido Hank. Tive esperança de que Ethan se animasse a me ajudar, mas agora realmente não me agrada a ideia de participar de outro encontro Jackson-Ethan, ao menos não até Ethan ter tido tempo de esfriar a cabeça e perceber que precisa se desculpar.

A caminhonete de Jackson entra no estacionamento no momento em que estou descendo de Agatha, o Ford Ka, suando um pouco depois de ser assada pelo ar-condicionado. Não trouxe muitas roupas informais, então estou de calça preta skinny e um moletom que peguei da minha avó, que suponho que seja bom para fazer pinturas e reformas, pois já tem uma enorme mancha roxa de tinta na altura de um dos seios. (Interessante, já que nada na casa da minha avó é pintado de roxo.) Jackson está com um jeans surrado e uma camisa de flanela. Ele me dá um sorriso rápido e deixa as latas de tinta e os pincéis no chão para poder destrancar as portas.

— Oi. Você é melhor no rolo ou nos detalhes? — pergunta ele.

— Humm, nos detalhes — digo.

Esperava uma recepção mais fria depois de hoje mais cedo. Estou um pouco surpresa.

Eu o sigo enquanto ele leva a tinta até a sala de aula. É estranho ver uma escola sem crianças correndo — faz a gente perceber como tudo parece pequeno e frágil, desde as cadeirinhas de plástico até a estante de cores vivas, meio cheia de livros em mau estado.

— Jackson. Sinto muito por Ethan ter sido...

Jackson está organizando calmamente tudo de que vai precisar, e suas mãos param por um instante quando ele me ouve. Seus olhos parecem muito azuis com a luz do sol do fim da manhã que entra pela janela da sala de aula, e ele fez a barba hoje, então não há aquele contorno áspero que costuma cobrir seu maxilar.

— Ele estava tentando ser engraçado — continuo. — Não costuma ser assim.

Jackson usa uma chave de fenda manchada de tinta para levantar a tampa da lata.

— Também sinto muito — diz ele. — Eu poderia ter sido um pouco mais, você sabe... Receptivo.

Inclino a cabeça — é um argumento justo. Relaxo um pouco e pego um pincel. Começamos pela parede de trás, pintando lado a lado. O antebraço de Jackson é coberto por sardas claras, e, quando ele passa por mim para acender a luz, sinto o cheiro de ar livre nele — frescor misturado a algo terroso, como cheiro de chuva.

— Não cheguei a agradecer por ter ajudado com a Samantha na Páscoa — diz ele depois de algum tempo. — Depois ela não parou de falar sobre você.

Sorrio.

— A Samantha é um amor de menina.

— Ela está ficando esperta demais para mim — diz Jackson, fazendo uma careta. — Já me faz mais perguntas do que toda a minha turma. E está sempre *pensando*... um pouco como você, aliás.

Faço uma pausa, surpresa. Ele me olha.

— Não é uma coisa ruim. É só uma impressão que eu tenho.

— Não, é justo. Só que eu diria que, na maior parte do tempo, estou me preocupando em vez de pensando. Espero que a Samantha *não* seja como eu, pelo bem dela. Meu cérebro não sabe quando calar a boca. Aposto que sou capaz de pensar em vinte "piores cenários" antes que você consiga pensar em um.

— Nunca fui do tipo que pensa nos piores cenários. — Jackson se agacha para passar o rolo na bandeja; seus punhos estão manchados de tinta agora, como sardas novas e brilhantes. — Quando as coisas acontecem, a gente lida com elas. E normalmente acontece alguma coisa em que a gente não pensou, então por que se preocupar?

Deus, o que eu não daria para pensar assim? A pura *simplicidade* disso.

— Só quero ter certeza de que estou fazendo a coisa certa — digo. — Eu me preocupo com... Não sei, sabe aqueles livros que a gente lê quando criança, em que podemos escolher o que acontece a seguir e, dependendo do que escolhe, você vai para uma página diferente?

Jackson confirma.

— Então, estou sempre tentando me adiantar para descobrir o melhor caminho.

— O melhor caminho para quê?

Paro por um instante.

— Como assim?
— O melhor caminho para você?
— Não, não, quer dizer só... o melhor. A coisa certa a se fazer.
— Ah — diz ele. — Interessante.
Escolho um novo assunto, mais confortável.
— Posso perguntar quem foram o Rei e a Rainha de Maio no ano passado? Tenho que encontrar alguém para assumir os papéis, e estou achando que esse talvez seja o melhor lugar para começar.
Uma longa pausa se segue.
— Fomos eu e a Marigold — responde Jackson, por fim.
Deixo o pincel cair.
— Merda! — Pego um pano úmido e limpo o piso de vinil bem a tempo de evitar um desastre.
— Está tudo bem? — pergunta Jackson, os olhos fixos na parede novamente.
— Sim, tudo ótimo. Desculpa... Você e a Marigold? Sua ex?
Me dou conta tarde demais de que eu não deveria saber sobre Marigold... Não foi Jackson quem me contou. Mas ele não parece surpreso. Acho que conhece bem Hamleigh, deve estar acostumado às fofocas que circulam pela cidade.
— Ela sempre gostou de fazer essas coisas quando estávamos juntos. — A mão dele está firme e ele pinta com cuidado, mas vejo um músculo pulsando em seu maxilar. — Ela voltou só para isso.
— Com a Samantha?
O rolo para por um instante.
— É.
— E elas virão este ano?
— Espero que sim. Estou com sorte, porque a Marigold está gravando em Londres por agora, então ela vai passar algumas semanas na Inglaterra.
— Isso é ótimo. Fico feliz. — Mordo a parte interna da bochecha. — Quando falei sobre a minha colega de apartamento, Martha, no outro dia — digo, hesitante —, de forma alguma tive a intenção... Sei que há muitas formas de ser pai e mãe. Obviamente. Desculpe ter chateado você.

Ele coloca mais tinta na bandeja e eu espero, observando-o inclinar com cuidado a lata sem derramar tinta pela lateral.

— A Marigold vive dizendo que elas vão voltar para a Inglaterra e se mudar para Londres — diz Jackson, pigarreando. — Mas já faz mais de um ano. E as visitas vão ficando menos e menos frequentes.

— Sinto muito — digo de novo.

— Tudo bem. Você não teve má intenção. Você é só um pouco... sabe como é... direta no seu modo de falar.

— Hum. Recebo muito "direta" nas avaliações do trabalho.

— É mesmo? — O tom dele fica um pouco mais leve. — Recebo "bom em crises". Que é um código para "calmo demais".

— Vale lembrar que "direta" é o que dizem agora que não podem mais chamar as mulheres de mandonas.

— Duvido que alguém ousaria chamar você de mandona — comenta Jackson. — A não ser pela Betsy.

Solto uma risadinha debochada.

— Tenho certeza de que a Betsy já disse coisas bem piores.

— Só precisa dar tempo para que se acostumem com você. — Ele me lança um olhar irônico. — O que você esperava? Você aterrissou em Hamleigh com seus sapatos de cidade grande e suas ideias ambiciosas como se fôssemos uma cidadezinha dos Estados Unidos, e você, uma descolada de Nova York, e estivéssemos todos em um daqueles filmes de Natal...

— Eu não aterrissei! E venho pegando emprestados os sapatos da minha avó desde que cheguei aqui. *Você*, por outro lado, Senhor Na Minha Cidade Não, com seu cachorro do demônio e sua caminhonete grande, fazendo meu namorado fugir apavorado...

— Eu fiz seu namorado fugir apavorado?

— Não, estou brincando. — Eu não deveria ter dito isso... Ethan odiaria que eu dissesse algo assim. — Só estou dizendo que, sabe como é, você é bem intimidador mesmo. Todo mundo aqui venera cada palavra que você diz. Você é imbativelmente legal...

O sorriso dele se alarga.

— Imbativelmente?

— Quer dizer, inacreditavelmente. Não imbativelmente.

O sorriso permanece em seu rosto, mas Jackson deixa passar meu ato falho. Trocamos de lugar para que eu possa fazer as bordas do lado dele.

— Escuta — diz Jackson depois de um momento —, o seu tema para o Primeiro de Maio. Era melhor que o meu.

— Ah, não — começo a dizer, então me detenho. — É, na verdade, era.

— Eu me sinto meio mal com a maneira como tudo aconteceu. Eu meio que, você sabe, tirei da manga o trunfo da filha.

— Você também fez aquela sessão secreta de coquetéis tropicais. E fez eu me vestir de coelhinho da Páscoa e ficar pulando como uma idiota.

Jackson ri.

— Eu não estava tentando fazer você parecer uma idiota. Achei que ia gostar de participar de uma tradição importante de Hamleigh.

— E também queria se vingar de mim por conquistar o apoio do Dr. Piotr para a turma do tema medieval. Não que tenha durado muito...

A expressão nos olhos dele se torna evasiva.

— Ah, eu sabia!

Eu o ataco com meu pincel, mas Jackson se esquiva com uma agilidade surpreendente, sorrindo.

— Não me orgulho — diz ele, desviando de novo do meu pincel. — Ei!

Eu o acerto no braço, e o pincel deixa uma grande mancha de tinta verde-clara. Jackson brande o rolo na minha direção e levanto uma sobrancelha, pronta para pular.

— Tenta só para você ver!

Ele é *muito* mais rápido do que eu esperava. E me acerta bem no nariz. Grito indignada.

— Não achei que você miraria na minha *cara*!

Jackson dá de ombros, ainda sorrindo.

— O ataque perfeito, então.

Limpo o nariz com a barra do moletom e, quando volto a soltar o tecido, vejo os olhos de Jackson se desviarem rapidamente da pele do meu abdômen. Pigarreio. Isso está ficando um pouco bobo. Eu me viro novamente para a parede, séria.

— De qualquer forma — diz Jackson, seguindo meu exemplo —, queria perguntar se você estaria aberta a mesclar os temas.

Eu o encaro.

— Medieval tropical? Não faz sentido. O que vamos fazer, falcoaria com papagaios? Disputa de lanças, só que com bananas?

Ele parece pensativo.

— Não! — insisto. — É ridículo!

— Tudo bem — diz Jackson. — Que tal o tema medieval, mas com coquetéis?

Eu me encolho, horrorizada. *Não*. É tão anacrônico! Tão desorganizado!

Jackson parece achar divertido.

— É só uma festa de cidade pequena... Quem vai se importar se não for perfeita? E vai ser a única maneira de você conseguir conquistar o Basil. Aquele homem ama um daiquiri de manga. Além disso, já combinamos com o pessoal que faz os coquetéis.

— Certo. Mas você vai ter que se colocar diante de todo o comitê e declarar que dá total apoio ao meu tema porque ele é muito melhor — digo, com o dedo em riste.

— A não ser pelo fato de não contar com uma barraca de coquetéis.

Solto um grunhido. Jackson sorri, e suas covinhas aparecem.

— Combinado — diz ele, estendendo a mão.

Aceito o cumprimento e sinto a tinta molhada entre nossos dedos.

— Só para sua informação — aviso —, você vai ter que ser o Rei de Maio, e vou garantir que a roupa seja totalmente ridícula. Como vingança pelas orelhas de coelho.

Ele dá uma risadinha ao ouvir isso.

— Ah, vamos lá, eu fiz um favor colocando você de coelhinho da Páscoa... É praticamente uma tradição da família Cotton — argumenta Jackson, quando começamos a pintar a parede seguinte.

Torço o nariz.

— Não me diga que a minha avó usa aquela roupa.

— A sua avó não. Mas a sua mãe já usou... e a Carla, uma vez.

— A Carla? Sério? Eu nunca soube disso.

— Quando tinha... uns dezessete anos, talvez?

— Me conte como foi — peço, deixando a pintura de lado, porque de repente estou sedenta por informações sobre a minha irmã, como se ela ainda estivesse por aí no mundo, me surpreendendo.

— A sua avó a obrigou, eu acho. Você devia estar na faculdade. Eu estava fazendo a minha licenciatura e tinha vindo passar o feriado aqui. Esbarrei na Carla quando ela estava escondendo os ovos. Ela me fuzilou com os olhos e me ameaçou: "Se disser uma palavra sobre isso a alguém, vou contar para todo mundo que você fuma escondido na horta."

Rio, encantada. A imitação que Jackson faz de Carla é brilhante. Ele sorri de volta para mim, olhos azuis mais uma vez refletindo a luz do sol.

— Ela começou a me dar um sermão, então, dizendo que tudo aquilo era uma apropriação cristã de um ritual pagão ou alguma coisa assim, você sabe como a Carla era sobre esse tipo de coisa. E aí apareceu a Ursula, ela devia ter uns seis ou sete anos na época, e de repente a Carla pulou, batendo o rabo de coelho. Ela queria que a garota pensasse que ela era o coelhinho da Páscoa. Para preservar a magia. Como você fez para a Samantha.

Deixo o ar escapar lentamente, o pincel suspenso no ar. Quando sentimos falta de alguém, é fácil esquecer que esse alguém é mais do que só a pessoa de que nos lembramos: que tem facetas que só mostra quando há outras pessoas por perto.

Nas últimas semanas, falei mais sobre minha irmã do que no último ano inteiro. Em Hamleigh, as pessoas mencionam Carla sem pestanejar; já em casa, meus amigos gaguejam ao mencioná-la, e ficam me observando atentamente, com medo de dizer a coisa errada. Sempre me senti grata a Ethan por mudar o rumo da conversa quando as pessoas falam sobre o assunto quando saímos para jantar com alguém, por exemplo — ele diz que sabe que falar sobre Carla vai me fazer sofrer.

E, sim, dói, mas não como eu pensava. Quanto mais falo sobre ela, mais tenho vontade de falar, como se uma barragem em algum lugar no meu cérebro começasse a rachar e a água estivesse passando, e quanto mais rápido o fluxo, mais a barragem quer se romper.

20

Eileen

É uma longa noite, como qualquer noite passada na sala de espera de um hospital. Eu me lembro do nascimento de Marian, de Leena e de Carla. Mas, acima de tudo, me lembro do dia em que Carla foi internada pela primeira vez. A maneira cuidadosa como o médico nos alertou: *Acho que as notícias não são boas.* O pânico escancarado e terrível no rosto de Marian, como ela se agarrou ao meu braço como se estivesse caindo. E Leena com seu *modus operandi* de sempre: maxilar travado e perguntando tudo. *Quais são as nossas opções? Vamos falar sobre os próximos passos. Com todo o respeito, doutor, gostaria de uma segunda opinião.*

Por volta de uma hora da manhã, Fitz de repente parece se lembrar de que sou velha e talvez precise ir para casa dormir, mas não sinto que deixar Martha sozinha seja a coisa certa a se fazer. Então, durmo no chão debaixo de uma pilha de pulôveres e casacos de Rupert e Fitz. Já faz muito tempo que não durmo no chão, e sinto o corpo todo dolorido. É como se alguém tivesse separado cada parte dele e depois juntado as peças novamente. Minha cabeça está latejando.

Fitz vem me buscar por volta da hora do almoço — ainda estou cochilando, mas me mudei do chão para uma cadeira. Ele parece bastante assombrado, mas feliz.

— Nasceu! — anuncia. — É uma menina!

Tento me levantar rápido demais e levo a mão à cabeça.

— Está tudo bem, Sra. C? — pergunta Fitz enquanto me ajuda.

— Estou bem. Não se preocupe. Você conseguiu falar com a Yaz?

Fitz sorri.

— Mostrei a Martha e a bebê para ela pelo celular. A Yaz já está em um avião vindo para cá.

— Que bom.

Não o suficiente, na minha opinião, mas é o que temos. Fico com a impressão de que Yaz é uma pessoa que sempre apostou alto, e tinha dado certo até agora... Talvez lhe faça bem perceber que nem sempre tudo sai exatamente como esperamos.

Entramos em um corredor e inspiro profundamente. Preciso apoiar a mão na parede para me firmar. Há uma jovem em uma cama. Ela tem o cabelo encaracolado e o rosto marcado pela exaustão.

— Sra. C? — diz Fitz. — A Martha está bem aqui.

Eu me afasto meio nauseada. Esse lugar não está me fazendo nenhum bem.

— A família dela chegou? — pergunto. Minha voz está trêmula.

— Sim — responde Fitz, hesitante. — O pai está com ela.

— Então ela não precisa mais de mim — comento. — Acho melhor eu voltar para casa.

Fitz parece estar cogitando a possibilidade de ir comigo, mas fico feliz por ele não se oferecer quando me afasto. Parece impossível achar uma saída nesse lugar interminável. Por fim, consigo sair do hospital e respiro fundo o ar seco e poluído.

Ligo para Leena. Minha mão está tremendo tanto que quase não consigo encontrar o número dela nesse celular miserável, mas isso é importante. Vou conseguir. Só preciso... coisa maldita... vamos... Pronto. Finalmente está chamando.

— Oi, vó!

Leena parece mais leve do que o normal, com um ar quase jovial. Eu estava zangada com ela ontem à noite, mas estou cansada e muita coisa aconteceu desde então — não tenho energia para discutir. De qualquer forma, essa é a tradicional solução britânica para um desentendimento familiar: se agirmos como se não tivesse acontecido, depois de um tempo o ato de fingir que não se está bravo se torna verdade.

— Oi, meu amor. Estou ligando para contar que o bebê da Martha nasceu. É uma menininha. As duas estão bem, e a família da Martha está aqui.

— Ah, não! — Ela faz uma pausa. — Quer dizer, não *ah, não*, mas eu não estava aí! O parto só deveria ser daqui a semanas! Vou ligar para ela... Tenho que ir até aí visitar as duas! Vou olhar os horários dos trens.

— Posso ouvi-la digitando no computador ao fundo. Então, um silêncio.

— Você está bem, vó? — pergunta.

— Só um pouco abalada por ter voltado a um hospital. Pensando na Carla. Besteira, na verdade.

— Ah, vó... — A voz se suaviza e ela para de digitar.

Fecho os olhos por um momento, mas logo volto a abrir, porque não consigo ficar firme com eles fechados.

— Acho que é melhor eu voltar para casa, Leena. É loucura minha ficar aqui em Londres.

— Não! Você não está se divertindo?

Eu tropeço — comecei a ir na direção dos táxis estacionados diante do hospital, mas meu equilíbrio com o telefone no ouvido não é dos melhores. A mão que me sobra se agarra à parede e meu coração dispara. Odeio a sensação de queda, mesmo quando consigo evitar cair.

— Está tudo bem, vó? — pergunta Leena ao telefone.

— Sim, meu bem. Claro. Estou bem.

— Você parece um pouco abalada. Descanse um pouco. Amanhã a gente conversa sobre isso. Talvez até pessoalmente, se eu estiver em Londres para ver a Martha.

Leena em Londres de novo. É isso. As coisas estão se endireitando, voltando ao que deveriam ser. Estou feliz. Ao menos acho que estou feliz. Como estou cansada demais, é difícil dizer.

No apartamento, durmo algumas horas e acordo me sentindo péssima: grogue e enjoada, como no começo de uma gripe. Há uma mensagem de texto de Bee no celular, me convidando para tomar um chá. Acho que não vou conseguir, respondo, e volto a dormir antes que consiga explicar o porquê.

Mais ou menos uma hora depois, escuto uma batida na porta. Saio da cama. Minha cabeça dói assim que me levanto. Estremeço e levo a palma da mão à testa. Consigo chegar até lá, embora demore tanto que acho que quem bateu já pode ter ido embora. Estou me sentindo terrivelmente velha. Acho que não consegui afastar essa sensação desde que tropecei do lado de fora do hospital.

É Bee na porta, trazendo um grande saco de papel nos braços — comida, pelo cheiro. Eu a encaro, confusa.

— Eileen, você está bem? — pergunta ela com uma expressão preocupada.

— Estou horrível? — questiono, ajeitando o cabelo o melhor que posso sem espelho.

— Só um pouco pálida — garante ela, e me pega pelo braço enquanto entramos em casa. — Quando foi a última vez que você comeu ou bebeu alguma coisa?

Tento me lembrar.

— Ih, querida...

— Sente-se — ordena Bee, apontando para a cadeira que Martha conseguiu para mim quando eu disse a ela que não tinha como lidar com aqueles banquinhos absurdos em que eles se sentam para fazer as refeições.

— Trouxe comida caseira. Linguiça com purê de batatas e molho.

— Você conseguiu linguiça com purê para viagem? — pergunto, olhando perplexa enquanto ela começa a tirar potes fumegantes da sacola de papel.

— As alegrias proporcionadas por um bom serviço de entrega de comida — diz ela, sorrindo e colocando um copo grande de água na minha frente. — Beba, mas não rápido demais. A Jaime sempre vomita quando bebe água muito rápido se estiver mal. A Leena mandou uma mensagem para dizer que a Martha teve o bebê... E adivinhou que você andou cuidando da Martha, mas não de si mesma. Está se sentindo um pouco fraca?

Confirmo com a cabeça, meio envergonhada. Fiz mesmo bobagem. Dormir no chão, me esquecer de comer direito... Tenho setenta e nove anos, não vinte e nove, e seria bom lembrar disso.

— Logo, logo você vai estar melhor — diz Bee. — Como está a Martha? Algum sinal da Yaz?

— A Martha ainda está no hospital, por enquanto, e a Yaz está quase chegando. — Dou um gole na água. Não tinha percebido como estava com sede. Minha garganta está tão seca que dói. — Parece que ela conseguiu arrumar uma casa da qual Martha finalmente gostou... Não para comprar, mas alugada. Elas vão pegar as chaves hoje.

Bee revira os olhos e pega pratos no armário.

— Ora, isso, *sim*, é impraticável — diz. — Não se pode mudar para uma casa nova no dia em que se está saindo do hospital com seu bebê recém-nascido.

— Eu sei — digo de maneira objetiva. — Mas não há como dizer isso a Martha. Ah! — Dou uma endireitada no corpo. — Como foi seu encontro com o homem da biblioteca?

Bee ri.

— Bastou meio copo de água e já temos Eileen Cotton de volta.

Ela empurra um prato fumegante de purê com linguiça na minha direção.

— Coma e eu conto tudinho para você.

Pego uma garfada de purê, mastigo e olho para ela na expectativa.

Bee levanta os olhos com uma expressão que mistura ternura e exasperação, e que normalmente só aparece quando ela está falando de Jaime.

— O encontro foi uma delícia — diz, pegando o garfo. — Ele é inteligente e engraçado e... nem um pouco o meu tipo. De um jeito bom — acrescenta ao me ver já abrindo a boca para reclamar. — Mas então, depois que mencionei a Jaime, ele fez uma cena dizendo que não se dá bem com crianças. — Ela dá de ombros. — Acho que podemos concordar que "precisa se dar bem com crianças" é uma parte inegociável da minha lista de exigências.

Que decepção. Mas não importa. Era improvável que eu acertasse de primeira.

— Na próxima vez, você deve procurar em um bar de vinhos, desses bem elegantes e caros. Essa é a minha recomendação.

Bee me olha com uma expressão astuta.

— Na semana passada você diria que iríamos juntas a um desses. Está pensando em voltar para casa, não está?

— A Leena comentou, não foi?

— Ela estava preocupada com você.

— Ainda não me decidi.

Pouso o garfo por um momento e respiro fundo algumas vezes. A comida está fazendo eu me sentir pior, embora eu tenha certeza de que vai me fazer bem a longo prazo.

— E ela não deve se preocupar comigo.

— Ah, como se você não se preocupasse com ela! — lembra Bee, as sobrancelhas erguidas.

— É claro que me preocupo. Ela é minha neta.

Bee mastiga por algum tempo, muito séria, e fala:

— Posso dizer uma coisa que anda me preocupando? Sobre a Leena?

Engulo em seco.

— É claro.

— Acho que a Ceci está aprontando alguma.

— A Ceci?

Estreito os olhos. Ceci é aquela que mandou a mensagem para o celular de Leena sobre o projeto de trabalho estar "indo muito bem".

— Eu vi a garota tomando café com o Ethan no Borough Market. Ele é consultor, ela é assistente... A Ceci provavelmente só está querendo ampliar a rede de contatos dela — completa Bee, e me serve de outro copo d'água. — Mas, ainda assim... Eu gostaria de saber se o Ethan contou isso para a Leena.

— Você não acha...

Bee dá um gole na água.

— Não sei o que eu acho. Mas, enfim... Você confia de verdade no Ethan?

— Nem um pouco — respondo, e pouso o copo com um pouco de força demais, derramando água na bancada. — Por que ele tem *três* celulares? O que ele realmente faz em todas aquelas viagens de pesca? E como os sapatos dele estão sempre tão engraxados?

Bee me olha de um jeito estranho.

— Isso é porque ele paga a alguém para engraxá-los, Eileen — diz. — Mas com os outros pontos eu concordo. Sim, é verdade, ele apoiou muito a Leena quando a Carla morreu. Ele merece esse elogio. Mas desde então ele vem se garantindo com isso... Na minha opinião, parece que o Ethan parou de tentar. Esse é um momento sério para a Leena, e ele está totalmente ausente. Mas quando é ele que tem uma crise no trabalho, quem está lá, recolhendo os cacos e ajudando com os slides para as apresentações?

Franzo a testa.

— Ela não faz isso, faz?

— O tempo *todo*. Outro dia, o Ethan teve uma ideia brilhante para acalmar um cliente complicado e todo mundo adorou. Só depois da reunião eu lembrei onde tinha ouvido aquela ideia antes: a Leena tinha sugerido para mim quando estávamos no projeto da Upgo. A ideia era *dela*, não dele, mas o Ethan nem mencionou o nome dela. — Bee suspira. — Mas isso não significa que ele trai a Leena. Talvez queira dizer exatamente o contrário. O que estou dizendo é que ele pode até não valorizar muito a Leena, mas deve ter noção de que a vida dele seria muito menos confortável sem ela.

Na minha experiência, os homens não pensam dessa maneira.

— Humm — digo, tentando comer mais um bocado agora que o enjoo diminuiu um pouco.

— Não sei. Acho que foi só... ver o Ethan naquele café, olhando nos olhos da Ceci...

— Ele estava olhando nos olhos dela?

— Intensamente — confirma Bee.

— O que a gente faz? — pergunto, esfregando o pescoço, que está começando a doer. — Você consegue montar uma armadilha para ele?

— Acho que você está assistindo a muitos dramas criminais com a Martha — comenta Bee, me lançando um olhar divertido. — Não vou montar armadilhas para ninguém, obrigada.

— Ora, eu não posso fazer isso, posso? — digo. — Vamos. Faça alguma coisa!

Bee ri.

— Não vai ter armadilha nenhuma! — repete ela — Vou só... ficar de olho.

Eu gostaria de poder ficar aqui e fazer o mesmo. Ele nunca desconfiaria se fosse eu a investigar. Ninguém nunca suspeita da velhinha.

— Ai, que bom — diz Bee, animada. — Você deve estar começando a se sentir melhor. Está com aquela sua cara de quem tem um plano.

21

Leena

Estou com tudo preparado para voltar para Londres no dia seguinte, mas quando a Yaz atende o celular da Martha, ela me diz — o mais gentilmente possível — que as duas precisam de algumas semanas a sós para se organizarem antes de receberem visitas.

— A Martha proibiu até o pai dela de ficar aqui — explica Yaz, se desculpando. — Foi mal, Leena.

Escuto Martha ao fundo.

— Me passa o celular! — pede.

— Oi! — digo.

Tinha colocado o celular no viva voz enquanto arrumo a cozinha da minha avó, mas volto a segurá-lo. Preciso da voz de Martha mais perto do meu rosto... É o mais perto que posso chegar de abraçá-la.

— Ah, meu Deus, como você está? E como está a bebê Vanessa?

— Perfeita. Sei que é um clichê dizer isso, mas realmente acho que ela é perfeita, Leena — diz Martha com sinceridade. — Embora a amamentação não tenha muito a ver com a imagem da Virgem Maria com o Menino Jesus que eu esperava. Dói. Ela meio que... *mastiga*.

Faço uma careta.

— Mas a parteira disse que vai vir me ajudar com a posição certa de amamentação e logo vamos estar com tudo resolvido, não é, minha bebê linda? — Isso provavelmente foi dirigido a Vanessa, não a mim. — E a

Yaz encontrou um apartamento lindo para nós em Clapham! Ela não é incrível? Mas enfim, não era sobre nada disso que eu queria falar, meu amorzinho, eu queria dizer... Desculpe por não convidar você para vir até aqui. Eu amo você, mas... acabei de ter a Yaz de volta e...

— Não se preocupe. Entendo completamente. Vocês precisam de tempo com a Vanessa.

— Isso. Obrigada, querida. Mas também não era isso que eu queria dizer. O que eu queria dizer, Yaz?

Meu Deus, parece que estou falando com Martha depois de ela ter ficado muitas horas sem dormir e bebido cinco taças de vinho. Eu me pergunto se é a isso que as pessoas se referem quando falam como os bebês mudam as mães... Mas estou sorrindo, porque ela está tão *audivelmente* feliz, parece estar até vibrando. É tão bom ouvir Martha e Yaz juntas de novo. Sempre amei Yaz — quando ela está por perto, Martha se abre, como aquelas imagens aceleradas que vemos de flores desabrochando. Yaz só precisa estar por perto um pouco mais.

— Você queria dizer a ela para não deixar a avó voltar para casa — lembra Yaz ao fundo.

— Isso! Leena, sua avó não pode voltar para casa ainda. Londres está fazendo muito bem para ela. Eu a vi todos os dias neste último mês, e, sinceramente, a transformação... Ela está sorrindo dez vezes mais. Na semana passada, cheguei em casa e ela e o Fitz estavam dançando "Good Vibrations".

Levo a outra mão ao coração. A imagem de vovó e de Fitz dançando juntos é quase tão fofa quanto a foto da bebê Vanessa que Yaz acabou de me enviar.

— Você sabe que ela está saindo com um ator? E que juntou todos nós num projeto para transformar o térreo do prédio em um verdadeiro espaço de convivência? — continua Martha.

— Sério? Aquela área com os sofás manchados e descombinados? — Então processo o que ela acabou de falar. — O ator se chama Tod? Minha avó não me conta nada sobre a vida amorosa dela, que irritante!

— Você é neta dela, Leena. A Eileen não vai querer dar detalhes da vida sexual dela para a neta.

— *Sexual?* — digo, apertando o peito com mais força. — Ai, meu Deus, isso é esquisito, esquisito, esquisito.

Martha ri.

— Ela está se divertindo muito aqui e está envolvida com esse novo projeto de um clube para idosos em Shoreditch.

— Há pessoas idosas em Shoreditch?

— Pois é! Quem diria! Enfim, ela está só começando a colocar isso em prática, está muito animada. Você precisa deixá-la terminar o que começou.

Penso em Basil, em como ele riu do fato de os projetos da vovó nunca chegarem a lugar nenhum, e sinto um orgulho súbito e violento dela. Esse projeto parece incrível. E adoro saber que ela não desistiu da ideia de fazer a diferença, nem mesmo depois de décadas de homens como Basil e meu avô tentando menosprezar seus esforços.

— Foi depois de falar com sua mãe que ela resolveu voltar para casa — conta Martha. — Teve algo a ver com uma discussão...

— Ah.

— Diga a Eileen que você vai resolver as coisas com sua mãe e eu aposto que ela continuará aqui. E seria bom para você também, querida. Conversar com sua mãe, quero dizer.

Pego o pano e esfrego o fogão com força.

— A última conversa que a gente teve terminou em uma briga horrível. — Mordo o lábio. — Estou me sentindo péssima.

— Diga isso, então — sugere Martha gentilmente. — Diga isso para sua mãe.

— Quando estou com ela, todos os sentimentos, as lembranças da Carla morrendo, vêm à tona... E é como estar sendo esmagada.

— Diga isso também — diz Martha. — Vamos. Vocês precisam começar a falar.

— Minha avó me pede há meses para falar com a mamãe sobre os meus sentimentos — admito.

— E quando foi que sua avó esteve errada? Todos estamos loucamente apaixonados pela Eileen, sabia? Inclusive o Fitz — informa Martha. — Estou pensando em começar a usar uma daquelas pulseiras que as pessoas usavam nos anos 1990, só que na minha vai estar escrito: *O que Eileen Cotton faria?*

Faço uma longa caminhada depois de falar com Martha, seguindo uma trilha por onde às vezes corro. Percebo muito mais nesse ritmo lento: a quantidade de plantas, todas diferentes; os muros belíssimos, com pedras encaixadas como peças de um quebra-cabeça; a expressão quase acusadora de uma ovelha.

Então, depois de dez desagradáveis quilômetros de tempo para pensar, ligo para minha mãe do tronco de uma árvore ao lado de um riacho. É provavelmente o cenário mais tranquilo e idílico imaginável, e parece necessário para o que promete ser uma conversa extremamente difícil.

— Leena?

— Oi, mãe.

Fecho os olhos por um momento enquanto as emoções me invadem. Mas é um pouco mais fácil agora que estou preparada e não me sinto tão dominada por elas.

— A vovó quer voltar para Hamleigh.

— Desculpe, Leena — se apressa a dizer minha mãe —, eu não disse a ela para fazer isso… não disse mesmo. Mandei uma mensagem para ela ontem à noite e disse que deveria ficar em Londres, juro. Só tive um momento de fraqueza quando liguei para a mamãe, e ela decidiu…

— Está tudo bem, mãe. Eu não estou brava.

Silêncio.

— Ok. Eu *estou* brava. — Chuto uma pedra com a ponta do tênis de corrida e ela cai dentro do riacho. — Acho que você já percebeu isso.

— Deveríamos ter conversado direito sobre tudo isso antes. Acho que concluí que você tinha entendido, com o passar do tempo, mas… Só apoiei a Carla no que ela escolheu, Leena. Você sabe que se ela quisesse tentar outra operação ou mais uma rodada de quimioterapia ou *qualquer coisa*, eu também teria apoiado. Mas ela não queria, meu bem.

Meus olhos começam a doer, um sinal claro de lágrimas se aproximando. Acho que sei que ela está dizendo a verdade. É só que...

— Às vezes, é mais fácil ficar com raiva do que ficar triste — diz minha mãe, exatamente o pensamento que eu estava tentando formar, e saber disso é tão coisa de mãe. — E é mais fácil ficar com raiva de mim do que da Carla, eu imagino.

— Bem — digo, um tanto chorosa —, a Carla está morta, então não posso gritar com ela.

— Jura? — retruca minha mãe. — Eu grito às vezes.

Isso me arranca uma risada que também é meio choro.

— Acho que a Carla ficaria um pouco ofendida de saber que você se recusa a gritar com ela só porque ela morreu — continua minha mãe, o tom leve. — Você sabe como ela defendia que todas as pessoas fossem tratadas de forma igual.

Rio de novo. Observo um galho preso atrás de uma pedra, tremulando com o fluxo do riacho, e me lembro de, quando criança, brincar de atirar gravetos da ponte com Carla e minha avó, e de ficar triste se o meu graveto prendesse e não aparecesse do outro lado da ponte como esperado.

— Desculpe por eu ter ligado para sua avó — retoma minha mãe em voz baixa. — Vacilei. Às vezes me sinto muito... sozinha.

Engulo em seco.

— Você não está sozinha, mãe.

— Vou ligar de novo para ela — diz minha mãe depois de um tempo. — Vou dizer a ela para ficar em Londres. Vou dizer que quero que você fique aqui e não vou aceitar um não como resposta.

— Obrigada.

— A verdade é que realmente quero que você fique, mais do que tudo. Minha ligação para ela não teve nada a ver com isso. Eu só estava precisando... precisando da minha mãe.

Fico olhando a água se agitar.

— Sim — digo. — Sim, eu entendo.

22

Eileen

Devo dizer que trabalhar com Fitz no espaço reservado para os Grisalhos de Shoreditch está me fazendo olhar o homem sob uma luz totalmente nova. Ele tem um horário peculiar em seu trabalho mais recente — concierge em um hotel chique —, mas, sempre que está em casa, Fitz fica aqui embaixo pintando alguma coisa ou debruçado sobre o notebook pesquisando na internet como criar organizações de caridade. Ele está lidando com toda a parte administrativa dos Grisalhos de Shoreditch — fez até alguns pôsteres para o clube, com um logotipozinho. Estão maravilhosos. Passei semanas insistindo com ele para que fosse mais proativo em suas ambições de carreira, mas, para ser honesta, estou um pouco chocada com tanta habilidade.

— Pronto! — diz Fitz, afastando-se de onde pendurou uma grande foto na parede.

— Maravilhoso. O toque final perfeito!

A imagem é uma fotografia ampliada, em preto e branco, do prédio na década de 1950, quando ainda funcionava como estamparia. Nela, há várias pessoas reunidas do lado de fora do edifício, conversando e fumando, os colarinhos erguidos contra o vento. É um lembrete de que este lugar não é apenas uma coleção de lares individuais, é também um prédio com uma história própria.

Sorrio, dando uma olhada no espaço que criamos. Está uma beleza. Há um lindo sofá vermelho voltado para aquelas janelas gloriosas, uma longa mesa de jantar encostada na parte de trás e várias mesinhas pequenas com cadeiras charmosamente descombinadas, só esperando para abrigarem jogos de dominó e de cartas.

Estou muito feliz por estar aqui para ver isso. E ainda mais feliz por não ter ido para casa mais cedo porque Marian me *pediu* para não ir. Ouvi-la dizer quanto precisava desse tempo com Leena, só as duas, me deu a sensação de tirar um peso enorme do peito.

Meu celular toca. Fitz o rastreia e o pesca da lateral do sofá, onde estava enfiado. *Betsy ligando*. Ah, droga, eu ia ligar para ela. Estava ligando toda semana, mas acabei me distraindo com a transformação do espaço de convivência e esqueci.

— Betsy, que coincidência, acabei de pegar o celular para ligar para você! — digo ao atender, fazendo uma careta para mim mesma.

— Olá, Eileen, querida.

Franzo a testa. Estou bem acostumada com os tons de falsa alegria de Betsy, e consigo detectar os sinais de um dia ruim. Eu me sinto pior do que nunca por me esquecer de checar como ela estava.

— Você está bem? — pergunto com tato.

— Ah, estou levando! Estou ligando porque meu neto está em Londres hoje!

— Que incrível!

O neto de Betsy é inventor, está sempre idealizando engenhocas desnecessárias e absurdas, mas é o único membro da família que mantém contato regular com ela, o que lhe garante a minha estima. Se ela sabe do paradeiro dele, é porque o rapaz ligou recentemente, e isso é bom. Agora ele só precisa conseguir com que a mãe faça o mesmo.

— Esse é o neto que inventou a... a... — Ah, por que eu comecei essa frase?

Betsy me deixa sofrer.

— A espátula para servir homus — diz ela, cheia de reverência. — Sim. Ele disse que estava indo a Londres para uma reunião e eu pensei: nossa, que coincidência boa, a nossa Eileen também está em Londres! Vocês dois precisam se encontrar para almoçar.

Contraio os lábios. Sinto que Betsy talvez tenha esquecido que Londres tem mais de mil e quinhentos quilômetros quadrados e uma população de oito milhões de pessoas.

— Eu já disse a ele para ligar para você e marcar. Achei que você poderia estar se sentindo sozinha aí, e seria bom ter com quem conversar.

Não tenho coragem de dizer a ela que estou longe de me sentir solitária. Eu me senti no começo, é claro, mas agora mal tenho um momento sozinha, seja porque estou com Tod, ou organizando o Clube dos Grisalhos de Shoreditch, ou fofocando com Letitia...

— Ele também está *saindo em encontros* — conta Betsy. — Pode lhe dar algumas dicas nesse departamento.

Faço uma pausa antes de confirmar:

— Ele está saindo em encontros?

— Sim! É assim que ele chama. Está usando todas aquelas coisas engraçadas no celular dele — diz Betsy. — Talvez pudesse conversar com você a respeito.

— Sim — digo devagar —, seria maravilhoso. Lembre-me, Betsy... Como é esse seu neto? Histórico de relacionamentos. Sonhos e esperanças. Ideologia política. Ele é alto?

— Ah, ora — começa Betsy, parecendo bastante surpresa a princípio, mas então o orgulho de avó fala mais alto, e ela não consegue resistir à oportunidade.

E fala sem parar por vinte e cinco minutos. É perfeito. Exatamente o tipo de informação privilegiada que eu estou procurando. E, melhor ainda: o rapaz parece de fato muito promissor.

— Que homem adorável! Que maravilha, Betsy — digo, quando ela finalmente fica sem fôlego. — E ele vai me ligar?

— Vai! — Escuto um som abafado atrás dela. — Preciso ir — diz. E reparo que sua voz ficou mais tensa. — Logo nos falamos, Eileen! Tente me ligar em breve, viu?

— Farei isso — prometo. — Se cuide.

Depois que encerro a ligação, abro o WhatsApp. Estou sabendo mexer muito bem nesse celular agora, graças às orientações de Fitz; ele observa por cima do meu ombro com uma expressão de aprovação enquanto deslizo o dedo pela tela. Há uma nova mensagem de alguém que não conheço. Fitz se inclina e me mostra como aceitar a pessoa nos meus contatos.

Olá, Sra. Cotton, aqui é o neto da Betsy. Acho que ela lhe avisou sobre o almoço! Que tal o Nopi, à uma da tarde, amanhã? Um abraço, Mike.

Seleciono o contato de Bee antes de responder à mensagem dele.

Oi, Bee. Você estaria livre para almoçar amanhã? No Nopi, à uma e quinze? Beijos, Eileen.

Mike não apenas é muito alto, mas também bonito de uma forma estimulante, embora tenha o nariz de Betsy — mas o rapaz não tem culpa disso. Ele usa óculos de armação grossa, tem cabelo castanho ligeiramente encaracolado e está usando um terno cinza, como se tivesse acabado de chegar de uma reunião muitíssimo importante. Tento não ficar animada demais quando nos sentamos a uma mesa perfeita: grande o suficiente para acomodar mais uma pessoa e à plena vista da rua para que eu possa ver Bee quando ela... Sim! Lá está ela. Fantástico.

— Eileen? — diz Bee, parecendo confusa enquanto se aproxima da mesa. Ela olha para Mike. A ficha cai. Seus olhos se estreitam.

— Bee! — digo antes que ela comece a reclamar. — Ah, Mike, espero que não se importe, eu já tinha combinado de encontrar uma amiga para almoçar hoje, então a convidei para se juntar a nós.

Mike encara isso com a calma de um homem acostumado a surpresas.

— Oi, sou Mike. — Ele estende a mão.

— Bee — diz ela em seu tom mais seco, desanimado e desagradável.

— Ora! Isso não é incrível? Mike, por que você não começa contando a Bee tudo sobre sua formação?

Mike parece bastante perplexo.

— Vou só pedir outra cadeira — responde ele, colocando-se galantemente de pé e oferecendo a cadeira dele a Bee.

— Obrigada — diz Bee e, assim que se senta, sussurra: — Eileen! Você não tem vergonha! Emboscou esse pobre homem para um encontro às cegas comigo!

— Ah, bobagem, ele não se importa — digo, enquanto examino o cardápio.

— É mesmo? E como você sabe?

Levanto os olhos.

— Ele está ajeitando o cabelo no espelho atrás do balcão — informo a ela. — Quer que você goste da aparência dele.

Ela gira o corpo e inclina a cabeça para o lado.

— Ele *realmente* tem um belo traseiro — admite de má vontade.

— Bee!

— O que foi? Você queria que eu gostasse dele, não queria? E não vi muito mais do que isso até agora! Ah, oi, Mike — diz ela quando ele volta para a mesa com um garçom e uma cadeira a reboque. — Desculpe o trabalho.

— Imagine — diz ele suavemente. — Muito obrigado — fala para o garçom. — Fico muito grato pela sua ajuda.

— Educado com os garçons — sussurro para Bee. — Ótimo sinal.

Mike parece achar a situação divertida.

— Eileen — diz —, você está levando vantagem sobre nós, já que é a única pessoa nessa mesa que tem alguma ideia de quem o outro é. Assim... Que tal nos dizer por que marcou esse encontro às cegas?

Faço uma pausa, um pouco assustada.

— Ah, hum, bem...

Percebo a expressão divertida e travessa de Bee. Ela lança um olhar de aprovação para Mike. Estreito os olhos para os dois.

— Passei boa parte dos últimos anos fazendo segredo sobre uma coisa ou outra — digo a eles. — Mas ultimamente me dei conta de que, às vezes, é melhor meter a colher, por assim dizer. Portanto, vocês dois, não ousem fazer com que eu me sinta envergonhada por tentar bancar o cupido. Como a própria Bee falou... Não tenho vergonha. — Levanto a mão quando Mike abre a boca: — Não, não, me deixe terminar. A Bee é uma consultora de gestão extremamente bem-sucedida e planeja abrir o próprio negócio em breve. Mike, você montou recentemente seu próprio negócio... de espátulas para homus. — Aceno para ambos. — Vamos lá — digo. — Conversem.

Volto para casa me sentindo muito satisfeita. Supervisionei todo o encontro de Bee e Mike e foi um sucesso estrondoso. Bem, ao menos eles passaram a maior parte do tempo rindo — algumas vezes de mim, é verdade, mas isso não importa. Sempre tive muito medo de que rissem de mim, mas, quando é nos nossos próprios termos e também estamos rindo, pode ser bem divertido.

Eu me sento diante da bancada com o notebook de Leena. Há três novas mensagens esperando por mim no meu site de relacionamentos.

Todoffstage diz: Amanhã à noite, na minha casa. A calcinha preta de renda. Insisto.

Fico corada na hora. Nossa. Normalmente odeio que mandem em mim, mas, por algum motivo, quando Tod faz isso, parece que não me importo. Pigarreio e respondo.

EileenCotton79 diz: Ora, se você insiste...

Ufa. Uma mensagem de Arnold. Talvez isso esfrie um pouco as coisas. Achei que tinha dito para ele sumir e não entrar mais no meu perfil, não disse?

Arnold1234 diz: Vi isso e pensei em você...

Clico no link abaixo da mensagem dele. Um vídeo surge na tela. É um gato comendo todo um canteiro de amores-perfeitos.

Começo a rir, surpreendendo a mim mesma.

EileenCotton79 diz: Isso não prova nada, Arnold Macintyre!

Arnold1234 diz: Há montes desses vídeos de gatos na internet. Passo horas assistindo.
EileenCotton79 diz: Você já viu aquele no piano?
Arnold1234 diz: É incrível, não é?

Rio.

EileenCotton79 diz: Achei que você não gostava de gatos.
Arnold1234 diz: Não gosto. Mas, ao contrário do que você pensa, Eileen, não sou um monstro, e só um monstro não acharia divertido ver um gato que toca piano.
EileenCotton79 diz: Eu não acho que você é um monstro. É só um velho rabugento.

Os três pontinhos demoram uma eternidade. Arnold digita muito devagar. Enquanto espero, volto para sua página de perfil. Ainda há poucos detalhes lá, mas ele agora adicionou uma foto em que está sorrindo sob o sol, com um chapéu de palha cobrindo a cabeça calva. Sorrio. Ele parece muito com o Arnold de agora, e me sinto um pouco culpada por minha foto de dez anos atrás, tirada sob uma luz muito lisonjeira.

Arnold1234 diz: Não sou rabugento o tempo todo, sabe.
EileenCotton79 diz: Só quando estou aí, então...
Arnold1234 diz: Você é muito irritante.
EileenCotton79 diz: Quem, eu?
Arnold1234 diz: E pode ser um pouco mesquinha.
EileenCotton79 diz: Mesquinha?! Quando??
Arnold1234 diz: Quando descobrimos que o meu galpão se estendia um pouco além do limite da sua propriedade e você me fez reconstruir toda a maldita coisa do outro lado do jardim.

Faço uma careta. Fiz isso mesmo, devo admitir. Arnold ficou apoplético e foi tão engraçado...

EileenCotton79 diz: As leis de propriedade devem ser respeitadas, Arnold. Caso contrário, como meu novo amigo Fitz gosta de dizer, o que nos separaria dos animais?

Arnold1234 diz: Novo amigo, é?

EileenCotton79 diz: Sim...

Arnold1234 diz: Novo AMIGO, é?

Rio quando a ficha cai.

EileenCotton79 diz: O Fitz? Ele mora com a Leena! Tem idade para ser meu neto!

Arnold1234 diz: Ótimo.

Arnold1234 diz: Quer dizer, é bom que você tenha feito amizade com o colega de apartamento dela. Como é a casa deles?

Com atraso, lembro que há mais uma mensagem esperando por mim. Essa é de Howard.

OldCountryBoy diz: Olá, cara Eileen! Você disse que A ratoeira era um dos seus favoritos. Acabei de ler e devo dizer que adorei também. Que final!

Um calor gostoso aquece o meu peito. Começo a responder. Howard é sempre muito atencioso. É raro encontrar um homem mais interessado em ouvir do que em falar. Conversamos sobre todo tipo de assunto nesse site: contei a ele sobre minha família, meus amigos e até sobre Wade. Ele foi muito gentil e disse que Wade foi um tolo por me abandonar, algo com o que, por sinal, eu concordo plenamente.

Outra mensagem de Arnold aparece, mas clico no botão para minimizá-la novamente.

23

Leena

Estou saindo do chuveiro quando a campainha toca. Visto um jeans e uma blusa azul velha da vovó. Provavelmente é só Arnold. Ele aparece para tomar uma xícara de chá de vez em quando e, depois de muita insistência frustrada da minha parte, passou a vir pela porta da frente, não pela janela da cozinha. Meu cabelo molha minhas costas inteiras enquanto corro para a entrada, ainda abotoando a blusa.

Quando chego à porta, descubro que não é Arnold. É Hank. Ou melhor, são Jackson e Hank, mas Hank realmente exige minha atenção primeiro, já que está de pé nas patas traseiras, esticando toda a guia, tentando desesperadamente me alcançar.

— Oi — digo, enquanto Jackson puxa o cachorro de volta para que fique sentado. Me apresso a fechar os botões. — Que surpresa!

— Quer dar uma volta comigo e com o Hank? — pergunta Jackson. As bochechas dele ficam um pouco coradas. — É uma oferta de paz, caso você não tenha percebido. Do Hank, quero dizer.

— Eu... Sim! — respondo. — Sim, claro. Obrigada, Hank. — Eu me inclino em uma cortesia constrangedora para o cachorro e tento endireitar o corpo rapidamente, como se aquilo não tivesse acontecido. — Só me deixe... — Aponto para minha cabeça, mas quando me dou conta de que isso pode não ser suficiente, completo: — Preciso dar um jeito no cabelo.

Jackson olha para meu cabelo.

— Ah, certo. Nós esperamos

— Entrem — digo a ele, quando volto para dentro. — A chaleira ainda está quente, caso queira um chá. Ah, o Hank quer beber alguma coisa? Tem tigelas de plástico embaixo da pia.

— Obrigado — diz Jackson.

Geralmente levo meia hora para secar o cabelo, o que obviamente não é uma opção agora. Fico diante do espelho da sala da minha avó, com Ant/Dec se entrelaçando nos meus tornozelos, e prendo o cabelo no coque que costumo usar no trabalho... mas, Cristo, como isso é desconfortável. Eu realmente uso ele assim todos os dias? É como se alguém ficasse puxando meu cabelo o tempo todo. Bom, não importa, vai ter que servir.

— Deixei meu telefone aí? — pergunto.

Eu me acostumei ao volume pesado e sólido do Nokia da vovó no bolso de trás do jeans — me pergunto se vou demorar para me reacostumar com o iPhone quando estiver de novo em Londres.

Abaixo o queixo para terminar de prender o coque, e, quando levanto a cabeça, Jackson está ali, seu rosto um pouco diferente no espelho, o nariz torto para o outro lado.

Eu me viro para encará-lo e ele sorri, com o telefone da minha avó na mão.

— Você está mesmo se acostumando com esse tijolo velho, não est...

Há um barulho que fica em algum lugar entre um miado e o som que um bezerro recém-nascido talvez faça. Ant/Dec passa correndo e, em seguida, em um borrão de pelo preto, Hank salta entre nós, o focinho determinado e o gato em sua mira. Bem no caminho estão as canelas de Jackson, que é pego no meio de um passo, atingido por um cachorro em alta velocidade. O celular voa da mão dele e...

Ops. Jackson cai nos meus braços — ou melhor, ele cairia nos meus braços se não tivesse provavelmente o dobro do meu peso. É mais como estar do lado errado de uma árvore em queda livre. A parte de trás da minha cabeça bate no espelho frio, o calcanhar acerta o rodapé, e Jackson me imprensa contra a parede, seu braço direito sustentando a maior parte do próprio peso e a fivela do cinto pressionando minha barriga.

Por um brevíssimo instante, ficamos colados um ao outro, de corpo inteiro. Meu rosto está no peito dele, virado de lado, de modo que consigo ouvir as batidas de seu coração. Seus braços estão um de cada lado do meu corpo e, quando ele se afasta, o peito roça nos meus seios. Respiro fundo ao sentir uma onda de prazer disparando pelo meu corpo. Minhas bochechas ficam vermelhas... Eu deveria ter colocado um sutiã por baixo dessa blusa.

Nossos olhos se encontram quando Jackson se afasta da parede e faz uma pausa, os braços ainda apoiados de cada lado do meu corpo. Suas íris têm pontinhos mais escuros, e há sardas logo abaixo dos olhos, claras demais para serem vistas de longe. Eu me pego pensando nos músculos dos braços dele, no modo como a camiseta se estica nos ombros largos e em como seria...

Hank lambe meu pé. Solto um gritinho, e a imobilidade entre mim e Jackson se torna um frenesi de movimentos constrangidos: ele se afasta da parede e joga o corpo para trás enquanto eu me inclino para o lado e me ocupo em recuperar o celular da minha avó. Ant/Dec parece ter escapado ileso, e Hank está rebolando ao nosso redor, a língua para fora, como se eu tivesse o poder de produzir outro gato para ele perseguir caso permaneça algum tempo por ali.

— Você está bem? — pergunto a Jackson, apertando o telefone entre as mãos.

Demoro um tempo longo e constrangedor para voltar a encontrar seus olhos, então levanto a cabeça e vejo que ele parece ligeiramente pálido, o olhar distante.

— Sim, sim — responde em uma voz abafada. — Me desculpe por isso.

— Sem problema! Sem problema algum! — Você está quase gritando. Pare com isso. — Vamos?

— Isso. Sim. Boa ideia.

Saímos de casa e seguimos pela Middling Lane. Estamos andando extremamente rápido. Rápido demais para travarmos qualquer conversa confortável. Perfeito. Silêncio é exatamente o que estou procurando agora.

A caminhada parece acabar com parte da tensão esquisita entre nós. Hank está adorando — ele segue trotando bem ao lado de Jackson, balançando o rabo. Respiro fundo o ar fresco da primavera enquanto o Dales se abre à nossa frente. Consigo sentir o cheiro doce de algo florescendo nas sebes, escuto o *xif-xaf, xif-xaf* dos passarinhos voando rápido entre os galhos de árvores acima de nós. A beleza da natureza. Sim. Concentre-se na beleza da natureza, Leena, não na sensação do corpo grande e musculoso de Jackson se esfregando em seus mamilos.

— Você está pronta para segurá-lo? — pergunta Jackson, indicando Hank com a cabeça.

Dou uma tossidinha.

— Sim! Claro!

— Aqui. — Ele enfia a mão no bolso de trás e pega um petisco para cachorros. Hank fareja a guloseima na mesma hora, então levanta o focinho e olha para nós.

— Tente dizer "junto" — orienta Jackson.

— Junto, Hank.

Hank passa a andar devagar, olhando para mim com a expressão de adoração que achei que ele reservava só para Jackson. No fim, o amor dele na verdade é pelos petiscos de frango. Isso me anima muito.

— Ei, olha só! — digo, e me viro para Jackson.

Ele sorri para mim, as covinhas aparecendo, mas logo desvia o olhar, parecendo desconfortável de novo.

Continuamos andando, e nossos passos são o único som que escuto agora, com exceção dos pássaros voando. Hank está se saindo maravilhosamente bem, embora eu esteja segurando a guia com bastante força, por precaução. Jackson nos leva de volta por um caminho que não conheço, passando por um bosque denso e fresco a leste da cidade, até avistarmos Hamleigh novamente. Daqui já podemos ver o pequeno beco sem saída onde Betsy mora, com cinco ou seis casas brancas e desajeitadas viradas para nós, as janelas refletindo a luz.

— Você está fazendo de novo aquele negócio de pensar, não é? — diz Jackson, me olhando de lado.

— Você realmente não pensa? Tipo, enquanto está andando por aí, não pensa em nada?

Jackson dá de ombros.

— Se não precisar pensar em nada, não penso.

Surpreendente.

— Na verdade, eu estava pensando na Betsy — digo. — Sabe... Eu me preocupo um pouco com ela.

— Humm. Todos nós nos preocupamos

— O Arnold também disse isso, mas... por que ninguém *fez* nada então? Você acha que o Cliff maltrata ela? Deveríamos estar ajudando a Betsy a deixá-lo? Oferecendo um quarto para ela nas nossas casas? Fazendo alguma coisa?

Jackson está balançando a cabeça.

— Temos que entender o que a Betsy quer — diz ele. — E ela não quer nada disso.

— Ela vive com esse homem há décadas... Se ele a estiver maltratando, como você pode ter certeza de que ela sabe o que quer?

Jackson pisca para mim, registrando o que acabei de dizer.

— O que você sugeriria? — pergunta ele.

— Quero passar lá para vê-la.

— Ela nunca deixaria você entrar. Nem a Eileen entra na casa da Betsy.

— Não acredito.

Jackson assente.

— Até onde eu sei, pelo menos. O Cliff não gosta de visitas.

Cerro os dentes.

— Bom. Ok. Que tal contarmos com uma ajudinha do Hank?

— Betsy, sinto *muito*, mas acho que o Hank entrou no seu jardim.

Betsy pisca para mim através da fresta da porta. A casa dela não é o que eu esperava. Pensei que seria toda em tons delicados de rosa, os degraus de entrada perfeitamente encerados, mas as calhas da casa estão soltas e o peitoril da janela está descascando. Parece triste e negligenciada.

— Hank? O cachorro do Jackson? Como ele entrou no nosso jardim, pelo amor de Deus?

Ora, eu o peguei no colo, Jackson me deu impulso e soltei o Hank de uma altura possivelmente perigosa para que fizesse uma aterrissagem relativamente suave em um arbusto grande.

— Sinceramente não sei — digo, abrindo as mãos em um gesto de impotência. — Aquele cachorro consegue entrar e sair de qualquer lugar.

Betsy olha para trás. Deus sabe o que Hank está fazendo nesse momento no jardim dela.

— Vou buscá-lo — diz ela, e fecha a porta na minha cara.

Merda. Olho para trás e assovio. Após um longo momento, Jackson aparece no outro extremo do caminho que leva à porta da frente de Betsy.

— Ela foi atrás do Hank! — sussurro.

Jackson afasta a ideia com um gesto.

— Ela não vai conseguir pegá-lo — garante, tranquilo. — Só espere.

Eu me volto de novo para a porta, batendo o pé. Depois de cerca de cinco minutos, a porta se abre mais uma vez e a cabeça de Betsy surge. Ela parece um pouco mais desgrenhada do que na última vez.

— Você vai ter que entrar e pegar você mesma — diz em voz baixa.

Betsy olha para trás novamente. Ela parece mais velha, mais curvada, mas talvez seja por causa da aparência acabada da casa. O tapete do corredor está surrado e manchado; a luminária está torta e lança sombras estranhas nas paredes bege.

— Betsy! — grita uma voz masculina rouca de algum lugar da casa.

Betsy dá um pulo. Não é um sobressalto normal, do tipo que se dá quando se está assustado. Parece mais um recuo de dor.

— Um momento, meu bem! — grita ela. — Tem um cachorro solto no jardim, mas estou resolvendo isso já! Venha — sussurra Betsy para mim, e me leva até a porta fechada à nossa esquerda, que dá na cozinha pequena e escura.

De lá, há uma porta para o jardim. Ela é aberta, e vejo Hank disparando por entre os canteiros. Me sinto meio culpada. O jardim é a única parte desse lugar que realmente parece cuidada — os canteiros estão podados com capricho e há vasos pendurados em cada estaca da cerca, transbordando de amores-perfeitos e de heras verde-claras.

— Como você está, Betsy? — pergunto, e me viro para dar outra olhada nela.

Nunca havia reparado em como seu cabelo é fino, como o couro cabeludo esbranquiçado aparece entre os fios. Vejo a base cor de pêssego acumulada sob seus olhos e nas linhas ao redor da boca.

— Estou bem, obrigada — diz Betsy, fechando a porta da cozinha com firmeza depois de passarmos. — Agora, se importaria de tirar esse cachorro do meu jardim?

Olho ao redor novamente e estremeço: Hank está cavando um buraco no meio do gramado de Betsy. Tenho que dar um fim nisso.

— Hank! Hank, venha cá! — chamo.

Então — e essa foi a parte sobre a qual Jackson me passou instruções muito claras — amasso a embalagem plástica de petiscos de cachorro em uma das mãos. Hank levanta a cabeça e para no meio da escavação. Em meio segundo, já está correndo na minha direção.

Betsy solta um gritinho, mas estou preparada: eu o agarro antes que ele possa mudar de ideia e prendo a guia na coleira. Hank continua pulando com vontade — depois de pegar o petisco, é claro —, e eu giro o corpo para evitar que ele me enrole completamente na guia.

Agora consigo entender um pouco melhor o que Jackson quis dizer: Betsy não está bem, mas o que posso fazer para que ela *admita* isso? Talvez esse não tenha sido o meu melhor plano. É muito difícil ter uma conversa pessoal com alguém quando também se está tentando impedir um labrador de lamber sua cara.

— E você tem certeza de que está tudo bem? — arrisco, enquanto Hank redireciona sua atenção para o lixo.

— Está tudo bem, obrigada, Leena — responde Betsy.

— Betsy, que diabo está acontecendo? — grita uma voz masculina rouca.

Betsy enrijece o corpo. Seus olhos encontram os meus, então se desviam.

— Nada, meu bem — diz ela em voz alta. — Estarei aí com você em um instante.

— Há alguém aqui? Você deixou alguém entrar? — Então ouço uma batida, como um aviso: — Você não deixou ninguém entrar, não é, Betsy?

— Não! — responde Betsy, seus olhos encontrando novamente os meus. — Não tem ninguém aqui além de mim, Cliff.

Meu coração bate forte. Meu corpo de repente ficou gelado.

— Betsy — começo a dizer, a voz baixa. Dou um puxão forte na guia de Hank e digo a ele com muita severidade para que se sente. Felizmente, dessa vez, ele obedece. — Betsy, ele não deveria falar com você assim. E você deveria poder trazer seus amigos para cá. A casa é sua também.

Betsy então se adianta e me leva para a passagem que vai do jardim da frente até o pátio dos fundos.

— Tchau, Leena — diz calmamente, destrancando o portão.

— Betsy... por favor, se houver alguma coisa que eu possa fazer para ajudar...

— Betsy... estou ouvindo vozes, Betsy... — a voz de Cliff reverbera vindo de dentro.

Até eu me encolho dessa vez.

Betsy me encara.

— Logo você falando sobre precisar de ajuda — sussurra. — Resolva a própria vida antes de vir aqui e tentar consertar a minha, Srta. Cotton.

Ela se afasta. Hank estica a guia ao meu lado, já de olho na rua pelo portão aberto.

— Se mudar de ideia, ligue para mim.

— Você não entende, não é? Fora.

Ela indica o portão com a cabeça, como se estivesse falando com o cachorro.

— Você merece mais que isso. E nunca é tarde para se ter a vida que merece, Betsy.

Com isso eu vou embora. E o portão se fecha silenciosamente atrás de mim.

***

Odeio perceber que posso fazer tão pouco por Betsy. No dia seguinte, pesquiso serviços locais que ofereçam apoio a mulheres em relacionamentos abusivos — não encontro muita coisa específica para pessoas mais velhas, mas acho que existem algumas opções que ainda assim podem ajudá-la. Imprimo tudo e coloco na mochila sempre que vou ao centro da cidade, só para garantir. Mas, com o passar da semana, Betsy continua fria comigo e, sempre que tento falar qualquer coisa com ela, sou cortada na mesma hora.

Não tenho muito mais tempo aqui. No próximo fim de semana já é a Festa do Primeiro de Maio, depois volto para Londres e na semana seguinte já estarei de novo no trabalho. Há um e-mail de Rebecca na minha caixa de entrada para conversar sobre em que projeto vou trabalhar quando voltar. Toda hora abro esse e-mail e fico olhando para ele com a sensação de que foi enviado para mim por engano.

Por enquanto, estou me concentrando só na Festa do Primeiro de Maio. Os elementos finais do evento estão se encaixando. Consegui quem me forneça o leitão assado no espeto, também já arrumei um jeito de pendurar quinhentas lanternas nas árvores ao redor do campo onde será acesa a fogueira principal e transportei eu mesma seis sacos de glitter verde biodegradável até o salão comunitário, para que possa ser espalhado ao longo do caminho do desfile. (No fim, ao que parece, era isso que significava aquele *glitter* na lista de tarefas que Betsy me deu. Meus protestos de que glitter não é muito medieval foram recebidos com um firme: "É a tradição.")

Não posso intervir e tentar ajudar Betsy sem o consentimento dela, mas posso ajudá-la a coordenar um projeto em grande escala.

E há mais uma coisa que também posso fazer.

— Você não pode parecer uma velhinha mais frágil? — pergunto a Nicola, ajeitando o cardigã dela e tirando alguns fios soltos do ombro.

Ela me lança um olhar tão severo que faço uma anotação mental para imitá-lo na próxima vez que quiser eviscerar um colega de trabalho grosseiro.

— Isso é o mais velhinha frágil que consigo parecer — diz Nicola. — Achei que você tinha dito que estava me levando para Leeds para fazer compras. Por que preciso parecer frágil?

— Sim, claro, vamos fazer compras — confirmo. — Mas antes vamos dar só uma passadinha em algumas firmas de direito societário.

— O quê?

— Não vai demorar nada! Todas as nossas reuniões estão agendadas para vinte minutos *no máximo*.

Nicola me fuzila com os olhos.

— Para que você precisa de mim?

— Estou tentando conseguir um patrocinador para a Festa do Primeiro de Maio. Mas sou toda... você sabe, londrina e corporativa — explico, indicando a mim mesma com a mão. — *Você* é doce e idosa e consegue apelar para a simpatia deles.

— Eu nem sou de Hamleigh! E doce é o cacete — diz Nicola. — Se você acha que eu vou me sentar lá e ficar de sorrisinhos para um advogado metido a importante...

— Que tal simplesmente não dizer nada? — sugiro, enquanto a ajudo a andar até o carro. — Provavelmente é mais seguro.

Nicola resmunga por todo o caminho até Leeds, mas, assim que chegamos à primeira sala de reuniões, ela se torna uma velhinha fofa tão convincente que acho muito difícil não rir. *É um evento tão importante para a nossa pobre cidadezinha*, diz Nicola. *Espero o ano todo pelo Primeiro de Maio.* Eles caem direitinho. A Port & Morgan Advogados assina a doação na mesma hora; os outros dizem que vão pensar a respeito.

É bom estar de volta a salas de reuniões, na verdade. E é especialmente bom sair de uma delas vitoriosa, em vez de hiperventilando. Envio uma mensagem rápida para Bee quando estamos voltando para o carro.

Você ainda está com tudo, responde ela. *ESSA é a minha Leena Cotton.*

Enquanto voltamos para Knargill, Nicola gargalha com a cara enfiada no enorme copo de café mocha que comprei para ela em agradecimento.

— Eu não fazia ideia de que era tão fácil fazer esses homens abrirem a carteira — comenta ela. — O que mais podemos pedir a eles, hein? Que financiem a biblioteca móvel? Um micro-ônibus?

Ela talvez tenha tocado em um ponto interessante. Minha mente se volta para o documento que ainda está aberto no computador da vovó: *B&L Boutique Consulting* — *estratégia*. A responsabilidade corporativa é mais importante do que nunca para os *millennials* — as empresas precisam introduzir oportunidades de trabalho beneficente e de voluntariado no coração dos seus modelos de negócio, precisam...

— Leena? Essa é a minha casa — diz Nicola.

Piso com força no freio.

— Ih! Desculpe! A cabeça estava longe.

Ela me olha desconfiada.

— Não sei por que ainda deixo você me levar de carro para qualquer lugar que seja — murmura enquanto solta o cinto de segurança.

Na manhã seguinte, vou até a casa de Arnold e bato na porta do solário, que é onde ele toma café lá pelas dez — peguei o hábito de visitá-lo a essa hora sempre que posso. Para ser sincera, o café preparado na prensa francesa é um grande atrativo, mas não é a única vantagem. Arnold é um amor. Ele é como o avô que eu nunca tive. Não que eu não tivesse um avô, mas sabe como é, o vovô Wade praticamente não conta.

Arnold já está lá, com a prensa francesa cheia e no aguardo. Está sentado lendo seu livro mais recente, e estremeço quando entro e vejo a mancha marrom grande com formato circular na capa. Pego o livro para ver qual é: *Whose Body?*, de Dorothy L. Sayer, um dos favoritos da minha avó. Arnold ultimamente parece estar muito interessado em romances policiais. Descobrir seu amor pela leitura tem sido uma das minhas surpresas favoritas nesses dias que tenho passado em Hamleigh.

— Como está sua mãe? — pergunta Arnold, enquanto eu me sirvo de café.

Faço um sinal de afirmativo com a cabeça, em aprovação, e ele deixa escapar um suspiro por entre os dentes.

— Poderia parar de agir como se tivesse me ensinado a ter uma conversa? Eu não era *tão* ruim antes de você chegar aqui. Sei ser educado.

Não importa. Arnold insiste que sua decisão de "se renovar" (comprar algumas camisas novas, ir ao barbeiro) e de "sair mais" (começar a fazer Pilates e ir ao pub às sextas-feiras) foi só dele, mas sei a verdade. Eu sou o Burro, ele é meu Shrek.

— Mamãe está bem, na verdade — digo, passando a caneca para ele. — Ou, sabe como é... muito mais perto de estar bem do que estava antes.

Desde aquela ligação depois da briga, minha mãe e eu nos encontramos três vezes: uma para tomar chá, duas para almoçar. Parece estranho e vacilante, como se estivéssemos reconstruindo algo instável e precário. Falamos sobre Carla de um jeito hesitante, as duas com medo de ir longe demais. Isso me deixa ansiosa a ponto de suar frio. Tenho a impressão de que corro o risco de abrir uma coisa que me esforcei muito para manter fechada. Mas quero fazer isso pela minha mãe. Talvez não tivesse ideia do que estava prometendo à minha avó quando disse que estaria à disposição, mas agora entendo. A mamãe não precisa que eu a ajude com nada do dia a dia, só precisa da família.

Acho que, em parte, o que me deixou tão brava com minha mãe foi o fato de eu achar que *ela* deveria se preocupar comigo, não o contrário. Mas minha mãe não tinha condições de ser o ombro para eu chorar, não quando ainda estava destruída pela dor da perda de Carla. Essa é a pior parte de uma tragédia familiar, eu acho. Nossa melhor rede de apoio some de uma hora para outra.

Estou explicando tudo isso a Arnold quando vejo um repuxar em seus lábios.

— O que foi? — pergunto.

— Ah, nada — diz ele em um tom inocente, e pega um biscoito.

— Pode falar. — Estreito os olhos.

— Só me parece que ajudar sua mãe acabou fazendo você finalmente desabafar sobre a Carla. Era o que sua mãe queria, não era?

— O quê? — Eu me inclino para trás e então rio, surpreendendo a mim mesma. — Ai, meu Deus. Você acha que ela está falando tanto sobre a Carla para *me* ajudar? Não tem nada a ver com ajudar ela mesma?

— Tenho certeza de que você também a está ajudando — afirma Arnold com a boca cheia de biscoito. — Mas você seria tola de pensar que logo a Marian não está conseguindo fazer as coisas do jeito dela.

Aqui estou eu, fazendo da minha mãe o meu mais recente projeto, e lá está ela, fazendo exatamente a mesma coisa.

— Talvez consertar uma à outra seja a linguagem do amor da família Cotton — sugere Arnold.

Eu o encaro boquiaberta. Ele sorri para mim.

— Peguei um livro emprestado com a Kathleen sobre relacionamentos — diz ele.

— Arnold! Você está pensando em encontrar um novo amor? — pergunto, me debruçando sobre a mesa.

— Talvez eu já tenha encontrado — responde ele, erguendo as sobrancelhas.

No entanto, por mais enfurecedor que seja, nenhuma quantidade de bullying, persuasão ou chantagem emocional consegue arrancar qualquer outra informação dele, e decido desistir por ora. Pego o último biscoito como forma de punição por sua discrição, e ele me lança uma sequência tão exuberante de velhos insultos de Yorkshire que quase engasgo de tanto rir quando já estou indo embora.

Mais tarde, minha mãe me convida por mensagem para uma visita no dia seguinte. É a primeira vez que sugere que eu vá à casa dela. Quando já estou a caminho, me sinto mais tensa do que nunca, abrindo e fechando as mãos cobertas pelas mangas do casaco.

Assim que ela abre a porta, sei que levou as coisas longe demais dessa vez.

— Não, não, não, não — diz minha mãe, e me segura quando tento fugir. — Entre, Leena.

— Não quero.

A porta da sala está aberta. O cômodo continua exatamente como quando Carla morreu, só falta a cama. Tem até a cadeira onde eu costumava me sentar e segurar a mão dela, e quase posso *ver* a cama, o fantasma do móvel, os cobertores e lençóis invisíveis...

— Estou tentando uma coisa nova — explica minha mãe. — Ouvi um podcast de uma professora que diz que olhar para fotografias é um jeito maravilhoso de nos ajudar a processar memórias, e pensei que... queria ver algumas fotos com você. Aqui.

A mamãe pega uma das minhas mãos. Reparo então que sua outra mão segura um daqueles álbuns antigos e estremeço quando ela me puxa até eu estar parada em cima do capacho.

— Só tente entrar, meu amor.

— Mal consigo aguentar olhar para essa foto — digo, apontando para a foto na mesa do hall. — Sinceramente, não acho que sou capaz de suportar olhar para várias delas.

— Vamos aos poucos — garante minha mãe. — Um passo de cada vez. — Ela se vira e inclina a cabeça, examinando a foto de Carla no dia do baile de formatura como se a estivesse vendo pela primeira vez. — Essa foto...

Então, vai até a mesa, pega o porta-retratos e olha para mim.

— Vamos jogar essa fora?

— O quê? Não! — digo, arregalando os olhos e indo na direção dela para pegar a foto.

Minha mãe não larga o porta-retratos.

— A Carla *detestaria* essa foto. Está aí há tanto tempo que parei de reparar nela... Nem sei se eu mesma gosto muito dela. Você gosta?

Hesito, e então largo a foto.

— Bem... não. Detesto, na verdade.

Ela me dá o braço e me leva pelo corredor. Quando atravessamos o batente da porta da sala, meu olhar vai para o espaço onde estaria a cama e sinto um frio na barriga, como quando subimos e descemos uma ladeira em um carro em alta velocidade.

— Isso tem mesmo que ir embora. É uma foto horrível. Não é a Carla — afirma minha mãe.

Ela enfia o porta-retratos em uma lata de lixo no canto da sala.

— Nossa. *Nossa*. Isso foi meio estranho — diz, de repente levando a mão ao estômago. Eu me pergunto se as emoções dela também tendem a se concentrar ali, como as minhas. — Isso foi muito horrível da minha parte?

— Não — respondo, olhando para a lata de lixo. — A foto era horrível. Você só... seguiu um impulso. Foi bom. A sua cara.

— A minha cara?

— Sim. A sua cara. Como quando você do nada se cansou do papel de parede verde, e, um dia, quando voltamos da escola, descobrimos que tinha arrancado tudo.

Ela ri.

— Bem, caso não tenha notado... você está na sala. — Ela aperta o meu braço com mais força. — Não, não vá embora correndo. Venha. Venha e se sente no sofá.

Na verdade, não é tão ruim quanto eu pensei, estar naquela sala. Não é como se eu tivesse esquecido como era aqui. Está tudo gravado na minha memória, até a mancha antiga no canto perto da estante, e aquela outra marca escura no lugar onde a vovó caiu no sono e deixou uma vela queimar na mesa de café.

— Você gosta do jeito que está? — pergunto à mamãe enquanto nos sentamos. — Dessa casa, quero dizer? Você não mudou absolutamente nada desde...

Minha mãe morde o lábio.

— Talvez eu devesse fazer isso — diz ela, dando uma olhada ao redor. — Seria bom ver esse lugar um pouco... mais renovado. — Ela abre o álbum. — Agora... a ideia é que olhar essas fotografias supostamente mude as lembranças para um compartimento diferente do meu cérebro — diz lentamente. — Ou alguma coisa assim.

Controlo com enorme esforço meu desejo de revirar os olhos. Só Deus sabe de que livro de pseudociência ela tirou isso, mas duvido muito que haja uma pesquisa científica comprovando a eficácia dessa técnica.

Mas mamãe acha que vai ajudar. E talvez isso baste.

— Paris — digo, apontando para a foto no alto.

Dói olhar para o rosto sorridente de Carla, mas estou ficando um pouco melhor nisso — depois que a gente aceita a dor, fica um pouco mais fácil suportá-la. É que nem quando relaxamos os músculos em vez de tremermos quando está frio.

— Você se lembra do garoto que a Carla convenceu a beijá-la no alto da Torre Eiffel? — pergunto.

— Não me lembro de ele precisar de muito convencimento — brinca minha mãe.

— E ela não admitia que falava francês muito mal.

— Você implicou com a pronúncia dela a semana toda. A Carla já estava subindo pelas paredes.

Continuamos, foto após foto. Eu choro, um choro bagunçado entre muitas fungadas, e mamãe também chora muito, mas não é mais aquele pranto sufocado de que me lembro, de logo depois que Carla morreu, quando tive que segurar as pontas sozinha. Dessa vez, as lágrimas são do tipo que dá para passar a mão e secar. Percebo, então, como ela está indo bem. Quão longe chegou.

Paramos para o chá e então terminamos de ver as fotos. Não tenho certeza se alguma lembrança mudou de compartimento em meu cérebro, mas, quando levanto para acender a luz, percebo que andei pelo espaço onde a cama costumava ficar como se fosse só um tapete comum.

A princípio, eu me sinto culpada. Como se o fato de não evitar essa cama invisível fosse uma traição em relação ao que acontecia nessa sala. Mas então me lembro de Carla em todas aquelas fotografias — sorridente, exagerada, os piercings refletindo o brilho do flash da câmera — e sei que ela me diria que estou sendo ridícula. Por isso, volto e paro ali, naquele lugar, exatamente onde ela ficava deitada.

Fico parada e sinto saudade dela. Deixo a sensação me envolver.

E não desmorono. Dói demais, como uma ferida em carne viva, mas estou aqui — sem Ethan com os braços ao meu redor, sem o notebook na minha frente — e não estou correndo, nem trabalhando, nem gritando. E, seja lá do que eu tivesse medo — de desmoronar, de perder o controle —, nada acontece. A dor da saudade é excruciante, mas vou sobreviver.

24

Eileen

Bee me mandou uma mensagem ontem dizendo que viu Ethan e Ceci saindo juntos de fininho para o almoço. Isso me incomoda a manhã toda. Tento me distrair olhando os panfletos que Fitz fez para colarmos por toda a área de Shoreditch (*Tem mais de setenta anos e quer conhecer londrinos como você? Ligue para esse número e saiba mais sobre o Clube dos Grisalhos de Shoreditch!*), mas nem isso funciona.

Penso em Carla. Ela faria algo a respeito se estivesse aqui. Não deixaria Ethan enrolar Leena. Ela seria ousada, corajosa e habilidosa e *faria* alguma coisa.

Eu me levanto e vou decidida bater na porta do quarto de Fitz. Carla deveria estar aqui para defender a irmã. É uma tragédia indescritível que não esteja. Mas *eu* estou aqui por Leena. E posso ser ousada, corajosa e habilidosa também.

— Acho que essa foi a coisa mais legal que eu já fiz, Sra. C — diz Fitz, e na mesma hora deixa morrer a van que acabou de pegar emprestada com a Sally, do apartamento 6. — Opa. Espera aí. Isso, agora peguei o jeito, lá vamos nós! Não é para falar dessa parte quando for contar a todos a história da nossa tocaia, hein?

— Não vou contar nada a ninguém, Fitz — digo na minha voz mais severa. — Essa é uma missão secreta.

Ele parece encantado.

— Uma missão secreta! Opa, desculpa, não me dei conta de que ainda estava na segunda marcha. Ah, nossa.

Entramos na rua principal e descobrimos que está totalmente engarrafada. Ficamos olhando para o trânsito que se estende à nossa frente enquanto as pessoas a pé cortam caminho por entre os carros.

— Deixe eu checar o Google Maps — diz Fitz, e enfia a mão no bolso da jaqueta para pegar o celular. — Muito bem. Aqui está dizendo que vamos levar quarenta minutos para chegar ao escritório da Selmount com esse trânsito.

Desanimo. Avançamos alguns centímetros. Este engarrafamento basicamente tirou o drama de toda a situação.

Quando enfim chegamos aos arredores da sede da Selmount, Fitz estaciona — possivelmente em lugar proibido — para que possamos nos instalar em um café em frente ao edifício da empresa. Graças a Bee, sei que Ethan está em uma reunião ali naquele exato momento. É uma rua surpreendentemente feia, uma avenida larga ladeada por prédios baixos, cada um com algumas janelas fechadas com tábuas, como dentes de ouro manchados. O vidro cinza brilhante da sede da Selmount parece um pouco exagerado no meio de tudo aquilo.

Tomo meu chá e examino os donuts que Fitz insistiu em comprar para nós. Aparentemente, é preciso comer donuts em uma missão de "tocaia". Eles parecem muito gordurosos — o meu já formou um anel azulado no guardanapo que o envolve.

— Lá está ele! — diz Fitz, entusiasmado, apontando para o prédio da Selmount.

Ele está certo: lá vai Ethan, pasta na mão e cabelo escuro balançando quando sai do escritório. É um belo homem, preciso admitir.

— E agora, Sra. C?

— Agora usamos o trunfo da velhinha — digo. — Pegue alguns guardanapos. Sim, isso mesmo... Não quero desperdiçar esse donut. Tenho certeza de que a gata da Letitia vai querer comer. Ela come qualquer coisa.

Quando consigo sair do café, Ethan já quase desapareceu mais adiante na rua. Começo a andar rápido, quase correndo, e Fitz demora um pouco para me alcançar.

— Nossa, você é rápida para uma velhinha! — diz, conseguindo adequar seu ritmo ao meu. — Espere, se pegarmos um atalho por aqui, vamos conseguir interceptá-lo.

Sigo Fitz por um beco onde mal cabem duas pessoas lado a lado. O lugar cheira fortemente a urina e a outra coisa que demoro um instante para descobrir, mas que acabo lembrando que é maconha.

— Lá! — grita Fitz, apontando para Ethan do outro lado da rua. — Opa, desculpe, agora é que lembrei que deveria ter usado a voz de missão secreta.

Mas é tarde demais: Ethan já está procurando de onde veio a voz. Só preciso usar isso em benefício próprio.

— Ethan! Querido! — digo com a voz melodiosa, abrindo caminho com dificuldade pelo fluxo de pedestres atravessando a rua. Atrás de mim, ouço Fitz inspirar com força e depois pedir desculpas a algum motociclista que precisou desviar um pouco para não me acertar. — Que sorte esbarrar em você aqui!

— Oi, Eileen — diz ele, me dando um beijo no rosto. — Tudo bem?

— Muito bem, obrigada — digo. Estou um pouco sem fôlego, e olho ao redor desejando que houvesse algum lugar em que eu pudesse me sentar por um momento, mas é claro que não há nenhum banco à vista. — Embora, na verdade, esteja louca para dar um pulinho no banheiro — continuo baixinho. — Não tenho certeza se vou conseguir esperar até chegar em casa! Quando se tem a minha idade, sabe, a bexiga não é mais o que era. Escapa, entende. Escapa.

A expressão no rosto de Ethan é semelhante à de Fitz quando aparece alguém mutilado em um dos dramas criminais que Martha adora.

— O meu apartamento fica bem ali — diz Ethan, apontando para o prédio no fim da rua. — Gostaria de dar um pulinho lá e, bem, usar o banheiro?

— Ah, você é um amor. Me mostre o caminho.

***

Encontro quatro pistas no apartamento de Ethan:

1) Um recibo que está em cima da mesa do hall de entrada, de uma refeição para duas pessoas no valor de 248 libras. Sei que Londres é uma cidade cara — o preço que cobram pelas coisas aqui é criminoso —, mas essa é uma soma alta para se gastar só com um amigo ou colega de trabalho.
2) Duas escovas de dente no banheiro, as duas com a cabeça úmida, sugerindo uso recente. Por que Ethan usaria duas escovas de dente?
3) Junto de alguns frascos de produtos de cabelo de Leena que eu reconheço — todos para "domar o frizz" —, há um frasco pequeno de sérum para "proteção da cor", sendo que Leena não tem o cabelo pintado. Embora eu suponha que esse produto possa ser do próprio Ethan. Ele tem muito orgulho dos cachos escuros.
4) Não há lata de lixo no banheiro. Isso *por si só* não sugere adultério, mas ao longo da minha vida descobri que é difícil gostar de uma pessoa que não tem a consideração de colocar uma lata de lixo no banheiro. E são sempre homens que fazem isso. E quase sempre homens em quem não se pode confiar.

Quando Fitz e eu já estamos de volta em casa, comparamos nossas anotações. Ele não encontrou pistas, o que é típico. Eu bem que disse que as velhinhas dão as melhores detetives.

— Você não vai comentar nada disso com a Leena, não é? — pergunto, bastante preocupada.

Peguei o mau hábito de compartilhar as coisas com Fitz. Ele sabe *bastante* sobre Tod agora, por exemplo. Tomei duas taças de vinho e ele fez perguntas tão sinceras que foi meio irresistível. Não costumo contar esse tipo de coisa pessoal a ninguém, nem mesmo a Betsy. Talvez seja resultado de estar aqui, vivendo a vida de outra pessoa. Seja qual for o motivo, tem sido bem divertido.

— Meus lábios estão selados, Sra. C — diz Fitz. Ele assume uma expressão solene. — Se você acha que é possível encontrar algum podre do Ethan, sou a favor da investigação. A Leena merece o melhor.

— Merece mesmo — concordo.

— E *você* também, Sra. C.

Fitz vira o notebook de Leena na minha direção por cima das almofadas do sofá. A vida no apartamento deles parece circular em torno desse sofá. Nós comemos aqui, tomamos chá aqui. Por um tempo, o sofá foi até o escritório de Martha.

— Alguma mensagem nova? — pergunta Fitz. — Ah, já vi que você recebeu uma mensagem do Howard, olha esse sorriso! Você é muito fofa.

— Ah, pare com isso — digo a ele. — Vá fazer algo de útil... Tem louça para lavar.

— Ok, ok. Vou deixar você aí com seu *sexting*.

Não faço ideia do que significa isso, mas desconfio que seja alguma coisa rude, por isso lanço um olhar severo na direção dele, só para garantir. Fitz sorri e desaparece dentro da cozinha, enquanto me acomodo no sofá e leio a mensagem de Howard.

OldCountryBoy diz: Oi, Eileen! Só queria dizer que estou à disposição para criar o site para seu clube na hora que você quiser. Só vai demorar um dia depois que você me autorizar. Bjssss.

Tinha me esquecido completamente da oferta de Howard de fazer um site para nós. Sorrio.

EileenCotton79 diz: Muito obrigada, Howard. Do que você precisa para começar? Bjs.

Mordo o lábio, pensativa, enquanto espero pela resposta dele. Será muito emocionante ter um site para o clube, mas isso não vai ajudar a atrair membros para o evento de lançamento. Comecei a me preocupar um pouco com isso, apesar de Fitz ter colado os pôsteres que fez por toda parte. Só me pergunto se as pessoas que estamos procurando realmente olham para os pôsteres nas paredes por aqui. Existem muitos outros pôsteres, e a maioria deles é sobre bandas e ativismo e outras coisas. Nos nossos, dizemos que podemos providenciar transporte para o local — Tod ofereceu o ônibus da companhia de teatro dele, que Deus o abençoe —, mas as pessoas que queremos alcançar talvez nem passeiem pela rua o bastante para verem os cartazes.

Um pensamento me ocorre. Saio da conversa com Howard e clico em *Encontrar par perfeito*. Preencho todo o formulário, mas faço um pouco diferente dessa vez. Idade: mais de 75 anos. Locais: Leste de Londres, Centro de Londres. Masculino ou feminino? Clico nas duas caixas.

Isso é bastante atrevido, mas é por uma boa causa. Clico no perfil da primeira pessoa que aparece na lista: Nancy Miller, setenta e oito anos. Clico no iconezinho de envelope para lhe enviar uma mensagem.

Cara Nancy,

    Espero que não se importe por eu lhe enviar uma mensagem, mas estou organizando um clube em Shoreditch para pessoas com mais de setenta anos e pensei que você poderia estar interessada em vir a nossa inauguração nesse fim de semana...

Passo horas enviando mensagens. Há mais de cem pessoas nessa lista. Fico muito feliz que Fitz tenha me mostrado como "copiar e colar", caso contrário, eu teria demorado o dia todo, mas mesmo assim meus olhos doem e meu pescoço está rígido depois de ficar sentada tanto tempo nesse notebook.

Já começo a receber respostas. Algumas delas são um pouco desagradáveis — *Vá fazer publicidade em outro lugar! Isso não é lugar para esse tipo de coisa!* —, e alguns dos homens parecem entender meu convite como uma oportunidade para começar um flerte, o que não posso fazer no momento — tenho negócios mais importantes a tratar agora. Além disso, nenhum deles é páreo para Howard ou Tod. Mas já há algumas pessoas que parecem interessadas no Clube dos Grisalhos de Shoreditch. *Eu adoraria ir*, diz Nancy Miller. *Haverá jogos?*, pergunta Margaret, de Hoxton.

Letitia aparece exatamente quando já estou ficando sem paciência para responder às mensagens. Ela diz que preparou uma nova mistura de ervas para o chá e quer que eu experimente. Convido-a a me acompanhar — desconfio que essa era a verdadeira intenção da visita — e aproveito para atualizá-la em relação ao meu novo plano de divulgação para nosso clube.

— Gostaria de ser tão esperta com essas coisas como você. — Ela indica o notebook com a cabeça.

— Ah, tenho certeza de que você poderia aprender! — digo. — Peça ao Fitz para ensinar.

— Ele é um bom homem, o Fitz — comenta Letitia. — Ele já encontrou alguém para ocupar o quarto da Martha? O pobrezinho estava preocupado com isso quando conversamos pela última vez.

Sorrio. Letitia tem descido para o espaço de convivência pelo menos uma vez por dia para arrumar vasos de flores e afofar almofadas. Agora, quando alguém aparece, sempre para e conversa um pouco. Na segunda à noite, vi Aurora e Sally lá embaixo, jogando cartas com ela. *Estamos testando as mesas!*, explicou Aurora. Então: *Isso! Full house!*, disse Sally, batendo com a mão na mesa e fazendo Letitia dar um pulo.

— Ainda não — digo a ela, e pego um biscoito. — Acho que ele vai colocar um anúncio em algum lugar na internet.

— Bem, quem quer que seja, vai ter sorte de morar aqui.

— Letitia... Você já pensou em se mudar do seu apartamento?

Ela parece horrorizada.

— Para onde?

— Não muito longe. Para cá. Para o antigo quarto da Martha.

É uma excelente ideia, se posso dizer.

— Ah, não — diz Letitia, e se esconde atrás da caneca de chá. — Não poderia sair do meu apartamento. E todas as minhas coisas bonitas? Além do mais, nenhum jovem quer morar com uma velha tagarela como eu.

Empurro o último biscoito na direção dela.

— Bobagem — digo a ela. — Embora entenda seu ponto de vista sobre suas lindas quinquilharias. Quer dizer — acrescento às pressas, ao ver a expressão dela —, suas lindas antiguidades.

— Eu não poderia sair do apartamento — repete Letitia, com mais firmeza desta vez, então não insisto no assunto.

É uma pena, no entanto... ela poderia se beneficiar da companhia, e me preocupo com como vai ser quando eu não estiver mais aqui para chamá-la para fazer as coisas, mesmo se conseguirmos fazer o Clube dos Grisalhos de Shoreditch funcionar regularmente.

Depois que Letitia volta para casa, fico segurando minha xícara de chá vazia por tanto tempo que a porcelana esfria contra minhas mãos. Não consigo parar de pensar no recibo na mesa de Ethan, na escova de dentes molhada em seu banheiro. Sei que tenho uma inclinação a supor a infidelidade de um homem — é bastante razoável dadas as circunstâncias, então não me culpo. Mas preciso saber se minha parcialidade está atrapalhando meu julgamento.

Pego meu celular e ligo para o número de Betsy.

— Olá, meu bem! — diz ela. — Como está seu lindo ator? — Ela pronuncia *ator* com tanta elegância que faz com que a coisa pareça ainda mais sofisticada.

Sorrio.

— Está mais lindo do que nunca. Posso pedir um conselho, Betsy?

— Claro.

— É sobre o namorado da Leena, Ethan. Você deve ter conhecido o rapaz quando ele esteve aí de visita, certo?

— Nas raras ocasiões, sim — confirma Betsy.

— Ele não tem ido todos os fins de semana?

— Só veio um ou dois. Acho que o Jackson o assustou.

Aquilo me pega de surpresa.

— Jackson? Jackson Greenwood?

— Ele não gostou muito do Ethan.

— Sempre soube que o Jackson avaliava bem o caráter das pessoas — comento, séria.

— Aahh, esse Ethan não caiu nas suas graças, então? — pergunta Betsy.

Conto a ela sobre minhas descobertas na visita que armamos ao apartamento de Ethan.

Betsy deixa um suspiro escapar por entre os dentes. É o mesmo barulho que ela faz quando está negociando alguma coisa no mercado de Knargill.

— Pode não ser nada — diz. — Nem todo homem é como o Wade.

— Muitos deles são, no entanto.

— Humm, bem... — pondera Betsy.

Chego muito perto de perguntar a ela sobre Cliff, mas Betsy volta a falar antes que eu tenha a chance. É sempre assim.

— Devo dizer — continua ela — que antes de saber que sua Leena tinha namorado, eu teria dito que ela estava de olho no Jackson.

Que *interessante*.

— O que a faz dizer isso?

— Ela passou metade do tempo que está aqui brigando com ele e a outra metade arrumando o cabelo quando ele está por perto. Na última reunião do Comitê do Primeiro de Maio, ela mal conseguia tirar os olhos dele. Aaah, e falando do Primeiro de Maio: ela conseguiu um patrocinador, sabia?

Essa provavelmente é a única coisa que Betsy poderia ter me dito que conseguiria me distrair do tópico "Leena de olho em Jackson".

— Um patrocinador para a Festa do Primeiro de Maio?

— Uma firma de advocacia grande. Muito chique. Estão pagando por quase tudo, e ela teve várias ideias de atividades para arrecadação de fundos, barracas de venda de bolos, caça ao tesouro e rifas.

Sorrio.

— Ela é brilhante, não é?

— Ora — diz Betsy —, ela sem dúvida consegue que as coisas sejam feitas, tenho que admitir.

25

Leena

Pela primeira vez, quando busco Nicola e pergunto aonde vamos, ela diz:

— Vamos para sua casa?

Eu me sinto absurdamente lisonjeada. Nicola é uma daquelas pessoas cuja amizade você precisa conquistar da maneira mais difícil — eu me sinto A Escolhida.

Quando chegamos à Clearwater Cottage, Arnold está capinando o jardim.

— Eu disse que faria isso! — digo a ele enquanto ajudo Nicola a descer do carro.

— Bom, mas não fez — argumenta Arnold, balançando um dente-de-leão para mim. — Oi, Nicola, tudo bem?

Abro a porta e levo os dois para dentro.

— Chá?

Só quando já estou esperando o chá ficar pronto é que me ocorre como é estranho eu não achar essa situação esquisita. As pessoas costumam comentar sobre como sou "madura" para os meus vinte e nove anos (*Ver a irmã morrer faz isso com a gente*, sempre tenho vontade de responder). Mas na verdade nunca tive amigos de mais de trinta anos. E agora não acho nada de mais quando Arnold aparece sem avisar — até espero ansiosa por isso — e fico completamente encantada por Nicola ter resolvido que gosta de mim o suficiente para querer passar a tarde comigo. É legal. Gosto de como eles mudam minhas perspectivas, de como nossas vivências são tão diferentes. Vou sentir falta disso quando for embora — vou sentir falta deles.

Alguém bate na porta. É Betsy.

Ela está com uma aparência um pouco desgrenhada.

— Oi, Leena — diz, muito rígida.

— Betsy! Oi! Entre! Estamos tomando chá — digo. — Vou servir uma xícara para você! Posso pegar seu casaco?

Pego o casaco dela e penduro, a mente em disparada. Betsy não apareceu mais desde aquele primeiro chá terrível, quando eu disse aquele monte de coisas erradas. O que a trouxe aqui agora?

— Não vou ficar — retruca Betsy. — Vim só para pegar a chave reserva da minha casa. A Eileen guarda por aqui em algum lugar.

— Ah, claro! — Olho ao redor, como se a chave pudesse estar esperando em cima da mesa de jantar. — Você se trancou do lado de fora?

— Sim — confirma ela.

Tento encontrar seu olhar, mas ela o desvia. Com certeza está mentindo. Arnold olha de um lado para outro, então fica de pé.

— Nicola, tenho que lhe mostrar a hortênsia nos fundos do jardim da Eileen — diz.

— O quê? — pergunta Nicola. — Eu não...

Mas ele já está ajudando-a a se levantar.

— Ah, tudo bem — resmunga ela.

Murmuro um *Obrigada* para Arnold e ele me dá um sorrisinho. Quando ficamos sozinhas, eu me volto para Betsy, que está abrindo e fechando as gavetas da cômoda.

— Cliff não pode abrir a porta para você? — pergunto com gentileza.

Betsy não se vira. Há um longo silêncio.

— Foi o Cliff que me trancou do lado de fora.

Respiro fundo.

— Bem, isso é horrível da parte dele — digo, no tom mais neutro que consigo. — Gostaria de ficar aqui essa noite?

Ela olha em volta.

— Ficar aqui?

— Sim. Você pode ficar no quarto da minha avó.

— Ah, eu... — Ela parece meio perdida por um momento. — Obrigada. É muita gentileza da sua parte. Mas prefiro encontrar a chave.

— Tudo bem. — Assinto, enquanto Arnold e Nicola voltam pelo jardim. — Se nós quatro procurarmos, vamos encontrar.

Enquanto tento achar a chave, encontro todo tipo de coisa: minha antiga mochila da escola (como isso acabou aqui?); uma foto da minha mãe quando ela estava grávida de mim, linda como uma estrela de cinema; e uma receita de torta gelada de chocolate escrita com a letra de Carla, que faz meus olhos arderem com lágrimas. Carla parece surgir o tempo todo aqui em Hamleigh. Ela pode não ter vivido nessa cidadezinha por muito tempo, mas faz parte do tecido do lugar. Talvez seja por isso que eu finalmente tenha conseguido seguir em frente nesse tempo que estou aqui — ou melhor, tenha parado de seguir em frente. Seguir em frente é o meu forte; não sou boa é em ficar parada.

Dobro a receita com cuidado e coloco de volta onde encontrei. Um dia, talvez, encontrar um tesouro como esse não me faça chorar, mas sorrir.

No fim, Nicola encontra a chave. Está cuidadosamente rotulada na letra comprida e fina da minha avó — *chave reserva da Betsy* — e foi guardada na parte de trás de uma gaveta na mesa do hall de entrada, junto com toda uma coleção de chaves para casas de que todos já nos mudamos faz tempo: o apartamento de Carla em Bethnal Green, nossa antiga casa em Leeds, e, para minha irritação, a chave de uma trava de bicicleta que achei que tinha perdido há uns dez anos. Há também uma chave reserva da casa da mamãe, que pego para usar pelo resto do meu tempo aqui — venho usando uma da vovó, mas ela sempre fica emperrada na fechadura.

Levo Betsy de volta até a casa dela. Não dou espaço para que se oponha à ideia, mas ainda estou surpresa por ela ter permitido. Tento imaginar o que a vovó diria e chego à conclusão de que ela não diria muito — esperaria Betsy falar. Por isso, enquanto seguimos lentamente pela Middling Lane na chuva, apenas seguro o guarda-chuva e espero Betsy se sentir pronta.

— Imagino que você esteja pensando que sabe tudo sobre a minha situação agora — diz ela, por fim, olhando para a frente.
— Não, de jeito nenhum.
— Ótimo. Porque é... é complicado.
— Tenho certeza.
Mordo a parte interna da bochecha. Minha avó teria continuado quieta. Ela teria deixado por aquilo mesmo. Mas...
— Ninguém jamais deveria sentir medo na própria casa. E se quiser deixá-lo, Betsy, todos nesta cidade vão apoiar você. Todos.
Chegamos à casa. Ela para diante do portão — deixando claro que eu deveria ir embora, mas prefiro ficar até ela estar em segurança do lado de dentro.
— Ele já deve ter se acalmado a essa altura — comenta Betsy, girando a chave na mão. — Vá embora, Leena, você não pode ficar aqui.
— Você merece coisa melhor, Betsy. E não vou parar de dizer isso, não importa quantas vezes você me mande embora ou me diga para não aparecer — digo, com um sorrisinho. — Estarei sempre aqui.
— Por menos de uma semana — argumenta Betsy.
— Ah, sim. — Por um momento, realmente me esqueço de que vou embora. — Bem, e depois disso, você vai voltar a ter a Eileen Cotton certa em Clearwater Cottage — digo com um sorriso, mas meu estômago se aperta com uma sensação que se parece muito com tristeza. — E aí será ainda melhor.

26

Eileen

Bzz-bzz-bzz-BZZ-BZZ-bzz-bzz-bzz, faz o celular de Leena em cima da mesa do café.

— Ai, merda, fico prestes a ter um ataque cardíaco toda vez que você recebe uma mensagem — diz Bee, levando a mão ao peito. — Esse barulho é *muito alto*.

Tenho a intenção de repreendê-la pelo palavrão, mas me distraio com minha nova mensagem.

— Quem é dessa vez? — pergunta Bee. — O Old Country Boy ou seu namoradinho, o ator sexy?

— É meu vizinho de longa data — digo, balançando a cabeça. — Ele descobriu os vídeos de gatos e há semanas fica mandando para mim.

— Ah, você mostrou a ele aquele em que o gato empurra a criança na piscina? — pergunta Bee, se animando. — A Jaime e eu já vimos umas seiscentas vezes.

— Vejo que sua filha compartilha do seu senso de humor sombrio — comento, e largo o celular. Arnold pode esperar. Preciso saber das fofocas de Bee. — E então? Como foi seu terceiro encontro com o Mike?

Bee balança a cabeça, incrédula.

— Foi *bom*, Eileen. Ele é... bem, é um péssimo dançarino, *definitivamente* é mais rico e bem-sucedido do que eu e não mora em Londres, então não atende a quase nenhuma das minhas exigências...

— O que ele disse quando você contou sobre a Jaime?

O rosto dela se suaviza. Ah, conheço aquele olhar.

— Ele disse: "Me conta tudo sobre ela." Conversamos sobre a Jaime por uns quarenta e cinco minutos direto. Ele não se encolheu, nem se assustou, nem ficou distante. Ele simplesmente ouviu.

Sorrio.

— Ora, "bom ouvinte" pode não estar na sua lista, mas estava na minha.

— Ele também foi *muito* prestativo quando conversamos sobre como montar o próprio negócio. Ele tinha um monte de ideias, mas de um jeito nada arrogante, nada *mansplaining*, entende?

— Na verdade, não, mas acho que deve ser uma boa coisa — digo. — Você falou com a Leena sobre essas novas ideias?

Bee faz uma careta.

— Não quero pressionar a Leena... Da última vez que conversamos sobre os planos da B&L, ela disse que sua confiança tinha sofrido um baque muito forte depois que a Carla morreu e que ela estava sem coragem. Eu entendi. Não me importo de esperar até que ela esteja pronta.

— Humm — murmuro, enquanto o garçom coloca nossos cafés na mesa.

Bee levanta as sobrancelhas.

— Pode falar. O que está tentando não dizer?

— Você não costuma ser o tipo de mulher que espera calmamente.

Bee agita a espuma no topo do café.

— Se a Leena precisar, eu serei — diz com tranquilidade.

— Isso é muito bondoso da sua parte — comento. — Mas até a Leena precisa de um empurrãozinho de vez em quando. Na verdade, sobretudo agora. Eu nunca a ouvi mais feliz do que quando ela está falando sobre todos esses planos que vocês têm, e tem sido triste não ouvi-la falar sobre isso há tanto tempo. Talvez um empurrãozinho seja exatamente do que ela precisa para continuar.

— Talvez... — Bee assente, se animando um pouco. — Talvez eu... volte a dar uma cutucadinha nela. Não quero que a gente perca o gás. Às vezes me preocupo de sermos Selmounters para sempre.

— Vocês não se chamam disso, né? Parece título de livro erótico.

— Ai, Jesus, eu gostaria que você não tivesse dito isso — diz Bee. — Agora vou me lembrar disso toda vez que o CEO disser Selmounter. Selmounter. Ah, merda, você está certa, realmente parece...

À noite, me sento ao lado de Fitz na bancada da cozinha e examino as respostas que recebi sobre o Clube dos Grisalhos de Shoreditch. Até agora, cinco pessoas pediram transporte para a grande inauguração e outras sete disseram que vão confirmar quando estiver mais próximo da data, e ainda há mais algumas que pareceram interessadas. Estou tentando não ficar tão esperançosa, mas parece promissor.

De vez em quando, checo para ver se Howard está disponível na página do chat. Suas ideias para nosso site parecem maravilhosas — seu grande plano é o usarmos para arrecadar fundos. Estou mantendo isso como uma surpresa por enquanto, mas mal posso esperar para mostrar a Fitz quando terminar. A única desvantagem é que Howard explicou que precisa de um pouco de dinheiro para começar. Ele disse que provavelmente dobrará o valor desse investimento em uma semana com a arrecadação, assim recuperarei rapidamente o que investir, com lucro, e com certeza ainda parece que vale a pena fazer o site. Estou apenas esperando que ele me diga de quanto precisa.

Checo minhas mensagens e acabo na conversa com Arnold, em uma série de vídeos de gatos intercalados com trocas de informações aleatórias sobre Hamleigh e o jardim. Paro no nome dele. Então, por um capricho, clico para entrar no perfil.

Há algum texto lá agora, além da foto. *Meu nome é Arnold Macintyre e estou virando uma nova página,* diz a seção *Sobre mim. Quem aí está fazendo o mesmo? Eu adoraria conversar com alguma alma com ideias afins...*

Esfrego a nuca. Gostaria de saber se alguém respondeu à pergunta de Arnold. Será que existe alguma senhora com ideias afins por aí, conversando com ele sobre virar uma nova página? Realmente não me ocorreu que, se Arnold está conversando comigo neste site, provavelmente está conversando com outras pessoas também.

Minha mão paira sobre o botão de mensagem. Há um ponto verde ao lado do nome de Arnold. É engraçado pensar nele lá em Hamleigh, sentado diante do computador.

> EileenCotton79 diz: Olá, Arnold. Preciso perguntar: o que você quer dizer com "virando uma nova página"?
> Arnold1234 diz: Bem, eu me senti um pouco inspirado por você, na verdade.
> EileenCotton79 diz: Por mim???
> Arnold1234 diz: Você voltou a tomar as rédeas da sua vida. Parei de fazer isso muito tempo atrás. Então agora estou fazendo isso.

Fico olhando para a tela por um tempo. Arnold começa a digitar.

> Arnold1234 diz: Faço Pilates agora, sabia?

— Rá!

Fitz desvia o rosto da tela do próprio notebook e olha para mim, as sobrancelhas erguidas. Sorrio com timidez.

— Nada de interessante — me apresso a garantir, e puxo o notebook de Leena para mais perto de mim.

> EileenCotton79 diz: O que mais?
> Arnold1234 diz: A Leena me ensinou a preparar Pad Thai para o chá.
> EileenCotton79 diz: Mas a Leena é uma péssima cozinheira!
> Arnold1234 diz: Acabei descobrindo do pior jeito, né?

Rio de novo.

> EileenCotton79 diz: E a Betsy me disse que agora você também está no Comitê da Festa do Primeiro de Maio...
> Arnold1234 diz: Estou. Embora sua neta esteja se recusando a fazer a especialidade da Eileen para o Primeiro de Maio, portanto duvido que o dia seja grande coisa.

Sorrio. Todos os anos, no Primeiro de Maio, faço maçãs carameladas para vender em uma banca no portão de casa. Arnold sempre compra três, resmunga sobre o preço até eu me irritar e lhe dar um desconto e depois passa a noite toda se gabando por isso. Geralmente com caramelo nos dentes.

Meus dedos pairam sobre as teclas.

EileenCotton79 diz: Bem, que tal eu prometer fazer umas maçãs carameladas para você quando voltar?

A resposta dele demora muito tempo para chegar.

Arnold1234 diz: Preço com desconto especial?

Eu rio e reviro os olhos.

EileenCotton79 diz: Sairão de graça, como agradecimento por você tomar conta da Leena enquanto estou fora, e também pelos vídeos de gatos. Eles realmente me mantiveram com um sorriso no rosto.
Arnold1234 diz: Ora, como posso negar então?

Sorrio.

Arnold1234 diz: E o Clube dos Grisalhos de Shoreditch? Como está indo o projeto?

Esqueci completamente que havia comentado sobre o assunto com ele. É gentil da parte de Arnold se lembrar.

EileenCotton79 diz: A grande inauguração vai ser nesse fim de semana!
Arnold1234 diz: Queria poder estar presente.

Então, enquanto ainda estou absorvendo essa frase bastante surpreendente, ele continua:

Arnold1234 diz: Bem, se eu fosse convidado.

EileenCotton79 diz: É claro que você seria convidado, Arnold, não seja tolo.

Arnold1234 diz: Eu nunca fui convidado para sua casa, então não gostaria de presumir...

Franzo a testa para o notebook de Leena e ajeito os óculos.

EileenCotton79 diz: Você disse... nunca?

Arnold1234 diz: Exatamente. Você nunca me convidou para entrar.

EileenCotton79 diz: Bem, acho que você vai acabar descobrindo que o convidei uma vez.

Arnold1234 diz: Sim, bem, não desde aquele primeiro dia, então.

Mordo o lábio e ajeito distraidamente o batom.

Me ocorre, então, talvez agora com a distância, que não fui muito caridosa com Arnold.

Espero um pouco, sem saber o que dizer. Depois de um momento, Arnold me envia um vídeo de um gato andando em um Hoover. Rio.

Arnold1234 diz: Quis aliviar o clima.

EileenCotton79 diz: Ora, Arnold, desculpe. Quando eu voltar, gostaria muito de convidar você para um chá e para comer uma maçã caramelada.

Arnold1234 diz: Eu gostaria muito.

Arnold1234 diz: Boa sorte com a grande abertura, Eileen. Estamos todos esperando ansiosos para ter você de volta em Hamleigh.

E, com isso, o ponto verde desaparece.

Hoje é minha última noite com Tod. Só volto para casa na segunda, mas quero reservar o fim de semana para me despedir de meus novos amigos.

Não me sinto exatamente triste por dizer adeus a Tod. Sabíamos desde o primeiro dia que esse momento chegaria. Por isso fico surpresa quando ele se senta ao meu lado em sua cama branca luxuosa e diz:

— Eileen, não estou pronto para me despedir de você.

Sou pega desprevenida e levo algum tempo para escolher as palavras certas. Acabo demorando tanto que a expressão de Tod passa a ser de desalento.

— Ah, desculpe — digo, e pego a mão dele em um reflexo. — Só fiquei surpresa. Sempre dissemos...

— Eu sei. — Ele encosta a minha mão nos lábios. Seu cabelo grisalho está fofo e desarrumado depois de passar a tarde na cama. Arrumo os fios novamente do jeito que Tod gosta, para trás como os de Donald Sutherland. — Foi realmente extraordinário. Não há outra maneira de definir. Você é realmente única, Eileen Cotton.

Sorrio e baixo os olhos para os lençóis no meu colo.

— Dissemos que hoje seria o adeus.

— Ora, o adeus pode ser amanhã. Ou depois de amanhã. Ou em algum dia muito distante. — Ele sorri maliciosamente para mim e entrelaça os dedos aos meus. — Vamos. Vou tentar conquistar você. Vá comigo à festa do elenco amanhã. É um churrasco em uma cobertura em King's Cross. Comida boa, conversa boa, um ou outro astro do West End...

— Ignore a festa — digo em um impulso. — Venha à abertura do Clube dos Grisalhos de Shoreditch. — Dou um beijo em sua bochecha. — Seria incrível ter você lá.

Ele faz uma pausa.

— Bem, eu... Pode ser.

Sorrio. Esse projeto foi a parte mais importante do meu tempo aqui em Londres — parece certo ter Tod na abertura. E talvez ele esteja dizendo a verdade. Talvez nosso relacionamento não precise acabar só porque vou voltar para Yorkshire. Afinal, são só algumas horas de distância de trem.

Só depois que saio da casa de Tod é que me ocorre que Howard também disse que irá à inauguração. Ai, meu Deus. Suponho que é nesse momento que essa coisa de encontros fica complicada.

27

Leena

— De jeito nenhum — digo com firmeza.

— Mas a Vera está com diarreia! — protesta Penelope.

Tenho tanto o que fazer que nem tenho tempo para achar isso engraçado.

— Penelope, preciso circular pela feira, me certificar de que tudo está correndo como deve! Tenho certeza de que existe alguma garota nessa cidade que pode ser coagida ou chantageada para ser a Rainha de Maio.

— Talvez... Tem a Ursula...

Ursula é a menina de dezesseis anos cujos pais são donos do mercadinho local. Ela costuma ser encontrada perto da seção de legumes frescos com um bom livro na mão. Eu nunca a vi falar com absolutamente ninguém.

— Perfeito — digo, e me volto para as lindas guirlandas em formato de brasões que no momento estão sendo penduradas entre os postes da Peewit Street.

Está uma manhã fria e as guirlandas refletem nas poças da calçada, enquanto as bandeiras que prendemos no memorial de guerra no fim da rua oscilam lindamente ao vento.

— Deixo o assunto em suas mãos capazes, Penelope — volto a falar.

— Essa guirlanda está torta — avisa Roland.

Fecho os olhos e respiro fundo.

— Obrigada, Roland.

— Sem problemas — diz ele, simpático, e sai zanzando atrás de Penelope.

— Está mesmo, você sabe — agora é a voz de Jackson.

Eu me viro. No fim, fui muito gentil com ele a respeito do traje de Rei de Maio. Jackson está usando uma calça verde enfiada em botas marrons de cano alto e uma camisa branca larga com um cinto por cima, que é mais ou menos como eu imagino que Robin Hood seria — caso Robin Hood fosse um jogador de rúgbi grandão em vez de um ladrão ardiloso no meio da floresta. A guirlanda do Primeiro de Maio já está no pescoço dele. É linda — Kathleen teceu-a com flores silvestres e folhas que encontrou nas cercas vivas.

Mas a *pièce de résistance* são os chifres. Grandes e verdes, curvando-se como chifres de carneiro, tão altos quanto as minhas orelhas de coelho da Páscoa.

Eu *peguei leve*, mas não ia deixar o indivíduo se livrar dessa sem um ornamento de cabeça ridículo.

— Ei! — reclama ele enquanto disfarço um sorriso. — Eu fiquei sério quando você andou por aí parecendo o Roger Rabbit.

Cerro os lábios e adoto a expressão mais solene que consigo. Eu consigo.

— Muito digno — comento.

Quando me volto para as guirlandas, sinto alguma coisa ser colocada no meu pescoço. Quando olho para baixo, vejo a grinalda da Rainha de Maio, igual à de Jackson, mas com algumas flores cor-de-rosa entrelaçadas às brancas.

Giro nos calcanhares e o encaro novamente.

— Ah, não, nem vem — digo, já levantando a mão para tirar a guirlanda. Jackson segura meu punho.

— Você sabe que a Ursula nunca vai aceitar. Vamos lá. Espírito de equipe.

— Não posso participar do desfile, tenho que organizar tudo! — protesto. — A madeira do carro que leva o Rei e a Rainha de Maio está podre no meio... Preciso encontrar um carpinteiro *muito* talentoso ou outro carro, e...

— Pode deixar comigo — diz Jackson, uma covinha surgindo na bochecha. — Seja a minha Rainha de Maio e vou encontrar um jeito de você desfilar em alto estilo, combinado?

Estreito os olhos para ele.

— Caso esteja se perguntando, essa é a minha cara de desconfiança.

— Na verdade, já estou bastante familiarizado com essa expressão — retruca Jackson.

A mão dele ainda está no meu pulso, e me pergunto se ele consegue sentir os meus batimentos acelerados.

— Pode deixar comigo — repete Jackson e, quando solta meu braço, ainda consigo sentir a impressão dos seus dedos na minha pele, quente como a luz do sol.

Preciso que Ethan venha para cá. Já faz muito tempo. Estou perdendo a cabeça e me deixando levar por essa... sei lá o que é isso... Essa *paixonite* idiota por Jackson.

Essa semana me peguei pensando nele quando não deveria, repassando mentalmente as nossas conversas enquanto preparava o jantar, imaginando no que ele poderia estar pensando na hora. Fiquei me lembrando das sardas embaixo dos olhos azuis intensos e da sensação do corpo dele contra o meu quando fui jogada no espelho da sala de estar.

Dou uma olhada no celular — estou esperando Ethan enviar uma mensagem e me avisar quando vai chegar —, mas estou sem sinal, como sempre. Solto um grunhido e volto a arrumar a guirlanda no poste, enquanto meu cérebro repassa a lista de coisas ainda por fazer: checar se os banheiros químicos chegaram, lidar com a inundação no terreno que eu havia designado como estacionamento, ligar para o homem que entrega o gelo, ver com Betsy como estão as barracas de comida...

Penelope volta.

— A Ursula disse que preferia deixar um desses falcões bicar os olhos dela do que ser a Rainha de Maio — anuncia.

— Nossa, isso é bem... categórico — comento. Claramente interpretei mal o jeito de Ursula. — Tudo bem, vou pensar em outra pessoa depois que tiver resolvido tudo em relação às barracas de comida, ao gelo, às inundações e aos banheiros químicos.

— Calma, querida — diz Penelope, colocando a mão no meu ombro. — Você já fez muito! Tenho certeza de que Betsy não se importará se você fizer uma pausa.

— Penelope — digo, dando um tapinha na mão dela —, sinceramente, isso é a coisa mais divertida que já fiz em... nossa, não sei, *séculos*. Por favor, não me faça dar um tempo.

Ela pisca aqueles olhos expressivos para mim.

— Você é *bem* estranha, querida — comenta.

Sorrio para ela e checo novamente o celular: três barras milagrosas de sinal, embora ainda nenhuma mensagem de Ethan. Tiro isso da cabeça e aperto a tecla de discagem rápida para ligar para Betsy (sem brincadeira: o telefone de vovó ainda tem discagem rápida).

— Desculpa ter perdido sua última chamada! — digo ao telefone, gesticulando para a esquerda para os homens que estão colocando as guirlandas (Rob e Terry? Acho que são Rob e Terry... Ou esses são os que eu mandei desviar o trânsito para a Lower Lane?).

— Leena. As barracas de comida. Não chegaram.

— O quê? Por que não?

— Não sei! — Betsy parece estar quase chorando.

— Não se preocupe, vou resolver isso.

Desligo e digito o número de uma das barracas de comida. São todas administradas por pessoas diferentes, a maior parte moradores da região — o número do cara do espetinho de queijo é o primeiro que encontro.

— Sinto muito — diz ele. — Firs Blandon nos ofereceu o dobro.

— Firs Blandon? — Aquela cidadezinha de que os Patrulheiros do Bairro estão sempre falando mal? — Como *assim*?

— Acho que eles também estão fazendo uma Festa do Primeiro de Maio. Colocaram uma placa do lado da de vocês na estrada, direcionando as pessoas para lá. Aliás, a placa deles é maior do que a sua — acrescenta o homem do queijo, prestativo.

— Não faça isso — peço. — Já estou a caminho de Firs Blandon — corro até onde estacionei Agatha — e *vou* trazer todos vocês de volta para Hamleigh-in-Harksdale *como foi combinado*, mas vou criar um caso, isso eu garanto. Vai ser tudo muito mais agradável se você voltar e cumprir suas obrigações contratuais aqui em Hamleigh.

Há uma pausa desconfortável.

— Eu não assinei nada — argumenta o homem do queijo.

Droga, droga, droga. Não, ele não assinou. Simplesmente entramos em contato com as barracas de comida que participam da festa todos os anos e pedimos que preparassem um tema medieval dessa vez, e todos disseram: *Ah, claro, estaremos aí!* Quem sabe um dia até existiu um contrato, na primeira Festa do Primeiro de Maio, mas só Deus sabe onde está.

— Ainda assim temos direitos legais — digo com frieza, embora não tenha a menor ideia de se isso é verdade.

— Certo... Desculpe, Leena. Não faço muito dinheiro com esse bico de vender espetinho de queijo e... sinto muito. — Ele desliga.

Destranco o carro. Penelope aparece ao meu lado, os olhos arregalados de preocupação.

— Não temos barracas de comida! — diz, agarrando meu braço.

— Isso é um *desastre*! — brada Basil, se aproximando em um passo lento, mas muito determinado. — Maldita Firs Blandon! Eu deveria ter imaginado que eles aprontariam alguma coisa!

— Está tudo bem, Leena? — pergunta Arnold, mais acima na rua, onde está checando as lâmpadas penduradas nas lanternas.

— Para dentro, todos vocês — digo, apontando para o carro.

Jogo as chaves para Penelope, que as pega no ar, parecendo extremamente surpresa por seus reflexos terem funcionado tão bem.

— Você dirige — digo a ela.

— Ah, mas o que o Dr. Piotr diria? — pergunta Basil. — Ele falou que a Penelope não deveria...

Os olhos de Penelope cintilam.

— Dane-se o Dr. Piotr — diz ela, abrindo a porta do lado do motorista.

— Isso é *empolgante*.

***

Eu não afirmaria que me sinto *segura* com Penelope ao volante. Mas certamente fizemos progressos.

— Aquilo era um sinal vermelho — comenta Arnold em um tom ameno, depois que passamos direto por ele.

— Em um segundo ficaria verde — retruca Penelope, o pé firme no acelerador.

Enquanto isso, estou grudada ao celular.

— Quem manda em Firs Blandon? — pergunto. — Eles têm um prefeito ou algo assim?

— O quê? Não — diz Arnold. — Acho que devem ter um representante do conselho do condado.

— Até pode ter — acrescenta Penelope em um tom sagaz. — Mas duvido que mande em alguma coisa.

Levanto os olhos do celular.

— Como assim?

— A Eileen é a representante oficial dos Patrulheiros do Bairro — explica Penelope, fazendo uma curva fechada a sessenta quilômetros por hora. — Mas todo mundo sabe que quem manda de verdade é a Betsy, não é?

— Ei, ei, aquela é uma placa de velocidade máxima de trinta quilômetros!

— Ora, *eu* não vi — diz Penelope.

Abaixo o vidro da janela quando entramos em Firs Blandon. Há guirlandas! E lanternas! Desgraçados!

— Com licença — digo a um dos homens que estão pendurando guirlandas. — Quem manda aqui?

— Leve-me ao seu líder! — brada Basil, e ele mesmo ri.

— Mandar?

— Sim.

— Bem, o representante do conselho é...

Eu o interrompo com um gesto.

— Quem *realmente* manda? Por exemplo, quando alguém estaciona perto demais de um entroncamento, ou se o pub começa a cobrar demais pelo peixe com fritas, quem dá um jeito nas coisas?

— Ah, está falando do Derek — diz o homem. — Ele está ali embaixo, organizando as barracas de comida.

— Obrigada — digo, então solto um gritinho quando Penelope pisa mais uma vez com força no acelerador.

— Nunca confiei em homens chamados Derek — diz ela de um jeito meio misterioso quando entramos na rua principal de Firs Blandon, agora toda ocupada pelas nossas barracas de comida.

— Estacionem — falo, já abrindo a porta do passageiro. — Vou entrar.

Não é difícil localizar Derek. É um homem que já deve estar perto dos setenta, usando um capacete de um tom amarelo muito forte, totalmente desnecessário, e brandindo um megafone.

— Um pouco para a direita! Não, um pouco para a esquerda! Não, *esquerda*! — grita ele ao megafone.

— Derek? — chamo, o tom gentil.

— Sim? — Ele mal olha para mim.

— Leena Cotton — digo, e me coloco na frente dele com a mão estendida. — Estou aqui representando Hamleigh-in-Harksdale.

Isso chama a atenção dele.

— Chegaram rápido — comenta ele com um sorrisinho que faz o meu sangue ferver.

— Tenho uma ótima motorista — retruco. — Há algum lugar onde possamos conversar?

— Estou meio ocupado aqui — diz Derek. — Tenho uma Festa do Primeiro de Maio para organizar e tudo o mais. Tenho certeza de que você entende.

— Claro — respondo, sorrindo. — Eu só queria lhe desejar boa sorte.

Ele parece confuso por um instante.

— Obrigado, docinho — fala, o sorriso presunçoso cada vez mais largo. — Mas não precisamos de sorte. Vamos ter a melhor comida de Yorkshire sendo servida aqui hoje.

— Ah, não, não estou desejando boa sorte para hoje — explico. — Mas para o alvará de construção.

Derek congela.

— O quê?

— Firs Blandon está com alguns planos bem ambiciosos! Aquele centro comunitário no limite da cidade, você sabe, aquele bem à vista de várias casas na Peewit Street, em Hamleigh? Poderia ser um acréscimo maravilhoso a essa área ou, é claro... dependendo do ponto de vista... pode ser um negócio tenebroso, com um impacto visual negativo na paisagem icônica do Dales.

Agora a atenção de Derek está fixa em mim.

— Ah, Penelope, Basil, Arnold! — chamo, acenando para eles. — Venham conhecer Derek. Vamos passar a vê-lo com muito mais frequência, já que todos estaremos superinteressados em acompanhar os alvarás de construção feitos por Firs Blandon. — Abro um sorriso radiante para Derek. — Basil, Penelope e Arnold têm opiniões muito fortes sobre questões locais. Não é mesmo?

— Eu diria que sim — declara Basil, estufando o peito.

— Sempre me envolvi muito nos assuntos da cidade — diz Arnold.

— Só queria dizer que há algum problema com o nome Derek — fala Penelope, o olhar fixo no homem. — Nunca conheci um Derek de que tenha gostado. Nunca.

Meu sorriso fica mais largo e pego o megafone da mão de Derek, que não oferece resistência.

— Arrumem as coisas, todo mundo! — grito no megafone. — Estamos voltando para Hamleigh-in-Harksdale.

As barracas de comida voltam para Hamleigh com o rabinho entre as rodas. Penelope dirige de volta com a calma despreocupada de um garoto de dezessete anos e, de algum jeito, chegamos à cidade ao mesmo tempo em que as barracas de comida, embora tenhamos parado em Knargill para pegar Nicola no caminho. Quando passamos pela placa anunciando a Festa do Primeiro de Maio de Firs Blandon, Penelope joga o carro em cima dela e eu me agarro à maçaneta da porta. Ela mira na beira da placa e a derruba no chão, virada para baixo.

— Poxa! — diz Penelope.

— Acerte aquela também — sugere uma Nicola animadíssima, e aponta para uma placa mais à frente indicando um mercado de agricultores.

Conforme nos aproximamos de Hamleigh, percebo que tenho o tempo exato de confirmar se os banheiros químicos já foram instalados antes que a empresa de drenagem chegue para lidar com o alagamento. Mas quando alcançamos o terreno designado para as barracas de comida, há uma pequena multidão reunida ao redor da entrada, bloqueando nossa visão. Penelope e eu franzimos a testa uma para a outra, e ela estaciona e saímos. Dou a volta para ajudar Nicola, mas Basil já está lá, oferecendo o braço em um cavalheirismo que beira a era medieval. Arnold dá um tapinha carinhoso em Agatha quando desce — ele se apegou muito ao carro desde que o resgatou da cerca viva de vovó.

— O que é tudo isso? — pergunta Arnold, indicando a aglomeração com a cabeça.

— Não faço ideia.

Checo o celular enquanto vamos na direção da multidão. Vejo uma mensagem de Bee que faz meu coração saltar no peito:

Leena, temos que tirar a B&L Consulting do papel. AGORA. Andei repassando tudo a respeito com a sua avó e eu estou ANIMADÍSSIMA. Se você precisar de mais tempo, sabe que estou aqui para te apoiar, mas o que estou dizendo é: não vamos deixar o projeto empacar. Pode deixar que eu cuido dos trâmites iniciais, se você não estiver com cabeça para isso. Mas não vamos perder o sonho de vista, amiga! Vamos ser chefes! Bjs.

E uma de Ethan que faz com que agora meu coração afunde no peito.

Desculpe, meu anjo — as coisas ficaram loucas aqui. Vou precisar passar mais algumas horas no escritório. Alguma chance de você vir para cá em vez de eu ir aí? Bj.

Respiro fundo e digito uma resposta enquanto atravessamos o gramado.

Ethan, você sabe que não posso deixar Hamleigh hoje, é o Primeiro de Maio. Espero que consiga dar conta de tudo. Vamos tentar nos falar por telefone, pelo menos? Bjs.

— O Ethan não vem? — pergunta Arnold calmamente.

Olho para ele.

— Você disfarça muito mal — explica ele.

Enfio o celular no bolso do casaco.

— Não é culpa dele. É o trabalho, sabe como é.

Arnold me lança um olhar demorado e sério.

— Leena. Sei que o Ethan foi bom quando você precisou dele. Mas não se fica com alguém por gratidão. Não é assim que funciona.

— Não estou com o Ethan por gratidão! — exclamo.

— Tudo bem. Ótimo. — Arnold me dá outro aperto carinhoso no ombro. — Só acho que você merece uma pessoa que a trate bem, só isso.

— Eu gostava mais de você quando não falava com ninguém — reclamo, estreitando os olhos para ele.

Arnold sorri, mas logo o sorriso se esvai. Nós dois ouvimos a mesma coisa.

— Não se atreva!

É Cliff. Abro caminho entre a multidão e entro no terreno onde Betsy e Cliff estão se encarando como dois caubóis prestes a sacar as armas. E Betsy está mesmo com alguma coisa na mão — mas não é uma arma, é um controle remoto de televisão.

— Já *deu* para mim! Está ouvindo? Já *deu*! — Ela segura o controle remoto com as duas mãos agora, como se estivesse prestes a parti-lo ao meio, e Cliff dá um berro de raiva.

Cliff parece exatamente como imaginei. Rosto vermelho, atarracado, com meias e bermuda esportivas e um moletom imundo esticado por cima da barriga de cerveja. Representa um contraste absoluto com Betsy, em seu lenço e casaquinho cor-de-rosa. Só que, olhando para os dois nesse momento, fico com a impressão de que Betsy é a mais ameaçadora da dupla.

— Cliff Harris — diz ela, a voz baixa e letal. — *Eu. Mereço. Coisa. Melhor.*

E, com o que só posso concluir ser a força sobre-humana de uma mulher que aguenta muita merda há tempo demais, ela quebra o controle remoto ao meio.

Cliff parte para cima dela nessa hora, mas Arnold e eu já estamos nos adiantando, e somos mais rápidos que ele. Nós o seguramos pelos braços antes que ele consiga alcançar Betsy.

— Quero você fora da minha casa até o final da semana, está me ouvindo? — grita Betsy do outro lado do terreno.

Cliff esbraveja obscenidades, coisas horríveis, tão ruins que me deixam chocada.

Arnold o puxa para trás e chama Basil para ajudar.

— Pode deixar conosco — diz Arnold.

Assinto para ele. Minha presença é necessária em outro lugar.

Betsy desmorona nos meus braços assim que a alcanço.

— Venha — digo, e a levo embora. Lanço um olhar severo para todos os curiosos ao redor do terreno, e eles começam a se dispersar, constrangidos, nos deixando passar. — Você foi incrível — elogio.

Ela tenta se virar.

— Ah, eu... eu...

Seguro seu braço com firmeza.

— Agora só precisamos encontrar um lugar para você ficar. Certo?

Mordo a parte interna da bochecha. Clearwater Cottage é perto demais. Betsy precisa sumir por uma semana, até conseguirmos despachar Cliff de uma vez por todas.

Penelope e Nicola estão esperando no carro. Seus olhos se arregalam quando Betsy e eu surgimos cambaleando, de braços dados. Ajudo Betsy a se acomodar no banco da frente e, quando ela já está com o cinto de segurança, tenho uma ideia.

— Nicola — digo baixinho, depois de fechar a porta do carro. — Betsy deu uma semana para o marido encontrar outro lugar para morar.

A expressão de Nicola se suaviza. Ela olha para Betsy, calada no banco da frente, ainda segurando com força nas mãos os dois pedaços do controle remoto.

— Ela fez isso mesmo?

— Você acha que...

— Ela pode ficar lá em casa pelo tempo que for preciso — garante Nicola.

— Tem certeza? Eu sei que é pedir demais.

— Se uma mulher precisa de um lugar para ficar e eu tenho uma cama para oferecer, então, ora. É isso.

Nicola já está abrindo a porta traseira. Eu me adianto automaticamente para ajudá-la.

— Vamos levar você para minha casa, está certo, meu bem? — diz a Betsy enquanto se acomoda. — Vou colocar a chaleira para ferver, podemos tomar uma boa xícara quentinha de chá e depois preparar uma torta de peixe para o lanche.

Preciso me esforçar muito para não chorar enquanto pego as chaves das mãos de uma preocupadíssima Penelope e me sento no banco do motorista. Essas pessoas. Há tanta força nelas, tanto amor... Quando cheguei aqui, julguei que levavam vidas menores, insignificantes, mas estava errada. São algumas das pessoas mais incríveis que conheci.

28

Eileen

O espaço de convivência está uma agitação só. Fitz se desvia quando Martha joga uma pilha de guardanapos para Aurora. Rupert agarra a outra ponta da toalha de mesa que Letitia está abrindo, bem a tempo de deixá-la bem esticada. Yaz sinaliza para o entregador de comida com uma das mãos, enquanto Vanessa está aninhada na curva do outro braço. É a primeira vez que Yaz e Martha estão de volta à bagunça, depois de algumas semanas passando um bom tempo juntas em família, e devo dizer que chegaram bem-dispostas. Não que eu esperasse menos.

Tínhamos pensando em oferecer uma refeição quente aos Grisalhos de Shoreditch, mas ficou complicado demais por causa de alergias e coisas do gênero. Então por enquanto será apenas uma variedade de petiscos. Felizmente, vi o pedido on-line do supermercado antes que Fitz pressionasse o botão "Comprar", porque quase tudo lá teria sido um desafio e tanto para quem tem dentes faltando ou dentaduras recentes. Agora, há pilhas muito menores de palitos de cenoura e batatas fritas, e outras muito maiores de enroladinhos de linguiça e quiche em quadradinhos.

Pego o celular. Tod deve chegar com o ônibus a qualquer momento para pegar nossos Grisalhos de Shoreditch — ele vai me ligar quando estiver do lado de fora do prédio. E Howard disse que chegaria para o início do evento, por isso não deve demorar. Ajeito o cabelo, nervosa. Martha me fez um penteado todo para o alto, muito elegante, mas me preocupo se não está um pouco exagerado.

Recebi duas mensagens. A primeira é de Bee:

Estou presa aqui com um cliente e não vou conseguir ir à inauguração. Sinto muito, Eileen. Estou me sentindo muito mal por isso. Você vem me ver amanhã de manhã antes de ir embora, se puder? Vou estar na Selmount e não tenho reuniões. O escritório fica no seu caminho, se você estiver indo para King's Cross, não é?

Digito a resposta.

Oi, Bee. Não se preocupe. Que tal às nove, amanhã de manhã? Talvez, se você tiver tempo, a gente possa tomar um último café com muffin juntas. Não tem problema se não puder, claro. Com amor, Eileen. Bjs.

A resposta é quase instantânea.

Perfeito. Desculpe mais uma vez, Eileen. Bjs.

A outra mensagem é de Howard.

OldCountryBoy diz: Fico feliz por você concordar em pagar as 300 libras para começar. Prometo que em uma semana teremos o dobro em doações! Bjs.

EileenCotton79 diz: Eu entrego o cheque quando você chegar. Mal posso esperar para ver o nosso site pronto ☺

Logo aparecem os três pontinhos que significam que ele está digitando.

OldCountryBoy diz: Sinto muito, Eileen, mas acho que não vou conseguir ir à festa de inauguração do clube. Tem muito a ser feito para dar andamento ao site! Você pode transferir o dinheiro?

Meu coração afunda no peito. Achei... Eu realmente... Bem, vou deixar para lá. Esse evento não tem nada a ver com Howard e não é o fim do mundo se ele não pode vir.

> EileenCotton79 diz: Não estou acostumada a fazer serviços bancários via computador. Mas posso colocar o cheque no correio. Você só precisa me mandar o endereço. Fique bem. Eileen. Bjs.

— Eileen? — chama uma voz familiar.

Eu olho para cima e vejo Tod — o lindo e maravilhoso Tod. Meu ânimo retorna. Por isso que é útil ter vários homens de uma vez.

— Você veio! — Fico na ponta dos pés para lhe dar um beijo no rosto. Ele parece muito charmoso em uma camisa de colarinho aberto e calça de algodão.

Tod examina a atividade ao redor, e parece um pouco atordoado com tudo aquilo.

— Você fez tudo isso? — pergunta.

— Sim! Bem, na verdade, todos nós fizemos — respondo, radiante.

— Ah, *oi*, esse é o Tod? — diz Fitz, surgindo ao nosso lado. Ele estende a mão para apertar a de Tod. — Prazer em conhecê-lo. Tenho toda a intenção de ser como você quando eu crescer.

— Um ator? — pergunta Tod.

— Um amante de primeira, mesmo tendo passado dos setenta — corrige Fitz. — Ah, não, isso não é um vaso, é para colocar as bengalas!

Essa última parte foi para Letitia. Faço uma careta de desculpas para Tod, que felizmente está parecendo achar tudo muito divertido.

— Desculpe pelo caos — digo, ao mesmo tempo em que Tod diz:

— Tenho más notícias.

— Que más notícias?

— O ônibus. Sinto muito, mas a companhia de teatro vai precisar dele.

Levo a mão ao peito.

— O quê? Você não trouxe o ônibus? Não temos transporte?

Tod parece preocupado.

— Ah, nossa, isso era muito importante?

— É claro que era importante! Prometemos buscar as pessoas! — Aceno com meu celular para ele.

— Não podemos chamar táxis? — pergunta Tod, desconcertado.

— Até agora, as pessoas muito amáveis desse prédio têm financiado esse clube com dinheiro do próprio bolso — retruco, irritada, estreitando os olhos. — Elas não têm condições de também pagar por sabe Deus quantos táxis.

— Ah, claro.

Por um momento, acho que Tod vai se oferecer para pagar, mas ele não faz isso, o que me faz estreitar os olhos ainda mais.

— Com licença — digo, o tom gelado. — É melhor eu resolver esse assunto.

Homens. Eles sempre nos decepcionam, não é mesmo?

Sei que Sally não é a maior fã dos Grisalhos de Shoreditch, e aposto que está planejando passar a tarde sem tirar os pés do apartamento. Mas não temos mais ninguém a quem pedir. Espero, nervosa, do lado de fora da porta, que ela parece demorar uma eternidade para atender, e não sei o que faremos se ela não estiver em casa.

Finalmente, Sally abre as três trancas da porta, percebe que sou eu e volta para dentro.

— Oi? — digo, perplexa.

Ela volta, desta vez segurando as chaves do carro.

— Qual é a emergência agora? — pergunta, já saindo para o corredor e fechando a porta.

Sally resmunga e suspira por todo o caminho até sairmos do prédio, mas não me convence. Acho que ela gosta de ser a salvadora da pátria.

Depois que ela e Fitz partem com a lista completa de nomes e endereços, me ocupo em arrumar dominós e baralhos nas mesas, enquanto lanço olhares nervosos para a porta. Ajeito o cabelo com tanta frequência que corro o risco de estragar o lindo penteado. Não consigo parar quieta.

Bem no momento que fico sem nada para fazer, meu celular anuncia a chegada de uma nova mensagem. É Arnold.

Cara Eileen,

 Achei que você gostaria de saber que a Betsy mandou o Cliff ir pastar hoje. A Leena conseguiu um lugar seguro para ela ficar por um tempo, com a Nicola, de Knargill, e tivemos uma conversinha séria com o Cliff, que prometeu se mudar para a casa do irmão, em Sheffield, no próximo fim de semana para que a Betsy possa enfim ter a casa só para ela.

 Desculpe se estou interrompendo a sua grande inauguração, sei que é um dia importante. Mas achei que gostaria de saber.

 Arnold.

Aperto o celular contra o peito. Meu primeiro instinto é ligar para Betsy, mas então me lembro de como me senti logo depois que Wade foi embora, a sensação de humilhação, de vergonha. Naqueles primeiros dias, eu não queria falar com ninguém.

Então, em vez disso, envio uma mensagem de texto para ela.

Pensando em você, escrevo. Então, em um impulso: *Você é uma amiga corajosa e maravilhosa. Muito amor, Eileen. Bjs.*

Abro a mensagem de Arnold novamente, mas fico sem saber como responder. Foi muito atencioso da parte dele me contar sobre Betsy. De um jeito estranho, Arnold tem sido um consolo nessas últimas semanas, com seus vídeos engraçadinhos de gatos e as notícias que me manda de Hamleigh.

— Eileen? — chama Fitz. — Eles estão aqui!

Eu me viro para a porta. É verdade: os Grisalhos de Shoreditch estão chegando, alguns com andadores, outros caminhando rapidamente, mas todos com os olhos brilhando de curiosidade em relação ao novo espaço de convivência, enquanto Sally e Fitz os ajudam a entrar. Vejo esse lugar agora através dos olhos deles, o verde-sálvia das paredes, as belas tábuas nuas do piso, e abro um sorriso de orgulho.

— Bem-vindos! — digo, abrindo os braços. — Por favor, entrem!

***

Quando conheci Letitia, eu me perguntei quantas outras pessoas fascinantes poderiam estar enfurnadas em conjugados em Londres, sem nunca trocar uma palavra com ninguém.

E agora aqui estou eu, em uma sala cheia de Letitias, todas tão diferentes, todas tão extraordinariamente interessantes. Tem Nancy, que já tocou flauta na Orquestra Sinfônica de Londres. Clive, que passou a vida inteira dirigindo caminhões à noite e agora só consegue dormir se estiver claro. Ivy, que vence todos no Scrabble enquanto come enroladinhos de linguiça em duas mordidas, até admitir meio culpada que, tecnicamente falando, ela é um gênio e provavelmente não deveria ter permissão de participar dos jogos de tabuleiro.

Rupert dá uma aula de arte de cerca de meia hora — ele teve o bom senso de forrar o piso com uma lona, o que foi muito sábio, porque parece que tem mais tinta no chão do que nas telas. E há a comida, e agora música — ideia de Fitz. Ivy e Nancy até se levantam para dançar. É maravilhoso. Não quero que acabe nunca.

— Que coisa fantástica você fez aqui, Eileen — diz Martha, de passagem, e me dá um beijo no rosto.

Faço uma pausa no sofá, assistindo a Nancy e Ivy arriscarem um foxtrote lento, driblando as mesas de jogos no caminho. Tod se senta ao meu lado. Fico surpresa ao vê-lo — ele passou a maior parte da tarde no apartamento de Leena, fazendo ligações. "Acho que essa não é exatamente a turma dele", comentou Martha, diplomaticamente, quando reclamei.

É verdade. Tod parece deslocado aqui. Nancy, Ivy e Clive são pessoas comuns, assim como eu. Me ocorre então que todo o tempo que passei com Tod foi no mundo dele: na enorme casa dele, nas suas cafeterias favoritas. Essa foi a primeira vez que ele pisou no meu mundo, e de repente é muito evidente que não é um lugar em que deseja estar.

Mas então Tod pega minha mão e passa o polegar pelo meu pulso, como fez no nosso primeiro encontro no café, e, exatamente como da primeira vez, meu coração dá um pulo.

— Hoje é o nosso adeus, não é? — diz ele.

Sua voz é profunda e suave... Essa voz que me deixou arrepiada mais vezes do que posso contar nesses últimos dois meses.

— Sim — digo. — Hoje é o adeus.

Se eu não sabia disso antes, agora sei.

Não quero passar o resto da minha vida com um homem como Tod. Quero passar o tempo que ainda tenho com alguém que entenda as coisas que importam para mim, que tenha uma vida com partes mais problemáticas, como a minha. Não consigo imaginar Tod fazendo jardinagem comigo ou perto do meu fogão à lenha em Clearwater Cottage, ou ajudando com os assuntos dos Patrulheiros do Bairro. Ele faz parte da minha aventura em Londres, e é a essa experiência da minha vida que ele pertence.

— Tenho que voltar para o teatro — diz Tod, a voz tão baixa que mal consigo entender as palavras. — Mas eu poderia voltar hoje à noite. Uma última noite. Pelos velhos tempos.

Aquela sensação gostosa de frio na barriga fica mais intensa, e o movimento ritmado do polegar dele na pele do meu pulso se torna mais sedutor do que nunca.

Bem, não é realmente uma aventura se a gente não toma pelo menos uma decisão imprudente, certo?

29

Leena

É verdade que adoro um bom gerenciamento de crises, mas quando volto da casa de Nicola, me sinto um pouco apreensiva com o que ficou por fazer na minha ausência. Quer dizer, a festa a essa altura já começou oficialmente, e não tenho certeza se alguém checou se já há banheiros químicos instalados.

Mas quando paro na Peewit Street, consigo escutar o leilão beneficente em andamento, sinto o cheiro do leitão assando no espeto e vejo o lugar onde o falcoeiro se instalou com as aves. Parece *incrível*. Alguém ergueu o mastro na minha ausência — está quase reto, até. Também demos sorte com o tempo: está aquele sol clarinho típico de quando a primavera está começando a mostrar a cara, e a brisa suave traz o som das conversas e das risadas das crianças.

Vou direto para a zona dos banheiros químicos e fico encantada ao descobrir que, de fato, existem banheiros. Caso contrário, eu teria que pedir a todos que mantivessem suas portas destrancadas e que deixassem os visitantes entrarem caso alguém precisasse fazer xixi, e desconfiei que as pessoas não seriam muito fãs dessa ideia.

— Ah, que maravilha, temos banheiros — diz mamãe atrás de mim.

Eu me viro, surpresa. Ela parece bem — está usando uma saia esvoaçante e uma blusa com a manga boca de sino e, quando se inclina para me beijar na bochecha, me sinto meio esquisita. Demoro um pouco para entender o motivo: não há nenhuma onda de emoção intensa, nenhum pânico, nenhuma urgência. Fico feliz ao vê-la. Nada mais.

A mamãe pega uma lista no bolso da saia — a minha lista. Checo meus bolsos como se pudesse encontrá-la neles, mesmo que eu esteja literalmente vendo a lista na mão dela.

— O Basil pegou do chão depois da briga com o Cliff — explica mamãe. — Tentei adiantar as coisas da melhor maneira possível. Desculpe pelo mastro meio torto. Não consegui convencer Roland de que não estava reto e acabei desistindo.

— Você... Ah, mãe, obrigada.

Ela sorri para mim. Seu cabelo está preso em um coque frouxo e os olhos parecem mais brilhantes. Eu me sinto muito grata por não estar mais ressentida com ela, muito feliz em olhar para ela e não sentir nada além de amor, então a abraço espontaneamente. Ela ri.

— Ah, isso é ótimo — diz.

Dou um beijo no rosto dela. Atrás de nós, alguém bate na parte de dentro da porta do banheiro químico, e uma voz que eu tenho certeza ser de Basil grita:

— Ei! Estou preso aqui!

Faço uma careta para mamãe.

— De volta ao trabalho, certo? — digo a ela. — Você vai participar do desfile?

— Ouvi dizer que ainda não encontraram uma Rainha de Maio — informa mamãe, levantando uma sobrancelha.

— Ai, meu Deus, eu vou ter que fazer isso, não vou? — Olho para ela, esperançosa. — A menos que você esteja interessada?

Ela me lança um olhar típico de mãe, que diz: *Boa tentativa, Leena*.

— Depois de salvar o dia, essa coroa da Rainha de Maio pertence a você — comenta ela. — Então, vai soltar Basil do banheiro, ou faço eu?

Agora que estou realmente vestindo esse traje do Primeiro de Maio, ele parece menos rainha Guinevere e mais... nupcial.

Ajusto o corpete em gestos nervosos, fazendo hora na porta de Clearwater Cottage. O vestido tem cintura alta, o chiffon branco descendo macio desde logo abaixo do busto, e Penelope me ajudou a prender flores no cabelo, ao redor da coroa da Rainha de Maio. Eu me sinto um pouco etérea. Isso é novidade para mim. Normalmente não faço o tipo etéreo.

Pego o telefone da vovó na minha bolsa e envio uma mensagem rápida a Betsy para dizer que está tudo indo bem. Arnold levou Cliff para casa por enquanto, com ordens estritas de não voltar à festa, então pensei que poderia trazer Betsy de volta para assistir ao desfile. Mas, quando ligou para dizer que havia se acomodado na casa de Nicola, ela parecia tão abalada que eu nem sugeri isso. É fácil esquecer que Betsy não é a vovó: para começar, ela é seis anos mais velha e, apesar de ter uma determinação de aço, não tem a energia da minha avó.

Na verdade, não tenho certeza se mais alguém tem. Esses últimos dois meses foram um lembrete de como vovó realmente é incrível.

Aliso o vestido com as palmas das mãos úmidas. Na Middling Lane, o desfile me espera. Não houve processo de seleção para participar do desfile do Primeiro de Maio — qualquer um que não esteja ocupado fazendo outra coisa pode entrar, além de qualquer pessoa com quem Betsy pararia de falar caso descobrisse que não havia participado. A minha mãe está ali, rindo de alguma coisa que Kathleen diz, e posso ver os Patrulheiros do Bairro: a cabeça calva do Dr. Piotr curvada enquanto ele conversa com Roland, Penelope enrolando uma fileira de flores no pescoço e nos braços como um boá.

E tem as crianças. Todas as trinta e oito crianças que frequentam a escola primária de Hamleigh-in-Harksdale estão aqui, reunidas em um círculo em torno de Jackson, os rostos voltados para ele. Elas estão segurando sacos de confetes, prontas para jogar na multidão, e estão vestidas de branco, assim como eu, embora a maior parte das roupas delas definitivamente seja feita de lençóis.

Bem, todas, exceto uma delas, estão vestidas com lençóis. Uma garotinha muito especial está vestida de tangerina.

— A moça de coelhinho da Páscoa! — grita Samantha.

Ela sai em disparada e se agarra às minhas pernas. Samantha bate com força em mim e cambaleia para trás, mas Jackson a segura. Ele então levanta os olhos para mim, e vejo que seu olhar fica mais atento quando ele repara no meu vestido branco, nos meus ombros nus. Jackson abre um pouco a boca, então me encara, realmente me encara, do tipo não-consegue-evitar-encarar. Mordo o lábio, tentando não sorrir.

— Você parece uma rainha! — diz Samantha.

— Ah, obrigada

— Ou um fantasma! — volta a falar a menina.

Humm. Não tão bom.

Jackson pigarreia.

— Pronta para andar com estilo, como prometido? — pergunta ele, indicando alguma coisa atrás de mim.

Eu me viro. A caminhonete de Jackson está parada diante da casa de Arnold, tão enfeitada com fitas e flores que mal é possível vislumbrar Arnold no banco de motorista. Ele baixa o vidro da janela, decapitando um cravo no processo.

— Sua carruagem a aguarda! — grita.

— Você vai participar do desfile do Primeiro de Maio? — grito de volta. — Mas, Arnold, e a sua reputação de ermitão rabugento da cidade?

— Vamos, subam logo, antes que eu mude de ideia — diz Arnold.

Jackson beija Samantha e a deixa com as outras crianças antes de me ajudar a subir na caçamba da caminhonete. Ficamos parados um ao lado do outro e nos entreolhamos, o vento batendo nos nossos cabelos. O que mais sinto agora é alegria — por estar aqui, por ter feito essa escolha maluca e trocado de vida com a vovó por algum tempo, por Jackson estar com um sorriso tão largo no rosto que suas covinhas estão aparecendo. As conversas estão animadas atrás de nós, enquanto todos encontram suas posições. Então, Jackson bate duas vezes no teto da caminhonete e partimos, seguindo pela rua cintilando com glitter a uma velocidade de cinco quilômetros por hora, com um desfile animado e heterogêneo do Primeiro de Maio atrás de nós.

* * *

Não fico bêbada desde... Não me lembro da última vez em que fiquei bêbada. Talvez na despedida de Mateo, quando ele foi para a McKinsey? E, mesmo assim, eu estava cansada demais para realmente ficar bêbada como deve ser: só bebi dois Long Island Iced Tea e peguei no sono no metrô. E nada deixa sóbrio mais rápido do que uma longa e cara corrida de táxi de volta para casa.

Mas estou bêbada de daiquiris de manga e zonza por ter dançado muito mal ao redor do mastro, e estou *feliz*. Feliz, feliz, feliz. Calculamos ter arrecadado mais de mil libras para a caridade hoje, e esse dinheiro vai ajudar pessoas como Carla, suas famílias, seus cuidadores. Nesse momento, isso parece a coisa mais maravilhosa do mundo.

Sigo cambaleando até a grande fogueira no campo onde caminhei com Hank pela primeira vez. A maior parte das barraquinhas ainda está de pé, em pleno funcionamento, todas iluminadas com lanternas, mas também pelos reflexos das fogueiras. As barracas de coquetel tropical são as mais populares, com filas serpenteando na frente. As colinas do Dales se erguem escuras e belas atrás de tudo. Vou sentir falta desse lugar, nossa, vou sentir muita falta. Não quero que essa noite termine.

— Alguém está animada — diz Arnold, erguendo o copo para mim quando me aproximo da fogueira.

O fogo estala e crepita atrás dele. Eu me adianto. Sinto o calor da fogueira com um *whoosh* e estendo as mãos em sua direção. Jackson se aproxima e entrega a Arnold um copo de alguma bebida com uma fatia de melão em cima. Eles ficam parados ali, à vontade um com o outro, como pai e filho. É bonito ver que continuaram assim mesmo depois que a mãe de Jackson deixou Arnold. Família pode ser um negócio complicado, mas, se escolhemos o nosso próprio jeito de lidar com ela, podemos acabar com algo bem próximo da perfeição.

Jackson estreita os olhos na direção do céu.

— Vai chover amanhã — diz ele.

— Meu enteado — anuncia Arnold — está aqui só para acabar com a sua festa do Primeiro de Maio. A moça estava feliz, Jackson! Não estrague o bom humor dela.

Jackson tosse.

— Desculpe. — Ele se inclina para largar o copo vazio e cambaleia um pouco quando volta a erguer o corpo.

— Você está bêbado? — pergunto. — Ah, que demais. Como é o Jackson bêbado?

— Na verdade — diz Jackson, puxando flores soltas de sua guirlanda —, o Jackson bêbado costuma falar demais.

Arnold pede licença e indica vagamente a linha das árvores. Jackson e eu vamos até um dos bancos improvisados colocados ao lado da fogueira. Está escuro e o rosto dele é muito másculo à luz do fogo, as sombras se projetando sob a testa, abaixo do maxilar. Meu coração dispara, e sei que não deveria estar sentada sozinha com ele — ando pensando demais nesse homem, estou consciente demais da presença dele.

— A Samantha adora você — diz ele, tirando a guirlanda de flores e pousando-a ao seu lado. — Embora ela definitivamente ainda ache que você é o coelhinho da Páscoa. Ela explicou que você está de folga até o ano que vem.

Relaxo um pouco — se estamos falando da filha dele, a situação não parece tão perigosa.

— Aquela roupa! Ela é uma criança incrível.

Ele me olha de lado.

— Você sabe que ela sujou seu cabelo de cobertura de bolo quando você a carregou nas costas, né?

Levo a mão ao cabelo e resmungo.

— Nossa, vai ser um horror para sair — digo, enquanto tento tirar. — Por que ninguém me avisou?

— Acho que todo mundo está bêbado demais para perceber. Exceto eu.

— Exceto você? — Levanto as sobrancelhas. — Achei que você estava bêbado no nível de falar demais.

— E estou. — Ele se vira para mim, os olhos brilhantes e intensos à luz do fogo. — Só costumo reparar mais em você do que as outras pessoas.

Fico imóvel. Meus batimentos cardíacos agora latejam nos meus ouvidos, na minha garganta, em toda parte.

— Leena...

— Eu deveria voltar para...

A mão de Jackson cobre a minha no espaço entre nós no banco. Uma faísca atravessa meu corpo quando ele me toca, como no momento em que alguém está prestes a nos puxar para um beijo intenso, mas tudo que ele fez foi pousar os dedos sobre os meus.

— Acho você incrível, Leena Cotton. Você é gentil e linda, e absolutamente irrefreável, e, meu Deus, esse negócio que você faz, passando a mão pelo cabelo assim, é... — Ele passa a mão livre pela boca, cerrando o maxilar e logo relaxando.

Abaixo o braço — nem tinha percebido que levantei a mão para tocar no cabelo.

— Acho que você precisa saber... Eu gosto de você. De um jeito que não deveria. Esse tipo de gostar.

Minha respiração acelera, sai entrecortada. Tenho vontade de me aproximar ainda mais dele. Quero entrelaçar meus dedos aos dele, colar nossos corpos e beijá-lo com força, à luz do fogo, e ele está muito perto, mais perto do que deveria estar, tão perto que consigo ver as sardas sob os olhos, um vislumbre de barba no maxilar...

— Eu não sabia o que fazer — diz Jackson, a voz tão baixa que é quase um sussurro. Seus lábios estão a centímetros dos meus. — Há semanas penso nisso. Não quero ser o responsável pelo fim de um relacionamento, isso é errado. Mas também não quero que você vá embora sem saber.

Meu cérebro reage na hora que ele menciona Ethan. Puxo a mão e recuo, engolindo em seco. Meu corpo é mais lento — ainda estou quente de desejo.

— Não devo... Sinto muito, Jackson, eu deveria ter interrompido assim que você começou a falar. Não penso em você dessa forma. Tenho namorado. Você sabe disso.

As palavras saem mais hesitantes do que eu gostaria. Tento parecer firme e decidida, mas a minha mente está enevoada com coquetéis tropicais e meu pulso ainda está disparado.

— E ele faz você feliz? — pergunta Jackson. Ele estremece um pouco ao dizer isso. — Desculpe. Só vou perguntar isso uma vez.

Respiro fundo. Estamos falando de Ethan. É claro que sei a resposta para essa pergunta.

— Sim. Ele faz.

Jackson baixa os olhos.

— Bem. Ótimo. Que bom. Fico contente que ele a faça feliz.

Ele parece estar falando sério, o que faz o meu coração doer.

— Na semana que vem eu não estarei mais aqui — digo, perturbada. — Você vai... me esquecer. A vida vai voltar ao normal.

Nós dois olhamos para o fogo, as chamas dispersadas pela brisa.

— Já posso até me despedir logo — diz Jackson.

Terei uma reunião rápida com os Patrulheiros do Bairro amanhã, no salão comunitário. Talvez até Nicola e Betsy apareçam, se estiverem com disposição. Mas acho que nada de Jackson.

— Tudo bem — digo. — Claro. Preciso...

Eu me levanto. Um lado do meu corpo está quente por causa da fogueira, o outro, frio pelo contato com a brisa.

— Desculpe — diz Jackson, se levantando também. — Eu deveria ter... É claro, agora percebo que não deveria ter dito nada.

— Não. Eu entendo.

É melhor que ele tenha falado. Agora os limites estão bem definidos.

— Bem. Adeus — diz Jackson.

Hesito, e então:

— Venha aqui — digo, e puxo-o para um abraço.

Ele me envolve com os braços, apoio o rosto em seu peito, sua mão envolve quase toda a circunferência da minha cintura. Jackson tem cheiro de fogueiras e flores silvestres, o aroma de sua guirlanda impregnado no tecido macio da camisa. Recuo quando minha pulsação volta a acelerar.

— Tenha uma boa vida, Leena Cotton — diz ele, quando nos afastamos. — E... certifique-se de que seja a vida certa.

30

Eileen

Deixo Tod na cama com os lençóis desarrumados e o braço esticado, como se quisesse me alcançar de novo. Gosto de pensar que essa será a minha última lembrança dele e que ele se lembrará de mim como eu estava ontem à noite: exultante, um pouco boba e usando uma maquiagem perfeita porque foi Martha que me maquiou.

As minhas malas estão prontas e esperando no corredor do andar de Rupert e Aurora. Fitz carregou-as para lá antes de sair para o trabalho. Dei um cacto a Aurora e Rupert como presente de despedida — Aurora ficou encantada. Realmente, essa mulher acha que qualquer coisa que tenha uma forma mesmo que vagamente semelhante a um pênis é uma obra de arte.

Eles prometeram manter vivo o Clube dos Grisalhos de Shoreditch e todo mês vão me enviar fotos do evento. Mas Fitz é o mais empolgado: ele já tem grandes planos de aumentar o clube. Foi uma alegria vê-lo se dedicando de coração a tudo — me fez lembrar um pouco de mim mesma nessa idade. Embora eu com certeza tivesse mais bom senso. O homem simplesmente parece não ser capaz de cuidar de si mesmo — qualquer coisa relacionada à vida doméstica entra por um ouvido e sai pelo outro. Mas fiz o que pude enquanto estive aqui, e ele teve algum progresso. Outro dia até o vi combinando os pares das meias depois de lavá-las.

Pego o táxi preto tradicional de Londres para ir ao prédio da Selmount e tomar meu café de despedida com Bee. Enquanto seguimos lentamente pelas ruas, eu me lembro de como achei esse lugar assustador quando cheguei. Agora é como se fosse uma segunda casa. Vou sentir falta do homem do mercado que me dá um desconto nos crepes porque ele também é de Yorkshire, e do vendedor do jornal *Big Issue*, sempre com seu pastor-alemão usando seu laço cor-de-rosa.

Paramos do lado de fora do prédio da Selmount. Demoro algum tempo para conseguir sair do carro, mas, quando finalmente estou com as pernas para fora, levanto os olhos e fico paralisada.

— Algum problema aí atrás, senhora? — pergunta o taxista.

— Shh! — digo, o olhar fixo. Giro de volta e puxo as pernas para dentro do carro. — Feche a sua porta! Siga aquele carro!

— Como? — pergunta ele, sem entender.

— Aquele táxi ali! O que está dois carros à nossa frente, com o anúncio da moça de lingerie na lateral.

— Aquele onde o rapaz e a moça loira estão entrando? — pergunta ele, me olhando com certa cautela pelo espelho.

— Aquele é o namorado da minha neta, e aposto que aquela é a amante dele — digo. — Ela se encaixa direitinho na descrição.

O motorista gira a chave na ignição.

— Pode deixar comigo, senhora. Vou grudar neles como cola. — Ele sai ultrapassando os outros carros com tanta destreza que ninguém buzina. — Não suporto infidelidade.

— Nem eu — digo com fervor, enquanto seguimos atrás deles.

Com dificuldade — já que não quero perder de vista o outro táxi —, envio uma mensagem rápida para Bee.

Estou atrás do Ethan. Sinto muito por não ver você. Muito amor, Eileen. Bjs.

Ela responde instantaneamente.

ESTOU CURIOSA.

Não tenho tempo para dar mais informações para Bee. Ela vai ter que esperar. O táxi de Ethan está parando e meu taxista para atrás deles em um ponto de ônibus, olhando um pouco nervoso por cima do ombro.

— Vou descer — digo, embora seja mais uma escalada do que um pulo. — Você foi incrível. Assim que descobrir como, vou lhe dar cinco estrelas.

Ele parece perplexo, mas me ajuda a sair e me dá um aceno bastante simpático quando parto atrás de Ethan, arrastando a mala atrás de mim.

Estou convencida de que é Ceci. Ela tem cabelo loiro e liso e pernas longas, e essas características batem com as duas das coisas que sei sobre a mulher. Além disso, há algo nela que grita: *Vou roubar o namorado da sua neta.*

Mas perco um pouco a coragem quando eles param do lado de fora de um prédio comercial. Pode ser que Ethan e Ceci tenham saído para uma reunião externa e, nesse caso, desperdicei muito dinheiro em uma corrida de táxi para... onde estou mesmo?

Então Ethan acaricia o braço de Ceci, e sei que realmente tem alguma coisa ali. Ele abaixa a cabeça para falar com ela. Então, rápido como um flash — se eu piscasse perderia —, ele a beija nos lábios.

Por um momento eu hesito. Penso duas vezes. Mas então me lembro do que falei para mim mesma quando desconfiei que Ethan estava traindo Leena: Carla nunca teria hesitado, também não devo hesitar. Assim, ajeito a bolsa no braço e seguimos em frente — eu e minha mala de rodinhas.

Ethan e Ceci nem sequer olham quando me aproximo. Bato no ombro de Ethan. Ele se vira.

— Eileen! Oi — diz, recuando um passo. — O que está fazendo aqui?

— Ceci, imagino? —pergunto à mulher.

Ela apenas levanta as sobrancelhas.

— Quem é você?

— Dê o fora, garota. — Faço um gesto para ela em direção ao prédio. — Meu problema não é com você. Embora seja bom que você saiba que existe um lugar especial no inferno para as mulheres que se engraçam com o homem de outra.

— Ei, espera um pouco, Eileen — interfere Ethan.

— Eu vi você beijá-la.
— O que diabo isso tem a ver com... — começa a falar Ceci.
— Você ainda está aqui? — pergunto a ela.
Ceci me olha com desdém.
— Ethan? — diz.
— Nos vemos na reunião — fala ele. — Segure eles um pouco, ok?
— Vamos logo, Ethan. Quem é essa mulher?
— Sou a avó da Leena — digo.
Ceci arregala os olhos.
— Ah.
— Sim. Ah.
— Eu... vejo você lá dentro — diz ela para Ethan, e sai andando rápido com os saltos altos.

Ela me lembra um louva-a-deus. Desvio o olhar. A garota não merece um segundo da minha atenção.

— Então — digo a Ethan. E espero.

Ele esfrega a testa.

— Acho que você entendeu errado, Eileen.

— Não sou idiota, Ethan. Não tente me fazer de uma.

— Escute. Você não entende. Falando da maneira mais educada possível, Eileen, os relacionamentos modernos, eles não são como...

— Não. Não tente isso.

Ele passa os dedos pelo cabelo.

— Certo. Tudo bem. Eu não... não tinha a intenção de que nada acontecesse entre mim e a Ceci. A última coisa que eu quero é magoar a Leena. Mas ela tem andado muito diferente ultimamente. Não sei o que deu nela. Sinto como se nem estivesse em um relacionamento com a *Leena*, é como se ela fosse uma pessoa completamente diferente... Ela só fala sobre linhas de transporte no interior do norte da Inglaterra e sobre fazer ensopados e planejar festas no vilarejo. Isso é... Isso é só... — Ele segura o meu braço de repente. — Por favor. Não conte nada a ela.

— Ah, sim. Desconfiei que chegaríamos logo a esse ponto. — Afasto meu braço de seu alcance em um gesto deliberado.

— Por favor. Vai estragar tudo. Vou terminar com a Ceci, farei isso agora mesmo, depois da reunião. — Ele está começando a fraquejar, a expressão em seus olhos é de desespero.

— Não vou contar para a Leena.

Ele parece zonzo de alívio.

— Por dois dias. Vou dar a você esse tempo. Embora Deus saiba que não merece.

Saio e deixo Ethan plantado lá, porque não vou conseguir me controlar por muito mais tempo e não suporto olhar para ele, fraco, com pena de si mesmo, suando em sua camisa cara. Uma sucessão de estranhos gentis me ajuda com as minhas malas até eu me ver acomodada no trem em King's Cross, saindo da estação para o ar livre, o céu aberto, com os guindastes girando constantemente para a frente e para trás, construindo uma Londres ainda maior.

Vou sentir falta dessa cidade. Mas aqui não é o meu lar. À medida que o trem acelera em direção ao norte, eu me pergunto se é assim que se sente um pombo-correio, impelido a voltar, como se alguém estivesse puxando os fios que o prendem ao lugar a que pertence.

31

Leena

Acordo na manhã seguinte ao Primeiro de Maio da maneira habitual (gato na cara), mas, em vez de pular da cama, volto a dormir por mais três horas pelo menos. Quando acordo pela segunda vez, descubro que Ant/Dec passou a residir na parte inferior das minhas costelas e está em um misto de ronronar e roncar tão feliz que me sinto mal em movê-lo. Além disso, qualquer movimento parece muito complicado. Estou absolutamente *exausta*. E mais do que um pouco de ressaca também.

A minha *mãe* me trouxe para casa ontem à noite? Eu me lembro vagamente de contar em muitos detalhes sobre o meu plano de negócios com Bee, e depois dizer a ela que não queria ir embora de Yorkshire, e da mamãe dizendo: *Por que não abrir seu negócio aqui? Por que precisa ser em Londres? O que há de tão incrível em Londres, afinal?* Então comecei uma longa digressão sobre a Central Line do metrô de Londres, e...

Meu telefone está tocando. É Ethan. Esfrego os olhos e tateio até achar o celular na mesinha de cabeceira.

— Oi.

— Oi, Leena — diz ele. Sua voz soa tensa, preocupada. — Como você está?

— Meio de ressaca. E você?

— Escuta, meu anjo, sinto muito, mas preciso falar com você sobre uma coisa. Pode ser um pouco desagradável.

Endireito o corpo contra os travesseiros.

— Certo...

— Esbarrei com sua avó essa manhã. Eu estava com a Ceci, do trabalho, estávamos a caminho de uma reunião com clientes. A sua avó... Desculpe, Leena. Ela surtou. Gritou comigo e com a Ceci, disse coisas horríveis... que eu estava traindo você, foi uma loucura, Leena. Não sei o que deu nela.

— Ai, meu Deus! — digo, apertando com força o edredom. — Como assim?

— Você acha que ela está bem, Leena? A Eileen tem dado sinais de estar um pouco... fora de si ultimamente, ou algo parecido? Na idade dela...

— O quê? Você acha que ela está ficando maluca? — Estou suando frio. Meu coração está latejando nos ouvidos.

— Não, não — apressa-se a dizer Ethan, mas posso ouvir a preocupação em sua voz. — Tenho certeza de que ela estava só... tendo um dia ruim, ou coisa parecida, e acabou descontando em mim.

— Ela disse que você estava me traindo?

— Disse. — Ele dá uma risada ofegante. — Leena, você sabe que eu nunca...

— Claro — respondo, antes mesmo que ele termine, porque não quero nem que ele precise dizer as palavras.

— Acho... Você pode voltar para casa, Leena? — Ethan parece tão cansado. — Hoje mesmo? Preciso ver você. Foi... foi uma manhã intensa.

— Hoje? Eu ia ficar aqui até amanhã na hora do almoço, para conversar com a vovó...

— Certo, claro.

— Você precisa de mim aí? — Seco o rosto... acabei chorando um pouco. Isso é horrível. Por quê... como... — Vou voltar agora. Se você precisa de mim. E vou ligar para minha avó e conversar com ela.

— Não fique chateada com ela. Talvez tenha a ver com seu avô... Quer dizer, ele a deixou por outra mulher, não é? Ela pode ter ficado um pouco confusa e acabou despejando tudo em mim. De repente, essa viagem a Londres foi um pouco demais para a Eileen. Ela provavelmente só precisa descansar um pouco.

— Preciso falar com ela — digo novamente. — Amo você, Ethan.

— Eu também, Leena. Me liga de volta, tudo bem?

Eu me atrapalho com aquele celular velho e estúpido da vovó... Parece levar uma eternidade para completar a ligação.

— Alô?

— Vó, você está bem?

— Sim, estou ótima, querida. Já estou no trem, a caminho. — Ela faz uma pausa. — *Você* está bem? Parece um pouco...

— Ethan acabou de me ligar.

— Ah. Leena, meu bem, sinto muito.

— O que deu em você? Está tudo bem? Você está bem, não é?

Consigo ouvir o barulho do trem ao fundo, o chacoalhar e o som do vento se deslocando, enquanto ela volta para casa. Eu me inclino para a frente, puxo os joelhos para junto do peito e baixo os olhos para o estampado rosa suave da capa do edredom. Meu coração está muito acelerado e consigo sentir a pulsação contra as minhas coxas enquanto me encolho.

— Como assim, o que deu em mim? — pergunta ela.

— Gritar com o Ethan. Acusar ele de... de... com a *Ceci*, vó, o que você estava pensando?

— Leena, acho que o Ethan não contou a história direito.

— Não, você não está falando sério, não diga isso! Por que está *falando* essas coisas para mim, vó? — Esfrego o rosto... agora estou chorando para valer. — Não sei o que pensar, não quero que você esteja ficando louca e também não quero que esteja sã.

— Eu não estou enlouquecendo, Leena... Bom Deus, foi isso que aquele canalha disse para você?

— Não fale assim dele.

— Eu o vi beijando outra garota, Leena.

Fico imóvel, vovó prossegue:

— O Ethan disse que as coisas ficaram diferentes enquanto você esteve fora. Ele falou que você se tornou uma pessoa diferente...

— Não. Eu não acredito em você.

— Sinto muito, Leena.

— Não *quero* que você diga que sente muito, porque você *não está sentindo muito pela coisa certa!*

— Leena! Não grite comigo, por favor. Vamos ter uma conversa civilizada sobre tudo isso...

— Estou voltando para Londres agora. O Ethan precisa de mim.

— Leena. Não. Fique em Hamleigh para podermos conversar.

— Eu preciso voltar. — Aperto os olhos com tanta força que dói. — Eu não... Eu decepcionei o Ethan. Não estou sendo a Leena dele aqui em Hamleigh. Não sei *quem* estou sendo. Preciso voltar a ser eu de verdade. Com o trabalho, com o Ethan, com a minha vida em Londres. Não devo ficar mais nem um minuto aqui.

— Você não está pensando direito, meu amor.

— Não — digo, meu dedo já pairando em cima do botão vermelho do celular. — Não estou. Essa... essa *troca idiota* — falo com desprezo — era para ajudar, mas agora está estragando a única coisa, a única coisa boa na minha vida, e... — Começo a soluçar. — Cansei, vó. Cansei de tudo isso.

32

Eileen

Finalmente estou em casa, depois do que pareceu uma eternidade. Não tenho forças nem para preparar uma xícara de chá. Eu não deveria ter ficado acordada até tão tarde na noite passada. E agora, depois da viagem, das despedidas tristes e daquele telefonema horrível com Leena... Estou me sentindo pesada e exausta, como se me movesse em câmera lenta.

Há uma nova distância entre mim e Leena. Se tivéssemos conversado mais sobre as nossas experiências nos últimos dois meses, talvez ela tivesse acreditado em mim em relação a Ethan. Achei que, uma levando a vida da outra, nos tornaríamos mais próximas, mas o resultando acabou sendo exatamente o oposto. A casa cheira ao perfume dela misturado ao aroma da casa, e é estranho.

A campainha toca. Eu me levanto da poltrona com esforço, frustrada com a dor nas costas e com o cansaço silencioso e indistinto dos meus membros.

Torço para que seja Marian, mas é Arnold. Ele parece diferente, mas não sei o motivo — um gorro novo? Uma camisa nova?

— Você está bem? — pergunta ele com a brusquidão de sempre. — Vi que tropeçou antes de entrar em casa e fiquei pensando se...

— Estou bem, obrigada — respondo, irritada.

Ele se irrita também. Ficamos ali, irritados um com o outro, e é como nos velhos tempos.

Então os ombros do Arnold cedem.

— Senti a sua falta — diz ele.

— O quê? — pergunto, perplexa, e seguro o batente da porta para me manter firme.

Ele franze a testa.

— Você não está bem. Precisa se sentar. Venha. Vou entrar e preparar uma xícara de chá para você.

— Ora — digo, ainda um pouco abalada com a última declaração de Arnold. — Imagino que valha algo você ter vindo pela porta da frente.

Ele segura meu cotovelo enquanto voltamos para a sala bem mais devagar do que eu gostaria. É reconfortante vê-lo, ou pelo menos foi, até ele dizer que sentiu a minha falta. Isso me deixou um pouco *des*confortável.

— Esses gatos que confundem a gente... — diz Arnold, expulsando Dec do sofá. — Venha, sente-se.

Estou prestes a lembrar a ele que essa é minha casa e que deveria ser eu a convidá-lo a se sentar. Ele está sendo muito bom vizinho. Na verdade, ele está sendo...

— Esse gorro é novo? — pergunto abruptamente.

— O quê? — Ele leva a mão à cabeça, envergonhado. — Ah. Sim. Você gostou?

— Gostei.

— Não precisa parecer tão surpresa. Eu disse que decidi fazer algumas mudanças. Comprei *três* gorros novos. — Ele já está na cozinha. Escuto os sons da torneira aberta, da chaleira sendo preparada. — Leite, sem açúcar?

— Um cubo de açúcar — corrijo.

— Vai acabar com seus dentes! — fala ele da cozinha.

— Como as maçãs caramelizadas?

— Mas aí é uma fruta, certo?

Rio, fecho os olhos e apoio a cabeça no sofá. Estou me sentindo um pouco melhor, com os dedos dos pés e das mãos agora formigando, como se eu tivesse acabado de entrar depois de ficar exposta ao frio.

— Eileen, seus armários guardam relíquias — comenta Arnold, voltando para a sala com duas canecas grandes de chá fumegante. — Encontrei uma lata de feijões de 1994.

— Bom ano, 1994 — digo, e pego a minha caneca.

Arnold sorri.

— Como foi, então? Na cidade grande? — Ele me olha com uma expressão astuta. — Você encontrou o amor da sua vida?

— Ah, pare com isso.

— O quê? Quer dizer que não trouxe um homem para casa com você?

Ele olha ao redor como se estivesse procurando Romeus escondidos nos cantos.

— Você sabe que não — digo, batendo no braço dele. — Mas tive, *sim*, um caso de amor bastante tórrido.

Ele se volta rapidamente na minha direção.

— Tórrido?

— Bem, acho que sim. Na verdade, nunca soube muito bem o que isso significa. — Dou de ombros. — Um ator, do West End. Não tinha como durar muito, mas foi bem divertido.

De repente, Arnold parece muito sério. Contenho um sorriso. Senti falta de implicar com ele.

— Mas agora acabou? — pergunta. — E não teve mais ninguém?

— Bem — digo, com falsa modéstia. — Houve *outro* homem. Mas só ficamos conversando pela internet.

Arnold se senta um pouco mais reto e começa a sorrir.

— É mesmo? — diz.

— Ele é um amor. Um homem muito sensível. Não teve uma vida fácil e tem suas questões, mas é muito gentil e atencioso.

— Sensível, é? — comenta Arnold, erguendo as sobrancelhas.

— Ele está lendo Agatha Christie porque sabe que é minha autora favorita. — Sorrio, pensando em Howard enfiado em seu apartamento, terminando de ler *O assassinato de Roger Ackroyd*.

— Ah, é mesmo? Como você sabe disso? Alguém o dedurou? — pergunta Arnold, ainda sorrindo.

Inclino a cabeça quando olho para ele.

— Ele mesmo me falou.

O sorriso de Arnold vacila.

— Ah, é?

— Sobre os livros. Ele me avisa quando termina cada um e me conta sobre os trechos que o fizeram pensar em mim, e...

Arnold se levanta tão abruptamente que derrama chá na camisa.

— Droga — fala, secando o chá com a manga.

— Não seque assim, só está piorando a situação! — digo, pronta para ficar de pé. — Vou pegar um...

— Não se preocupe — diz ele rispidamente. — É melhor eu ir.

Arnold pousa a xícara com chá pela metade e sai da sala pisando firme. Um instante depois ouço a porta da frente bater.

Nossa. Que diabo aconteceu com Arnold?

Assim que tenho energia, eu me levanto e ando um pouco mais devagar do que o habitual até a casa de Marian. Essa é a melhor parte de voltar para casa, saber que a verei novamente. Ao menos, espero que seja bom. Uma pequena parte de mim teme que ela possa estar pior, não melhor, e que eu acabe descobrindo que não deveria ter deixado Hamleigh.

Ela sabia que eu voltaria para casa hoje, mas, quando bato na porta, ninguém atende. Fico preocupada e ligo para ela, mas Marian não atende. Deve ter dado uma saída. Vou ver se foi até o mercadinho.

Eu me afasto da porta da frente de Marian, então paro e olho para o celular na minha mão. Não é o meu. É o da Leena. Era para termos feito a troca quando eu chegasse em casa, mas ela foi embora para Londres antes.

É claro que tínhamos avisado a todos com quem falamos com mais frequência que estávamos uma com o celular da outra, mas sei que Leena não avisou Ceci.

Se Leena tivesse provas de que Ethan estava sendo infiel... Então com certeza acreditaria em mim. E eu poderia conseguir provas. Só preciso fingir ser ela. Uma breve mensagem de texto.

O que estou prestes a fazer é quase com certeza errado. É se meter da pior maneira. Mas, se aprendi alguma coisa nos últimos dois meses, foi que, às vezes, é melhor para todos os envolvidos tomarmos uma atitude e intervirmos.

Ceci, Ethan me contou tudo. Como você teve coragem?

33

Leena

A viagem de volta a Londres parece nebulosa, como se eu tivesse com pressão nos ouvidos e tudo estivesse um pouco abafado. Faço o caminho até o meu apartamento no piloto automático, e só quando entro no prédio é que realmente presto atenção ao redor. Está tudo diferente. Todo o espaço no térreo está lindo: o piso de tábuas, a área de estar, a mesa de jantar encostada no fundo do salão. A vovó deve ter feito isso. Há pinturas amadoras e coloridas coladas nas paredes e uma pilha de tigelas em um canto da mesa de jantar. Parece um lugar amado, que é usado com frequência.

Quando chego ao apartamento, esqueço tudo sobre o espaço de convivência no térreo. Assim que abro a porta e sinto o cheiro de casa, tudo o que consigo ver é a minha vida com Ethan. Nós cozinhamos nessa cozinha, nos aconchegamos no sofá, nos beijamos várias vezes diante dessa porta, no começo e no fim de todas as noites que passamos juntos. Quase posso vê-lo aqui, como as linhas tênues que ficam marcadas em um caderno quando pressionamos a caneta com força enquanto escrevemos.

Ele nunca me magoaria. Nunca. Não vou acreditar.

Fitz volta para casa meia hora depois e me encontra chorando no chão, as costas apoiadas contra o sofá. Em um instante ele está abaixado ao meu lado. Fitz me aconchega em seu ombro e choro em seu suéter de caxemira — e ele nem reclama por eu deixar todo molhado o suéter que precisa ser lavado a seco.

— Está tudo uma confusão — digo entre soluços.

Fitz beija o topo da minha cabeça.

— O que aconteceu?

— Ethan... a minha avó... Ele... Ela...

— Acho que preciso de um pouco mais de palavras para entender, Leena. Sempre fui péssimo em ler nas entrelinhas.

Não consigo contar a ele. Há uma coisa em particular que vovó disse que está dando voltas em meus pensamentos, que fica se repetindo em minha cabeça, acima do som dos anúncios no trem, do saxofonista na estação de King's Cross, do tagarelar das pessoas que passavam enquanto eu caminhava até aqui. *Ele falou que você se tornou uma pessoa diferente.*

Eu não acredito na vovó. Confio no Ethan. Eu o *amo* tanto, ele é meu porto seguro, meu cobertor confortável, jamais me magoaria assim.

Ele é o Ethan.

Talvez isso nem importe. Talvez, se for verdade, eu possa perdoá-lo e poderemos voltar a ser como antes. Tive uma quedinha por Jackson, não tive? Isso não significa nada. Não significa que eu tenho que deixar de ser a Leena do Ethan.

Mas, no instante em que penso isso, sei que não é verdade. Se Ethan... se ele... com Ceci...

— Meu Deus, Leena, meu bem, pare! Se continuar chorando assim, vai acabar desidratada — diz Fitz, me abraçando com mais força. — Fale comigo. O que aconteceu?

— Não consigo falar — digo. — Não consigo. Por favor. Me distraia.

Fitz suspira.

— Não, Leena, não faça isso. Vamos conversar, por favor. O Ethan fez alguma coisa errada?

— Não consigo — digo a ele, com mais firmeza desta vez, e me afasto. Seco meu rosto na manga, a respiração saindo em arquejos silenciosos, mesmo agora que as lágrimas estão parando, e tento acalmar a respiração o melhor que posso. — Esse é o meu notebook? — pergunto, ao ver o computador em cima da mesa de centro, soterrado por uma pilha de revistas de decoração antigas de Martha.

— É — confirma Fitz, em um tom que diz: *Estou aceitando o seu desejo de mudar de assunto, mas não pense que isso vai acabar assim.* — Como se sente com o reencontro? Eu não conseguiria viver dois meses sem o meu. *Ou sem um smartphone.*

Merda, meu celular. Acabei não destrocando com a vovó. Balanço a cabeça — não tenho ânimo para me preocupar com isso agora. Coloco o notebook em cima dos joelhos, sentindo o peso tranquilizador e familiar.

— Que tal eu preparar um *smoothie* para você? — sugere Fitz, acariciando meu cabelo.

Eu fungo e esfrego meu rosto para secá-lo.

— Vai ser marrom?

— Com toda certeza. Não consegui solucionar esse mistério na sua ausência. Eles continuam saindo marrons. Mesmo quando tudo o que coloco é verde.

Isso de certa forma é tranquilizador. Pelo menos alguma coisa continua igual.

— Então não, obrigada. Só um chá.

Sei que é uma má ideia, mas preciso checar o Facebook de Ethan. Ele está vindo para cá, mas ainda deve demorar uma hora, e só preciso me assegurar de que... de que... não sei, de que ele ainda é o meu Ethan. E talvez de que não existam fotos dele com Ceci.

Abro o notebook. A página de bate-papo da vovó no site de relacionamentos está aberta na tela.

OldCountryBoy diz: Olá, Eileen. Eu só queria perguntar se você já teve a oportunidade de me mandar o dinheiro? Estou ansioso para dar andamento ao site! Bjs.

— Merda — murmuro. A página expirou. Entro novamente depois de algumas tentativas malsucedidas, em que tento lembrar o nome de usuário e a senha que configurei para vovó e não consigo.

— Isso não é... falsidade ideológica? — pergunta Fitz enquanto deixa uma xícara de chá ao meu lado.

— Sou Eileen Cotton, não sou? — retruco, subindo a tela pelas mensagens dela, lendo rapidamente enquanto passo.

Merda. Eu deveria ter avisado a vovó sobre golpes usando perfis falsos, nunca deveria ter permitido que ela usasse esse site... No que eu estava *pensando*?

Pego o celular — só percebo que já está tocando quando ele vibra na minha mão. É vovó.

— Vó, você transferiu dinheiro para um homem que conheceu na internet? — pergunto assim que atendo.

Meu coração está disparado.

— O quê? Leena, Leena... Você tem que voltar para cá. Precisa voltar para Hamleigh.

— O que aconteceu? Vó, calma.

Eu me levanto e deixo o notebook cair no chão. Não escuto esse tom na voz de vovó desde que Carla estava doente, e fico tensa na mesma hora.

— É a Marian. Ela não está em lugar nenhum.

— Ela o quê?

— A Marian não está atendendo à porta, não está em nenhum lugar da cidade e ninguém a viu. É como da última vez, Leena, ela deve estar lá dentro, mas não me deixa entrar, e não consigo encontrar minha chave *nem* a chave sobressalente para entrar e ver se a Marian está... E se ela se machucou lá dentro, sozinha?

Certo, passo um: manter vovó calma.

— Vó, respire fundo. A mamãe não vai machucar a si mesma.

Puxo novamente o notebook para cima dos joelhos.

Passo dois: verificar os horários dos trens. Porque acabei de lembrar que estou com os dois conjuntos de chaves da casa da mamãe na bolsa.

— Muito bem, estarei aí às sete com as chaves — digo. — Desculpe por ter trazido comigo. Tem certeza de que a mamãe não saiu para nadar em Daredale ou algo assim?

— Eu liguei para a piscina. — Vovó parece estar à beira das lágrimas.

— Disseram que ela não vai lá desde a semana passada.

Passo três: manter a calma. Mamãe estava indo muito bem quando a deixei, os antidepressivos estavam ajudando, conversamos bastante sobre Carla, tudo parecia muito mais saudável. Tenho certeza de que há uma explicação perfeitamente razoável para tudo isso.

Mas... a dúvida começa a surgir. Afinal, eu tinha subestimado o quanto ela ficou mal da última vez, não foi? Eu nem sabia sobre esses episódios depressivos até vovó me contar.

E se ela estiver mesmo dentro de casa, sozinha? Será que eu disse algo horrível no Primeiro de Maio, quando ela me levou para casa bêbada? Eu deveria ter feito um esforço maior para apoiá-la nos últimos dois meses, como vovó disse desde o início? Gostaria de ainda estar lá, gostaria de ter deixado pelo menos *uma* maldita chave... e se ela realmente estiver trancada naquela casa tendo alguma espécie de crise e não há nada que eu possa fazer, não há tempo o bastante...

Não, calma. Passo quatro: reconhecer quanto tempo você tem e o que é possível fazer nesse período. Eu me lembro de um seminário de gestão de mudanças em que o palestrante nos disse que os médicos que lidam com emergências — em que cada segundo faz toda a diferença — se movem mais lentamente do que os médicos de qualquer outro departamento. Eles conhecem o verdadeiro valor de um minuto, sabem o que podem fazer nesse tempo e que são capazes de fazer mais quando mantêm a calma.

— Está tudo bem, vó. Vamos conversar sobre tudo isso quando eu chegar. Continue batendo na porta da casa dela, caso mamãe esteja aí. E se ouvir alguma coisa que a faça achar que ela pode estar em perigo, vá buscar o Dr. Piotr, certo?

— Certo — diz ela, a voz trêmula.

Respiro fundo.

— Muito bem. Vó, esse homem, você fez uma transferência bancária para ele?

— Fiz um cheque. Por que está perguntando isso, Leena? Você... Que diferença isso faz? Não ouviu o que eu disse? A Marian não está dando conta de novo, ou ela sumiu, ou está se escondendo, não me deixa entrar, ela...

— Eu sei. Mas tenho vinte minutos em que não posso fazer nada em relação a isso. E *posso* usar esse tempo para impedir que você caia em uma roubada. Concentre-se na mamãe, e eu estarei aí o mais rápido possível.

— O que você quer dizer com "roubada"?

— Mais tarde eu explico — digo sem me estender, e desligo.

O número do telefone do banco da minha avó já está na tela do computador.

— Olá — digo, quando alguém atende. — Meu nome é Eileen Cotton, o número da minha conta é 4599871. Gostaria de sustar um cheque.

— Sem problema. Só preciso fazer algumas perguntas de segurança para que possamos autorizar sua solicitação. Qual é a sua data de nascimento, por favor?

— Dezoito de outubro de 1939 — digo, com o máximo de segurança que consigo.

— *Isso* definitivamente é falsidade ideológica — comenta Fitz.

Estou finalmente a caminho do norte. Do outro lado do corredor, uma jovem família está jogando Scrabble — sinto uma pontada amarga de nostalgia pela época em que minha família era assim, feliz na ignorância de tudo o que estava por vir.

As minhas pernas tremem... Estou aflita para sair correndo, mas estou presa aqui nesse trem, que vai lentamente em direção a Yorkshire, cem vezes mais devagar do que eu gostaria.

Inspiro devagar. Expiro devagar. Tudo bem. Sim, estou presa nesse trem, mas isso significa que tenho duas horas para me acalmar. Coloco como objetivo já estar calma quando alcançarmos Grantham. A mamãe está bem. A mamãe está bem. A mamãe está bem.

Um novo e-mail aparece na minha caixa de entrada — meu notebook está aberto na minha frente, mais por hábito do que por necessidade. Rebecca está me convidando para tomar um café na sexta-feira, para discutir meu retorno ao trabalho. Ceci está copiada no e-mail. Hesito quando vejo seu nome, mesmo que não acredite na vovó, e é claro que não acredito.

Merda. Ethan. Eu não avisei que saí de Londres.

Envio uma mensagem breve para ele.

Saí de Londres... estou voltando para Hamleigh... Conto tudo mais tarde. Bjs.

A resposta dele chega quase instantaneamente.

Leena? O que está acontecendo? Você está usando esse celular de novo?

E então, um momento depois:

Não podemos conversar?

Respondo na mesma hora.

Não posso falar agora, estou no trem, tenho que voltar para Hamleigh, desculpe. Não posso explicar agora — tem a ver com a minha mãe. Bjs.

Ele retruca.

Por que você enviou aquela mensagem para a Ceci? Achei que tinha dito que acreditava em mim.

Meu coração para.

Eu não mand...

Apago as palavras e fico imóvel por um instante. Meu coração de repente parece bater muito forte no peito, como se estivesse no fundo da minha garganta e não deixasse o ar passar. Respiro com dificuldade.
Abro as mensagens que troquei com vovó e reparo que não nos falamos muito por aqui nessas últimas semanas. Eu nem tinha me dado conta de como nos falamos pouco nesse período.

Vó, você mandou uma mensagem para a Ceci usando o meu celular?

Espero. O trem chega a Wakefield e a família ao meu lado desce e é substituída por um casal de idosos que lê cada um a sua parte do jornal, em um silêncio confortável. Todo mundo se move do jeito mais normal possível, girando o corpo para o lado para passar pelo corredor, levantando os braços para pegar as malas no bagageiro em cima dos assentos, mas fico com a sensação de estar em um set de filmagem. Todas essas pessoas são figurantes e alguém está prestes a gritar *Corta*.
Uma resposta de vovó.

Sinto muito, Leena. Eu queria que você tivesse uma prova. Sei que vai machucar, mas seria pior depois, se você não descobrisse agora.

Inspiro profundamente, com um som áspero que faz todos no vagão me olharem. Saio cambaleando do lugar onde estou e vou até a área mais aberta que existe entre os vagões, então volto a olhar para o celular, os olhos marejados.

Mande para mim a resposta dela... preciso ver.

A resposta demora uma eternidade para chegar. Quase consigo visualizar vovó tentando descobrir como reencaminhar uma mensagem no meu celular. Estou prestes a lhe enviar instruções quando ela finalmente responde com a mensagem de Ceci.

Leena, sinto muito. Não estava nos meus planos que isso acontecesse. Só posso dizer que tem sido uma verdadeira loucura. Não consigo me segurar quando se trata do Ethan.

Outro daqueles arquejos trêmulos. Demoro um instante para perceber que saiu da minha boca.

Sei que você deve estar arrasada. Depois da primeira vez, eu disse a ele que nunca mais voltaria a acontecer, mas... Bem, não quero dar desculpas. C Bjs.

E é exatamente o que ela está fazendo, é claro. Eca, esse C com um beijinho no final, como se estivéssemos conversando sobre o que fazer no fim de semana — meu Deus, odeio Ceci, odeio, odeio, odeio Ceci, consigo sentir o gosto do ódio na minha boca, posso senti-lo agarrado às minhas entranhas. De repente, entendo por que os homens nos filmes socam as paredes quando estão com raiva. Só a covardia e o medo de sentir dor me impedem de fazer o mesmo. Em vez disso, pressiono aquele celular antigo, que mais parece um tijolo, na palma da minha mão esquerda até doer — não tanto quanto um nó do dedo lesionado, mas o suficiente. A minha respiração finalmente começa a se acalmar.

Quando viro o celular novamente, a palma da minha mão está de um vermelho quase roxo e há uma nova mensagem de Ethan.

Leena? Por favor, fale comigo.

Deixo meu corpo afundar até me sentar no chão, e sinto o tapete arranhando meus tornozelos. Espero que a emoção me atinja novamente, em uma nova onda, mas ela não chega. Em vez disso, há um tipo estranho de quietude, um distanciamento, como se eu estivesse assistindo a outra pessoa descobrir que o homem que ama a feriu da pior maneira possível.

Dei tanto a Ethan. Mostrei a ele o meu lado mais frágil, mais íntimo. Confiei nele como nunca confiei em ninguém, a não ser minha família.

Não consigo acreditar... Não consigo pensar em Ethan como... Inspiro com força e sinto as mãos e os pés começarem a formigar. Eu tinha tanta certeza dele. *Tanta certeza.*

Eu não odeio Ceci — aquilo não era ódio. *Isso* é ódio.

34

Eileen

Assim que vejo Leena, percebo que ela sabe a verdade sobre Ethan. Minha neta parece exausta, abatida sob o peso da descoberta.

Não consigo deixar de pensar no dia em que Wade me deixou. Ele era um inútil, um desperdício de espaço, e eu deveria tê-lo mandado pastar anos antes, se tivesse tido bom senso. Mas logo depois que ele partiu, a humilhação foi insuportável. Eu não senti raiva, mas vergonha.

— Leena, sinto muito.

Ela se inclina para me dar um beijo no rosto, mas seus olhos estão fixos na porta da casa de Marian, atrás de mim, e ela está com a chave na mão. Nós duas ficamos paradas por um momento, só um ou dois segundos, nos preparando. Meu coração está disparado — como esteve a tarde toda — e mantenho a mão sobre o peito, como se isso fosse ajudar a abrandá-lo. Sinto uma náusea tão forte que a bile sobe à garganta.

Leena abre a porta. A casa está escura e silenciosa, e logo fica claro que Marian não está.

Fico parada ali dentro, tentando absorver a informação, enquanto Leena vai de um cômodo a outro, acendendo as luzes, o rosto cansado e sério.

Marian não está aqui, penso, com uma estranha sensação de distanciamento. Tinha tanta certeza de que ela estaria que nem sequer pensei em alternativas. Mas ela não está. Ela...

— Ela não está aqui. — Leena para no meio do hall de entrada. — Isso é bom ou ruim? As duas coisas, talvez? *Onde* ela está?

Eu me encosto na parede, então dou um pulo quando tanto o meu celular quando o de Leena soltam uma sucessão de bipes. Leena é mais rápida em tirar o dela do bolso.

Querida mamãe e Leena, meu amor,

Desculpem por ter demorado a escrever esta mensagem. Estou neste momento no aeroporto de Heathrow, com três horas até o meu embarque e muito tempo para pensar.

Ontem à noite, Leena falou uma coisa que ficou na minha cabeça quando acordei essa manhã. Leena, você disse: "Eu não teria conseguido me descobrir se não tivesse me tornado outra pessoa." Essas últimas semanas foram as mais felizes de que me lembro recentemente. Amei ter você de volta, Leena, mais do que consigo expressar — foi maravilhoso poder cuidar da minha filha novamente. E, mãe, senti a sua falta, mas acho que talvez precisasse que você me deixasse por algum tempo para que eu pudesse perceber que sou capaz de me virar sozinha, sem você segurando a minha mão. A sua ausência me fez apreciar você ainda mais. Sou muito grata por tudo o que fez por mim.

Mas agora estou pronta para algo novo. Não sei quem eu sou quando não estou sofrendo pela perda da Carla. Não posso ser a mulher que eu era antes da morte da minha filha. Não gostaria e não quero ser. Então, preciso encontrar a nova eu.

Meu tapete de ioga e eu estamos indo para Bali. Quero tranquilidade e areia sob os pés. Quero uma aventura, como vocês duas tiveram, mas uma que seja minha.

Por favor, cuidem uma da outra enquanto eu estiver fora, e lembrem-se de que amo muito vocês. Bjs.

— Bali — digo depois de um silêncio longo e chocado.

Leena olha inexpressiva para a foto na parede do corredor e não me responde.

— Não entendo — volto a falar, relendo ansiosa o início da mensagem. — Ela é muito frágil para ir sozinha para um país estrangeiro e...

— Ela não é, não, vó — diz Leena, finalmente se virando para olhar para mim. Ela solta o ar lentamente. — Eu deveria ter mantido você mais informada, então entenderia o que eu quero dizer. A mamãe não está mais frágil. Ela ficou ótima nesse último mês.

Não consigo acreditar totalmente nisso, mas quero muito.

— É verdade, vó. Sei que você acha que não entendo como a situação ficou ruim para a mamãe e... — Ela hesita. — Você tem razão, por um longo tempo não entendi mesmo, porque não estava aqui, e assumo essa responsabilidade. Eu deveria ter prestado atenção quando você disse que ela não estava bem, em vez de achar que sabia mais do que todo mundo. Mas posso garantir a você que, enquanto eu estive aqui, vi a mamãe progredir muito. Ela estava indo muito bem.

— Eu não... Mas... *Bali?* — digo, ainda abalada. — *Sozinha?*

Leena sorri e inclina a cabeça na direção da foto na parede.

— Mamãe está indo para o lugar feliz dela — afirma Leena.

Eu olho para a imagem. É uma foto de uma mulher fazendo ioga na frente de algum tipo de templo. Nunca reparei de verdade nisso antes, embora me lembre vagamente de que essa foto também ficava pendurada na casa antiga de Marian em Leeds.

— Você acha mesmo que é uma boa ideia ela viajar sozinha?

— Acho que deveríamos ter incentivado ela a fazer isso há muito tempo. — Leena dá um passo à frente e aperta os meus braços. — Isso é uma coisa boa, vó, assim como foi o seu tempo em Londres e o meu em Hamleigh. A mamãe precisa de uma mudança.

Leio a mensagem novamente. *"Eu não teria conseguido me descobrir se não tivesse me tornado outra pessoa."* Leena parece envergonhada.

— Não me lembro de ter dito isso. Eu estava um pouco bêbada, para ser honesta.

— Mas você disse alguma coisa parecida, quando achou que eu estava mentindo sobre o Ethan. — Levanto a mão para impedir o seu protesto.

— Não, está tudo bem, meu bem. Foi um choque... você só precisava de tempo. Mas você disse que não estava sendo *a Leena dele*.

— Falei isso? — diz ela, baixando os olhos.

— Quero que você seja a *sua* Leena, meu bem. — Pego as mãos dela. — Você merece estar com alguém que a faça se sentir mais você mesma, não menos.

Leena começa a chorar, e sinto o coração apertado por ela. Queria ter podido protegê-la disso, queria que tivesse havido outra maneira.

— Achei que essa pessoa fosse o Ethan — diz ela, e apoia a testa no meu ombro. — Mas... nesses dois últimos meses... senti... que tudo ficou diferente. — Seus ombros tremem enquanto soluça.

— Eu sei, querida. — Acaricio seu cabelo. — Acho que todas nos perdemos um pouco no ano passado, sabe, sem a Carla, e precisávamos de uma mudança para conseguir enxergar isso.

Bali, penso, ainda atordoada, enquanto Leena chora nos meus braços. Não sei exatamente onde fica, mas sei que é muito longe.

O mais longe que Marian já chegou foi o norte da França. Isso é muito...

É muito *corajoso* da parte dela.

Alguém bate na porta. Leena e eu ficamos imóveis. Estamos sentadas aqui na casa de Marian com todas as luzes acesas, as duas com lágrimas escorrendo pelo rosto e a maquiagem toda borrada. Só Deus sabe o que vai pensar quem quer que seja à porta.

— Eu atendo — digo, limpando o rosto.

É Betsy.

— Ah, graças a Deus — diz ela, pegando as minhas mãos. — Vim assim que soube que a Marian estava com problemas.

— Betsy? — Ouço a voz de Leena atrás de mim. — Espera, como... como você *soube*?

Eu apenas seguro entre as minhas mãos as mãos da minha amiga mais querida. Ela está com uma aparência incrível. Não está usando o lenço de sempre e está vestindo uma blusa solta de bolinhas que a faz parecer com a Betsy Harris que conheci vinte anos atrás. Há tanto a dizer... hesito por um momento, insegura, até que ela aperta minhas mãos.

— Ah, como senti sua falta, Eileen Cotton.

É assim que acontece com as velhas amigas. Nos entendemos até quando não há palavras suficientes para tudo o que deve ser dito.

— Sinto muito por estar ausente quando você mais precisou de mim. — Seguro o rosto dela por um momento. — A Marian está bem, ao que parece. Venha, vamos entrar?

— Patrulheiros do Bairro — diz uma voz atrás de Betsy.

Basil e Penelope aparecem à porta e seguem Betsy para dentro. O Dr. Piotr também chega e me dá um tapinha gentil no braço antes de entrar.

— Você está bem? — Kathleen é a próxima. Meu Deus, estão todos aqui fora? E, realmente, Roland está estacionando sua scooter. — Vim assim que soube.

— Como vocês *souberam*? — pergunta Leena novamente atrás de mim, parecendo absolutamente perplexa.

Fico vendo todos passarem por ela e reprimo um sorriso. São os Patrulheiros do Bairro. O trabalho deles é saber.

— Tudo bem, Eileen? — pergunta uma voz familiar. Arnold está parado à porta, em uma atitude hesitante pouco característica dele. Na última vez em que nos falamos, ele saiu bufando, mas descubro não ter ânimo para guardar rancor sobre isso.

— Arnold! Entre — convida Leena.

Os olhos de Arnold buscam os meus pedindo permissão.

— Sim, é claro, entre — digo também, me afastando.

E fico surpresa ao ver que ele dá um beijo na bochecha de Leena antes de passar para entrar na cozinha. Arnold mencionou que os dois de vez em quando tomavam café juntos, mas ainda assim é estranho vê-los agindo como amigos de longa data.

— Como os outros conseguiram chegar aqui? — pergunta Leena quando fecho a porta da frente. — A Betsy está ficando em Knargill!

— Não me espantaria se a Betsy tivesse pedido carona na estrada, em se tratando de uma emergência — digo com um sorrisinho ao ver a expressão de Leena. — Tem problema para você, querida? Estarem todos eles aqui? — Faço carinho no braço dela. — Posso pedir para irem embora se você quiser algum tempo só para nós duas.

— Estou bem. Eu acho. — Ela solta um suspiro profundo e trêmulo. — Mas e você? Levou um baita susto por causa da mamãe, e aí depois descobriu que aquele Howard na verdade era...

Eu estremeço. Tenho me esforçado muito para não pensar nisso.

— Então, não era... real? — pergunto, baixando a voz para que os Patrulheiros do Bairro não escutem. Eles estão na cozinha de Marian e alguém colocou a chaleira para ferver. Ao que parece, já descobriram que Marian não está tendo nenhuma crise, mas não dão sinais de que pretendem ir embora. — Tudo o que ele disse sobre como se sentia...

— Esses golpistas fazem isso o tempo todo, vó — diz Leena com gentileza. — São simpáticos e charmosos, e as coisas caminham muito rápido, e parece que estão se apaixonando por você... então eles pedem dinheiro. E continuam pedindo. Portanto, tivemos muita sorte de pegá-lo antes que isso fosse longe demais.

Estremeço novamente, e Leena segura minha mão.

— No começo, fiquei desconfiada por ele ser tão simpático e atencioso — digo a ela. — Mas então me acostumei e passei a achar... legal. — Suspiro. — Sou uma velha boba.

— Você não é! Desculpe, vó, a culpa é minha. Eu deveria ter preparado você um pouco mais antes de deixar você solta na internet. Esse tipo de golpista engana qualquer um.

— Eu *gostei* dele — digo em um sussurro. — Será que ele era real? Será que o nome dele era mesmo Howard?

— Não sei, vó. Sinto muito. Sei que é péssimo ser enganada assim. Você quer que eu peça para irem todos embora, para que a gente possa conversar direito sobre tudo? — pergunta Leena, olhando para a cozinha.

Faço que não com a cabeça.

— Não, eu quero eles aqui — digo, endireitando os ombros. — Vamos, deveria ser eu cuidando de você, depois do dia que teve. Vou preparar um chocolate quente e você pode chorar o quanto quiser no meu ombro.

— Você pode chorar no meu também, se precisar, vó — diz ela. — Descobri isso nesses últimos dois meses. — Ela me puxa para um abraço e então diz no meu ouvido: — Se está abraçando alguém apertado o suficiente, você pode ser ao mesmo tempo quem oferece o ombro *e* quem chora. Viu?

Posso ouvir o sorriso em sua voz. Ela está rindo de si mesma quando diz isso, mas mesmo assim está dizendo. A Leena de dois meses atrás nunca teria dito algo assim.

— Nossa, é isso que acontece quando passo tempo demais com a mamãe — diz ela, meio rindo, meio chorando. — Daqui a pouco vou começar a colecionar aqueles malditos cristais.

— Leena! — repreendo, mas ao mesmo tempo abraço-a com mais força, e a estranha distância que surgiu entre nós enquanto estivemos separadas desaparece quando ela encosta o rosto no meu ombro.

Ouvimos outra batida na porta.

— Pode deixar que eu atendo — diz Leena, pigarreando. — Enquanto isso, pode começar a preparar o chocolate quente.

Olho para trás quando entro na cozinha.

— Leena — diz uma voz profunda e firme. — Você está bem?

35

Leena

É Jackson. Ele para no umbral da porta segurando o gorro. Fico olhando para o rosto forte e honesto, os olhos azuis bondosos, a camisa desbotada, apertada nos ombros. Tenho vontade de desabar em cima dele e de começar a chorar aninhada em seu peito, mas acho que isso provavelmente não seria muito sábio da minha parte.

Em vez disso, me afasto para ele passar e digo:

— Entre. Acho que a cidade toda já está aqui.

Eu o levo até a sala, onde os membros do comitê dos Patrulheiros do Bairro estão reunidos, todos sentados em sofás e poltronas.

Jackson fica parado por um momento, olhando para a sala.

— Por que as cadeiras estão todas viradas para esse lado? — pergunta.

Sigo seu olhar até o espaço vazio onde ficava a cama de Carla. Vovó está olhando também, e vejo seus olhos se fecharem, a emoção transparecendo em seu rosto. Então olho para a lixeira no canto da sala e lá está aquela fotografia antiga e horrível de Carla. Eu deveria ter percebido como mamãe estava desesperada por uma mudança, como precisava disso.

Sou dominada por aquela vontade familiar de *fazer* alguma coisa. A mesma sensação que me levou a trocar de vida com a vovó, para início de conversa.

Talvez algo menos drástico desta vez. Mas algo para mamãe.

— Vamos reformar este lugar — digo. Sai um pouco alto demais. Pigarreio. — Enquanto a mamãe estiver fora. Ela disse um tempo atrás que queria fazer isso. Poderíamos fazer por ela, redecorar tudo, não para... não para tirar a Carla desta casa, mas para abrir espaço para a nova Marian.

Eileen sorri para mim.

— Que ideia fantástica. Também andei praticando meus talentos de decoração. A Martha me ensinou várias coisas.

— O que você *andou* fazendo, Eileen? — pergunta Penelope, em um tom sussurrado. — Foi cheio de aventuras?

Vovó cruza as mãos no colo.

— Bem — diz ela. — Mal sei por onde começar...

Passo outra noite em Hamleigh, planejando a reforma da casa da minha mãe, colocando o assunto em dia com vovó, ajudando-a a desfazer as malas... tudo, menos pensando em Ethan. Na manhã seguinte, me levanto cedo para ter tempo de dar uma corrida nas colinas — pego emprestado um par de tênis velhos de Kathleen. Não há experiência que se compare a correr aqui. É de tirar o fôlego e, quando pego o meu caminho favorito, que me dá uma visão panorâmica de Harksdale, meu coração fica apertado. Um pensamento surge na minha mente e me deixa um pouco assustada, porque diz: *Me sinto em casa neste lugar.*

Mas não estou em casa. Tenho uma vida em Londres, independentemente de Ethan — tenho uma carreira para salvar, um apartamento, amigos.

Você também tem amigos aqui, diz aquela vozinha. Ainda assim, retorno para a estação de Daredale, pego o trem para Londres e volto para o meu apartamento vazio, onde está minha vida real, porque essa é a coisa mais sensata a fazer.

A depressão me atinge assim que chego em casa de novo. É pior do que da primeira vez, porque agora tenho certeza: a vida que tive com Ethan neste apartamento acabou. Aqui está a almofada que comprei com ele no Camden Market, em um sábado, e ali está o lugar em que sempre se sentava na bancada do café da manhã. E o arranhão no chão de quando ficamos dançando sem ritmo nenhum ao som de jazz, depois de um longo dia de trabalho. Agora tudo isso não significa mais nada. Encosto na porta, vou deslizando até o chão e me permito chorar.

Ainda estou na mesma posição quando Bee aparece para me ver.

— Ei! — chama ela, da porta. — Leena, me deixe entrar! — Uma pausa. — Sei que está aí, consigo ouvir você chorando. Me deixe entrar, vamos! — Ela bate forte na porta. — Me deixe entrar, Leena, posso escutar você!

Ela é como uma versão londrina e diminuta de Arnold. Chego para o lado e levanto o braço até conseguir abrir a porta sem ficar de pé. Bee entra, dá uma olhada em mim, então tira uma garrafa de vinho da sacola de supermercado que está segurando.

— Venha — diz, me puxando pelo braço. — Precisamos começar a conversar, o que significa que precisamos começar a beber.

Já é aproximadamente uma da manhã quando Bee e eu finalizamos nosso plano de negócio. Essa conversa que leva a decisões impactantes e transformadoras seguiu mais ou menos assim.

— É como diz a minha mãe, *o que há de tão incrível em Londres, afinal*. Quer dizer, *nossa*, eu nem gosto dessa merda de cidade, você gosta dessa cidade, Bee?

— Não há homens aqui. — A frase sai um pouco abafada, porque Bee nesse momento está pendurada de cabeça para baixo no meu sofá, com os pés no encosto e o cabelo espalhado no chão. — Todos os homens decentes estão em Leeds. *Todos* os homens decentes. Ai, meu Deus, eu chamei uma babá? — Ela se senta com um arquejo e segura a cabeça entre as mãos.

— A Jaime está com a sua mãe — lembro a ela, pela quinta ou sexta vez desde que abrimos a segunda garrafa de vinho.

Bee abaixa o corpo de novo.

— Que bom.

Tomo outro gole de vinho. Estou no tapete, as pernas abertas, o cérebro zumbindo através de uma névoa embriagada.

— Devemos simplesmente *ir*, Bee? Só respirar fundo e ir? É sério, por que estamos *aqui*?

— Você está falando... filosoficalmente? — Ela estreita os olhos e tenta novamente. — Filosofocamente? — Então, achando muito divertido: — Ficolosficacetemente?

— Quer dizer, por que estamos em Londres, afinal? Quem disse que temos que administrar nosso negócio daqui? — Esfrego o rosto com força em uma tentativa de ficar sóbria. Tenho a vaga sensação de que o que estou dizendo é muito importante e também, possivelmente, a coisa mais inteligente que já foi dita por alguém no mundo inteiro. — Vamos precisar ficar viajando, de qualquer maneira. E há muitos negócios em Leeds, Hull, Sheffield... Quero morar em Leeds, onde está a minha família. Quero estar perto do Hank, o cachorro, e de todo mundo lá, e daquelas *colinas*, nossa, elas me deixam em um puta êxtase, Bee. Podemos conseguir um escritório em Daredale. Bee, você vai adorar, Bee. Bee. Bee. Bee.

Eu a cutuco. Ela ficou muito quieta.

— Ai, meu Deus — diz Bee de repente, baixando as pernas, então meio girando, meio rolando o corpo até ficar amontoada no chão. — Ai, meu Deus, é uma ideia tão maravilhosa que vou vomitar.

Discutimos os detalhes mais a fundo nos dois dias seguintes — há algumas questões a serem vistas, inclusive a enorme mudança de vida para Jaime. Mas repassamos cada ponto, passo a passo, e assim, quando volto à sede da Selmount pela primeira vez desde aquele terrível ataque de pânico, chego com uma carta de demissão na mão.

Rebecca olha para minha cara quando entro no escritório dela e suspira.

— Merda — diz. — Você vai se demitir, não é?

— Desculpe.

— Sabia que era arriscado afastar você por dois meses. — Ela fica me olhando com os olhos apertados. Rebecca precisa de óculos, mas se recusa a admitir e prefere estreitar os olhos. — Embora pareça que a licença lhe fez bem. Não há nada que eu possa falar para fazer você mudar de ideia?

Sorrio.

— Sinto muito, mas não.

— Para onde você foi durante seus dois meses de autoconhecimento? Bali? Bali parece ser um destino popular para isso no momento.

Tento não rir.

— Na verdade, fui para a região de Yorkshire Dales. Onde mora a minha família. É para onde vou quando resolver tudo aqui... Vou morar com a minha avó, espero, e a B...

Eu me interrompo pouco antes de mencionar os planos de Bee de comprar uma casa em Daredale para ela e Jaime. Bee ainda não entregou seu aviso prévio. Aliás, desconfio que esteja esperando do lado de fora da porta, pronta para entrar assim que eu sair.

— Hum... — Rebecca estreita os olhos. — Inteligente.

Fico vermelha, e ela me lança um olhar astuto.

— Obrigada — digo. — De verdade. Obrigada por tudo.

Ela rejeita o agradecimento com um gesto.

— Dê todo o seu melhor durante os próximos dois meses, se realmente quer me agradecer — explica ela. — Ah... E diga àquele seu ex-namorado para parar de fazer corpo mole quando deveria estar lidando com os clientes.

— Ethan?

— Ele está rondando a sua mesa desde as sete da manhã.

Estremeço, e ela abre um sorriso largo.

— Eu disse a ele que você estava em um projeto em Milton Keynes. Neste exato momento, ele deve estar tentando descobrir o endereço para enviar uma caixa de chocolates para você.

— Obrigada — digo, meio contrariada. — Imagino que o Ethan esteja tentando fazer as pazes. Só que... o que aconteceu não dá para ser consertado com chocolate.

Há uma batida discreta na porta, e Ceci enfia a cabeça pela fresta. Fico paralisada. Nos encaramos e vejo um rubor forte subir pelo pescoço dela até o rosto.

— É ótimo ter você de volta, Leena — diz ela, nervosa. — Desculpe por interromper vocês. Eu... volto mais tarde.

Fico observando enquanto ela se afasta. Meu coração bate forte, meio de ódio, meio de adrenalina. Um lado profundamente primitivo meu teve vontade de arranhar a cara de Ceci, mas, agora que ela está se afastando, fico feliz por não ter deixado que percebesse o quanto a detesto. É melhor deixar que fuja de mim pelos próximos dois meses com aquelas pernas absurdamente longas dela. Ceci não merece ocupar nem um instante dos meus pensamentos.

— O que quer que tenha feito para enfim conquistar o respeito *dela*, sem dúvida nenhuma funcionou — comenta Rebecca, folheando uma pilha de papéis em sua mesa.

— Acho que ela conheceu a minha avó — digo. — Provavelmente foi isso.

36

Eileen

Pela primeira vez em mais de uma década, vou à casa de Betsy.

No começo, lidamos com o fato de Betsy ter deixado Cliff da mesma maneira que sempre lidamos com esse tipo de situação.

— Chá? — pergunta ela, então diz que teremos broinhas como um luxo merecido, e falamos sobre o progresso que estamos fazendo na casa de Marian.

Mas aí me lembro de Martha chorando no sofá, me dizendo como se sentia despreparada para ser mãe. E de Bee confessando como tem sido difícil encontrar um homem decente. E de Fitz me deixando preparar listas de coisas a fazer para ele e permitindo que eu o ensinasse a cozinhar. De como meus jovens amigos de Londres foram honestos e abertos.

— Como você está, Betsy? — pergunto. — Agora que o Cliff se foi? Não consigo imaginar como deve estar se sentindo.

Ela parece um pouco surpresa, e olha de relance para mim enquanto adiciona o leite aos chás. Então, com muita cautela, diz:

— Estou... resistindo.

Espero, pegando a bandeja de chá da mão dela e indo até a sala de estar. A última vez que entrei aqui deve ter sido, não sei, no final dos anos 1990? Betsy ainda tem o mesmo tapete estampado, mas o conjunto de duas poltronas de um rosa suave é novo, e suspeito que Cliff não teria gostado muito delas.

— A parte mais difícil é a culpa — diz ela, finalmente, depois de se acomodar em uma das poltronas. — Não consigo parar de sentir que tenho que cuidar dele. — Ela dá um sorrisinho e pega a geleia para passar na broinha. — E fico pensando em como meus pais ficariam horrorizados se tivessem me visto gritando com meu marido na frente de todo mundo.

— Da minha parte, eu adoraria ter estado lá. Teria incentivado você — digo com entusiasmo.

Ela sorri.

— Bem, a nossa Leena fez um bom trabalho intervindo em seu lugar.

Comemos nossas broinhas e saboreamos o chá.

— Deveríamos ter feito mais — digo. — Uma pela outra, quer dizer. Eu deveria ter feito muito mais para ajudá-la a deixar o Cliff, e estou muito, muito arrependida por não ter feito.

Betsy para por um momento, então pousa a broinha.

— E eu deveria ter dito a você para colocar o Wade para fora de casa trinta anos atrás.

Penso no que ela disse. Provavelmente teria feito diferença, sim. Sempre achei que Betsy diria que eu deveria ficar com o meu marido nos bons e maus momentos, como costumam dizer.

— Ainda temos alguns anos — comenta ela depois de um instante. — Vamos prometer nos intrometer na vida uma da outra quando bem entendermos de agora em diante, sim, querida?

— Vamos — digo, enquanto ela volta a pegar a broinha. — Mais chá?

Na semana seguinte, esbarro em Arnold a caminho de casa, voltando da casa de Marian, onde estive retocando a pintura — Leena esteve aqui no fim de semana, e conseguimos pintar quase todos os cômodos do andar de baixo, então hoje foi só uma questão de finalizar os detalhes. Estou usando as roupas mais acabadas que tenho, perfeitas para pintar — uma calça esfarrapada e uma camiseta que mostra um pouco mais dos meus braços do que eu gostaria que alguém visse.

Arnold me dá um aceno firme.

— Ah, oi — diz. — Como vai você, Eileen?

— Ah, bem, obrigada — respondo.

As coisas têm andando meio estranhas entre nós desde que voltei para casa. Na verdade, depois do dia em que Marian foi embora, mal o vi. Depois de anos acompanhando as aparições de Arnold na janela da cozinha, ou seus chamados por cima da cerca viva, não posso deixar de me perguntar o porquê dessa súbita ausência.

— Ótimo, ótimo. Bem, já vou indo.

— Arnold — digo, pegando o braço dele. — Eu queria agradecer a você. A Leena me falou que você a ajudou muito enquanto eu estava em Londres.

— Contou sobre o carro, não é? — pergunta Arnold, olhando para minha mão em seu braço. Ele está usando uma camisa de manga curta, e sua pele é quente sob a palma da minha mão.

— O carro?

— Ah. — Seus olhos se voltam para a falha na cerca que vem me intrigando há semanas. — Bobagem. Não foi nada de mais. É uma boa moça, a sua Leena.

— Ela é — digo, sorrindo. — Ainda assim. Obrigada.

Arnold se afasta e vai em direção ao portão da frente da casa dele.

— A gente se vê por aí — diz, e eu franzo a testa, porque nos últimos tempos isso se tornou uma raridade.

— Quer entrar? — pergunto, enquanto ele se afasta. — Para tomar uma xícara de chá?

— Hoje não. — Arnold nem se vira.

Já passou pelo portão e foi embora antes que eu tivesse tempo de me dar conta de que ele recusou meu convite.

Isso é irritante. Por mais que eu e Arnold vivêssemos implicando um com o outro, sempre achei... Sempre tive a impressão... Bem, nunca o convidei para um chá, mas sabia que, se eu convidasse, ele aceitaria. Vamos colocar assim.

Só que agora alguma coisa parece ter mudado.

Estreito os olhos em direção à casa dele. Está evidente que, seja lá o que estiver errado, Arnold não vai falar comigo a respeito tão cedo.

Às vezes, com pessoas teimosas como ele, não há outra escolha se não tomar uma atitude.

— *O que você fez?* — brada Arnold pela janela da cozinha.

Abaixo o livro que estou lendo e coloco o marcador com todo o cuidado no lugar certo.

— Eileen Cotton! Venha aqui agora!

— Aonde? — pergunto inocentemente, entrando na cozinha. — Se vai me dizer para *ir* a algum lugar, Arnold, você também precisa *estar* lá, e aos meus olhos você parece estar do lado de fora e não dentro da minha cozinha.

As bochechas de Arnold estão vermelhas de raiva. Seus óculos, um pouco tortos... Sinto um impulso estranho de abrir a janela e endireitá-los.

— A sebe. Não está mais lá.

— Ah, a cerca viva entre o seu jardim e o meu? — digo em um tom ameno, enquanto pego o pano perto da pia e uso para secar a bancada. — Sim. Pedi ao sobrinho do Basil para cortá-la.

— *Quando?* — pergunta Arnold. — Estava lá ontem!

— Da noite para o dia — digo. — Ele diz que trabalha melhor à meia-luz.

— Ele não diz nada disso — retruca Arnold, com o nariz quase colado ao vidro. — Você pediu que ele fizesse isso à noite, assim eu não teria como saber! O que você estava *pensando*, Eileen? Não há mais limites! É só... um grande jardim!

— Não é ótimo? — Estou me fazendo de indiferente e limpando todas as superfícies, mas não posso evitar olhar de relance para o rosto muito vermelho dele. — Muito mais luz.

— *Por que* diabo fez isso? — pergunta Arnold, irritado. — Você lutou com unhas e dentes para manter aquela sebe quando eu queria substituí-la por uma cerca.

— Sim, bem, as coisas mudam — replico, sorrindo para Arnold enquanto lavo o pano. — Decidi que, já que estava tão relutante em aparecer por aqui, eu facilitaria as coisas para você.

Arnold me olha através do vidro. Estamos a apenas alguns centímetros de distância, e posso ver as pupilas dilatadas em seus olhos castanhos.

— Meu Deus — diz ele, dando um passo para trás. — Meu Deus, você fez isso só para me irritar, não é? — Ele começa a rir. — Sabe, Eileen, você parece um adolescente implicando com a garota que gosta. O que vem em seguida? Vai puxar o meu cabelo?

Eu me irrito.

— Alto lá! — Então, porque não consigo resistir: — E não gostaria de colocar em risco o que restou do seu cabelo dando um puxão.

— Você é uma mulher impossível!

— E *você* é um homem impossível. Chega aqui dizendo que sentiu a minha falta, então sai todo irritado e não fala comigo por dias. Qual é o seu problema?

— Qual é o meu problema? — O hálito dele está embaçando o vidro. — Não fui eu que acabei de derrubar uma cerca viva em perfeito estado no meio da noite!

— Você quer mesmo saber por que fiz isso, Arnold?

— Sim. Claro que quero.

Jogo o pano molhado na bancada.

— Achei que seria divertido.

Ele estreita os olhos.

— Divertido?

— Sim. Eu e você passamos décadas brigando sobre quem é dono do quê, sobre a árvore de quem está fazendo sombra no canteiro do outro, sobre quem é responsável por podar qual arbusto. Você ficou cada vez mais rabugento e eu cada vez mais irritante. E sabe do que *realmente* estávamos falando esse tempo todo, Arnold? Do que aconteceu na primeira vez em que nos vimos.

Arnold abre e fecha a boca.

— Não me diga que você esqueceu porque sei que não é verdade.

Ele cerra os lábios em uma linha firme.

— Não esqueci.

Arnold era casado com Regina, mãe de Jackson. Uma mulher estranha, de ombros largos como se estivesse sempre com as ombreiras que foram moda nos anos 1980, o cabelo bem cacheado e os punhos cerrados. Eu estava casada com Wade.

— Não aconteceu nada — lembra Arnold.

Minhas mãos estão abertas, apoiadas na bancada, uma de cada lado da pia. Arnold está emoldurado até a altura dos ombros por um painel de vidro da janela, como em um retrato.

— Não — digo. — Foi o que eu sempre disse a mim mesma também. Não era necessário perder tempo pensando naquilo. Não tínhamos necessidade nenhuma de falar sobre o que aconteceu. Já que nada aconteceu.

— Exatamente — concorda Arnold.

— Só que quase aconteceu, não foi, Arnold? — Meu coração está batendo um pouco rápido demais.

Arnold ajeita o gorro com as mãos calosas e castigadas pelo tempo, os óculos ainda ligeiramente tortos. *Diga alguma coisa*, penso. *Diga!* Porque *realmente* me sinto uma adolescente agora — repensando tudo, apavorada com a possibilidade de ele me dizer que eu estava enxergando alguma coisa que na verdade nunca existiu.

— Quase aconteceu — confirma ele, por fim.

Fecho os olhos e deixo o ar escapar.

Nós estávamos nessa cozinha, não muito longe de onde estou agora. Arnold trouxe uma torta de maçã feita por Regina, com o creme em uma leiteirinha. Conversamos por tanto tempo no corredor que meus braços começaram a doer de segurar o prato. Ele era um homem tão charmoso, atencioso, envolvente...

Wade e eu tínhamos acabado de comprar Clearwater Cottage. A casa mal estava mobiliada e ainda estava meio caindo aos pedaços. Arnold e eu tínhamos caminhado até a cozinha — eu me lembro de rir muito, de me sentir meio deslumbrada —, e abri a geladeira nova para guardar o creme. Quando fechei novamente a porta, Arnold estava muito próximo, a apenas alguns passos de onde estou agora. Ficamos parados daquele jeito. Meu coração também disparou naquele dia. Não me sentia deslumbrada daquele jeito há tanto tempo que achei que aquele tipo de sensação tinha desaparecido do meu repertório para sempre, junto com a capacidade de tocar os dedos dos pés.

Nada aconteceu.

Mas quase. E isso foi o suficiente para me fazer querer manter Arnold o mais longe possível dessa casa. Porque eu tinha feito votos. Parece que isso acabou não significando nada para Wade, mas significava para mim.

— Acabamos nos acostumando — afirma Arnold, quando volto a abrir os olhos. Ele está sorrindo de leve. — Ficamos peritos em nos detestar.

Respiro fundo.

— Arnold — digo —, você gostaria de entrar?

No final, não é um beijo roubado entre novos vizinhos. É um beijo lento e intenso entre amigos muito antigos que, por acaso, acabaram de perceber que é isso que eles têm sido o tempo todo.

É uma sensação extraordinária, passar os braços ao redor dos ombros de Arnold, pressionar o rosto contra a pele quente do seu pescoço. Inspiro o aroma de grama recém-cortada e de sabonete no cabelo e no colarinho dele. É estranho e maravilhoso. Familiar e novo.

Depois, com a sensação do beijo ainda nos meus lábios, nos sentamos um ao lado do outro, no sofá, e ficamos olhando para a cerca viva, ou o que restou dela.

Arnold está sorrindo. Ele parece energizado, quase vibrando — sua postura está muito reta e a mão que não está na minha fica se abrindo e fechando em seu colo.

— Caramba — diz ele —, imagine o que a Betsy e o resto do pessoal vão falar.

Ele se vira para mim e sorri, um sorriso insolente e travesso que o deixa com uma carinha de menino.

— Não diga uma palavra — falo com severidade, levantando um dedo em riste. — Nem uma palavra, Arnold.

Ele agarra o meu dedo tão rápido que solto um gritinho.

— Esse tom de voz não vai mais funcionar comigo — diz, e leva a minha mão aos lábios para um beijo que não tira seu sorriso nem por um momento. — Agora sei o que você está *realmente* dizendo quando me repreende.

— Nem *sempre* — protesto. — Às vezes você precisa ser repreendido mesmo. Como com o coelho.

— Pela última vez! — Arnold ri. — Eu não envenenei seu maldito coelho.

— Então, como ele morreu? — pergunto, desconcertada.

— Eileen, isso faz sete anos. Imagino que seja tarde demais para abrirmos um inquérito.

— Droga. Detesto um mistério não resolvido.

— Você realmente achou que eu tinha feito aquilo?

— Para ser bem sincera, não me ocorreu nenhum outro cenário plausível.

Ele faz uma careta.

— Você pensa tão pouco assim de mim?

Passo o polegar nas costas da mão dele, traçando linhas entre as marcas que a idade deixou em sua pele.

— Talvez eu quisesse que fosse assim — respondo. — Seria mais simples se você fosse um ogro. — Levanto os olhos. — E você interpretou muito bem o papel.

— Ora, você também foi perfeita bancando uma bela de uma abusada — diz ele.

Eu me inclino para a frente e o beijo. É um beijo doce e quente, e seus lábios têm gosto de chá sem açúcar. E só hoje fui descobrir que é assim que ele gosta do chá.

37

Leena

— E você tem certeza disso? — pergunto, ofegante.

Bee e eu estamos em bicicletas ergométricas — nas últimas seis semanas, percebi que a melhor maneira de sobreviver ao estresse da vida na Selmount é me exercitando diariamente e de forma intensa. Ficar presa em uma academia com ar-condicionado é meio frustrante depois de correr no Dales — mais ou menos como tomar suplementos vitamínicos em vez de, sabe como é, comer bem. Mas vai dar para o gasto por enquanto.

— Não aguento mais você me perguntando se eu tenho certeza — diz Bee, me lançando um olhar irritado. — Nunca tive tanta certeza, amiga.

Sorrio e diminuo a velocidade para secar o suor do rosto com a camiseta. Nos arrastamos juntas até os vestiários, ofegantes.

— Como a Jaime está se sentindo em relação à mudança? — pergunto, indo até o meu armário.

— Incrivelmente feliz. Ao que parece, Yorkshire tem um monte de fósseis de dinossauros ou algo assim.

Bee revira os olhos, mas ela não me engana.

— Ela já conheceu o Mike? — pergunto.

— Não, não — diz Bee, franzindo o cenho. — Ela nem sabe que existe um Mike.

— O homem que está fazendo você se mudar? Ela não sabe da existência dele?

Ela me bate com a toalha. Eu grito.

— Por mais feliz que eu esteja por você ter se arrastado para fora da sua depressão causada pelo Ethan para voltar a implicar comigo, pode *parar* com isso, por favor? Não estou indo para lá pelo Mike. Na verdade, estou indo quase que por *sua* causa.

Aceito a repreensão.

— Tudo bem. Desculpa.

Vamos para os chuveiros.

— É só uma feliz coincidência que o Mike também vá estar lá — digo muito rapidamente antes de me trancar no boxe.

— Você é tão ruim quanto a sua avó! — grita Bee do outro lado da parede.

— Obrigada! — grito de volta, sorrindo enquanto abro a torneira para que a água me atinja com toda a força.

Quando volto ao apartamento naquela noite, vejo um monte de caixas, e a senhora calva, dona da gata, que mora no apartamento ao lado, está sentada diante da televisão, assistindo a um documentário na Netflix sobre algum crime macabro.

Faço uma pausa na porta. Inclino a cabeça. Me viro, então, para olhar para Fitz, que está de pé na cozinha, debruçado sobre uma pilha de caixas para alcançar o abridor de garrafas.

— Ah, a Letitia? — diz ele, em resposta à minha expressão perplexa. — Sim, somos melhores amigos agora.

— Vocês... — Eu me viro de volta para encarar Letitia. — Desculpe, oi — falo, me lembrando de ser educada.

Ela levanta os olhos da televisão, me dá um sorriso gentil e depois retorna à história do desmembramento de uma jovem. Olho de novo para Fitz.

— E as caixas? — pergunto a ele, quando vejo que não se dispõe a oferecer mais informações. — Achei que você ainda não tinha encontrado um lugar para onde ir.

Isso me causou um certo estresse nas últimas semanas. Fitz não mostrava sinais de estar efetivamente atrás de novos colegas de quarto ou de ter encontrado outro lugar para morar — como Martha não mora mais aqui e eu vou me mudar em breve, é impossível ele pagar sozinho o aluguel.

— Ah, sim, conversei com a Eileen sobre isso — diz Fitz, abrindo uma cerveja para ele.

— Com a minha avó Eileen?

— Claro. — Fitz olha para mim como se eu estivesse sendo extremamente lenta. — Quem mais? Ela sugeriu que eu fosse morar com a Letitia. O apartamento dela é incrível, cheio de antiguidades e coisas vintage. Todos os móveis do Clube de Grisalhos de Shoreditch vêm de lá.

Tive o meu primeiro vislumbre do Clube de Grisalhos de Shoreditch algumas semanas atrás. Foi sem dúvida a coisa mais linda que já vi — e olha que vi Samantha Greenwood vestida de tangerina. Os artistas rabugentos do apartamento 11 ensinaram a pintar, a mulher intensa do apartamento 6 deu carona para as pessoas e Fitz coordenou tudo com uma eficiência surpreendente. Sinceramente, eu não tinha me dado conta de como ele pode ser brilhante quando está trabalhando com alguma coisa que considera importante de verdade. Na semana passada, Fitz se candidatou a um emprego de gerente de eventos em uma conhecida instituição beneficente. Quando contei à vovó, ela soltou um berro nada típico dela e fez uma dancinha de comemoração.

— Então, você está se mudando... para o apartamento vizinho? Com... a Letitia? — digo, absorvendo a informação.

— Cheguei à conclusão de que senhoras idosas são as melhores colegas de apartamento — afirma Fitz. — Elas geralmente sabem cozinhar, porque nos anos 1950 as mulheres tinham que aprender, e elas ainda guardam todos esses talentos que aprenderam. São sempre diretas e objetivas e vão me dizer se a minha roupa não estiver boa... ou pelo menos as que já conheci são assim. E ficam em casa o dia todo, o que é perfeito se você estiver esperando uma encomenda! — Ele ergue a garrafa de cerveja na minha direção, em um brinde. — Obrigado por me ajudar, Srta. Cotton Mais Jovem.

— De nada — digo, ainda processando tudo.

— O que vai vestir hoje à noite? — pergunta Fitz.

Faço uma careta.

— Normalmente, eu pediria para a Martha escolher alguma coisa, mas ela está um pouco ocupada.

É a festa de noivado de Martha e Yaz. A chegada de Vanessa parece ter transformado Yaz de uma nômade incorrigível em alguém totalmente comprometida com o relacionamento em questão de semanas. Yaz pediu Martha em casamento com Vanessa no colo, e elas já sabem em detalhes como vai ser fofa a roupa de daminha da bebê.

— Você sabe que o Ethan vai estar lá, não é? — comenta Fitz.

Sinto meu estômago afundar.

— Merda. Jura?

Fitz me oferece uma cerveja de consolo.

— Sinto muito. Típico da Yaz. Ela já tinha colocado o Ethan na lista de convidados antes de vocês dois terminarem, então só apertou "enviar" no e-mail. E não tem como o sujeito perder a chance de ver você.

Esfrego o rosto com força.

— Será que posso *não* ir?

Fitz deixa escapar um arquejo positivamente teatral.

— Na festa de noivado da Martha e da Yaz? Leena Cotton! Até a sua avó vem! Dos confins de Yorkshire!

— Eu sei, eu sei... — digo com um gemido. — Tudo bem, vamos lá, então. Precisamos encontrar uma roupa de cair o queixo para mim. Tchau, Letitia! — digo quando passamos por ela. — Foi um prazer ver você!

— Shh — diz ela, apontando para a televisão.

— Eu falei para você — comenta Fitz, enquanto nos dirigimos para o meu guarda-roupa. — Direta e objetiva.

38

Eileen

Estou de saída para a festa. Mas antes faço um pequeno desvio para buscar alguém.

Aprendi muitas coisas surpreendentes sobre Arnold nos últimos dois meses. Ele dorme de pijamas de seda roxa que parecem pertencer a um conde vitoriano. Fica mal-humorado se passa muito tempo sem uma refeição e me dá um beijo sempre que o lembro de comer. Adora ler Charles Dickens e Wilkie Collins, mas nunca tinha lido nada da Agatha Christie até começar a devorar tudo o que viu na minha lista de livros favoritos do site de relacionamentos. Quando ele me contou isso, foi tão fofo que o levei direto para a cama.

Mas o fato mais interessante de todos é que Arnold Macintyre é uma *fonte inesgotável* de fofocas de Hamleigh. Como resultado de uma dessas intrigas fascinantes, me encontro agora na porta de Jackson Greenwood, usando a minha roupa londrina: botas de couro, culottes verdes e um suéter cor de creme que Tod comprou para mim como presente de despedida.

— Oi, Eileen — diz Jackson quando atende a porta.

Ele não parece particularmente surpreso ao me ver toda arrumada em sua porta. Mas, pensando bem, acho que nunca vi Jackson parecendo surpreso com qualquer coisa.

— Posso entrar? — pergunto.

É um pouco direto demais, mas não tenho muito tempo.

Ele se afasta.

— É claro. Aceita um chá?

— Sim, por favor.

Vou até a sala de estar dele, que é surpreendentemente arrumada e bem decorada.

A mesa de centro de madeira é uma nova aquisição desde a última vez em que estive aqui — há um livro em cima dela, aberto e com a capa virada para cima, chamado *Rápido e devagar: Duas formas de pensar*. Atrás de um portãozinho de segurança, Hank balança o rabo em êxtase no jardim de inverno. Coço carinhosamente as suas orelhas, com cuidado para não deixá-lo chegar nem perto do meu lindo suéter creme.

— Leite, um cubo de açúcar — diz Jackson, apoiando o meu chá em cima de um descanso de xícaras, enquanto me encaminho para o sofá.

Devo dizer que não tinha imaginado Jackson como o tipo de homem que usa descansos de xícaras. Passo o dedo sobre a madeira da mesa e penso em como podemos saber tão pouco sobre os nossos vizinhos, mesmo quando somos extremamente intrometidos.

— O Ethan saiu de cena — digo, quando já estou sentada.

Jackson faz uma pausa a meio caminho de se sentar na poltrona. Apenas um momento de hesitação, mas o suficiente para fazer um filete de chá escorrer pelo lado de sua xícara até o tapete embaixo da mesa de centro.

— Ah — diz.

— Ele estava tendo um caso com a assistente da chefe da Leena.

Jackson fecha e abre as mãos. Dessa vez, o chá se derrama em seu colo — ele xinga baixinho e volta a se levantar para pegar um pano na cozinha.

Espero, enquanto ele está de costas, pensando.

— A Leena descobriu? — pergunta ele, da cozinha, depois de algum tempo, ainda de costas para mim.

— Eu descobri. E contei a ela. A Leena terminou com ele na mesma hora. — Baixo os olhos para o meu chá. — Infidelidade é uma coisa que a Leena não tolera.

Ele olha para mim então, com um olhar compreensivo. Não faço nenhum comentário. Não estou aqui para falar sobre mim e Wade.

— Vou para Londres, para uma festa, e a Leena vai estar lá. Achei que você talvez quisesse vir comigo.

— Eu?

— Sim.

Então Jackson suspira.

— O Arnold contou para você.

— Sim. Embora tenha sido necessário praticamente arrancar à força a informação do homem, então não o culpe.

— Tudo bem. Metade da cidade já sabe. Mas... ir para Londres? — diz Jackson, passando a mão pela cabeça. — Não é um pouco demais?

— Depende. Há coisas que você gostaria de ter dito?

— Na verdade, eu... — Ele volta a se sentar, as mãos enormes envolvendo a xícara até que só consigo ver a espiral de vapor subindo do chá. — Eu contei a ela na Festa do Primeiro de Maio. Sobre como me sinto.

— É mesmo? — *Isso* Arnold não contou. — O que ela disse?

— Que não pensa em mim desse jeito.

Humm. Não é isso que Betsy acha, e confio nos olhos de Betsy quando se trata de um romance embrionário. Os rumores de Betsy raramente estão errados.

— Fiquei me sentindo mal depois — confessa Jackson. — Ela tem... tinha... namorado.

— Sim, bem — me apresso a dizer —, quanto a isso, você não precisa mais se preocupar, nos livramos rapidamente dele. — Dou um tapinha carinhoso no braço de Jackson. — E se a Leena não pensa em você assim, então é uma questão de mudar a forma como ela pensa. Venha a Londres. Vista algo elegante. Sabe como acontece nos filmes? Quando a garota se arruma para uma festa e desce as escadas em câmera lenta, sem os óculos, com o cabelo em um coque chique e um pouco da perna aparecendo, e o homem está de pé, boquiaberto, como se não conseguisse acreditar que nunca tinha pensado nela daquele jeito antes?

— Sim? — diz Jackson.

— Você precisa ser essa garota. Vamos. Você tem terno?

— Terno? Eu... Tem o que eu usei no funeral do Davey.

— Não tem uma opção menos... mórbida?
— Não. Que tal calça e camisa social?
— Serve. E lave o cabelo, tem meia árvore aí dentro.

Ele passa a mão pelo cabelo, tateando, e tira um raminho de uma sempre-viva.

— Ah — diz.
— Tome banho, vista-se e vamos. Podemos ir até a estação de Daredale na sua caminhonete?
— Sim, podemos. Eu vou... mas... — Ele hesita. — É uma boa ideia?
— É uma excelente ideia — afirmo, categórica. — Agora vamos lá. Sem tempo a perder.

Fitz me dá um beijo no rosto quando chego, então olha estupefato para Jackson.

— Esse é o Arnold? — pergunta, levando a mão ao peito.

Rio.

— Esse é o Jackson — digo. — Enteado do Arnold. Apaixonado pela Leena — acrescento em um sussurro, embora talvez não tenha sido tão baixo quanto imaginei porque, atrás de Fitz, Martha faz um *óooo* e, antes que eu me dê conta, já agarrou o braço de Jackson e entabulou o que parece ser uma conversa muito pessoal.

A festa está lotada — estremeço involuntariamente com a batida violenta da música conforme entramos. Estamos em um bar sob os arcos da estação de Waterloo, e o barulho ecoa do teto alto e cavernoso, enquanto jovens estilosos perambulam pelo local com garrafas de cerveja na mão.

— Caramba — murmura Jackson ao meu lado, depois de escapar das garras bem-intencionadas de Martha. — Isso é...

— Fique tranquilo — digo, dando um tapinha em seu braço. — Se você se sente deslocado, imagine só como eu me sinto.

Ele me examina de alto a baixo.

— A verdade é que, de alguma forma, você se encaixa nesse ambiente.

— Eu sei — digo, animada. — Estava só tentando fazer você se sentir melhor. Venha, vamos achar a Leena.

Formamos um par incomum à medida que avançamos pela massa de pessoas, uma senhora idosa e um jovem gigante andando de braços dados em meio à multidão. Fico satisfeita ao ver que Jackson está com uma aparência ótima. O primeiro botão da camisa está aberto e ela se ajusta perfeitamente aos ombros, e, mesmo que o par de sapatos de couro marrom que calça já mostre bem os sinais do tempo, o efeito geral é muito impressionante. Isso, combinado com o cabelo limpo e a calça elegante, é certeza de chamar a atenção de Leena.

— Eileen?

Eu me viro, surpresa, e me deparo com a expressão bastante espantada de Ethan Coleman.

— Que diabo você está fazendo aqui? — sussurro para ele, irritada.

Ao meu lado, sinto Jackson em alerta, parecendo ainda mais alto, os ombros mais largos. Muito viril. Olho em volta rapidamente, esperando que Leena esteja à vista, mas nada feito.

— Estou aqui pela Leena — diz Ethan. — Eileen, por favor, você tem que compreender...

— Não, não tenho — digo, puxando o braço de Jackson. É como tentar deslocar um bloco de concreto. — Vamos.

— Está atrás da Leena, não é? — pergunta Ethan a Jackson, os lábios um pouco curvados. — Senti isso quando conheci você. Mas ela não é seu tipo, camarada. Ou melhor, você não é o tipo dela.

Jackson está muito quieto. Puxo seu braço, mas, novamente, nada — ele está com os pés bem firmes no chão.

— O que quis dizer com isso? — pergunta Jackson.

— Deixe para lá — diz Ethan, se adiantando para passar por nós. — Vejo vocês por aí.

Jackson estica rapidamente o braço e Ethan bate direto nele.

— Se você tem algo a dizer, diga agora — fala Jackson.

Ele parece muito calmo.

Nossa. Que emocionante. Onde está Leena quando se precisa dela?

— Não tenho nada a dizer a você — diz Ethan, abalado. — Saia do meu caminho. Vou encontrar a Leena.

— O que você quer com ela?

— O que você acha? — retruca Ethan.

— Vou adivinhar: você pensa que ainda tem uma chance com ela. Acha que a Leena vai voltar atrás e perdoar você... Você é o ponto cego dela, certo? E consegue se safar de praticamente tudo. E não vê por que agora seria diferente.

— Você não sabe do que está falando.

Jackson dá de ombros.

— Espero que esteja certo sobre isso. Boa sorte, *cara*, mas torço para que a Leena diga a você onde enfiar essa pretensão toda. — Ele se vira para mim. — Vamos, Eileen?

— Vamos — concordo, e seguimos em frente, deixando Ethan para trás.

— Então — diz Jackson —, quem você acha que vai encontrar a Leena primeiro?

— Sou Eileen Cotton e ela é Eileen Cotton — brinco. — Vivi a vida dela e ela viveu a minha. — Dou uma batidinha na lateral da minha cabeça. — É um sexto sentido, Jackson. Você não entenderia.

— Não?

— Não. É uma ligação única, como a que existe entre...

— Parece que estamos indo para o bar — observa Jackson.

— Onde você estaria se tivesse acabado de descobrir que o seu ex está na festa de noivado da sua amiga? Era isso ou na frente do espelho do banheiro, arrumando o cabelo... Ah, como ela está *linda*! — digo com um suspiro, quando avisto Leena no bar.

Ela está usando um vestido longo, preto, que deixa seus braços à mostra e uma pulseira de prata no pulso — e é o único enfeite de que precisa. Seu cabelo está deslumbrante — solto e cheio de vida, como ela deveria usar sempre.

Olho para Jackson. Ele está encarando Leena. Vejo seu pomo de adão se mover. A pessoa teria que ser muito cega para não saber o que está se passando pela cabeça desse homem.

— Leena — chama Ethan à nossa esquerda, abrindo caminho entre as pessoas ao redor.

Xingo baixinho.

— O cretino — murmuro, e tento empurrar Jackson para a frente. — Rápido, antes que ele...

Jackson se mantém firme onde está e nega com um gesto de cabeça.

— Assim não — diz.

Bufo, mas aceito. No bar, Leena está dispensando Ethan. Seu rosto está corado — ela está se levantando agora, tentando se afastar e vindo... bem na nossa direção.

— Escute, Ethan — diz ela, e se vira para ele, a poucos metros de nós. — Eu dei a você um passe livre, não foi? Eu nem sabia que tinha feito isso, mas *você* sabia. Decidi que você era a pessoa certa para mim e pronto. Bem, a questão é que esse passe *pode* expirar, Ethan, *há* um limite, e você *passou* da porra do limite.

— Leena, me escute...

— Não sei o que foi pior! Dormir com uma mulher que eu detesto ou me dizer que a minha avó estava enlouquecendo! Você sabe como isso foi perverso da sua parte?

— Eu entrei em pânico! — grita Ethan. — Não tive a intenção...

— Quer saber de uma coisa? Quer saber de uma coisa, Ethan? Estou quase *contente* por você ter dormido com a Ceci. Pronto. Falei. Estou feliz por você ter me traído porque graças a Deus recuperei o juízo e percebi que você não era a pessoa certa de jeito nenhum. Não para essa eu, não para a Leena que eu sou agora. Não mais. Acabou.

E com isso ela se vira para se afastar depressa e esbarra direto em Jackson.

Ele a segura pelo braço quando ela cambaleia para trás. Seus olhos se encontram.

O rosto dela está ruborizado, os lábios dele, entreabertos. Ao nosso redor, a multidão se movimenta, fazendo Ethan sumir de vista e deixando uma pequena ilha de tranquilidade aqui. Só os dois.

Ah, bem, e eu, suponho.

— Jackson? — diz Leena, perplexa. Ela o examina de cima a baixo. — Ah, nossa, você está...

Respiro fundo, o coração na mão. Lá vamos nós.

— Esquisito — completa Leena.

— Esquisito? — deixo escapar. — Ah, pelo amor de Deus, garota!

Ambos se voltam para mim, então.

— Vó? — Leena olha de mim para Jackson, então olha por cima do ombro, como se lembrando da existência de Ethan. Seus olhos se estreitam. — O que está acontecendo?

— Nada — me apresso em dizer. — O Jackson quis vir a Londres, então pensei: poxa, tem uma festa hoje à noite e...

Os olhos dela se estreitam ainda mais.

— Ah, escutem — digo, animada, enquanto um funcionário sai do depósito ao lado do bar. — Venham cá um instantinho.

Pego Leena e Jackson pelas mãos e puxo. Ainda bem que eles me seguem. Levo os dois até o depósito.

— O que... Vó, onde estamos...

Passo rapidamente por eles, saio e fecho a porta.

— Pronto — digo, esfregando as mãos na calça. — Não são todas as mulheres de setenta e nove anos que conseguem ser tão ágeis, se me permitem dizer. — Bato no ombro de um cavalheiro que está próximo. — Com licença — digo. — Importa-se de se encostar nessa porta, por favor?

— Vó? — chama Leena do outro lado da porta. — Vó, o que você está fazendo?

— Me intrometendo — grito, animada. — É o meu novo "projeto"!

39

Leena

Esse depósito é extremamente pequeno. E as paredes são cheias de prateleiras, por isso não há onde se apoiar — Jackson e eu estamos de pé muito perto um do outro, mas sem nos tocarmos, como se estivéssemos em um vagão do metrô.

O *que* a vovó está planejando? Baixo os olhos para os pés, tentando recuar um pouco, e meu cabelo roça na camisa de Jackson. Ele respira profundamente, leva a mão à cabeça e me dá uma cotovelada no ombro.

— Desculpe — dizemos ao mesmo tempo.

Rio. E o som sai agudo demais.

— É tudo minha culpa — fala Jackson por fim.

Eu me arrisco a olhar para ele — estamos tão próximos que tenho que jogar a cabeça para trás para conseguir ver seu rosto.

— Não deveria ter deixado ela me convencer a vir — continua ele.

— Você... veio me ver?

Ele baixa os olhos para mim, então. Estamos tão perto que nossos narizes quase se tocam. Acho que nunca estive tão consciente de alguém, fisicamente, quer dizer — ouço cada farfalhar enquanto ele se move, sinto o calor do corpo dele a centímetros do meu.

— Claro que sim — confirma Jackson e, de repente, meu pulso está disparando mais uma vez.

Há alguma coisa especial em relação a Jackson. Mesmo com o cabelo arrumado demais e com respingos de espuma de barbear atrás da orelha, ele é tão *sexy*. É essa autoconfiança intuitiva que ele tem, como se fosse totalmente ele mesmo e não pudesse ser outra pessoa, mesmo se quisesse.

— Embora não tenha sido assim que imaginei que nos veríamos de novo — continua Jackson. — Mudança de planos de última hora. Acho que fui "Eileenado".

A mão dele roça na minha. Inspiro bruscamente, e seus olhos examinam o meu rosto — mas não estou fazendo nenhuma objeção, é só uma reação à onda de calor que me atinge quando a pele dele toca a minha. Deixo meus dedos se entrelaçarem aos dele e me sinto como uma adolescente com o cara por quem passou o ano inteiro apaixonada.

— O que você tinha planejado? Antes? — pergunto.

Minha outra mão encontra a dele.

— Bem, eu não sabia quanto tempo demoraria para você se livrar daquele seu ex. Mas pensei que acabaria caindo em si, então, quando isso acontecesse, eu esperaria um tempo apropriado...

Os lábios dele tocam os meus de modo tão delicado que nem chega a ser um beijo. Meu corpo todo reage — consigo sentir os pelos do meu braço se arrepiando.

— Tipo umas seis semanas? — pergunto.

— Eu tinha pensado em seis meses. Mas descobri que sou impaciente — sussurra Jackson.

— Então você esperaria seis meses e depois...

Nossos lábios se tocam de novo, outro quase beijo, um pouco mais intenso agora, mas seus lábios já se afastam antes que eu consiga retribuir. Aperto os dedos dele com mais força, sentindo os calos nas palmas de suas mãos.

— Não teria vergonha alguma em usar todos os recursos à minha disposição — continua ele, a voz rouca. — Pediria aos meus alunos que cantassem para você aquela música do Ed Sheeran, "Thinking Out Loud"; mandaria o Hank até você com um buquê de flores na boca; prepararia um brownie em formato de coração... e deixaria queimar, só para o caso de você preferir assim.

Rio. Ele então me beija, um beijo de verdade, lábios entreabertos, a língua saboreando a minha. Eu me derreto contra ele, nossas mãos ainda entrelaçadas ao lado do corpo, e fico na ponta dos pés para beijá-lo melhor. Então, quando não consigo resistir mais, solto as mãos dele para envolver seus ombros largos e pressionar o corpo contra o dele.

Jackson solta o ar com força.

— Você não tem ideia de quantas vezes imaginei como seria segurar você assim — diz, pressionando os lábios contra o meu pescoço.

Suspiro quando ele beija a pele sensível atrás da minha orelha.

— É possível que eu tenha imaginado o mesmo — confesso.

— É sério? — Eu o sinto sorrir. — Você *realmente* gosta de mim, então. Poderia ter me dado uma pista. Passei a noite toda apavorado.

Rio novamente.

— Há meses você tem sido uma distração muito atraente. Fico surpresa por não ter percebido que eu gostava de você.

— Ah, então era isso que estava tentando dizer quando perdeu o meu cachorro e bateu com a van da escola?

Dou um beijo no maxilar dele, sentindo a barba roçar nos meus lábios.

— Não. *Isso* queria dizer que eu estava toda problemática.

Jackson se afasta e apoia a testa contra a minha.

— Você não estava problemática, Leena Cotton. Nunca conheci um ser humano menos problemático do que você.

Também me afasto um pouco para conseguir olhar direito para ele.

— O que você acha que as pessoas fazem quando perdem alguém? Simplesmente... seguem em frente como se nada tivesse acontecido? — Ele afasta o meu cabelo do rosto. — Você estava se recuperando. Ainda está se recuperando. Sempre estará. E não tem problema. É apenas parte do que faz de você *você*.

Descanso o rosto contra o peito dele. Jackson beija o topo da minha cabeça.

— Ei — fala. — Pode repetir a coisa da distração muito atraente?

Sorrio. Não sei explicar como Jackson me faz sentir, como é libertador estar perto de alguém tão absolutamente ele mesmo, tão absolutamente sem maldade.

— Quando você está aqui comigo, *eu* também estou aqui — digo, e viro o rosto para ele. — O que é incrível, porque, na maioria das vezes, estou sempre em algum outro lugar. Olhando para trás ou para o futuro, me preocupando, ou planejando, ou...

Jackson me beija nos lábios até todo o meu corpo vibrar. Quero tirar a camisa dele e sentir os pelos em seu peito e os músculos largos e firmes dos ombros, quero contar as sardas pálidas em seus braços. Em vez disso, eu o beijo novamente, voraz, ofegante, ele dá um passo à frente, o que faz com que as minhas costas fiquem pressionadas contra a porta do depósito. Nos beijamos como adolescentes, as mãos dele emaranhadas no meu cabelo, as minhas agarrando com força a parte de trás da camisa dele.

Então... *tum*! A porta se abre e caímos para trás. O que nos impede de acabar no chão é o fato de Jackson segurar com força no batente. Eu me agarro a ele, meu cabelo na cara, enquanto a música da festa ressoa à nossa volta. Escuto risadas e gritos e, mesmo quando estou firme de pé, mantenho o rosto enterrado no pescoço de Jackson.

— Leena Cotton! — ouço Fitz chamar. — Você é tão assanhada quanto a sua avó!

Rio, me afasto um pouco de Jackson para olhar a aglomeração à nossa volta. Vejo o rosto de vovó — ela está sorrindo para mim, com uma grande taça de gim-tônica na mão.

— Vai brigar comigo por me intrometer? — pergunta.

Eu me inclino para Jackson, colocando os braços ao redor da cintura dele.

— Sabe de uma coisa? Não posso culpá-la por essa, vó. No seu lugar, eu teria feito exatamente a mesma coisa.

Epílogo

Eileen

Faz quase cinco meses desde que Leena se mudou para Hamleigh. Sete meses desde que Marian partiu. E dois anos da morte de Carla.

Estamos no aeroporto de Leeds, aguardando a chegada da última convidada da nossa celebração. Leena organizou tudo: o salão comunitário da cidade está decorado com margaridas e lírios, as flores favoritas de Carla, e vamos comer torta de carne e, de sobremesa, brownies. Até convidamos Wade, mas felizmente ele entendeu que era apenas um convite por educação e recusou.

Aqui no aeroporto de Leeds, Samantha surge correndo de um canto, os olhos buscando entre o bando de pessoas que espera ao nosso redor. Ela vê Jackson primeiro e sai em disparada, uma revoada de cabelo loiro enquanto atravessa a multidão e se joga nos braços do pai.

— Papai! Papai!

Marigold segue a filha em um passo mais lento. Em sua defesa, ninguém seria capaz de se mover com grande velocidade naqueles saltos absurdamente altos.

— Oi, Leena — diz ela, inclinando-se para beijar o rosto da minha neta.

Marigold está tranquila, e o sorriso que abre para Leena parece sincero.

Isso tudo é graças a Leena. Samantha vai passar as próximas quatro semanas aqui e só volta para os Estados Unidos com Marigold depois do Natal. Leena passou semanas convencendo a mãe da menina: de mansinho, tranquilizando-a, deixando que se acostumasse com a ideia, afastando cada obstáculo, um por um. Eu estava presente, mês passado, quando ela contou a Jackson que Marigold tinha concordado com uma visita mais longa no Natal. Se é possível que um homem pareça ter o coração quebrado e radiante ao mesmo momento, foi assim que Jackson pareceu. Ele abraçou Leena com tanta força que tive medo de que a sufocasse, mas em vez disso ela ficou ruborizada e feliz, e ergueu o rosto para receber um beijo. Nunca senti tanto orgulho.

Voltamos para Hamleigh-in-Harksdale em um comboio, Jackson à frente, na caminhonete, eu em Agatha, o Ford Ka que agora — graças a Arnold — tem um ar-condicionado funcionando direito. Há neve no topo das colinas e salpicando os velhos muros de pedra espalhados pelos campos. Sinto um amor intenso e feroz por esse lugar que sempre foi a minha casa. Vejo Leena sorrir para o Dales quando passamos pela placa dizendo *Bem-vindo a Hamleigh-in-Harksdale*. Agora esse também é o lar dela.

Os Patrulheiros do Bairro estão arrumando o salão quando chegamos. Eles cumprimentam Marigold e Samantha como heroínas voltando da guerra, o que prova que a ausência realmente faz bem para a alma, porque Basil e Betsy costumavam falar mal de Marigold como se ela fosse Maria Madalena, antes que a mulher enfim se mudasse para os Estados Unidos.

— Nossa! Vocês fizeram um trabalho incrível — elogia Leena, dando pulinhos de alegria.

Betsy, Nicola, Penelope, Roland, Dr. Piotr, Basil e Kathleen sorriem para ela e, atrás deles, Martha, Yaz, Bee, a pequena Jaime, Mike e Fitz fazem o mesmo. Está *todo mundo* aqui — a filha de Betsy, a ex-esposa do Dr. Piotr e até o Sr. Rogers, o pai da vigária.

Arnold entra atrás de nós, os braços cheios de guardanapos esperando para serem distribuídos pela longa mesa que se estende pelo centro do salão.

— De olho no Sr. Rogers, é? — pergunta ele, acompanhando o meu olhar. — Possivelmente sem graça na cama, lembre-se.

Dou um tapinha no braço dele.

— Ah, pare com isso! Não acredito que me convenceu a mostrar aquela lista para você!

Arnold ri e volta a se dedicar aos guardanapos. Fico observando-o se afastar e sorrio. *Me odeia quase tanto quanto eu o odeio*, foi o que escrevi na lista sobre Arnold. Ora. Acabou que eu estava certa.

— Vó? Você quer dizer algumas palavras antes de comermos? — pergunta Leena, enquanto todos se sentam.

Olho para a porta. Quando me viro de volta, a expressão de Leena é um reflexo da minha, imagino — nós duas estamos esperançosas. Mas não aguentamos esperar mais tempo antes de começar a refeição.

Pigarreio e vou até a cabeceira da mesa. Leena e eu estamos no centro, com uma cadeira vazia entre nós.

— Obrigada a todos por terem vindo aqui hoje para celebrar a nossa Carla. — Pigarreio de novo. Isso pode ser mais complicado do que eu imaginava. Agora que estou aqui, falando sobre a Carla, percebo como vai ser difícil não chorar. — Nem todos vocês a conheciam. Mas aqueles que a conheceram se lembram da pessoa brilhante e intensa que ela era, como adorava ser surpreendida e como adorava nos surpreender. Acho que ela ficaria surpresa ao ver todos nós aqui, agora. Gosto disso.

Fungo um pouco e pisco várias vezes.

— A Carla deixou... Não tenho palavras para o tipo de buraco que ela deixou em nossa vida. Uma ferida, uma cratera, não sei. Parecia... parecia tão absolutamente *impossível* que devêssemos continuar sem ela. — Estou chorando agora, e Arnold me passa um dos guardanapos. Levo um instante para me recompor. — Muitos de vocês sabem que, no início desse ano, Leena e eu tiramos um período sabático de nossas próprias vidas e trocamos de lugar uma com a outra por um tempo. Esse período nos mostrou que cada uma de nós estava sentindo falta de uma parte de si mesma. Provavelmente da parte que foi embora junto da Carla, ou talvez tenha sido muito antes, não tenho certeza. Mas precisávamos nos redescobrir, não apenas uma à outra, mas redescobrir a nós mesmas.

Escutamos um som vindo da porta. Respiro fundo. Cabeças se viram. Não consigo olhar, tão cheia de esperança que chega a doer, mas então ouço Leena soltar o ar — é meio um suspiro, meio uma risada, e isso me diz tudo.

Marian parece tão diferente. Seu cabelo está curto e pintado de loiro platinado, um contraste com a pele bronzeada. Ela usa uma calça estampada mais justa nos tornozelos e, embora seus olhos estejam marejados, está sorrindo. Eu não via esse sorriso — *esse*, o verdadeiro — há tanto tempo que, por um instante, parece que estou vendo um fantasma. Ela fica parada à porta, uma das mãos no batente, esperando.

— Entre, mãe — diz Leena. — Guardamos um lugar para você.

Tateio até encontrar a mão de Arnold enquanto as lágrimas chegam com força total, escorrendo pelo rosto e embaçando meus óculos enquanto a minha filha ocupa a cadeira vazia ao meu lado. Eu estava com um pouco de receio de que Marian nunca mais voltasse, mas aqui está ela, sorrindo.

Respiro fundo e continuo:

— Quando as pessoas falam sobre perda, sempre dizem que você nunca mais será o mesmo, que aquilo vai mudar você, que vai deixar um buraco na sua vida. — A minha voz está embargada agora. — E sem dúvida isso é verdade. Mas, quando perdemos alguém que amamos, não perdemos tudo o que essa pessoa nos deu. Ela deixa alguma coisa com a gente.

Prossigo:

— Gosto de pensar que, quando a Carla morreu, ela deixou para cada membro da família um pouco de sua força, de sua coragem. De que outra forma poderíamos ter feito tudo o que fizemos esse ano? — Olho para Leena e para Marian e engulo com dificuldade em meio às lágrimas. — Conforme seguíamos em frente, tentando aprender a viver sem ela, eu sentia a Carla aqui. — Bato no peito, na altura do coração. — Ela me incentivou quando quase perdi a coragem. Disse para mim que eu seria capaz. Fez com que eu me reencontrasse. Posso dizer agora com certeza que sou a melhor Eileen Cotton que já fui. E espero... espero...

Leena se levanta, então, enquanto me apoio na mesa, as lágrimas escorrendo pelo meu rosto. Ela ergue o copo.

— A ser a melhor mulher que podemos ser — diz. — E a Carla. Sempre a Carla.

Ao nosso redor, todos repetem o nome dela em coro. Eu me sento, as pernas trêmulas, e me viro para Marian e para Leena. Aqueles olhos Cotton, grandes e escuros, se voltam para mim, e me vejo refletida ali, em miniatura, enquanto Marian estende as mãos e une novamente todas nós.

Agradecimentos

É hora de agradecer, o que é emocionante, porque significa que realmente consegui escrever um segundo livro! Ufa. Não conte à Quercus, mas eu não tinha *certeza absoluta* de que conseguiria fazer isso.

Antes de mais nada, eu não poderia ter escrito este livro sem o apoio de Tanera Simons, minha agente, que tem uma capacidade extraordinária de tornar tudo melhor com um único telefonema. Também não poderia ter escrito sem Emily Yau, Christine Kopprasch, Cassie Browne e Emma Capron — todas foram minhas editoras durante essa jornada e todas tornaram o livro mais forte de inúmeras maneiras. Um agradecimento especial a Cassie, que pegou este romance quando ainda estava surgindo e se apaixonou por ele com enorme entusiasmo — você realmente me fez continuar, Cassie.

É preciso uma comunidade para se publicar um livro, e a editora Quercus é uma comunidade deliciosa a ponto de rivalizar com Hamleigh-in-Harksdale. Eles me surpreendem constantemente com sua dedicação e criatividade. Gostaria de agradecer a Hannah Robinson, por sempre ser sincera comigo e por me apoiar, e a Bethan Ferguson, por sonhar tão alto quando se trata dos meus livros. E quanto às brilhantes Hannah Winter e Ella Patel... O que posso dizer? Sem vocês, senhoras, eu estaria perdida. Muito possivelmente ao pé da letra. Vocês são duas estrelas.

Aos Taverners: muito obrigada por me acolherem, por tornarem a minha escrita mais forte e por serem tão solidários. Peter, obrigada por responder a intermináveis perguntas de trabalho com tanta paciência;

Amanda, o dragão, e todos os meus outros queridos amigos e conselheiros, desculpem se me apropriei de algumas partes do trabalho de vocês e acabei usando do jeito errado porque se adequava melhor à narrativa. Os perigos de ser amigo de uma escritora...

Aos voluntários e comensais do clube de almoço Well-Being: é uma alegria imensa vê-los toda segunda-feira. Vocês me inspiraram, tanto para este livro quanto para a minha vida em geral — tenho sorte de conhecer vocês.

Agradeço às minhas avós, Helena e Jeannine, por me mostrarem que as mulheres podem ser incrivelmente corajosas e fortes, não importa a idade. Também sou grata a Pat Hodgson, por deixar a jardinagem de lado para ler um dos primeiros rascunhos impressos, cheio de erros de digitação, e por seu entusiasmo ao se deparar com uma personagem da "sua safra", como você brilhantemente colocou. Você é uma inspiração total.

Mãe e pai, obrigada por me lembrarem de confiar em mim mesma. E, Sam, obrigada por me manter sorrindo. Tenho uma sorte absurda por ser casada com um homem que consegue rir de uma passagem engraçada, mesmo depois de já tê-la lido cinco vezes... *e* ainda me ajudar com toda a parte de medicina.

Também quero agradecer aos blogueiros de livros, aos leitores críticos e aos livreiros que fazem tanto para divulgar as histórias que amam. Os autores estariam perdidos sem vocês, e sou muito grata por seu apoio.

Finalmente, agradeço a *você*, querido leitor e querida leitora, por dar uma chance a este livro. Espero que tenham sido verdadeiramente Eileenados...

1ª EDIÇÃO
Setembro de 2020

REIMPRESSÃO
Fevereiro de 2022

PAPEL DE MIOLO
Pólen® Soft 80g/m²

TIPOGRAFIA
Bembo Book

IMPRESSÃO
Geográfica